W0327020

KNAUR

Von Gilly Macmillan sind bei Knaur folgende Titel erschienen:
Toter Himmel – Du drehst dich um. Wo ist dein Kind?
Perfect Girl – Nur du kennst die Wahrheit
Bad Friends – Was habt ihr getan?

Über die Autorin:
Gilly Macmillan studierte Kunst und Kunstgeschichte in Bristol und London, arbeitete für *The Burlington Magazine* und verschiedene Kunstgalerien sowie als Dozentin für Fotografie. Sie lebt mit ihrem Mann und ihren drei Kindern in Bristol. Ihre raffinierten Spannungsromane landen in Großbritannien, USA und Deutschland regelmäßig auf den Bestsellerlisten.

GILLY MACMILLAN

SIEBEN WAHRHEITEN

THRILLER

Aus dem Englischen von
Maria Hochsieder

KNAUR

Die englische Originalausgabe erschien 2018 unter dem Titel
»I Know You Know« bei William Morrow & Company, New York.

Besuchen Sie uns im Internet:
www.knaur.de

Aus Verantwortung für die Umwelt hat sich die Verlagsgruppe Droemer Knaur zu einer nachhaltigen Buchproduktion verpflichtet. Der bewusste Umgang mit unseren Ressourcen, der Schutz unseres Klimas und der Natur gehören zu unseren obersten Unternehmenszielen. Gemeinsam mit unseren Partnern und Lieferanten setzen wir uns für eine klimaneutrale Buchproduktion ein, die den Erwerb von Klimazertifikaten zur Kompensation des CO_2-Ausstoßes einschließt. Weitere Informationen finden Sie unter: www.klimaneutralerverlag.de

FSC www.fsc.org MIX Papier aus verantwortungsvollen Quellen FSC® C083411

Deutsche Erstausgabe Februar 2021
Knaur Taschenbuch
© 2018 Gilly Macmillan
© 2021 der deutschsprachigen Ausgabe Knaur Verlag
Ein Imprint der Verlagsgruppe
Droemer Knaur GmbH & Co. KG, München
Alle Rechte vorbehalten. Das Werk darf – auch teilweise – nur mit Genehmigung des Verlags wiedergegeben werden.
Redaktion: Kerstin Kubitz
Covergestaltung: ZERO Werbeagentur, München
Coverabbildung: plainpicture/Mark Owen
Satz: Adobe InDesign im Verlag
Druck und Bindung: CPI books GmbH, Leck
ISBN 978-3-426-52304-9

2 4 5 3 1

Für Jules

Das Wetter ist rau. Waagerecht spritzt der Regen gegen Fletchers Brille und klatscht an seine Wangen. Er hatte die Grube von der Schnellstraße aus gesehen. Von der Überführung aus hatte er das Ganze von oben überblickt, und später, als das Auto die Ausfahrt hinabfuhr, sah er es noch einmal aus einem tieferen Blickwinkel. Die Scheibenwischer rasten hin und her. Mit dem Rücken zu ihnen standen die Bauarbeiter beieinander. Auf dem Parkplatz vor den Männern klaffte die Schlammgrube, der klumpige Lehm darin ein schmutzig trübes Orange. Fletcher und Danny parkten in der Nähe des Eingangs zum Supermarkt, am Ende einer ungeordneten Reihe von Autos. Danny öffnete die Beifahrertür erst, nachdem er sich seine Kapuze wie eine Mädchenhaube fest um das Gesicht gebunden hatte.

Die Männer haben ein paar Knochen in der Grube entdeckt. Unerschrocken steht Fletcher da, während das Wetter auf ihn eindrischt. Er lässt die Szenerie auf sich wirken. Er sieht den frischen schwarzen Asphalt, der unter dem stehenden Wasser glänzt. In jeder Unebenheit hat sich der Regen gesammelt, die Pfützen sind fleckig und vom Wind aufgewühlt. Wacklig spiegeln sich in ihnen das rechteckige Gebäude und der Himmel dahinter, in dem sich ein blassgelber Lichtstreifen unter den Wolken duckt, die schwer sind von noch mehr Regen. Einer der Arbeiter versucht, sich eine Zigarette anzuzünden. Wieder und wieder springt ein Funke aus dem Feuerzeug, erstirbt aber jedes Mal.

»Was machen die hier?«, fragt Fletcher.

»Sie vergrößern den Laden«, sagt Danny.

»Ist der nicht schon groß genug?«

Der Supermarkt ist ein Koloss mit den Ausmaßen eines ganzen Häuserblocks. Wie ein Burggraben umgibt ihn der Asphalt, und sternförmig gehen von seinen schwarzen Rändern Straßen mit viktorianischen Reihenhäusern ab; sie folgen dem Auf und Ab der Landschaft und münden schließlich in eine natürliche Senke auf einer steilen Anhöhe. Am Hügelkamm entlang zieht sich eine Parklandschaft, zwischen deren Bäumen sich ein Handymast eingenistet hat.

Auf der anderen Seite des Supermarkts kann Fletcher die sechs den Horizont dominierenden Hochhaustürme erkennen, welche jene Siedlung bilden, die sich Glenfrome Estate nennt. Er kann kaum fassen, dass sie dem Abriss entgangen ist. Sie ist ein Relikt aus der Vergangenheit. Fletcher und Danny haben hier eine gemeinsame Geschichte, aber Fletcher zieht es vor, nach vorn zu blicken und nicht zurück, also wird nicht er es sein, der eine Bemerkung dazu fallen lässt.

Die Grube ist tief, um die zweieinhalb Meter, schätzt Fletcher, als er am Rand steht. Er unterdrückt ein leichtes Schwindelgefühl. Der Anblick des Knochens beunruhigt ihn – der Größe nach ist es vermutlich die Spitze eines Oberschenkelknochens – und auch die Ausmaße der Grube, die an ein Grab erinnern. Verlassen steht der Bagger daneben, über ihnen schaukelt die riesige Schaufel. Danny gibt dem Polier die Hand. Wie Perlen hängen die Wassertropfen am Rand seiner Kapuze. »Wir müssen das abdecken«, sagt er. Am Grund der Grube sammelt sich das Wasser, es sind bereits einige Zentimeter. Bald wird es den Knochen erreichen.

An Fletcher gewandt sagt er: »Wahrscheinlich ist das wieder so ein verfluchter Julius Caesar.«

»Mag sein.« Fletcher schaudert – wegen des Wetters, nicht wegen der Leiche. Mittlerweile hat ihn die Kälte im Griff. Er spürt sie bis in die Knochen. Es ist nicht das erste Mal, dass er und Danny die Entdeckung mutmaßlich menschlicher Knochen untersuchen. Einmal stellte es sich als ein Römergrab heraus, ein anderes Mal war es eine Pestgrube. Diese Leiche ist auf alle Fälle nicht frisch, denn soweit Fletcher weiß, ist es ungefähr zwanzig Jahre her, dass der Supermarkt gebaut und die Erde unter den dicken Asphaltschichten ausgehoben wurde.

»Vielleicht ist es ja das fehlende Glied«, sagt er zu Danny und erntet ein Lachen.

Ihnen bliebt nichts zu tun, als zu warten, dass jemand herkommt, um die Knochen zu untersuchen und zu datieren. Wahrscheinlich läuft es auf die Entscheidung hinaus, welcher Bereich des Parkplatzes abgesperrt werden soll. Fletcher spürt, wie ihn das Sodbrennen überschwemmt: Heiß lodernd widersetzt sich die Magensäure der Schwerkraft, während der Rest seines Körpers den Kampf aufgibt. Aus seiner Hosentasche zieht er einen Blister Säureblocker. Das ist gar nicht so einfach; beinahe schnappt ihn sich der Wind. Er zerkaut drei Tabletten, während er und Danny den Männern in Warnwesten dabei zusehen, wie sie eine Plane holen. Die Tabletten schmecken unangenehm nach Kreidestaub mit einer Andeutung Pfefferminze.

»Weißt du was?«, sagt Danny. Er kippelt auf den Fersen und blickt sich um.

»Was?«, fragt Fletcher.

Die Männer mühen sich damit, die Plane über die Grube zu breiten. Die Ränder flattern so heftig, als zapple die Plane an einer Angelleine und würde gerade aus dem Meer gezogen, und bevor die Männer sie befestigen können, bricht ein Lehmklumpen aus der Grubenwand und fällt herab.

»Haben wir hier nicht die Jungs gefunden?«

»Halt!«, schreit Fletcher. »Stopp!«

Dort, wo der Lehm herausgebrochen ist, hat er fein säuberlich einen weiteren Knochen bloßgelegt. Fletcher erkennt die Wölbung eines Schädels. Augenhöhlen starren ihn an, und es sieht so aus, als wäre die Stirn eingedellt, als hätte man sie eingeschlagen. Außerdem erkennt er etwas, das aussieht wie das Ende eines großen, metallenen Schraubenschlüssels. Er würde fünfzig Pfund darauf verwetten, dass der zusammen mit den Knochen vergraben wurde, und er hat eine Ahnung, dass an ihm irgendeine Substanz kleben dürfte. Ganz sicher ist es kein römisches Artefakt.

»Siehst du das?«

Er wendet sich zu Danny um.

Aber Danny erbricht sich ein paar Schritte entfernt, zusammengekrümmt, gleich hinter der Tribüne. Die Spitzen der langen Gräser verdecken sein Gesicht und streifen seine Ohren. Die Hitze verstärkt den Geruch seiner Kotze.

»Er lebt noch!«, brüllt Fletcher. Er versucht, an der schweren Teppichrolle zu zerren, will sie wegziehen, dem Jungen aber nicht noch mehr Schmerzen zufügen.

»Hilf mir! Verdammt noch mal, Danny!«

Danny kommt stolpernd herbei, wischt sich den Mund ab, er würgt noch immer, und gemeinsam ziehen sie den Teppich von dem Jungen, dessen Brust sich noch leicht hebt und senkt. Fletcher schwitzt seinen nagelneuen Anzug mit eimerweise Schweiß voll. Seine Frau hat heute Morgen, bevor er das Haus verlassen hat, unsichtbaren Schmutz vom Revers gebürstet und den eleganten Schnitt bewundert, doch an den Anzug denkt er nicht, als er sich auf die blutige Erde kniet. Alle Gedanken gelten dem Kind. Für das andere ist es zu spät. Dessen Körper ist reglos, atmet nicht mehr. Sein Gesicht ist eine breiige Masse. Das war der Auslöser bei Danny.

Die wenige Meter entfernte Tribüne der Hunderennbahn liegt verlassen da. Es ist Montagmorgen, und im Stadion ist nur eine Handvoll Leute, die ein, zwei Tische auf der gegenüberliegenden Terrasse mit Bar besetzen. Drei Buchmacher aber haben sich eingefunden und in der Morgensonne ihr Geschäft aufgebaut, die schwarzen Taschen schon voller Geldscheine. Ein Schild verkündet, dass der Mindesteinsatz zwei Pfund beträgt.

Während sie auf den Krankenwagen warten, fährt ein Traktor zweimal die Runde und ebnet den Sand auf der Rennbahn. Fletcher hält den Kopf des Jungen im Schoß und streicht ihm vorsichtig das Haar aus der Stirn, wobei er darauf achtet, die Wunden nicht zu berühren. Er nimmt eine der kleinen, weichen Hände des Buben in seine und erklärt ihm wieder und wieder, dass jetzt alles gut ist, dass sie ihn gefunden haben, dass es ihm bald besser gehen wird, dass er durchhalten soll, dass Hilfe unterwegs ist und es nicht mehr lange dauert.

Eine schiefe Wellblechwand trennt Fletcher und den Jungen von der Rückseite der nicht überdachten Tribüne. In der Wand sind Lücken, durch die sich ein schlanker Mensch wahrscheinlich hindurchzwängen könnte. Leute haben hier ihren Müll abgeladen: Bauschutt, Metallteile, Möbelgerippe, rissige alte Reifen ohne Profil, eine Ma-

tratze und die Teppichrolle, all das zurückgelassen in einem Winkel einer zwei Quadratkilometer großen Brache, die überall sonst an eine Mondlandschaft erinnert. Hie und da sieht Fletcher die Überbleibsel einer alten Asphaltschicht: aufgeworfene Bruchstücke und klebrige schwarze Brocken, die in der Hitze schwitzen.

Aus einem Lautsprecher an der Rennbahn erschallt eine überraschend laute Trompetenfanfare. Durch eine Lücke im Blechzaun und in der Tribüne kann Fletcher die Hundeführer in ihren blauen Jacken erkennen, die die Tiere auf die Rennbahn begleiten. Trotz der Hitze, oder vielleicht deswegen, tragen manche der Männer flache Kappen. Fletcher reibt sich über die Stirn. In den Mundwinkel des Jungen tritt klumpiges Blut und tropft an seiner Wange herunter. Fletcher wischt es fort.

»Nein, das wirst du nicht«, sagt er. »Nein, nein. Halt durch, Junge.«

In den Augen des Jungen vollzieht sich ein Kampf. Er würgt, und mehr Blut kommt heraus. Sanft zieht Fletcher den Jungen dichter auf seinen Schoß und legt die Arme um ihn, will dem Kind unbedingt etwas von seiner Lebenskraft abgeben, ohne es zu fest zu drücken. Der Lautsprecher der Rennbahn verkündet die Namen der Hunde, die nun am Start sind. Wummernd hallen die Worte in den blauen Himmel über Fletcher, und als sie verstummen, hört er das Heulen der Krankenwagensirene von der Überführung. Endlich. Noch fünf Minuten, um Ihre Wette zu setzen, mahnt die Stimme aus dem Lautsprecher. Die Augenlider des Jungen flattern. Unerträglich grell schwirren und summen Insekten um sie herum.

»Komm schon, mein Junge!«, sagt Fletcher. »Halt durch. Tu's für mich.«

Danny ist zurück zum Einsatzwagen gerannt. Er sitzt auf dem Beifahrersitz, die Tür steht offen, ein Bein draußen, Fuß am Boden. Er spricht über Funk. Sein Mund formt dringliche Wörter, aber Fletcher kann sie nicht hören. Er kneift die Augen zusammen. Hinter Danny kommt der Krankenwagen mit Blaulicht die Ausfahrt herunter.

»Der Krankenwagen ist da!«, brüllt Fletcher Danny zu. »Geh ihnen bis zur Schranke entgegen. Bring sie hierher!« Er und der Junge werden von einem Streifen Goldmohn verdeckt, der inmitten des Mülls wächst. Er ist so verdammt orange. Auf die Nase des Jungen setzt sich eine Fliege, und Fletcher wedelt sie fort. Der Bub blinzelt, zu langsam. Er bemüht sich, etwas zu sagen, aber seine Kehle zieht sich zu, und seine Augen füllen sich mit Tränen. Er versucht es noch einmal, und diesmal kommt ein Krächzen heraus.

»Was hast du gesagt?«, fragt Fletcher.

Mit Lippen, die ausgedörrt sind wie die ofenheiße Luft, formt der Mund des Jungen ein Wort, doch ein Gurgeln in seiner Kehle verzerrt es.

»Ghost?«, fragt Fletcher. »Hast du ›Ghost‹ gesagt?«

Von der Rennbahn her hört man, wie die Gatter aufgestoßen werden und die Hunde losrennen. Dröhnend setzt der Kommentar ein. Fletchers Frage wird nur mit der Angst in den Augen des Jungen beantwortet. Sieben Sekunden später stirbt er, während auf der anderen Seite der Tribüne die Hunde vorbeijagen. In rasender Geschwindigkeit blitzen seidige Fellflecken vorbei, hinter denen der Sand aufstiebt.

Die Sanitäter sind erst auf halber Strecke über den Asphalt, als der Junge stirbt. Sie rennen. Zu spät. Hinter ihnen flirrt die Luft. Es dauert ein paar Minuten, bis sie

Fletcher davon überzeugen können, den Jungen loszulassen, damit sie ganz sichergehen können, dass ihre Dienste nicht mehr erforderlich sind.

Danny ruft das Büro des Untersuchungsrichters an, während Fletcher sich übergibt.

Es ist Zeit für die Wahrheit

Folge eins –
drei Tote und ein Zeitungsartikel

Sie hören *Es ist Zeit für die Wahrheit,* ein Podcast von Dishlicker Productions. In diesem Podcast gibt es Inhalte, die für jüngere Hörer ungeeignet sein können. Wir empfehlen Ihnen, verantwortungsbewusst damit umzugehen.
Vor zwanzig Jahren wurden zwei Jungen brutal ermordet und ihre Leichen auf einer Baubrache zurückgelassen. Bis zum heutigen Tag ist ungeklärt, was ihnen damals passiert ist.
Der preisgekrönte Filmemacher Cody Swift, den der Mord an seinen beiden besten Freunden nie losgelassen hat, kehrt nun in die Wohnsiedlung in Bristol zurück, in der er aufgewachsen ist, um herauszufinden, ob es für die beteiligten Personen nicht endlich an der Zeit ist, die Wahrheit zu sagen.

Mein Name ist Cody Swift. Ich bin Filmemacher und begrüße Sie zu *Es ist Zeit für die Wahrheit,* einem Podcast von Dishlicker Productions.

Am 7. Februar 2017 starb ein Mann namens Sidney Noyce im Gefängnis. Der Untersuchungsrichter stellte fest, dass Noyce sich das Leben genommen hatte. Mithilfe seines Bettlakens knüpfte er eine Schlinge, knotete ein Ende an den Bettpfosten und erstickte sich mit dem anderen.

Am Tag seines Todes hatte Sidney Noyce etwas mehr

als zwanzig Jahre in Gefangenschaft verbracht – seit man ihn für schuldig befunden hatte, im Jahr 1996 meine beiden besten Freunde ermordet zu haben: den elfjährigen Scott Ashby und den zehnjährigen Charlie Paige.

Nicht jeder war von Sidney Noyce' Schuld überzeugt. Hören Sie Owen Weston, einen Journalisten, der damals über den Mordprozess berichtete.

»Sidney Noyce war der Spatz in der Hand der Polizei. Oder einfach leichte Beute. Wie auch immer. Er hatte gestanden, die Jungen verletzt zu haben, aber ich für meinen Teil zweifelte vom ersten Moment an, als ich ihn bei Gericht sah, an seiner Schuld. Noyce war unterdurchschnittlich intelligent. Er schien keine Ahnung zu haben, was vor sich ging. Für mich war es das erste Signal, aber es gab noch andere.«

Die Polizei war anderer Auffassung. Hier hören Sie den Polizeipräsidenten Chief Constable Tremain (der damals Detective Chief Superintendent war) in seiner Presseerklärung am Tag der Verurteilung von Noyce.

»Dieser Fall war eines der erschütterndsten und verstörendsten Verbrechen, mit denen ich selbst und meine Kollegen in all unseren Dienstjahren zu tun hatten. Das, was Sidney Noyce in der Nacht des achtzehnten August getan hat, als er die Jungen kaltblütig umbrachte, hat die Familien von Charlie Paige und Scott Ashby zu lebenslangem Leid verdammt. Ich hoffe aufrichtig, dass die heutige Verurteilung von Noyce der Gesellschaft das Gefühl von Sicherheit zurückgibt und uns alle ermutigt, nach vorn zu blicken, auch wenn uns das die Jungen nicht

zurückbringt. Unsere Gedanken sind weiterhin bei ihren Familien.«

Im Prozess sagte der Richter, als er Noyce zu einer lebenslangen Gefängnisstrafe verurteilte, Folgendes:

»Das Verbrechen, das Sie begangen haben, war grausam und sinnlos. Ich bezweifle nicht, dass Ihnen Ihre geistigen Schwierigkeiten im Leben Hindernisse in den Weg gelegt haben, aber ich glaube doch, dass Sie genau wissen, was der Unterschied ist zwischen richtig und falsch. Am achtzehnten August, einem wunderschönen Sommerabend, waren Charlie Paige und Scott Ashby zum Spielen draußen. Vielleicht waren sie auf dem Weg nach Hause zu ihren Familien, als sie Ihnen begegneten. Sie prügelten brutal auf die beiden Jungen ein, eine Tortur, die die Kinder in Todesangst versetzt haben muss. Scott Ashby starb noch am selben Abend, aber Charlie Paige überlebte die Nacht. Seine Qualen müssen entsetzlich gewesen sein. Das Wort abscheulich genügt nicht, um auszudrücken, was Sie getan haben.«

Wem soll man glauben? War Noyce eine Bestie, oder hatte er sich die Hände gar nicht schmutzig gemacht? In den zwanzig Jahren, die Noyce im Gefängnis verbracht hat, hörte er nie auf, seine Unschuld zu beteuern. Nach Noyce' Tod veröffentlichte Owen Weston einen Artikel, in dem er seine Trauer und Enttäuschung artikulierte und ein weiteres Mal seine seit Langem gehegten Vorbehalte gegen die Verurteilung von Noyce darlegte.

Ich stolperte zufällig über den Artikel. Eines Sonntagmorgens schlug ich die Zeitung auf, und da war er, illustriert mit Porträtaufnahmen von Scott und Charlie. Es war wie ein Schlag in die Magengrube, ihre Gesichter nach all den Jahren wiederzusehen. Und ein zweiter Schlag war es, den Artikel zu lesen, denn vor zwanzig Jahren war mir oder meiner Familie gar nicht in den Sinn gekommen, dass Noyce möglicherweise unschuldig war. Seine Verhaftung und Verurteilung freute uns. In unserer Wohnsiedlung herrschte auch unter den anderen Familien Erleichterung darüber, dass man ihn aus dem Verkehr gezogen hatte. Nachdem die beunruhigten Eltern ihre Kinder monatelang nicht aus dem Haus gelassen hatten, durften sie jetzt wieder zum Spielen hinaus.

Die Vorstellung, dass Noyce womöglich unschuldig war, stellte für mich alles auf den Kopf. Außerdem fragte ich mich, was meine Familie, die Nachbarn und die Freunde von damals darüber denken mochten. Nachts lag ich wach. Nachdem ich all die Jahre jede Erwähnung dieses Verbrechens vermieden hatte, begann ich mich in die Sache einzuarbeiten. Ich nahm Kontakt auf zu Owen Weston und sprach mit anderen Leuten, die an der ursprünglichen Ermittlung beteiligt gewesen waren, und es begann sich eine Geschichte herauszuschälen. Sie zog mich in ihren Bann.

Als ich tiefer in die Nachforschungen eintauchte, erzählte ich meiner Freundin Maya von meinen Erkenntnissen. Sie ist Producerin. Wenn dir das wirklich nicht aus dem Sinn geht, dann mach doch etwas daraus, schlug sie vor. Sie erwähnte einen Podcast über echte Kriminalfälle, den sie gehört hatte. Es wäre das ideale Format für eine solche Story, meinte sie. Und, fügte sie hinzu, war es nicht denkbar, dass jetzt, nach all den Jahren, jemand, der etwas über die Morde wusste, was er damals nicht sagen wollte, vielleicht weil er Angst hatte oder weil man ihn übersehen hatte oder weil er nicht erkannt hatte, dass es eine nützliche Information war, könnte es nicht sein, dass dieser Jemand jetzt den Augenblick gekommen sah, die Wahrheit zu sagen?

Und da wären wir. *Es ist Zeit für die Wahrheit* ist meine persönliche Untersuchung der Ermordung meiner besten Freunde.

Und so begann die Geschichte für mich.

Es war 1996, in den Sommerferien. Der 18. August war ein Sonntag. Meine Freunde Charlie Paige und Scott Ashby und ich brachten den Nachmittag damit zu, in der Umgebung unserer Wohnsiedlung Unfug zu treiben. Charlie war zehn, so wie ich. Scott war gerade elf geworden. Am Spätnachmittag hingen wir auf dem Spielplatz der Siedlung herum. Er bestand aus nutzlosem Baumaterial, das ein örtliches Unternehmen gestiftet und einbetoniert hatte. Ich erinnere mich an ein rostiges Klettergerüst, an ein wabenartiges Konstrukt aus riesigen, auf der Seite liegenden Reifen und an unterschiedlich große Betonröhren mit rauen Kanten, durch die man krabbeln konnte, wenn man wollte. Nichts von alldem würde heutzutage einer Gesundheits- und Sicherheitsprüfung standhalten.

Ich hatte an dem Tag mein brandneues T-Shirt von den Olympischen Spielen in Atlanta angezogen, das mir mein Onkel aus den USA geschickt hatte. Es war mein ganzer Stolz. Wir hatten wenig Geld, deshalb waren die meisten meiner Kleider gebrauchte Sachen von Cousins oder Nachbarskindern; mit einem neuen Kleidungsstück konnte man also angeben. Mum sagte, dass ich nicht in den Betonröhren spielen dürfte, wenn ich es tragen wollte. Aber ich machte selten, was meine Mutter sagte, also spielte ich doch in den Röhren – der beste Ort, um die

Zigarettenkippen aufzurauchen, die ich immer aus dem Aschenbecher meines Vaters klaute. Ich weiß noch, wie mich der Anblick der Rauchkringel im Innern des rauen Zylinders hypnotisierte. Als meine Mutter uns um fünf zum Abendessen rief, war mein T-Shirt zerrissen und schmutzig.

Mum gab mir, Charlie und Scott Marmeladensandwiches und Fruchtsirup. Danach schubsten wir einander im Hausflur herum, während wir die Schuhe anzogen, und hatten es eilig, wieder zum Spielen hinauszukommen. Da bemerkte Mum den Riss in meinem T-Shirt. Ich versuchte, den Schaden zu verbergen und mich aus dem Staub zu machen, aber sie packte mich am Arm, zog mich zurück in die Wohnung und zwang mich, das T-Shirt auszuziehen. Zur Strafe bekam ich Hausarrest, und so musste ich den restlichen Abend mit ihr in der drückend heißen Wohnung zubringen.

Charlie und Scott gingen ohne mich raus, hinaus in den Abend, wo die Wohnsilos lange, dunkle Schatten über die Siedlung warfen und die Sonne dahinter glühend rot unterging. Es war das letzte Mal, dass ich meine Freunde sah, denn sie kamen nicht mehr nach Hause, nicht in dieser Nacht und auch nicht später. Ein Riss in meinem T-Shirt rettete mir das Leben.

Am folgenden Morgen fand man Charlie und Scott brutal niedergeschlagen neben einem Haufen Müll auf einem verwahrlosten Gelände hinter der Hunderennbahn. Scott war bereits tot. Charlie hatte die Nacht überlebt und lebte noch wenige Minuten, nachdem die Polizei eingetroffen war – gerade eben lang genug, um ein einziges Wort zu sagen –, aber er starb, bevor die Sanitäter da waren.

Der Verlust meiner Freunde und meine Schuldgefühle,

weil ich überlebt habe, sind ein düsterer Schatten, mit dem ich seit dieser Nacht lebe. Und ich bin nicht der Einzige. Mir und einer Reihe von Menschen, mit denen ich gesprochen habe, fiel es nicht leicht, für meine Nachforschungen die Vergangenheit aufzuwühlen.

Aber – und es ist ein großes Aber –, falls der Reporter Owen Weston recht hat und Sidney Noyce meine Freunde nicht ermordet hat, dann muss jemand die Sache hinterfragen. Und falls Noyce die Morde nicht begangen hat, muss es jemanden geben, der weiß, wer es an seiner Stelle war. Charlies und Scotts Mörder ist an jenem Abend blutbefleckt nach Hause gegangen und musste in den Tagen und Wochen danach mit seiner Tat leben. So etwas kann unmöglich unbemerkt geblieben sein. Vielleicht hat dieses Geheimnis jemandem mittlerweile, nach zwanzig Jahren, ein Loch ins Gewissen gebrannt, das tief genug ist, um ihn oder sie zum Reden zu bewegen. Vielleicht haben sich auch die Verhältnisse geändert, vielleicht kann diese Person jetzt ohne Angst vor Vergeltung sprechen. Loyalitäten verschieben sich.

Wenn Sie dieser Jemand sind und wenn Sie bereit sind zu reden, dann bin ich bereit zuzuhören, denn diejenigen unter uns, die Charlie und Scott nahestanden, müssen erfahren, was wirklich geschehen ist. Wir brauchen Gewissheit, und wir brauchen einen Abschluss. Es war nicht nur das Leben von zwei Familien, das von diesen Morden zerrüttet wurde, nicht nur das ihrer Freunde, es war ein ganzes Viertel, einschließlich Sidney Noyce und seiner Familie.

Wenn Sie also dort draußen sind und etwas wissen, dann bitte ich Sie – um all derjenigen willen, die sich erinnern und immer noch mit dem Schatten zu kämpfen haben: Es ist Zeit für die Wahrheit.

Jess macht auf dem Heimweg von der Yogastunde halt beim Supermarkt. Sie geht geradewegs in den Gang mit den Backzutaten und nimmt sich einen Augenblick Zeit, um Kerzen für Nicks Geburtstagskuchen auszuwählen. Sie entscheidet sich für eine dicke Kerze anstelle von sechsundvierzig dünnen. Die Verpackung verspricht, dass sie beim Herunterbrennen Funken sprüht wie ein Feuerwerk. Nick wird das großartig finden. Hinter seiner Fassade aus Ernsthaftigkeit und Fleiß schlägt das Herz eines großen Kindes. Es gibt nicht viele Menschen, die das wissen, aber es ist eines der Dinge, die Jess an ihrem Mann ganz besonders liebt. Sie ist davon überzeugt, dass Nick ein durch und durch guter Mensch ist.

Als die Entscheidung gefällt ist, geht sie durch den Gang mit den Weinen und schnappt sich eine Flasche Schampus. Sie nimmt extra eine teure Sorte, die Nick gern mag. Am Ende des Gangs schaut sie sich kurz die Zeitschriften an. Jess beschäftigt sich mit Lifestyle-Themen. Sie wählt ihre beiden Lieblingsmagazine aus – eine Modezeitschrift und eine andere über Inneneinrichtung – und legt beide in den Einkaufswagen. Sie wird sich stundenlang damit beschäftigen. Sie und Nick haben nicht viel Geld, aber es ist genug da, um sich und ihr Zuhause hübsch herzurichten, wenn sie umsichtig haushaltet.

Jess blickt auf die Uhr und geht summend zur Kasse: Zeit genug, um nach Hause zu fahren und alles für Nicks

Rückkehr vorzubereiten. Sie ist entspannt. Es ist ein guter Tag.

Beim Warten an der Kasse fällt ihr die Schlagzeile ins Auge. Sie greift sich das örtliche Käseblatt vom Regal über dem Förderband und versucht zu lesen, aber sie hat die Lesebrille nicht dabei, und der kleine Druck verschwimmt ihr vor den Augen. Nicht allerdings die Überschrift, die ist klar und deutlich.

Cody Swift kehrt in seine Heimatstadt Bristol zurück, um dem Doppelmord an seinen besten Freunden auf den Grund zu gehen

Darunter sind die Porträts der Opfer, Seite an Seite. Jessica erscheinen sie etwas unscharf, so wie die kleine Schrift, aber sie braucht ihre Brille nicht, um sich jede Einzelheit dieser Gesichter ins Gedächtnis zu rufen, als habe sie sie zuletzt gestern gesehen, denn bei den beiden abgebildeten Jungen handelt es sich um ihren Sohn Charlie und seinen besten Freund Scott. Es sind dieselben Fotos, die in den Wochen nach ihrer Ermordung und während des Prozesses vor zwanzig Jahren die Titelblätter der regionalen und nationalen Zeitungen überzogen. Es sind nichtssagende Schulfotos, und die Jungen haben jenen typisch abgeflachten, überraschten Gesichtsausdruck von Blitzlichtaufnahmen. Beide tragen den roten Schulpullover, und jemand, vielleicht die Schulschwester, hat ihnen das Haar grob gebürstet und ihnen einen Augenblick, bevor das Foto aufgenommen wurde, einen fremdartig wirkenden Scheitel verpasst.

Das war's, denkt Jess. *Das Spiel ist aus.* In den vergangenen zwanzig Jahren hat sie sich angewöhnt, die unterschiedlichen Phasen ihres Lebens in fünf einzelne Perioden zu unterteilen: die einsame Kindheit in zahllosen Pflegefamilien, an die sie sich kaum erinnern kann; dann die von ihr als »schmutzige« Jahre empfundene Zeit vor und nach Charlies Geburt; die trostlosen Jahre nach seiner Ermordung, eine Zeit voller Wut und Selbstzerstörung, bis sie dem unendlich liebevollen, geduldigen Nick begegnete, der sie auf den richtigen Weg führte, bevor sie den Verstand noch endgültig verlor; und das Jetzt. Das Jetzt ist gut und wohltuend. So ist es, seit sie gelernt hat, Nick zu vertrauen, und nach der Geburt von Erica ist es sogar noch besser geworden. Tatsächlich ist es so gut, dass es geradezu perfekt wäre, wenn da nicht Jess' Schuldgefühle wären wegen dem, was vor all den Jahren passiert ist.

Jess' Hände fangen an zu zittern, und die Zeitung flattert. Cody Swift hat eine Stange Dynamit gezündet, die ihr ganzes Leben in Stücke sprengen könnte. Sie weiß schon jetzt, dass seine Nachforschungen eine neue düstere Phase in ihrem Leben einläuten können.

Sie ignoriert den Mann hinter sich, der ihren Wagen mit seinem schubst und sie fragt, ob es ihrer ist. Sie lässt die sorgfältig ausgewählten Artikel darin liegen und reicht der Kassiererin nur die Zeitung. Die Kassiererin sagt etwas zu Jess, doch die antwortet nicht. Sie greift nach der Zeitung und dem Wechselgeld und eilt zu ihrem Auto.

Als sie nach Hause kommt, geht Jess geradewegs zum Computer im Arbeitszimmer, das sie sich mit Nick teilt, und schnappt sich unterwegs ihre Brille. Sie liest den Artikel genau und stellt fest, dass es online auch nicht viel mehr Informationen gibt außer einem kurzen Lebenslauf von Cody – beeindruckend, wer hätte gedacht, dass er sich so wacker schlagen würde? – und einer knappen Zusammenfassung des Falls. Natürlich gibt es nicht ein Detail, das Jess nicht bekannt wäre. Ihr Magen rebelliert beim Lesen.

Jess steht auf und geht über den Flur ins Zimmer ihrer Tochter. Auf dem Boden liegen Ericas Sachen verstreut, ihr Bett ist ein zerwühltes Chaos, und weder vom Schreibtisch noch von der Frisierkommode ist auch nur ein Millimeter Oberfläche zu sehen. Ihre Pinnwand ist eine liebevoll zusammengesetzte Collage sämtlicher schönen Erlebnisse, die Erica je hatte. Als Jess sie betrachtet, hat sie das Gefühl, dass es ihr das Herz bricht. Sie setzt sich auf Ericas Bett und nimmt ein Kissen. Fest presst sie es sich an die Brust, und der Druck gibt den süßen Duft ihrer Tochter frei. Die Sonne blinzelt durch die Lamellen der Jalousie und wirft Schattenlinien über den Raum. *Erica ist mein Ein und Alles,* denkt sie. *Sie und Nick machen mein ganzes Leben aus.*

Jess will nicht, dass Nick von dem Podcast erfährt, weil er ausflippen wird. Er sieht sich als ihr Beschützer. Er weiß über Charlie Bescheid, weil er Jess schon ewig kennt.

Nick und Jess haben sich in der düsteren Zeit nach Charlies Tod kennengelernt. Eines Nachts las er sie buchstäblich von der Straße auf, etwa ein Jahr nach Charlies Tod. Sie war sturzbetrunken vom Bordstein gefallen. Sie hatte ein blaues Auge und ein gebrochenes Handgelenk. Nick kümmerte das nicht. Er sagte, er habe damals etwas in ihr erkannt, selbst in jenem Augenblick, und er brachte sie ins Krankenhaus und blieb die Nacht bei ihr und auch danach. Mit Zähnen und Klauen kämpfte er um ihr Vertrauen, dass sie ihn Teil ihres Lebens werden ließ. Wenn Nick nicht gewesen wäre – sie wüsste nicht, wo sie jetzt wäre. Vermutlich tot. Vielleicht. Entweder hätte sie sich selbst das Leben genommen oder ein anderer. So tief war sie damals gesunken.

Sie muss nicht nur Nick im Blick haben, sondern auch Erica. Die weiß nichts von Charlie. In den 1990ern, als die Morde geschahen, war das Internet noch zu neu, als dass es eine allgemein gebräuchliche Nachrichtenquelle gewesen wäre. Zwar gingen die Medien in der Zeit der Morde auf Jess los, und auch später, als sie in der Öffentlichkeit stand, aber sie taten es in gedruckter Form. Was an einem Tag eine Nachricht war, war am nächsten das Einwickelpapier für Fish and Chips. Darauf hat Jess vertraut, um die Vergangenheit vor ihrer Tochter geheim zu halten.

Vor Jahren hat Jess mit dem Gedanken gespielt, Erica die Wahrheit zu erzählen, doch wann ist der richtige Zeitpunkt, um deiner über alles geliebten Tochter zu sagen, dass ihr Halbbruder ermordet wurde und du in der Folge beschuldigt wurdest, ihn vernachlässigt zu haben? Nie. Also hat Jess die Vergangenheit weggepackt und sich an Nicks Mantra gehalten, dass Erica zu lieben und großzuziehen Jess die Gelegenheit gab, die Dinge hinter sich zu lassen und etwas Gutes zu schaffen.

Jess zwingt sich, nicht daran zu denken. Das Schuldgefühl, das die Erinnerungen auslösen, nimmt viele Formen an, immer aber ist es mächtig genug, dass sich ihr Mund anfühlt, als sei er voller Asche. Manchmal verursacht es einen Brechreiz. Es ist vielschichtig und anstrengend. Sie blickt auf die Uhr auf Ericas Nachttisch. *Reiß dich zusammen*, sagt sie sich. Ihr bleiben zwei Stunden, bis Nick nach Hause kommt. Er war für ein paar Wochen beruflich unterwegs. Sein Lieblingseintopf schmort seit heute Morgen im Ofen. Sie werden ohne den Schampus auskommen müssen, den sie im Einkaufswagen zurückgelassen hat. Macht nichts. Sie hat Rotwein im Haus, den sie stattdessen trinken können.

Sie schleppt sich nach unten und deckt den Tisch. Ihre ganze Konzentration gilt der Aufgabe, Cody Swift und den Zeitungsartikel zu verdrängen. Über die Jahre hat sie gelernt, ihre Gefühle durch Geschäftigkeit zu betäuben, insbesondere dadurch, dass sie sich ein Zuhause geschaffen hat. Sie holt das Silberbesteck heraus, Leinenservietten, Serviettenringe, die schönsten Kerzenständer und den Flaschenständer. Auf dem Kaminsims steht eine Vase mit frischen Blumen. Sie hat sie heute Morgen zusammengestellt. Sie liebt Blumen. Abgesehen von Mohnblumen. Niemals dürfen es Mohnblumen sein. Nicht einmal rote oder weiße. In den Tagen nach Charlies Ermordung ging sie zu der Stelle, an der man ihn gefunden hatte. Sie sah die Böschung mit den orangefarbenen Mohnblumen, die den Platz kennzeichneten, an dem er gestorben war, und sie wusste, dass die Pracht und die Vitalität ihrer hauchdünnen Blütenblätter sie auf ewig verfolgen würden.

In der Küche nimmt sie die Schachtel mit der Schokoladentorte aus dem Kühlschrank und setzt die Torte vorsichtig auf eine Glasplatte mit Goldrand. Ihr fällt ein, dass sie auch die spektakuläre Kerze im Einkaufswagen hat liegen lassen, und es bekümmert sie. Glücklicherweise hat die Konditorei, bei der sie die Torte bestellt hat, einen wunderschönen Schriftzug obendrauf gesetzt. Er lautet: »Happy Birthday, Nick«, in raffinierter Schönschrift mit allerlei Schnörkeln. Das muss reichen.

Sie stellt die Torte zurück in den Kühlschrank und denkt, dass es Pech ist, dass Erica an Nicks Geburtstag nicht da sein kann. Allerdings planen sie, an dem Abend, an dem sie von der Klassenfahrt nach Hause kommt, noch einmal zu feiern. Sie werden schön essen gehen. Obwohl es Nicks Geburtstagsfeier ist, hat er Erica die Entscheidung überlassen, in welches Restaurant sie gehen, also sind Nachos und alkoholfreie Cocktails daraus geworden – je mehr Strohhalme, Schirmchen und Farben die Getränke haben, desto besser.

Oben überlegt Jess hin und her bei ihrem Outfit. Sie will schön aussehen. Wie die Schuld begleitet sie seit zwanzig Jahren der Wunsch zu gefallen. Sie legt ein einfaches, hübsches Etuikleid heraus und silberne Ballerinas. Sie duscht sich und frisiert und schminkt sich fachkundig an der Frisierkommode. Sie will erfrischt aussehen.

Sie zieht sich nagelneue, zueinanderpassende Unterwäsche aus Seide an. Wenn Erica nicht zu Hause ist, dann will Nick manchmal zärtlich werden, sobald er zur Tür hereinkommt. Jess hat nichts dagegen, denn es bedeutet vermutlich, dass er die Hose anbehalten hat, während er beim Dreh war; sie kennt die Versuchungen dieser Welt nur zu gut. Außerdem hat sie auch deshalb nichts dagegen, weil sie ihn während seiner Abwesenheit schmerzlichst vermisst hat. In Jess' Weltanschauung kann man Pragmatiker und Romantiker in einem sein.

Sie zuckt zusammen, als sie Nicks zweimaliges Hupen hört. Er ist früh dran. Ihre Schuhe klackern, als sie die Treppe hinuntergeht. Sie öffnet die Haustür und stellt sich in den Türrahmen, sodass sie ihm ihre schlanken Kurven im Profil darbietet, an deren Erhalt sie hart arbeitet. Sie stellt einen Fuß vor den anderen und hebt das Kinn. »Hallo, Liebling«, sagt sie.

»Du bist ein wahrer Lichtblick.« Das sagt er immer, der Gute.

Er holt seinen Anorak vom Rücksitz des Autos. Er

sieht müde aus. Er hatte eine harte Zeit, Vierzehnstundentage sind das Minimum. So läuft es am Set. Er ist erster Regieassistent. Sie schuften wie die Tiere. Er umarmt sie und küsst sie auf die Lippen, doch heute wandern seine Hände nicht über ihren Körper.

»Ich war tanken an der M32«, sagt er. Die Tankstelle ist nur ein paar Meilen weg.

Verdammt, denkt sie, weil sie ahnt, wohin das führt.

»Hast du das gesehen?« Er nimmt die Regionalzeitung vom Beifahrersitz und hält sie hoch, um ihr den Artikel über Cody, den Podcast und die Morde zu zeigen.

»Ich werde nicht mit Cody Swift reden. Aus mir kriegt der kein Wort heraus.« Ihre Stimme ist hart wie altes Leder, als spiele sie eine Mafiabraut, und ihr Mann nickt, doch dann entweicht ihr ein Schluchzen. »Charlie«, sagt sie. Laut ausgesprochen gibt es kein zweites Wort, das sie so verwundbar macht. Sie sinkt in Nicks Arme und an seine Brust. Sie spürt seine Hitze, den Herzschlag und zieht Trost aus dem festen Druck seiner Umarmung.

Später reißt sie sich zusammen, und mehr als einmal bekräftigt er, wie gut ihm sein Geburtstagsessen schmeckt. Über den Tisch hinweg hält sie seine Hand und versteckt ihre wahren Gefühle hinter einem Lächeln, als sie einen Toast ausbringt. »Alles Gute zum Geburtstag, Liebling. Darauf, dass du wieder ein Jahr jünger geworden bist!«

Auf dem Schild an der Tür steht »Nasslabor«. Fletcher hätte nicht persönlich herkommen müssen, aber er sieht sich die Dinge gern mit eigenen Augen an. In der Vergangenheit hat ihm diese Taktik dabei geholfen, die Karriereleiter schneller zu erklimmen.

Die Chefpathologin Dr. Mary Hayward erwartet Fletcher im Labor. Ihr rotes Haar wird langsam grau, aber die hellen grünen Augen versetzen ihm einen Stich, den Fletcher irgendwo im Magen spürt – wie schon bei ihrer ersten Begegnung. Sie trägt Perlenohrringe und roten Lippenstift, und ihre Augen sind dezent schwarz umrandet. Es scheint, als sei sie über die Jahre noch gepflegter, adretter und erfolgreicher geworden, wohingegen Fletcher den Eindruck hat, er selbst franse an den Säumen zunehmend aus.

»Mary«, sagt er.

»John.« Sie geben sich die Hand, und auf ihrer Wange erscheinen Grübchen, als sie lächelt.

»Erstaunlicherweise haben wir einen vollständigen Knochensatz«, meint sie. »Sollen wir?«

Sie zieht ein Paar Kunststoffhandschuhe über, und beide treten an einen Tisch, auf dem die Knochen, die man auf dem Parkplatz gefunden hat, auf einem dünnen Schaumstofftuch ausgebreitet sind. Die Knochen wurden gesäubert und zu einem zweidimensionalen Skelett zusammengesetzt. Am Kopfende des Tisches steht aufrecht der Schädel, gehalten von einem weißen Ring, der

Fletcher an den Kragen eines Pfarrers erinnert. Vorsichtig nimmt Mary den Schädel in die Hand. Das hat Fletcher an ihr schon immer gefallen: ihr respektvoller Umgang mit den Toten.

»Ganz offensichtlich gab es einen Schlag auf den Schädel«, sagt sie.

Das bestätigt den Eindruck, den Fletcher auf dem Parkplatz hatte. Sie dreht den Schädel herum, damit er es aus der Nähe sehen kann. Die Stirn ist vermutlich unter einem einzelnen, harten Schlag eingebrochen. Der Knochen rund um den Spalt ist voller haarfeiner Risse, so als sei er nicht robuster als Mauerputz.

»Jemand hat ihm ordentlich einen verpasst«, meint Fletcher.

»Der Schlag passt zu dem Schraubenschlüssel, den man bei ihm gefunden hat.«

»Sonst noch was?« Für Fletcher sehen die meisten Knochen auf dem Tisch aus wie alte braune Stöckchen, doch er weiß, dass Mary in jedem einzelnen Stück Hinweise auf die Identität und die Lebensumstände dieses Menschen gefunden hat. Sie erklärt ihm alles.

»Es ist ein Mann. Zum Zeitpunkt des Todes etwa vierzig bis fünfzig Jahre alt und ungefähr eins achtzig groß. Kräftiger Körperbau. Hinweise auf Knochenbrüche an Schienbein und Schlüsselbein, vermutlich aus der Kindheit.«

»Weißt du, wann er gestorben ist?«

»Daran arbeiten wir noch.«

»Es muss vor 1997 gewesen sein«, meint Fletcher. »Der Parkplatz, unter dem man ihn gefunden hat, wurde damals aufgegraben und neu asphaltiert.«

»Ja, davon weiß ich. Wir haben auch ein paar Kleiderfetzen und Reste seiner Schuhe. Die werden uns weiterhelfen.«

»Eine erste Vermutung?«

»Du weißt, ich stelle keine Mutmaßungen an.«

Er nickt. Das weiß er. Mary stellt den Schädel zurück auf den Schaumstoffring. »Eine Sache könnte dir gefallen«, sagt sie. Sie reicht ihm einen kleinen Gegenstand in einem Asservatenbeutel. Fletcher hält ihn vor dem Fenster gegen das Licht. Matt schimmert der Gegenstand durch das Plastik.

»Ein Siegelring«, stellt er fest. »Was ist darauf eingraviert?«

»Initialen«, antwortet sie. »Und ein vierblättriges Kleeblatt.«

»Ein vierblättriges Kleeblatt?«

»Sieht so aus.«

Beide erlauben sich ein Grinsen. Den Galgenhumor haben sie gemein.

»So richtig Glück hatte er ja nicht«, meint Fletcher. Einer von beiden musste es sagen.

»Die Initialen lauten P. D.«, erklärt Mary. »Natürlich werden wir die DNA abgleichen, aber vielleicht helfen euch die Initialen, die Identität schneller zu ermitteln.«

Fletcher ist zuversichtlich. Er wird die Details zum Siegelring in die Vermisstendatenbank eingeben, wenn er zurück im Büro ist, und schauen, ob sich daraus eine Verbindung ergibt.

Mary streift die Handschuhe ab und wirft sie in den Mülleimer. »Ich habe das von Jane gehört«, sagt sie. »Das tut mir leid.«

Die Bemerkung erwischt Fletcher unvermittelt, denn er behält sein Privatleben gern für sich, und ihn schmerzt die Vorstellung, dass seine kürzlich zerbrochene Ehe womöglich zum Gegenstand von Gerede geworden ist. Er ringt sich zu einer Antwort durch. »Kann jedem passieren.«

Seine Antwort lässt erkennen, dass er weiß, dass auch Marys Ehe geendet hat. Fletcher könnte mehr dazu sagen, und er weiß, es wäre keine schlechte Idee, aber er hat sein Limit erreicht, was Privatgespräche angeht, also wechselt er das Thema.

»Erinnerst du dich an die Jungs, die an der Hunderennbahn ermordet wurden?«

Mary nickt. »Das ist nichts, was man vergessen würde.«

»Diesen Kerl haben wir gerade mal einen Katzensprung von dort entdeckt.«

Sie zieht eine Augenbraue hoch. Sie beide wissen, dass man nicht zu viel auf diesen Zufall geben sollte, aber sie wissen auch, dass man es im Hinterkopf behalten muss.

»Und komischerweise ist noch etwas anderes passiert, das mit dem Fall zu tun hat …«

In jüngster Zeit hat Fletcher sich angewöhnt, beim Reden mitten im Satz abzubrechen. Meistens liegt es daran, dass ihm plötzlich etwas einfällt.

Mary ermuntert ihn weiterzureden. »Klär mich auf.«

»Ende letzter Woche hat mich ein Mann angerufen, der sagte, sein Name sei Cody Swift.«

Der Name ist eine Herausforderung für ihr Erinnerungsvermögen. Fletcher weiß, dass Mary ein hervorragendes Gedächtnis für Details hat, und tatsächlich dauert es nur einen Augenblick, bis sie den Namen einordnen kann.

»Er war der beste Freund der Opfer.«

»Ganz genau.«

»Was wollte er von dir?«

»Er ist nach Bristol zurückgekommen, um eigene Nachforschungen in dem Fall anzustellen.«

»Eigene Nachforschungen?«

Fletcher zuckt mit den Schultern.

»Was erwartet er sich von dir?«, fragt Mary.

»Zusammenarbeit. Informationen.«

»Aber du kannst ihm nichts sagen.«

»Das habe ich ihm erklärt. Und ich habe ihm auch gesagt, dass er mit dem, was er macht, eine Menge Leute in Unruhe versetzen wird. Möglicherweise auch mit irgendwelchen Folgen.«

»Warum macht er das? Warum jetzt?«

»Er will einen Abschluss.« Fletcher ist bewusst, dass der Wunsch nach einem Abschluss für die Opferfamilien zu einer Schlinge um den Hals werden kann, die nicht leicht abzustreifen ist.

Sie atmet hörbar aus. »Abschluss. Wow. Na, dann viel Glück. Aber ich denke, das ist wie die Büchse der Pandora. Er ist verrückt.«

»Er sagt, er will mit Howard Smail reden.«

»Smail wird nicht reden.«

»Das habe ich ihm auch gesagt, aber Swift meinte, er habe ihn bereits kontaktiert und die Antwort sei ermutigend gewesen.«

»Glaubst du ihm?«

»Nein.«

»Ich auch nicht.«

»Trotzdem sollte man niemals nie sagen.«

Mary schweigt kurz, dann sagt sie: »Tja, Scheiße.«

Fletcher glaubt nicht, dass er Mary jemals hat fluchen hören, wenn es aber einen guten Grund dafür gibt, dann ist es die Aussicht, dass der in Ungnade gefallene ehemalige Detective Superintendent Howard Smail in der Öffentlichkeit über diesen Fall plaudert. Mary schüttelt immer noch ungläubig den Kopf, als sie aus dem Labor in ihr Büro nebenan gehen. »Kaffee?«, fragt sie.

Weil er es immer tut, nimmt Fletcher das Angebot an, doch als sie ihm den Rücken zukehrt, zieht er angesichts der Tatsache, dass sie keinen Zucker dazugeben wird, eine Grimasse. Als sie sich vor zwanzig Jahren das erste Mal begegneten, traute er sich nicht, darum zu bitten, und mittlerweile ist es viel zu spät, um diesen Fehler zu korrigieren.

»Holen Sie Detective Inspector Fletcher doch bitte einen Kaffee, Mary«, sagt der Chefpathologe. Finster blickt sie ihn an, und Fletcher will am liebsten sagen: »Nein, ist schon in Ordnung. Alles bestens, ich hab's mir anders überlegt.« Aber die Wahrheit ist, dass er um einen Kaffee gebeten hat, weil er den Augenblick hinauszögern will, in dem er den Raum betreten muss, wo die Obduktionen stattfinden. Er hat schon öfter Autopsien beigewohnt, aber diesmal ist es anders, weil das Kind in seinen Armen gestorben ist.

»Bitten Sie mich darum, weil ich eine Frau bin?«, antwortet Mary. Sie ist schon dabei, sich den Kittel umzubinden. Im Obduktionssaal hinter ihnen laufen die Laboranten geschäftig hin und her. Durch das Fenster in der Tür kann Fletcher erkennen, wie einer von ihnen die Geräte herrichtet und ein anderer eine Bahre zu der Reihe nummerierter Kühlfächer schiebt, um den zweiten Leichnam herauszuholen. Der erste liegt unter einem Laken auf einem der Tische.

»Ich bitte Sie, weil Sie die jüngste Person hier im Raum sind«, erklärt ihr der Chefpathologe. Ihm fehlt jeglicher Charme und Humor, und er ist bekannt für seine Frauenfeindlichkeit. Mit ihm als Chef muss sich Mary Hayward wirklich ranhalten, denkt Fletcher.

Stumm wütet sie vor sich hin, während sie, gefolgt von

ihm, über den Flur in ein Zimmer stapft, um unter dem Heißwasserhahn brühend dampfendes Wasser in eine Tasse zu füllen. Dann kippt sie zwei Messlöffel Kaffeepulver hinein, lässt einen Kaffeelöffel hineinplumpsen und reicht ihm mit verdrossener Miene die Tasse. Sie sieht ihm zu, wie er vorsichtig auf die Flüssigkeit bläst und einen Schluck nimmt, weil er sich verpflichtet fühlt, sich dankbar zu zeigen. Er verbrennt sich den Mund. Er möchte sie um Zucker bitten, aber er traut sich nicht.

»Trinken Sie aus«, sagt sie. »Wir wollen anfangen. Entschuldigen Sie mich bitte.«

Er macht einen Schritt zur Seite und folgt ihr aus der Teeküche den Gang hinunter. »Es tut mir leid«, sagt er, während er sich bemüht, mit ihr Schritt zu halten. »Ich hätte ihn selbst holen können.«

»Nun, warum sollten Sie das tun, wenn es jemanden im Rock gibt, der das übernehmen kann? Wir sehen uns drinnen.«

Er will ihr durch eine Doppeltür folgen, die zurück zum Obduktionssaal führt, doch sie deutet auf ein Schild, auf dem steht: »Keine heißen Getränke«. Er blickt sich nach einer Möglichkeit um, den Kaffee loszuwerden. Eine Topfpflanze, die aussieht, als führte sie bereits ein klägliches Dasein, ist die Lösung. Er kippt die Flüssigkeit aus und deponiert die Tasse in der dampfenden Erde, bevor er ihr durch die Flügeltür hinterhergeht.

Im Obduktionssaal herrscht eine grimmige Stimmung. Manchmal scherzen die Pathologen, ihre Assistenten und die Laboranten miteinander, aber nicht heute. Auf den im rechten Winkel zueinander stehenden Tischen liegen die Körper der beiden ermordeten Jungen. Niemand erwartet etwas anderes als die Bestätigung, dass sie an den brutalen Schlägen auf den Kopf gestorben sind.

Fletcher ist freiwillig hier, weil er teilhaben will an jeder Etappe der weiteren Entwicklung, bis derjenige, der das verbrochen hat, zur Rechenschaft gezogen wurde. Der Anblick der Körper auf den Tischen schürt das Feuer, das ihre Entdeckung gestern in ihm entfacht hat. Er hat erst vor einem Jahr die Polizeihochschule Bramshill abgeschlossen und ist schon Detective Inspector. Seine steile Karriere hat er sich nicht dadurch verdient, dass er herumsitzt und sich am Arsch kratzt. Er ist bekannt dafür, dass er Ergebnisse liefert. Arbeitszeit ist ein Fremdwort für ihn. Er lebt für die Arbeit.

Der Raum scheint voller Leute. Das hilft ihm, mit der Situation fertigzuwerden. Die Pathologen und ihre Assistenten gehen systematisch vor, folgen einer erprobten Choreografie. Zwischendurch verstellen sie Fletcher den Blick auf die Jungen. Nur in diesen Momenten kann er einigermaßen normal atmen. Ansonsten hält er die meiste Zeit die Luft an.

Die Obduktion erlebt er als eine Abfolge unangenehmer Sinneswahrnehmungen. Das Raspeln der Schere, die durch die Haut schneidet, und das nüchternere Geräusch der größeren Schneidewerkzeuge, mit denen sie die kleinen Brustkörbe in Angriff nehmen. Metallene Tabletts und Geräte klirren, Wasser spritzt. Es gibt Blut. Einer der Wasserhähne quietscht, wenn man ihn auf- und zudreht. Mündlich protokollieren die Pathologen ihre Erkenntnisse mit beschwörenden technischen Formeln, die die Gewaltsamkeit der Untersuchung ein wenig abschwächen, aber nicht genug. Fletcher schafft es nicht, die Vorgänge auf den Tischen zu verfolgen; er bemüht sich zwar, um nicht das Gesicht zu verlieren, aber sein Blick flattert und wandert fort, egal, wohin: zu den Abflussrinnen im Boden, zum fleckigen Mörtel, zu den blassen weißen Schien-

beinen von Dr. Mary Hayward, der widerwilligen Kaffeekocherin. Sie assistiert an dem Tisch mit dem Jungen, dessen Namen Fletcher mittlerweile kennt: Charlie Paige. Der Junge, der in seinen Armen starb.

Als der Pathologe, der sich mit Charlie beschäftigt, schließlich bestätigt, dass den ersten Erkenntnissen zufolge das Kind an seinen Kopfverletzungen gestorben ist, ist Fletcher kurz davor, aus dem Labor zu stürzen. Er fragt sich, ob die Topfpflanze jenseits der Tür zusätzlich zum Kaffee auch dem Inhalt seines Magens Platz bieten wird. Er ist übertrieben dankbar, als ihn jemand von der Laborverwaltung auffordert herauszukommen.

Auf dem Flur lehnt ein Mann an der Wand. Er ist hochgewachsen, sehnig und eine gepflegte Erscheinung. Scharf holt Fletcher Luft und hofft, dass sich seine heftige Übelkeit nicht auf dem Gesicht abzeichnet. Er hat Respekt vor diesem Mann.

Detective Superintendent Howard Smail telefoniert am Handy. Für Fletchers Dienstgrad wurden noch keine Mobiltelefone ausgehändigt, aber die Oberbosse haben welche. Als Smail Fletcher bemerkt, beendet er sein Gespräch sofort und sagt: »Gehen wir ein paar Schritte.«

Sie treten hinaus. Es ist erst 6 Uhr 30 am Morgen. Die Obduktion der Jungen wurde vor die planmäßigen Termine gelegt. Über Nacht ist das Wetter umgeschlagen. In den frühen Morgenstunden wurde die Stadt von Donner und Regen durchgeschüttelt, und auch wenn sich der Sturm verzogen hat, fühlt sich die Luft noch schwer und drückend an. Während Fletcher im Obduktionssaal war, hat hinter dem Parkplatz des Krankenhauses ein dünnes Lichtband die nächtliche Dunkelheit durchschnitten, doch es ist schwach und blass und gerade mal hell genug, dass sie die aufgewühlten Wolken über ihren Köpfen aus-

machen können. Aufmerksam beobachtet Fletcher den Detective Superintendent und fragt sich, was er von ihm will. Für jemanden in seiner Position ist es ungewöhnlich, einer Autopsie beizuwohnen.

»Heftig da drinnen?«, fragt Smail. Seine forschen Gesichtszüge werden durch zahllose tiefe Aknenarben abgeschwächt, die sich über beide Wangen ziehen.

Fletcher nickt.

»Ich werde diesen Fall als Chefermittler übernehmen«, sagt Smail.

Das überrascht Fletcher nicht. Dieser Fall wird im Fokus der Öffentlichkeit stehen: die Ermittlung in einem heimtückischen Mord der denkbar schlimmsten Kategorie. Er rechnet schon damit, dass er weggeschickt wird, doch Smail sagt: »Ich hätte Sie gern als Stellvertreter in diesem Fall. Ich habe sehr viel Gutes über Ihre Arbeit gehört.«

Fletcher bemüht sich, seine Überraschung zu verbergen. Es gibt Beamte mit weit mehr Berufserfahrung, auf deren Einsatz man hätte wetten können. Seine Übelkeit und die Erschöpfung sind wie weggeblasen und werden abgelöst von einem Triumphgefühl.

»Vielen Dank, Sir. Es freut mich sehr, diese Chance zu bekommen. Selbstverständlich werde ich mein Bestes geben. Danke.« Ich bin angekommen, denkt er. Ein Regentropfen fällt auf den asphaltierten Fußweg, auf dem sie stehen.

»Morde an Kindern sind die schlimmsten Fälle«, erklärt Smail ihm, als wisse Fletcher das nicht längst, als wäre dieses Kind nicht in seinen Armen gestorben.

»Das ist mir klar, Sir«, sagt er.

»Wenn ein Kind ermordet wird, dann geht es niemals nur um ein Leben. Es geht um alle. Es trifft die Menschen

im Innersten. Nichts im Leben scheint mehr sicher. Bevor ich denjenigen, der das gemacht hat, nicht erwischt habe, wird es sich anfühlen, als sei der Bösewicht in jede einzelne Wohnung der Siedlung eingezogen und vermutlich auch in der ganzen Stadt.«

»Ja, Sir.«

»Meine Ermittlung wird erst enden, wenn wir wissen, wer das war. Wir werden akribisch vorgehen und jeden Stein einzeln umdrehen. Alle meine Leute werden für diesen Fall leben, bis wir ihn aufgeklärt haben.« Smails Augen sind tiefblau. Fletcher fühlt sich, als würde ihn der Mann mit seinem Blick an die Wand nageln.

»Ja, Sir!« Er stimmt ihm zu, auch wenn es ihn stört, dass Smail von »meiner« Ermittlung spricht und das Team als »meine« Leute bezeichnet. Die meisten Polizisten verwenden die Begriffe »wir« und »unser«, Fletcher eingeschlossen.

»Fahren Sie zurück ins Präsidium und tun Sie, was zu tun ist, damit Sie sofort loslegen können. Ich spreche mit dem Pathologen und stoße später zu Ihnen. Dann kümmere ich mich um die Zusammenstellung des übrigen Teams.«

»Was ist mit DC *Fryer?«*

»Danny Fryer?«

»Er war dabei, als wir die Jungen gefunden haben.«

»Ich glaube, ich kenne ihn nicht.«

»Er ist ein guter Detective, Sir.«

»Wenn Sie das sagen, dann genügt mir das, aber jeder im Team muss sich ins Zeug legen. Ohne Ausnahme.«

»Verstanden. Danke, Sir.«

Sie verabschieden sich, und Fletcher ist zufrieden, dass er Danny mit ins Team geholt hat. Seit jeher passt er auf Danny Fryer auf. Sie sind seit Schultagen befreundet. Sie haben eine enge Bindung. Fletcher will mit Danny reden, sobald er ins Büro kommt. Er will ihn vorwarnen, dass Smail ein Pedant zu sein scheint, und ihm sagen, dass das jetzt der richtige Zeitpunkt ist, sich von seiner besten Seite zu zeigen.

Fletcher geht zu seinem Auto und macht sich auf den Weg zum Revier in Southmead, wo das Kommissariat in ein paar Backsteinbauten untergebracht ist, die ihren Zweck nicht mehr wirklich erfüllen. Als er sich in den Verkehr einreiht, der zu so früher Stunde noch ruhig ist, wird der Griff seiner Hände am Lenkrad fester. Erstmals in seinem Berufsleben ist er in der Arena gelandet, in der die großen Jungs kämpfen, und wenn er eines weiß, dann das: Er ist entschlossen, sich zu bewähren.

Es ist Zeit für die Wahrheit

Folge zwei –
zu Hause und doch nicht zu Hause

»Guten Morgen. Es ist Montag, der 19. August, sieben Uhr. Die Schlagzeilen. Letzte Nacht wurde die Polizei zum Glenfrome Estate in Eastville gerufen, wo man zwei Jungen vermisst – den zehnjährigen Charlie Paige und den elfjährigen Scott Ashby. Die Jungen wurden zuletzt am gestrigen Abend gegen acht Uhr in der Wohnsiedlung auf der Primrose Lane gesehen. Die Polizei und die Bewohner haben die ganze Nacht nach ihnen gesucht. Unser Reporter Joshua Ankers ist vor Ort.

Guten Morgen. Im Glenfrome Estate hat es im Lauf der Jahre immer mal wieder Schwierigkeiten gegeben, wenn Bewohner und örtliche Polizei nicht einer Meinung waren, aber heute Morgen spielen sich hier Szenen des Miteinanders ab. Anwohner und Polizisten haben die ganze Nacht über zusammengearbeitet, um nach den vermissten Jungen Charlie Paige und Scott Ashby zu suchen, von denen es heißt, dass sie zuletzt gestern Abend gegen acht Uhr auf dieser Straße hier gesichtet wurden. Die Polizei ruft die Öffentlichkeit dringend auf, sich zu melden, falls jemand die Jungen gesehen hat oder weiß, wo sie sich aufhalten.«

Mein Name ist Cody Swift. Ich bin Filmemacher und begrüße Sie zu *Es ist Zeit für die Wahrheit,* einem Podcast von Dishlicker Productions. Was Sie eben gehört haben, war ein Ausschnitt aus den Regionalnachrichten der BBC am Morgen des neunzehnten August, etwa siebeneinhalb Stunden nachdem meine Freunde Charlie und Scott als vermisst gemeldet wurden.

Ich möchte Ihnen eine Frage stellen: Was bedeutet für Sie der Ausdruck »nach Hause kommen«? Und damit meine ich nicht etwa das Zuhause, das Sie sich selbst aufgebaut oder in dem Sie sich wiedergefunden haben, als Sie erwachsen waren. Ich meine das Zuhause Ihrer Kindheit. War es ein Ort der Zuflucht? Ein heiler, sicherer Ort, an dem Sie sich geliebt fühlten? Oder war es ein Ort der Unsicherheit, womöglich gar der Angst? Was auch immer, ohne Zweifel gibt es jede Menge komplexer Erinnerungen, mit denen man sich auseinandersetzen muss, wenn man nach Hause zurückkehrt.

Ich stehe vor einem kleinen Bungalow in einem Vorort von Bristol, der mir nicht besonders vertraut ist. Die meisten Häuser an dieser Straße sind von älteren Leuten bewohnt. Einen solchen Ort sucht man sich vielleicht für den Lebensabend aus, wenn man Wert legt auf ein überschaubares Grundstück, eine Einfahrt, um den Wagen zu waschen, und ein Stück Rasen vorm Haus, das man pflegen kann. Es ist friedlich. Die Matte unter meinen Füßen besteht aus unzähligen grünen Plastikkringeln. In Weiß steht das Wort »Willkommen« darauf. Während ich darauf warte, dass jemand an die Tür kommt, werde ich von drei kleinen Keramikgartenzwergen in knalligen Farben beobachtet. Sie sind ein bisschen unheimlich.

Nachdem ich ans College gegangen war, zogen meine Eltern vom Glenfrome Estate, wo ich geboren und aufgewachsen bin und wo die Morde geschahen, hierher. Dieser gedrungene, propere Bau ist jetzt mein Elternhaus, auch wenn ich niemals hier gewohnt habe. Trotzdem üben meine Eltern und all ihr Hab und Gut jedes Mal, wenn ich sie besuche, einen merkwürdigen, bittersüßen Sog auf mich aus und ziehen mich zurück in die Vergangenheit. Ich bin zu Hause und doch nicht zu Hause.

»Komm rein, mein Schatz. Tee? Kaffee? Sitz, Muffy!«

Es ist meine Mutter, die da redet, und es ist Muffy, den Sie bellen hören. Muffy ist eine kleine weiße flauschige Hündin, nicht viel größer als mein Schuh. Sie mag mich nicht. Mum beruhigt den Hund und macht uns Tee. Wir setzen uns ans Fenster, durch das wir auf den makellosen Garten hinterm Haus blicken. Dort sind ein mehrstöckiger Brunnen aus glänzenden Becken mit glatten Kieseln sowie Beete voller Stauden und Blumenzwiebeln. Das Grundstück ist von einem schulterhohen Holzzaun umgeben, die Nachbargrundstücke schließen dicht an.

Mein Vater Ted hatte vor ein paar Jahren einen Schlaganfall, und meine Mutter kümmert sich Vollzeit um ihn. Er sitzt bei uns, aber es fällt ihm schwer, zu reden oder sich zu bewegen.

Ich fange mit der Frage an meine Mutter an, warum sie vor zehn Jahren aus dem Glenfrome Estate hierhergezogen sind.

»Ich weiß nicht, warum wir das nicht schon früher gemacht haben. Nach den Morden war die Siedlung nicht mehr dieselbe. Auch wenn sie diesen Noyce weggesperrt hatten, fühlte sich der Ort danach an-

ders an, irgendwie nicht in Ordnung. Vor den Morden hatte man das Gefühl, dass man dort Kinder großziehen kann. Nicht dass es perfekt war, das würde ich nicht sagen, es gab Probleme, aber die Leute haben sich umeinander gekümmert. Man konnte dort ein anständiges Leben haben.«

Ich will mit Mum über die Morde reden, weil sie die meisten Menschen, die damit zu tun hatten, mindestens so gut kannte wie ich oder sogar besser, und mich interessiert, woran sie sich erinnert und was sie darüber denkt. Es ist das erste Mal, dass wir über die Morde sprechen, seit ich erwachsen bin.

Ich bitte meine Mutter, mit dem Tag anzufangen, an dem es geschah.

»Es war ein Sonntag, ein extrem heißer Tag. Daran wirst du dich erinnern. So heiß, dass man am Stuhl kleben blieb, wenn man zu lange dasaß, und das Blut in den Venen war zäh wie Schlick. Am Morgen gab es Specksandwiches, weil bei deinem Dad am Freitag Zahltag gewesen war.«

Der Kopf meines Vaters ruckt leicht. Mehr bekommt er nicht hin, um seine Zustimmung zu dem, was sie sagt, auszudrücken. Mum streckt die Hand aus und tätschelt seinen Arm, bevor sie fortfährt.

»Scott und Charlie kamen gegen Mittag vorbei, und du bist mit ihnen losgezogen. Ich habe noch gesagt: ›Wenn du dieses T-Shirt anlassen willst, dann treib dich nicht auf dem Spielplatz rum.‹ Aber natürlich seid ihr geradewegs dahin gegangen, war ja klar. Ich

bin zu Hause geblieben und habe mich um Berge von Erdbeeren gekümmert, weil dein Dad am Abend davor eine Steige vom Markt mitgebracht hatte. Weißt du noch, Ted? Du hast sie für ein Pfund gekriegt, weil sie überreif waren, aber auf dem Heimweg fing es an zu regnen, und der ganze rote Saft tropfte aus der Steige heraus auf deine Hose. Es sah aus wie Blut. Du hast es erst bemerkt, als du heimgekommen bist. Wir haben darüber gelacht, dass du ausgesehen hast wie ein blutiger Serienkiller, aber später kam uns das natürlich nicht mehr so lustig vor.«

Scotts und Charlies Verletzungen waren abscheulich. Sie waren so grausam, dass ich sie in der Sendung im Detail nicht beschreiben werde. Als Kind wusste ich das nicht. Die Erwachsenen hielten diese Information so lange wie möglich vor mir geheim. Mum erzählt weiter.

»Am Nachmittag habe ich Marmelade eingekocht und gedacht, dass nur ein Dummkopf so was an einem so heißen Tag macht. Aber die Erdbeeren wären sonst kaputtgegangen. Dein Dad ist am Nachmittag zum Billardspielen ins Vereinsheim gegangen. Du, Charlie und Scott seid um fünf nach Hause gekommen, nachdem ich euch heraufgerufen hatte. Ich habe euch ein paar Sandwiches gemacht … entschuldige, Schatz, das fällt mir nicht leicht. Wie auch immer, nachdem ihr euer Abendessen bekommen hattet, habe ich den Riss in deinem T-Shirt bemerkt. Da wart ihr schon dabei, euch die Schuhe wieder anzuziehen. Du hast versucht, ihn zu verbergen, hast dich aber nicht besonders geschickt angestellt. Ich war so sauer auf dich wegen dem Riss, dass ich dich nicht

mehr mit den anderen beiden rausgelassen habe. Dafür danke ich Gott jeden Tag.«

Diese Erinnerungen sind sowohl für mich als auch für meine Mutter schwer zu ertragen. Sie trocknet sich die Augen mit einem Taschentuch mit Spitzenborte und nestelt an dem kleinen Goldkreuz, das an einer feinen Kette um ihren Hals hängt. Sie war ihr ganzes Leben eine Kirchgängerin, auch wenn sie weder meinen Dad noch mich dazu überreden konnte, sie zu begleiten. Dad hat einer kirchlichen Trauung nur unter der Bedingung zugestimmt, dass er nie wieder einen Fuß dorthinein setzen müsste.

»Am Abend haben wir ferngesehen, weißt du noch? Es war zu heiß, um was anderes zu machen. Ich weiß noch, dass die Balkontür und alle Fenster offen standen, trotzdem war drinnen eine Backofenhitze. Ich wollte, dass du mir bei dem Kreuzworträtsel hilfst, du warst gut bei so was, aber du hast mir nicht geantwortet, wenn ich die Fragen vorgelesen habe, denn du warst immer noch sauer, dass ich dir Hausarrest gegeben hatte. Ich erinnere mich, wie der Kater von Jess versucht hat, Fliegen am Fenster zu fangen, und am Himmel waren Heißluftballons, weil an dem Wochenende das Festival war. Kurz nach Einbruch der Dunkelheit kam Dad nach Hause, kurz vor zehn, denk ich. Er schickte dich ins Bett, und es dauerte nicht lange, bis das Telefon klingelte. Es war Annette.«

Mum spricht von Annette Ashby, der Mutter von Scott. Annette war eine der besten Freundinnen meiner Mutter in der Nachbarschaft. Als ich Mum so zuhöre, fällt mir auf, wie merkwürdig das Gedächtnis doch ist. Ich erinnere mich zwar an manche der Dinge, die sie erwähnt, aber nicht an alle. Ich erinnere mich nicht an die Katze oder das Kreuzworträtsel. Ich weiß noch, dass ich mich ungerecht behandelt gefühlt habe, weil ich drinnen bei ihr bleiben musste. Ich erinnere mich an das Gebell der Hunde, als es dämmerte, so wie immer, und daran, wie in dem Gebäude gegenüber die Lichter angingen. Ich erinnere mich an die Fernsehgeräusche der Nachbarn und an Grillgerüche. Ich erinnere mich nicht an den Telefonanruf. Ich schlief zum Surren eines kleinen, lautstarken Ventilators in meinem Schlafzimmer ein. Er übertönte das Telefonklingeln.

»Dad nahm ab und reichte mir den Hörer. Annette fragte, ob wir Scott und Charlie gesehen hätten. Nein, sagte ich, seit Stunden nicht mehr. Ich fragte, warum. Sie sagte, sie seien noch nicht nach Hause gekommen. Sie sagte, dass Jessy sich um die Jungen hatte kümmern sollen, sie wollte mit ihnen an den Strand von Portishead oder so, aber dass sie nicht ans Telefon ging, und in der Wohnung war niemand. Annette hatte angenommen, du seist mit ihnen unterwegs, aber ich erklärte ihr, dass ich dich nicht mehr rausgelassen hatte.«

Bei jener Jessy, von der meine Mum spricht, handelt es sich um Jessica Paige, die Mutter von Charlie. Sie heiratete später und nahm den Namen ihres Mannes an, sie heißt jetzt Jessica Guttridge, aber für den Podcast wollen wir sie Jessica Paige nennen, um keine Verwirrung zu stiften. In der dritten Folge werden Sie mehr von ihr erfahren. Hier hören Sie noch einmal Mum:

»Annette hatte sich anfangs wegen der Verspätung

noch damit beruhigt, dass Jessy immer schrecklich unpünktlich war, mittlerweile war sie aber am Durchdrehen. ›Es ist Sonntagabend‹, sagte sie wieder und wieder. ›Wo können die bloß so spät an einem Sonntagabend sein?‹ Mein Herz begann zu rasen, als mir klar wurde, dass sie seit mehr als einer Stunde hätten zurück sein sollen.«

Annette war fest davon ausgegangen, dass Scott vor Einbruch der Dunkelheit nach Hause kommen würde. Scott und Charlie hatten ihr das versichert, als sie mittags bei ihr aufgebrochen waren. Zu dem Zeitpunkt war der Plan noch, dass Charlies Mutter mit ihnen zum Baden an den Strand fahren würde. Auch ich hatte davon gewusst. Jessys Freund sollte uns fahren, aber daraus wurde nichts. Zu unserer Enttäuschung platzte das Vorhaben am frühen Nachmittag, bevor ich meiner Mum überhaupt davon erzählt hatte. Das lag daran, dass Jessy und ihr Freund feststellten, dass sie woanders hinmussten. Niemand gab Annette Bescheid.

Den offiziellen Aufzeichnungen zufolge ging am 18. August 1996 die Sonne in Bristol um 21 Uhr 01 unter. Zu dem Zeitpunkt, als Annette bei meiner Mum anrief, hatte sich ihre Sorge also bereits eine Weile hochgeschaukelt. Mum und Annette gingen raus, um in der Siedlung nach den Jungen zu suchen. Niemand, den sie ansprachen, hatte Scott oder Charlie später als etwa 20 Uhr gesehen. Um die Uhrzeit hatte eine Nachbarin die beiden auf einem Weg in der Siedlung bemerkt. Sie hatte angenommen, sie seien auf dem Heimweg. Sie hatte nicht mit ihnen gesprochen. Für Annette war das der erste Hinweis, dass aus dem Plan, zum Baden zu gehen, nichts geworden war.

Dazu noch einmal Mum:

»Als uns klar wurde, dass sie wohl gar nicht an den Strand gefahren waren, bekamen wir ernsthaft Angst. Wir suchten alle Orte ab, die uns einfielen, und gingen dann zu Annette und riefen sämtliche Leute an, die wir kannten, und damit meine ich wirklich alle. Immer wieder riefen wir in Jessys Wohnung an, aber niemand hob ab. Dad ging auch mit rüber zu Jessys Wohnung, stimmt's, Ted? Das zweite Mal kam er mit.«

Wieder kommt ein angedeutetes Nicken von meinem Dad. Er krächzt etwas. Mir fällt es mittlerweile schwer, ihn zu verstehen, aber Mum kann übersetzen.

»Keiner war zu Hause. Das ist richtig. Jetzt gerieten wir ernsthaft in Sorge, denn es war schon elf vorbei. Aber als wir wieder draußen standen, sahen wir ein Taxi ankommen. Niemand sagte ein Wort, aber wir hatten alle den gleichen Gedanken: Das sind sie, jetzt werden wir uns wie Dummköpfe vorkommen, weil wir überall herumgerast sind und alle Leute aufgescheucht haben. Ich machte mich schon bereit, Jessy Paige den Marsch zu blasen, weil sie uns so in Angst versetzt hatte, aber das Schreckliche war, dass sie allein war, als sie aus dem Taxi stieg. Und ich sag dir: Wenn mein Herz vorher gerast hatte, dann blieb es in diesem Augenblick stehen. Annette packte mich so fest am Arm, dass ich am nächsten Tag einen blauen Fleck hatte, und du musstest sie stützen, stimmt's, Ted? Sie hatte einen richtigen Zusammenbruch.«

Ich kann mir die Szene gut vorstellen. Nachts konnte die Siedlung unheimlich wirken. In der Nacht wurden einem plötzlich die leeren Grundstücke und die riesigen dunklen Flächen zwischen den Wohntürmen bewusst. Die hellsten Lampen waren über den Eingangstüren der Hochhäuser, aber auch die gaben nur einen halbherzigen Lichtschein ab, als seien sie unterdimensioniert oder die Batterie fast leer. Ich sehe meine Mum, meinen Dad und Annette Ashby unter einer dieser Lampen stehen, ihre Köpfe und Schultern beleuchtet, darunter fließen ihre Schatten zusammen. Ich stelle mir vor, wie sie zuschauen, als das Taxi Jessy Paige vor dem Haus auswirft, wie das Zuschlagen der Autotüren zwischen den Gebäuden widerhallt, und ich stelle mir das Geräusch der schnell anfahrenden Reifen vor, so wie es die Taxis nach Einbruch der Dunkelheit immer taten.

»Anfangs sah uns Jessy gar nicht. Sie war kaum in der Lage, aufrecht zu stehen. Sie übergab sich. Auf ihrem Gesicht und in den Haaren war Erbrochenes. Annette rannte auf sie zu und drehte durch. Sie schüttelte Jessy, brüllte sie an, obwohl Jessy ganz schlapp dastand. Annette fragte immer wieder: ›Wo sind die Jungs? Wo sind Scott und Charlie?‹ Aber Jessy war in einem üblen Zustand, sie war so betrunken oder unter Drogen, was von beidem, wussten wir nicht. Es war grauenvoll. Weißt du noch, Ted? Als wir endlich ein paar Wörter aus Jessy rausbekamen, stellte sich heraus, dass sie gar nicht mit den Jungs unterwegs gewesen war. Sie dachte, dass sie bei uns oder bei Annette wären. Das war der Moment, in dem wir die Polizei anriefen, Annette machte das, und wir holten die Leute aus dem Bett, damit sie bei

der Suche halfen. Gegen Mitternacht waren wir eine große Gruppe, massenweise Leute suchten in der ganzen Siedlung, liefen die Wege ab, schauten in die Treppenhäuser und riefen nach Scott und Charlie. Es war so heiß, alle, die wach waren, schauten aus den Fenstern und fragten: ›Was ist los?‹, und wir sagten es ihnen, und es sprach sich immer weiter herum. Viele Leute kamen zum Suchen raus, aber von Charlie und Scott war keine Spur. Sie waren wie vom Erdboden verschluckt.«

Ich unterbreche sie, um eine Frage zu stellen. Mittlerweile ist es recht dunkel geworden im Haus, aber keiner von uns hat sich die Mühe gemacht, das Licht anzuschalten. Der Hund schläft auf Mums Schoß. Es macht mich nervös, diese Frage zu stellen. Da gibt es etwas, das ich wissen muss, weil es mir in all den Jahren seit Charlies und Scotts Ermordung keine Ruhe gelassen hat. Ich bin nicht nervös, weil ich Sorge habe, dass Mum verärgert reagiert, sondern weil es eine Frage ist, die sie sich selbst wahrscheinlich viele Male gestellt hat. Es ist eine »Was wäre gewesen, wenn«-Frage, und die haben oft mit Reue zu tun.

»Warum habt ihr mich nicht geweckt und gefragt, wo Charlie und Scott sein könnten?«

Mum streichelt den Hund eine ganze Weile, bevor sie antwortet. Dann seufzt sie.

»Schatz, ich wünschte, das hätten wir. Ich weiß nicht, warum wir es nicht gemacht haben. Vermutlich waren wir einfach von der Suche und der ganzen Panik

in Beschlag genommen. Wie sehr ich doch wünschte, wir hätten es getan. Das wünsche ich mir jedes Mal, wenn ich daran denke.«

Wenn sie mich gefragt hätten, hätte zumindest einer meiner Freunde überlebt, denn ich hätte ihnen gesagt, dass sie bei der Rennbahn suchen sollen. Es war einer der Orte, an denen wir öfter rumhingen, obwohl man es uns verboten hatte. Stattdessen aber ließen mich meine Eltern schlafen und holten die Tochter von Nachbarn zum Babysitten, während sie draußen auf der Suche waren.

Mum erzählt weiter.

»Wir haben die ganze Nacht über gesucht. Es war gegen elf Uhr am nächsten Vormittag, als man Scott und Charlie fand. Die ganze Suchaktion, und doch hatte bis dahin niemand daran gedacht, hinter der Hunderennbahn nachzuschauen. Diese zwei Detectives haben sie gefunden. Sie haben versucht, Charlie zu retten, aber Scott war schon tot. Und dann brach die Hölle los.«

Sie rückt einen Untersetzer zurecht, der auf dem polierten Tisch neben ihr liegt. Dann schaltet sie eine Leselampe ein, und die Glühbirne spiegelt sich auf dem Tränenfilm, der beide Augen überzieht. Als ich mich zum Aufbruch fertig mache, sagt sie, dass sie eine Frage an mich hat.

»Hast du dir Gedanken darüber gemacht, was du damit anrichtest, wenn du die Vergangenheit aufrührst? Den Leuten wird das möglicherweise nicht passen. Vielleicht haben sie inzwischen gelernt, mit

ihren Gefühlen zu leben, aber die Gefühle sind noch da. Die gehen nie weg. Pass auf, was du da anzettelst.«

Ich habe viel darüber nachgedacht, über die Vor- und Nachteile, nach all den Jahren etwas derart Schmerzliches wieder aufzugreifen. Aber ich bin zu folgendem Schluss gekommen: Ist es nicht immer besser, eine Antwort zu haben? Mum und ich werden damit leben müssen, dass wir in dieser Sache verschiedener Meinung sind.

Beim Weggehen drückt mir Mum etwas in die Hand.

»Es ist das letzte Foto, das ich von euch dreien habe. Dein Dad hat es in der Woche vor den Morden aufgenommen. Ich habe es nie rausgerückt, egal, wie sehr die Presse an unsere Tür gehämmert hat und Fotos und Geschichten von uns wollte und uns Geld dafür geboten hat. Es hätte sich falsch angefühlt. Ich wollte es dir geben, wenn du alt genug wärest, aber im Lauf der Jahre habe ich es vergessen – bis jetzt.«

Auf dem Foto sitzen Charlie, Scott und ich auf den Betonröhren, in deren Innerem wir nicht spielen durften. Hinter uns sieht man das Heck eines Eiswagens. Wir sitzen dicht nebeneinander, und jeder von uns hat ein Softeis in der Hand mit einem Waffelröllchen obendrauf. Charlie hält seine Eistüte hoch und tut so, als sei es die olympische Fackel, das Schokoladenröllchen hängt ihm im Winkel seines breit grinsenden Munds. Es ist so typisch für Charlie. Er sieht aus wie ein Mafiaboss, der gerade gute Nachrichten bekommen hat.

Das Foto berührt mich sehr. Wir waren allerbeste Freunde. Es macht mir auf die deutlichste Weise klar, warum ich jeden Zweifel daran verwerfen muss, ob ich diese Nachforschungen anstellen soll – denn Charlie und Scott haben die Wahrheit verdient.

Das Bild erinnert mich außerdem an noch etwas. Es erinnert mich an den Titel dieser Folge. Nach dem Gewaltakt an meinen Freunden fühlte sich mein Zuhause nie mehr an wie zuvor. Weder die Siedlung noch unsere Nachbarschaft, weder die Familien in unserem Bekanntenkreis noch unsere Wohnung, gar nichts. Die Brutalität dieses Verbrechens hatte alles auseinandergerissen. Es war zu Hause und doch nicht zu Hause.

Herzlichen Dank fürs Zuhören bei *Es ist Zeit für die Wahrheit*. In der nächsten Folge begegnen wir zwei sehr wichtigen Menschen, die beide in der Nacht des achtzehnten August 1996 einen Sohn verloren haben. Hören Sie Annette Ashby, die Mutter von Scott, von der Sie nächste Woche mehr erfahren werden.

»In dem Sommer und auch in den Sommern davor haben wir euch Jungs in der Siedlung herumtoben lassen, weil uns das Leben damals noch harmlos vorkam. Wir bildeten uns ein, dass wir die Leute in der Nachbarschaft kannten und dass wir euch fürs Leben gewappnet hatten. Offensichtlich haben wir uns getäuscht. Das nächste Mal sah ich Scott im Leichenschauhaus.«

An dem Abend, als Erica von der Klassenfahrt nach London zurückkehrt, fahren Jess und Nick zur Schule, um sie abzuholen. Bei Nick steht ein neuer Job an, aber die Dreharbeiten gehen erst in ein paar Tagen los. Er und Jess haben versucht, sich von dem Schock zu erholen, den die Nachricht von Cody Swifts Podcast ihnen versetzt hat. Sie sind ihrem Alltag nachgegangen und haben versucht, Nicks Auszeit von der Arbeit zu genießen. Sie waren gemeinsam frühstücken und einkaufen. Jeden Abend hat Jess ihnen etwas Schönes gekocht. Ohne Erica fühlt sich das Haus leer an.

Bislang hat Cody Swift nicht versucht, Kontakt zu Jess aufzunehmen. Sie und Nick haben beschlossen, sich den Podcast nicht anzuhören und ihn Erica gegenüber nicht zu erwähnen. Sie hoffen, dass sie gar nichts davon mitbekommt. Nick hat den Podcast bei iTunes aufgerufen und festgestellt, dass er nicht einmal fünfzig Abonnenten hat. Das Ganze fühlt sich weniger bedrohlich an als zu Anfang, aber seit sie davon erfahren hat, wird Jess nachts von Albträumen heimgesucht, aus denen sie abrupt hochschreckt und nach Luft schnappt, als versuche jemand, sie zu erdrosseln.

An der Schule gesellen sie sich zu einer Gruppe Eltern, die wartend am Tor stehen. Erica ist gut gelaunt, als sie aus dem Reisebus steigt. Sie schleppt ihre Tasche und diverse Gegenstände, die nicht mehr hineingepasst haben. Als sie sich durch den Pulk an Schülern gedrängt hat, lässt sie alles fallen und wirft sich zuallererst Nick in die

Arme. *Das ist mein Mädchen,* denkt Jess, und ihr wird warm ums Herz.

Erica ist ein Energiebündel. Sie trägt das Herz auf der Zunge. Sie ist das Beste, was Jess je zustande gebracht hat. Außerdem erinnert Erica ihre Mutter jeden Tag an das Kind, das Jess nicht am Leben erhalten konnte, und an einem schlechten Tag bedeutet es, dass Jess fühlt, dass sie ihre Tochter gar nicht verdient hat. *Niemand,* denkt sie, während sie Nick und Erica dabei beobachtet, wie sie sich umarmen, *niemand verdient eine heiß ersehnte Tochter, der nicht in der Lage war, den Sohn am Leben zu erhalten.* Hartnäckig zehrt der Gedanke an ihr, und sie hat wieder den vertrauten Geschmack von Asche im Mund, aber sie ist geübt darin, Haltung zu wahren, und es gelingt ihr, das Lächeln im Gesicht beizubehalten.

Als Nächstes ist Jess an der Reihe, umarmt zu werden. Erica riecht intensiv nach einem neuen Parfüm, und Jess fragt sich, wie viel Shopping ihre Tochter zwischen den kulturellen Aktivitäten einschieben konnte. Ziemlich viel, wenn man danach geht, wie viel Zeug sie mit sich schleppt.

»Du liebe Güte, was ist denn da drin?«, fragt Nick, als er die Tasche hochhebt. »Hast dich wohl mit Geldausgeben beschäftigt?« Jess lächelt. Es war Nick, der Erica vor der Abreise ein Bündel Zwanzigpfundnoten in die Hand gedrückt hatte.

Nick und Jess warten im Auto, während Erica sich von ihrem frischgebackenen Freund verabschiedet. Von der Beziehung haben sie durch eine Reihe aufgeregter Textnachrichten erfahren, die Erica ihnen von der Reise geschickt hat. Sie wissen, dass er Olly heißt und in die Oberstufe geht, aber nicht viel mehr. Jess versucht, sich durchs Autofenster ein Bild von ihm zu machen: Er ist groß und dünn und hat plattes braunes Haar. Einen leichten Anflug des jungen Hugh Grant. Auch Nick beobachtet ihn mit Argusaugen, aber Jess glaubt nicht, dass er sich ernsthafte Sorgen zu machen braucht. Olly sieht nicht so aus, als hätte er das Zeug dazu, irgendwas zu machen, womit Erica nicht einverstanden ist. Denn eines hat ihre Tochter ohne Zweifel: einen starken Willen.

Jess lässt das Fenster herunter, als Erica kommt und Olly an der Hand hinter sich herzieht.

»Können wir direkt zu Pete's Cantina fahren?«, fragt Erica.

»Jetzt?«

»Ich hab *solchen* Hunger.«

»Möchtest du nicht erst mal nach Hause fahren und dich duschen? Und dich umziehen vielleicht?«

Erica trägt eine Jogginghose und einen Kapuzenpulli. Ihr langes blondes Haar sieht aus, als habe sie es im Bus als Schlafunterlage genutzt. Jess wäre es lieb, wenn sie es wenigstens mal durchbürsten würde. Aber ihre Tochter hat andere Vorstellungen. »Ich würde wirklich gern gleich hinfahren, damit Olly mitkommen kann. Bitte!«

Jess und Nick blicken sich an, und sie zuckt die Schultern, denn was Erica will, das kriegt sie für gewöhnlich. Es ist nicht die Art, wie sie Charlie aufgezogen hat, aber genau darum geht es. Mit ihrer Tochter muss es anders sein. *Alles* muss anders sein.

»Je größer die Runde, desto lustiger, wenn es nach mir geht«, meint Nick. »Hüpft rein, ihr zwei.«

In Pete's Cantina setzen sie sich in eine Sitzecke. Erica und Olly rutschen in die Bank, und Jess und Nick nehmen die beiden gegenüberliegenden Stühle. Die beiden Teenager kichern die ganze Zeit und schmiegen sich eng aneinander.

»Was hat euch denn am besten gefallen in London?«, fragt Jess.

»Absolut *alles*!«, antwortet Erica.

»*Hamlet* im Barbican war ein echtes Highlight.« Ollys Stimme ist unerwartet tief.

»Was kann ich Ihnen zu trinken bringen?« Die Kellnerin rattert die Angebote des Tages herunter. Über der wummernden Mariachi-Musik ist sie gerade so zu verstehen. Erica und Olly bestellen sich aufwendige alkoholfreie Cocktails, Nick bittet um ein Flaschenbier, und Jess gönnt sich einen rosa Cocktail mit gezuckertem Rand. Während sie den anderen dabei zuhört, wie sie ihr Essen aussuchen, wird ihr bewusst, dass diese Situation für die beiden Kinder genauso normal ist, wie sich die Schuhe zuzubinden.

Wobei Jess nicht wirklich weiß, was »normal« ist. Sie vertraut darauf, dass Nick es ihr sagt oder zeigt, weil nichts von dem, was sie selbst in ihrer Kindheit oder Jugend erlebt hat, ihr eine Leitlinie für Normalität gegeben hat.

Das, was einem Restaurantbesuch in ihren Teenagerjahren am nächsten kam, waren die Eier, Bohnen, Pommes und der Tee in einer Raststätte an der A361. Sie war auf dem Weg nach Devon zum Campingurlaub mit ihrer vorletzten Pflegefamilie. Das war 1986. In diesen Ferien sollte sie sechzehn werden, und sie hatte eben erst herausgefunden, dass sie schwanger war.

Jess erinnert sich an die fettglänzende Oberlippe ihres Pflegevaters, der seine öligen Speckstreifen aß und gleichzeitig mit der Schuhspitze unter dem Tisch nach Jess' dünnem Schienbein mit den kleinen Schnittwunden vom Rasieren tastete.

Sie wusste bereits, dass es sein Kind war, das sie in sich

trug. Sie hatte ihr Taschengeld in einen Schwangerschaftstest investiert und ihn auf der Toilette gemacht, während sie auf ihr Essen gewartet hatten.

So fest sie konnte, trat sie gegen sein Schienbein und beobachtete ihn dabei, wie er versuchte, den Schmerz vor seiner Familie zu verbergen. Schon bald würde er ihr sehr dankbar sein, wusste Jess, denn sie würde niemals zugeben, dass er der Vater ihres Kindes war.

Sie wollte das Kind für sich behalten, denn sie hatte ja sonst niemanden. Ihre Mutter war drogenabhängig gewesen und an einer Überdosis gestorben, als Jess vier Jahre alt war. Ihr Vater war noch vor ihrer Geburt abgetaucht. Sie hatte nie erfahren, wie er hieß. Sie hatte keine Geschwister. Ihr Leben lang hatte Jess sich zurückgewiesen und nicht zugehörig gefühlt.

Als sie an jenem Morgen das Essen in sich hineingeschaufelt hatte, hatte sie sich unrealistischen Fantasien hingegeben, wie sie und ihr Baby eine ganz eigene Familie werden könnten. In ihrem Herzen keimte Hoffnung. Sie könnte zu ihrem Baby gehören und das Baby zu ihr. Sie war sich sicher, dass es ein Mädchen sein würde.

»Ach ja, Mrs. Guttridge …«, unterbricht Olly ihre Gedanken. »Erica hat mir erzählt, dass Sie früher bei *Dart Street* mitgespielt haben? Sie waren so was wie eine Gangsterbraut oder so? Haben Sie zur festen Besetzung gehört?«, fragt er.

Jess spürt, wie ihr das Lächeln auf dem Gesicht gefriert. Sie hasst es, über die Vergangenheit zu reden, selbst über die guten Zeiten. Sie hat das Gefühl, schon zu viele Gedanken daran verschwendet zu haben, dabei hat man ihnen noch nicht einmal die Hauptspeisen gebracht.

Nick hatte ihr die Rolle bei *Dart Street* verschafft. Er arbeitete ganz am Anfang in der Produktion mit. Es war eine neue Fernsehsoap, die in einer Straße von Bristol spielte und von den Familien handelte, die dort lebten. Sie hatten Schwierigkeiten, die Rolle der Amber Rowe zu besetzen, die temperamentvolle, neu in die Straße gezogene Geliebte einer der Hauptfiguren. Man hatte bereits ein Dutzend Schauspielerinnen abgelehnt, als Nick vorschlug, sich Jess anzusehen. Obwohl sie keinerlei Erfahrung besaß, ließ man sie vorsprechen. Sie passte perfekt: das richtige Aussehen, die richtige Stimme und die richtige Haltung. Und sie erkannte, dass es ihre Gelegenheit war – die Chance, die sich nur einmal im Leben auftut –, und stürzte sich mit ihrer ganzen Energie in diese Rolle. Es half ihr, nach Charlies Tod ins Leben zurückzufinden.

»Kann schon sein«, antwortet sie.

»Wie war das?«

»Na ja, es war ein Job. Ich habe es sehr gern gemacht, aber die Arbeitszeiten waren gnadenlos. Also habe ich nach Ericas Geburt aufgehört, denn ich wollte Zeit für mein Baby haben.« Jess tätschelt Ericas Handrücken, was mit einem Lächeln erwidert wird.

Weder Nick noch Erica wissen, dass das nur die halbe Wahrheit ist. Es stimmt schon, Jess wollte mehr Zeit, um Erica selbst großzuziehen, aber vielleicht wäre sie länger bei *Dart Street* geblieben, wenn die Presse nicht plötzlich Interesse an ihrer Vergangenheit gezeigt hätte, als die Serie erfolgreich wurde. Es gelang ihr, die Story zu unterdrücken, aber der Schrecken brachte sie dazu, aufzuhören.

»Genau! Deswegen will ich nicht beim Film arbeiten!«, sagt Olly. »Da kann man sich als Schauspieler ja nicht richtig weiterentwickeln.«

Mannomann, denkt Jess. Die Anspruchshaltung mancher Kids und das Gefühl, dass ihnen alle Möglichkeiten offenstehen, verblüfft sie.

»Das glaube ich auch«, sagt Erica. »Er hat doch recht, oder, Dad?«

»Die Schauspielerei ist ein harter Beruf, egal, wie man es angeht. Die Amber Rowe war eine großartige Rolle, die sich durchaus weiterentwickelte. Deine Mum war klasse, sie spielte umwerfend, und außerdem garantierte es ihr ein regelmäßiges Einkommen. Was Besseres kann man sich nicht wünschen.« Falls Olly merkt, dass man ihn behutsam kritisiert, lässt er es sich nicht anmerken. Wie immer spürt Jess innige Dankbarkeit für Nicks Loyalität.

Die Fajitas werden in brutzelnden Pfannen herbeigetragen. Die Kellnerinnen setzen sie auf dem Tisch ab, und Jess streichelt Ericas Schulter. »Schön, dass du wieder da bist, mein Schatz«, sagt sie. Erica legt ihre erhitzte Wange kurz auf die Hand von Jess, dann widmet sie sich dem Essen und wendet ihre Aufmerksamkeit wieder Olly zu. Jess lächelt. Ihr ist schon klar, dass sie auf die hinteren Plätze verwiesen wurde. Sie wünscht sich, dass ihre Tochter diese kostbaren Momente genießt, die Jess selbst nie erlebt hat. Dann kommt ihr ein unliebsamer Gedanke: Was, wenn ich Erica zu sehr behütet habe? Wäre es besser, wenn sie Bescheid wüsste? Wenn ich ihr von Charlie erzählt und versucht hätte zu erklären, wie mein Leben damals ausgesehen hat? Ist sie möglicherweise zu naiv, weil wir sie all die Jahre in Watte gepackt haben? Sie blickt zu Nick und hofft auf Vergewisserung. Er lacht über eine Bemerkung von Erica. Jess trinkt den Cocktail aus und nimmt sich vor, sich zu entspannen. Der Podcast ist ihr unter die Haut gegangen, und dass sie über die Vergangenheit gegrübelt hat, hat die Sache nicht besser gemacht. Die Antwort auf diesen Abend ist, lockerzulassen und sich nicht über jede Kleinigkeit zu sorgen, und die beste Methode ist, noch etwas zu trinken.

»Fährst du?«, fragt sie Nick.

Er nickt. Er weiß, was sie will, und gibt der Kellnerin ein Zeichen. Jess hat den zweiten Cocktail zur Hälfte getrunken und fühlt sich angenehm entspannt, als ihr Handy vibriert. Die Nummer ist ihr nicht bekannt, aber sie beschließt, trotzdem dranzugehen, weil es ihr eine Entschuldigung liefert, für einen Augenblick der Olly-Show zu entkommen.

»Hallo?«, sagt sie. Sie hört nicht, was der Anrufer sagt, weil der Lärmpegel im Restaurant zu hoch ist. Das Glas in der einen Hand und das Handy in der anderen steht sie auf und schlängelt sich zwischen den Tischen durch zur Tür. Draußen angelangt, entschuldigt sie sich: »Tut mir leid, ich konnte da drin kein Wort verstehen.« Es ist dunkel. Sie steht unter der Restaurantmarkise, die, an der Unterseite beleuchtet von einer Lichterkette, ein mattes rotes Schimmern abwirft. Jess ist allein.

»Spreche ich mit Jessy?«

Niemand nennt sie heute noch Jessy. Es gab nur wenige, die es je getan haben. »Wer ist da?«, fragt sie, aber sie ahnt bereits, wer es ist.

»Hier ist Cody Swift, der Freund von Charlie.«

Sie legt auf und leert ihr Glas, wobei sie sich nie nüchterner gefühlt hat als in diesem Moment. Sie starrt ins Innere des Restaurants, sucht ihren Mann. Als habe er einen sechsten Sinn, dreht Nick sich um und begegnet ihrem Blick. Sie winkt ihm, und er steht sofort auf.

»Eben war Cody Swift am Telefon. Der von dem Podcast«, erklärt sie, sobald er draußen bei ihr ist. Sie reicht ihm das Handy, als sei es befleckt von dem Anruf.

»Was hat er gesagt?«

»Ich habe ihm gar keine Gelegenheit gegeben, irgendwas zu sagen. Ich habe sofort aufgelegt.«

»Gut gemacht, Baby. Ganz richtig. Nicht weinen. Komm her, Liebling.«

Nick schiebt sie in den Eingang eines Geschäfts, um dem scharfen Wind und Ericas und Ollys Blickfeld aus dem Weg zu gehen. Er drückt auf die Taste für die letzten Anrufe und wählt den obersten Eintrag der Liste. Während es durchwählt, stellt er den Ton auf laut.

»Cody Swift.«

»Cody Swift, du Widerling«, sagt Nick.

»Wer ist da?«

»Das kann dir egal sein. Du hörst mir jetzt einfach eine Minute zu, und zwar ganz genau, weil ich dich kein zweites Mal warne. Du wirst Jessica nicht mehr anrufen. Du wirst nicht in ihre Nähe kommen. Falls doch, wirst du dich mir gegenüber verantworten müssen, und es wird dir nicht gefallen. Verstanden?«

»Wer spricht da?«

»Hast du mich verstanden?«

»Sind Sie Mr. Guttridge? Sind Sie Jessys Mann?«

»Es spielt keine Rolle, wer ich bin. Hör einfach gut zu, ich sag dir das nicht noch einmal: Halte dich von Jess fern.«

»Andernfalls?«

Nick legt auf und gibt Jess das Handy zurück.

»Geh nicht dran, wenn er noch mal anruft.«

Sie schüttelt den Kopf. Sie hat keinerlei Absicht, dranzugehen. Sie war nicht darauf gefasst gewesen. Mit zitternden Fingern blockiert sie die Nummer von Cody Swift.

Als sie sich drinnen wieder hinsetzen, runzelt Erica die

Stirn, als sei sie die Erwachsene und die Eltern hätten sich danebenbenommen. Sie gibt der Kellnerin ein Zeichen, und ein paar Angestellte versammeln sich, einer trägt einen Teller voller hoch aufgetürmter Brownies und Schlagsahne und Kerzen obendrauf. Er stellt ihn vor Nick ab, und Erica strahlt, als alle *Happy Birthday* singen. Nick lächelt und dankt seiner Tochter, aber unter dem Tisch hält er Jess' Hand fest umklammert und lässt keinen Augenblick los. Sie ist froh, dass er das macht, aber unter dem mühsam aufrechterhaltenen Lächeln hat sie große Angst. Vielleicht würde Nick sie vor dieser Sache mit Cody Swift nicht retten können, egal, wie sehr er sich bemüht.

Als sie zurück zum Auto gehen und die Kinder ein Stück vor ihnen sind, sagt sie, ohne nachzudenken: »Meinst du, ich sollte Felix anrufen?«

Abrupt bleibt Nick stehen. »Machst du Witze?« Er spricht leise, aber es kostet ihn Anstrengung.

Jess weiß, dass sie einen Riesenfehler gemacht hat. Seit vielen Jahren hat keiner der beiden diesen Namen in den Mund genommen, und so ist es richtig. Die Cocktails haben ihr die Zunge gelöst. Nick hat nur eine Bedingung gestellt, als sie zusammenkamen: dass Jess nie mehr Kontakt zu Felix Abernathy hat. Niemals.

»Ich habe das nicht so gemeint. Ich weiß gar nicht, warum ich das gesagt habe. Ich habe zu viel getrunken und rede dummes Zeug.«

»Felix Abernathy wird sich nicht in deine oder unsere Angelegenheiten einmischen. Was ist bloß los mit dir? Hast du vergessen, was für ein Typ er ist? Ich kümmere mich um Cody Swift. Überlass das nur mir.«

»Du hast recht«, sagt sie. »Es tut mir leid. Du hast ja recht, Schatz.« Sie küsst ihn zärtlich und ist erleichtert, als sie spürt, dass seine Wut etwas nachlässt. »Es tut mir wirklich leid«, wiederholt sie. Sie will ihm nicht wehtun. »Ich bin ein bisschen betrunken, und dieser Anruf hat mich gestresst. Ich weiß gar nicht, wo diese Idee hergekommen ist. Vergiss bitte, was ich gesagt habe.« Noch einmal küsst sie ihn.

»Das ist ja ekelhaft!«, schreit Erica, die fünfzig Meter vor ihnen neben dem Auto steht und einen Arm in die Hüfte stützt. »Jetzt kommt schon! Es ist eiskalt!«

Nick entsperrt das Auto, und die Scheinwerfer zwinkern hell. Eilig klettern die Kinder hinein. Mit einem verletzten und zugleich argwöhnischen Ausdruck blickt er Jess an, dann legt er den Arm um sie und drückt ihre Schulter, während sie gemeinsam zum Auto gehen. Ihre Entschuldigung ist angenommen. Sie ist so erleichtert.

Sie hat Nick nie erzählt, dass es Felix war, der ihr das letzte Mal geholfen hatte, als sich die Medien wegen *Dart Street* für sie zu interessieren begannen. Damals gab es die PR-Agentur von Felix noch nicht lange, aber er hatte bereits gute Kontakte und andere, pikantere Storys, die er dafür anbieten konnte, sodass in Jess' Angelegenheit Stillschweigen gewahrt wurde. Damals hätte sich Jess an Nick gewandt, wenn es möglich gewesen wäre – fraglos war ihr nur allzu bewusst, welche Gefahr es darstellte, Felix Abernathy in die Sache hineinzuziehen –, aber es gab und gibt ein paar Dinge, für die Nick einfach zu gut und zu nett ist, um sie abschließend aus dem Raum zu schaffen. Das sind die Augenblicke, in denen man jemanden wie Felix braucht. Jemanden, der mit härteren Bandagen kämpft.

Auf der Autofahrt nach Hause ist Jess froh über die Dunkelheit, weil niemand bemerkt, wie sie die Tränen zurückblinzeln muss. Es ist nicht ihre Art, sich in der

Öffentlichkeit von Gefühlen überwältigen zu lassen – sie hatte lernen müssen, sich zu kontrollieren –, aber Felix Abernathy ist ein Mensch, der ihr ernsthaft Angst macht, und sie ahnt, dass sie bald eine Entscheidung treffen muss: Entweder ruft sie ihn an, oder sie muss mit ansehen, wie ihre Familie zerbricht.

Gedankenverloren wartet Fletcher auf sein Gespräch mit Chief Constable Tremain über den Podcast von Cody Swift. Nachdem er gemeldet hatte, dass Swift ihn kontaktiert hatte, wurde er erwartungsgemäß zu Tremain beordert, um die Sache zu besprechen.

Er hat Danny ein Foto des Siegelrings gegeben, der neben dem skelettierten Leichnam gefunden wurde, und hat ihn gebeten, einen Suchdurchlauf in der Vermisstendatei vorzunehmen. Das vierblättrige Kleeblatt auf dem Ring hat dem Unbekannten, wie vorherzusehen war, den Spitznamen »Lucky« verpasst.

Im Wartebereich ist es ruhig. Die Sekretärin tippt eine Tonaufnahme ab, und die einzigen Geräusche sind das Klappern ihrer Nägel auf der Tastatur und ihr Schnaufen, wenn sie unterbrechen und zurückspulen muss.

Fletcher mag es ruhig. Früher war das anders. Früher lebte er von Lärm und Chaos, als sei es ein blinkender Köder und er der Raubfisch, der sich davon ernährte. Heute gilt das nicht mehr. Er ist über die Jahre nachdenklicher geworden, obwohl ihm bewusst ist, dass sein Schweigen irritieren kann. »Verdammt, ich kann nicht Gedanken lesen«, hat ihn seine Ex-Frau oft angeblafft und mit den Fingernägeln im harten Stakkato auf dem Küchentresen getrommelt, sodass er zusammenzuckte. »Ich kann unmöglich wissen, was du denkst, wenn du es mir nicht sagst! Das ist eine Foltermethode, John, ehrlich. Ist ja nicht so, als hätte ich noch einen Ehemann in petto zum Plaudern.« Bis es so weit war und sie doch einen hatte.

Sie hatte nie verstanden, wie sich bei Fletcher das Bedürfnis nach Schweigen entwickelt hatte, weil er der Überzeugung war, dass er die Dinge, mit denen er Tag für Tag konfrontiert war, besser für sich behielt. Wie hätte ihr Leben ausgesehen, wenn er abends nach Hause gekommen wäre und Jane und den Jungs erzählt hätte, was er tagsüber gemacht hatte? Wie soll man am Abendbrottisch sitzen und der Familie von der Vergewaltigung des Tages erzählen, dem Mord oder der Prügelei, während man sich das Gemüse und den Kartoffelbrei reicht? Welcher Mann würde so etwas tun? Es hätte seine Ehe ebenso zerstört, wie sein Schweigen es am Ende getan hatte, nur schneller vermutlich.

»Er ist jetzt so weit«, sagt Tremains Sekretärin. Aus den Augenwinkeln beobachtet sie, wie Fletcher zwei Anläufe braucht, um aufzustehen.

Tremain bedeutet Fletcher, dass er sich hinsetzen soll. Er ist ein adretter Mann, war es schon immer. Sein Kragen ist gestärkt, und die Bügelfalten seiner Hosen haben scharfe Kanten. In Anwesenheit von Tremain ist sich Fletcher seines zerzausten Äußeren noch bewusster, aber er macht keinerlei Anstalten, sein Aussehen anzupassen.

Anfangs sagt keiner der beiden etwas, denn auf Tremains Computer läuft die erste Folge des Podcasts. Cody Swifts Stimme ist laut und deutlich: »Das Foto berührt mich sehr. Wir waren allerbeste Freunde. Es macht mir auf die deutlichste Weise klar, warum ich jeden Zweifel daran verwerfen muss, ob ich diese Nachforschungen anstellen soll – denn Charlie und Scott haben die Wahrheit verdient.«

Tremain wartet die letzten paar Minuten des Podcasts

ab, dann schaltet er ihn aus und seufzt. »Haben Sie sich das angehört?«

»Ja.«

»Was halten Sie davon?«

»Bislang ist es eher mittelmäßig.«

»Ich hätte nicht erwartet, dass Sie so gelassen reagieren.«

»Wenn Cody Swift mit seiner Mum plaudert, dann macht mich das nicht allzu nervös.«

»John, da bin ich anderer Meinung. Ich denke, wir müssen proaktiv handeln. Haben Sie eine Idee?«

»Lassen Sie ihn machen. Er wird sich sein eigenes Grab schaufeln, wenn wir uns nicht einmischen.«

»Da wäre ich mir nicht so sicher.«

»Kein Mensch vom Glenfrome Estate wird mit ihm reden wollen.«

»Auch da bin ich mir nicht so sicher. Haben Sie den Artikel von Weston gelesen?«

Fletcher nickt. Seiner Ansicht nach steht in dem Artikel nichts, was ihnen Sorgen bereiten müsste. Er erinnert sich an Owen Weston aus dem Gerichtssaal. Mit seiner moralischen Entrüstung und Hartnäckigkeit versetzte er Fletcher damals in Unruhe, aber letztendlich führte es alles zu nichts, und Fletcher glaubt nicht, dass es diesmal anders laufen wird. »Weston macht viel Lärm um nichts. Mit seiner Unschuldstheorie will er Aufmerksamkeit bekommen, weil das gerade der letzte Schrei ist.«

Tremains Gesicht drückt Zweifel aus, aber Fletcher hat gesagt, was er denkt, und hält es nicht für nötig, seine Haltung weiter auszuführen oder zu verteidigen. Fest blickt er seinen Vorgesetzten an. Tremain ist genauso lang bei der Polizei wie Fletcher, hat aber vor zehn Jahren das kriminalistische Tagesgeschäft hinter sich gelassen und ist die Karriereleiter hochgestiegen. Fletchers Meinung nach lässt das die Instinkte abstumpfen für das, was draußen vor sich geht, und auf die Psyche hat es denselben Effekt wie Agar-Agar auf Bakterien, indem es gleichermaßen Neurosen und Narzissmus hervorbringt. Seit Tremain vor zwanzig Jahren Fletchers Karriere einen unwiderruflichen Schlag verpasst hat, leben sie beruflich in gegenseitiger Abneigung nebeneinanderher.

Tremain seufzt. »Die Hoffnung, dass Weston und Swift spontan von sich aus wieder in ihren Erdlöchern verschwinden, ist nicht das, was ich einen proaktiven Umgang nennen würde. Ich will, dass Sie mit Cody Swift reden. Kooperieren Sie, oder tun Sie so, als würden Sie kooperieren. Natürlich muss sich das innerhalb der Grenzen bewegen, was wir offiziell weitergeben dürfen.« Tremain justiert den Knoten seiner Krawatte. »Swift hat angedeutet, dass er mit Howard Smails Aussage rechnet?« Fletcher nickt. »Wenn wir nicht selbst mit Swift kooperieren und Howard Smail tatsächlich sein Schweigen bricht, dann wird er als einzige Stimme die Polizei repräsentieren. Meinen Sie nicht, dass wir auf diese PR ganz gut verzichten können?«

Er lächelt Fletcher mit einem steifen Grinsen an. Hinter den Augen flackert seine Macht. Fletcher bleibt nichts übrig, als sich zu fügen. Insgeheim ist er davon überzeugt, dass Smail vor zu langer Zeit zu tief in Ungnade gefallen ist, als dass ihm irgendjemand Aufmerksamkeit schenken würde, aber es wäre unklug, sich mit Tremain zu streiten.

»Natürlich, Chef«, sagt er.

Zurück an seinem Schreibtisch hofft er, dass der Unbekannte mittlerweile identifiziert worden ist, aber Danny ist nicht im Büro. Fletcher ruft Cody Swift an und beugt sich dessen Druck, sich persönlich zu treffen. Es besteht keine Notwendigkeit, unter vier Augen zu reden, aber ein persönliches Treffen ist ein Krümel, mit dem er ihn abspeisen kann, und Fletcher weiß, dass es sich manchmal lohnt, etwas zu gewähren, was man leicht entbehren kann. Außerdem ist er neugierig auf Cody Swift nach all den Jahren. Er will wissen, was aus dem halbwilden Kind mit den wachsamen Augen und den schmutzigen Knien geworden ist.

Allerdings legt Fletcher Wert darauf, den Ort des Treffens selbst zu bestimmen. Wenn man Einfluss darauf hat, wo ein Gespräch stattfindet, hat man auch einen gewissen Einfluss auf das Gespräch selbst. Der Ort ist nicht unerheblich. Fletchers Frau verkündete ihm ihre Trennung auf dem Supermarktparkplatz. Er hatte es nicht kommen sehen. Deutlich erinnert er sich an die Demütigung, Tüten in den Kofferraum zu packen, während sie ihm über den beladenen Einkaufswagen hinweg erklärte, dass ihre Ehe am Ende sei.

»Okay, und warum kaufen wir dann diese Mengen ein?«, war alles, was ihm dazu einfiel.

»Weil ich sie mit nach Almondsbury nehme!«

Fletcher hörte auf, den Kofferraum zu beladen. In den Augen seiner Frau entdeckte er einen Hoffnungsschimmer, während sie ihm auseinandersetzte, dass sie eine neue Liebe gefunden habe und sich ein neues Leben aufbauen wolle. Ein Gefühl von Desorientierung und Verlust erfasste ihn, als ließe man ihn in der Abenddämmerung des Lebens allein zurück.

Fletcher schlägt Cody Swift vor, sich in einer Stunde in seinem Auto zu treffen, in der Tiefgarage der Einkaufspassagen von Cribbs Causeway – dem Kleinbürger-Mekka – am Stadtrand. Der Ort ist gut gewählt, denn er ist nichtssagend und bietet die Illusion, eine Ausflucht zu haben, die Swift möglicherweise zu schätzen weiß, da er sich zum Privatdetektiv aufgemandelt hat. Fletcher hat den Auftrag, Swift auf seine Seite zu ziehen, also wird er sein Bestes tun. Er macht sich sofort auf den Weg, weil er frühzeitig da sein will. Er hat sein Auto schon geparkt und den Eingang im Blick, als Swift pünktlich auftaucht.

Swift fährt einen ramponierten alten Landrover. Er parkt schlecht ein. Fletcher gibt ihm einen Wink, und den Arm voller Aufnahmeutensilien steigt Swift in Fletchers Wagen. Er ist größer, als Fletcher erwartet hatte, und er wirkt nervös.

»Danke, dass Sie sich mit mir treffen«, sagt Swift. Er mustert Fletcher, intensiv taxiert er sein Gegenüber, bevor er sich zusammenreißt und anfängt, sich am Aufnahmegerät zu schaffen zu machen.

»Augenblick mal, mein Lieber«, sagt Fletcher. »Zunächst einmal läuft das hier vertraulich, so wie wir es am Telefon besprochen haben. Daran hat sich nichts geändert.«

Swifts Hände halten inne. »Sie haben recht. Sie müssen wissen, dass ich die Grenzen respektiere.«

Fletchers Augen verengen sich, aber er reagiert nicht mit der sarkastischen Replik, die ihm in den Sinn kommt, für den Fall, dass Swift heimliche Aufnahmen macht. Vor zwanzig Jahren hatte er Cody als schlauen und gleichzeitig aalglatten Jungen erlebt, und Fletcher glaubt nicht, dass Menschen sich jemals grundlegend ändern, egal, wie sehr sie es wollen oder von sich behaupten.

»Wie kann ich Ihnen helfen?«, fragt er.

»Ganz ehrlich?«

Fletcher nickt.

»Ich will nur die Wahrheit, Detective.«

Fletcher wird von leichter Mutlosigkeit ergriffen. Nicht etwa, weil das kein edles Ziel wäre, sondern weil er sich fragt, wann Cody Swift seine Gewieftheit verloren hat, die er als Kind vervollkommnet hatte, und zu einem solchen Klischee verkommen ist. »Junge, Sie müssen sich in Acht nehmen, wenn Sie alte Geschichten aufrühren. Der Fall wurde vor zwanzig Jahren gelöst.«

»Ich bin zurückgekommen, weil ich die Wahrheit herausfinden will.«

»Es gab eine Verhaftung, einen Prozess und eine Verurteilung. Das ist die Wahrheit.«

»Davon sind nicht alle überzeugt. Haben Sie den Artikel von Owen Weston gelesen?«

Fletcher ist zu erfahren, als dass er sich anmerken lassen würde, dass Swifts Worte eine leise, ungute Vorahnung in ihm auslösen. Er muss sich bemühen, gleichmütig zu klingen, als er ihm antwortet. »Der Artikel ist verschwörungstheoretischer Unsinn. Der Gerechtigkeit wurde Genüge getan. Der Ausgang dieses Falls war traurig, und die Morde wären möglicherweise vermeidbar gewesen, aber manchmal muss man damit leben. Das Beste ist, die Dinge ruhen zu lassen.«

»Ich bin es mir und den anderen Familien schuldig, die Wahrheit herauszufinden. Was soll daran falsch sein?«

»Andere Menschen werden das Ganze vielleicht nicht noch einmal durchleben wollen.«

»Aber ich gehöre nicht zur Polizei. Ich bin einer von ihnen. Ich war dabei. Ich glaube, dass die Menschen bereit sein werden, mich an ihrem Wissen teilhaben zu lassen.«

Fletcher seufzt. »Sie müssen sehr vorsichtig sein.«

Swift ist nun aufgedreht und versteht das als Ermutigung. »Aber Sie glauben auch, dass man den Fall aufklären kann?«

»Er wurde aufgeklärt.«

»Es sei denn, jemand will mir etwas Neues erzählen«, antwortet Swift. »Es sei denn, jemand will nach all den Jahren reden.«

Wieder seufzt Fletcher. »Selbst wenn jemand redet, müssen Sie sich fragen, warum. Fragen Sie sich, was derjenige sich davon erhofft. Und passen Sie auf. Denken Sie dran, die Leute haben ihr Leben weitergelebt. Ist es legitim, die Vergangenheit wiederaufleben zu lassen, auf der Grundlage von ein paar Verdachtsmomenten, die dem Hirngespinst eines einzelnen Mannes entspringen? Weston ist im Ruhestand. Er hat es nie zu einer großen Story gebracht. Er ist verbittert.«

»Es lohnt sich, für die Wahrheit zu kämpfen«, sagt Swift. »Ist das nicht auch der Grund, warum Sie Ihre Arbeit tun und warum Sie hier sind?«

»Ich bin hier, um Ihnen klarzumachen, dass es sehr wenig gibt, was ich Ihnen sagen kann. Ich wünschte, es wäre anders, aber mir sind die Hände gebunden.«

Cody legt die Hand auf den Türgriff. »Diese Antwort habe ich erwartet. Aber trotzdem danke, dass Sie sich die Zeit genommen haben.«

Der Ton gefällt Fletcher nicht, und ebenso wenig gefällt ihm die Art, wie Swift die Tür hinter sich zuwirft. Genau das ist es, was sie brauchen, denkt er, als er Swift hinterhersieht, wie er über den Parkplatz geht. Der kleine wieselflinke Junge, den er und Danny vor all den Jahren befragt haben, hat eine Ausbildung genossen und sich einen ordentlichen Job ergattert, und jetzt meint er, dass er auf der Seite der Guten steht.

Danny spricht leise und ruhig. Seine Bauernschläue, die ihm beruflich keinen Gefallen tut, funktioniert bei der Jugend gut. Der Junge kauert sich in eine Sofaecke, besteht aus nichts als dünnen Gliedern und weit aufgerissenen Augen. Auf Fletcher macht er den Eindruck eines nur halb domestizierten Tieres.

»Folgendes«, sagt Danny. »Je mehr du uns darüber erzählen kannst, was du mit deinen Freunden gestern gemacht hast, desto besser stehen die Chancen herauszufinden, wer ihnen das angetan hat. Ich gehe mal davon aus, dass du uns helfen willst, diese Person zu kriegen.«

Der Junge heißt Cody Swift. Sie befinden sich im winzigen Wohnzimmer der Familie in einer Wohnung im fünften Stock des Glenfrome Estate. Fletcher schätzt den Raum auf höchstens dreizehn Quadratmeter; beherrscht wird er von einem Polstersessel, einem übergroßen Sofa und einem Fernseher auf einer abgeblätterten Kommode aus Pseudomahagoni. In einer Ecke des Zimmers steht eine gefährlich schmale Vase mit getrockneten, fedrigen Gräsern, die in unnatürlichen Farben eingefärbt sind.

Cody trägt Shorts und ein Fußballtrikot von Newcastle United. Seine nackten Fußsohlen sind schmutzig, und seine Sonnenbräune verrät, dass er viel Zeit draußen verbringt. Der Nacken ist dunkelbraun. Sein Haar mit dem Igelschnitt hat einen schlammigen Braunton. Das kleine Gesicht trägt einen sturen Ausdruck, der durch die zarte, sommersprossige Nase etwas abgeschwächt wird. Vor den Bauch hält er sich ein Kissen. Seine Eltern sitzen neben ihm. Danny hat seinen Hintern auf der Kante des Couchtisches abgestützt, und Fletcher steht im Türrahmen. Das Fenster ist weit geöffnet, aber im Raum herrscht eine Hitze wie im Toaster.

Eigentlich müsste Fletcher gar nicht hier sein, weil der

stellvertretende Leiter der Ermittlungen normalerweise keine Befragungen durchführt, aber ihm blieb keine Wahl. »Wir werden auf dem Prüfstand stehen«, hat Smail ihm am Morgen gesagt. »Der Detective Chief Constable hat angeordnet, dass bei allen wichtigen Befragungen ein ranghoher Beamter dabei ist.« Smails Gesichtsausdruck verriet, dass er der Anordnung zwar Folge leisten würde, sie aber für eine Überreaktion hielt. Die Anweisung überraschte Fletcher nicht. Der DCC *war ein nervöser Typ, der der Presse und Politik gegenüber höchst empfänglich war.*

Smail tat seinen Teil und besuchte die verwaisten Eltern persönlich, um ihnen zu versichern, dass er in »seiner« Ermittlung alles Menschenmögliche unternehmen werde. Es war keine Lüge. »Da wird alles reingesteckt«, erklärte er, als er aus einer Besprechung mit den Polizeioberen kam. »Kein Limit beim Budget.« Smail klang selbstgefällig, fand Fletcher, so als wäre er selbst der Grund für den Geldfluss und nicht die beiden toten Jungen.

Und jetzt hat sich Smail im Kommissariat verkrochen und Fletcher hinaus an die Front geschickt. Es frustriert Fletcher. Er hat das Gefühl, seine Zeit zu verschwenden, wenn er einer Befragung beiwohnt, die ein gut ausgebildeter Detective Constable problemlos bewältigen kann. Eigentlich sollte er sich in diesem Augenblick mit Smail hinsetzen und Entscheidungen treffen, in welche Richtung die Untersuchung und die weitere Vorgehensweise gehen sollen. Am Anfang einer großen Ermittlung herrscht immer Durcheinander, doch es ist das erste Mal, dass Fletcher selbst einen Teil der Verantwortung dafür trägt, Ordnung in das Chaos zu bringen. Er will sich beweisen, und das kann er nicht tun, wenn er hier herum-

steht und Danny dabei zusieht, wie er Cody Swift befragt, den Dritten im Bunde. Der noch mal davongekommen ist.

»Kannst du mir erzählen, was du gestern gemacht hast?«, fragt Danny den Jungen. »Mit deinen Freunden?«

Die Mutter fängt an, für ihn zu antworten, aber Danny unterbricht sie. »Ich möchte es aus seinem Mund hören, wenn das möglich ist.«

»Wir waren an der Hunderennbahn«, sagt Cody.

»Ihr wart an der Hunderennbahn?«

»Ja.« Er nimmt alle Kraft zusammen und heftet den Blick auf Danny, auch wenn er fast unmerklich zusammenzuckt, als seine Eltern mit Vorwürfen dazwischengehen.

»Wir haben dir das verflucht noch mal verboten, das weißt du genau«, sagt sein Dad.

Der Mann ist dünn, wirkt aber stark. Er trägt ein hellgraues T-Shirt mit V-Ausschnitt. Am Kragen ragen ein paar weiße Brusthaare heraus. Seine Gesichtshaut ist rot und spröde, und das bisschen, was ihm an Kopfhaar geblieben ist, hat er mit Gel zurückgekämmt. Es ist so ölig, dass die Zinken des Kamms Furchen gezogen haben, die die weiße Kopfhaut durchschimmern lassen. Tiefe Falten überziehen seine Stirn, und die Wangen mit den Stoppeln einiger Tage hängen schlaff herab. Seine Augen sind dunkel, wachsam und argwöhnisch. Seit Danny und Fletcher da sind, hat er ununterbrochen geraucht und sich eine Zigarette an der jeweils letzten angezündet. Fletcher schätzt, dass er zehn Jahre jünger ist, als er aussieht.

»Wir haben den Jungs gesagt, dass sie da nicht hingehen sollen. Immer wieder«, sagt Mrs. Swift.

»Charlie mag die Hunde«, sagt Cody. Er sieht seine Eltern nicht an.

»Ach ja? Das ist schön. Gibt es einen Hund, den er besonders mag?«

»Er mag sie alle.«

»Du hast gesagt, ihr seid am Spielplatz.« Mrs. Swift ist unglücklich. »Das haben sie gesagt, Detective.«

»Schon okay«, meint Danny. Inständig hofft Fletcher, dass sie endlich den Mund hält, damit das Kind ungestört erzählen kann, aber sie ist ein Nervenbündel. Danny fixiert Cody. »Was macht ihr, wenn ihr zur Hunderennbahn geht?«

»Man kommt von hinten rein, da, wo der Zaun ein Loch hat.«

Er redet von der Stelle, wo sie seine Freunde gefunden haben, denkt Fletcher. Danny hat sicher den gleichen Gedanken, aber er lässt sich nichts anmerken. »Woher kennt ihr die Stelle?«

»Haben wir zufällig entdeckt.«

»Schaut ihr euch die Rennen von dort aus an?«

»Manchmal verstecken wir uns unter der Tribüne und schauen zu. Manchmal gehen wir zu den Hundezwingern.«

»Wart ihr gestern bei den Hundezwingern? Du kannst es mir ruhig sagen. Du kriegst keine Probleme.«

Steif nickt der Junge und wirft seinem Dad einen unsicheren Blick zu.

»Die Zwinger sind in einem abgesperrten Bereich, oder? Wer hat euch reingelassen?«

Die Hand von Codys Vater macht eine Bewegung vom Bauch zur Gürtelschnalle. Es ist eine kaum merkliche Regung, aber Cody registriert sie und reagiert darauf. Er spannt sich an. Fletcher ist nicht klar, ob die Bewegung des Mannes Zufall ist, eine harmlose Geste oder eine Warnung an Cody. Ted Swift sieht aus wie jemand, der nicht lange fackelt, bevor er seinem Kind eine Tracht Prügel versetzt.

»Weiß nicht«, sagt Cody.

»Du meinst, du weißt nicht, wie er heißt?«, fragt Danny nach.

»Ich weiß nicht.«

»Aber diese Person hat euch zu den Zwingern gelassen?«

Wieder nickt Cody.

»Also muss er wenigstens einen von euch kennen?«

»Er kennt Charlie.«

»Nur Charlie?«

»Charlie kennt da viele Leute.«

»Was habt ihr bei den Zwingern gemacht?«

»Wir haben da ein bisschen rumgehangen. Charlie hat mit den Hunden geholfen, aber nach einer Weile ist der Chef von der Rennbahn gekommen. Er mag es nicht, wenn wir uns da rumtreiben, also haben wir uns vom Acker gemacht. Er hat Sid angeschnauzt. Danach sind wir zum Spielplatz. Dann hat uns Mum hochgerufen, und wir haben ein Sandwich gegessen.«

»Und ich hab ihm Hausarrest gegeben«, mischt sie sich ein. »Weil er sein neues T-Shirt zerrissen hat. Aber er hat mir nicht gesagt, dass sie an der Rennbahn waren. Kein Wort.«

»Verfluchtes Lügenmaul«, sagt sein Dad. Cody schluckt, wendet den Blick aber nicht von Danny ab. Er ist ein tapferes Kind, und er wird einmal ein harter Mann sein. Fletcher hat das oft erlebt. Wenn man die Menschen gut genug kennt, dann kann man geradewegs zusehen, wie sie sich ein dickes Fell zulegen.

»Warum hat der Chef der Rennbahn Sid angeschnauzt?«, fragt Fletcher. »Ist er der Typ, der euch reinlässt?«

Cody schüttelt den Kopf, aber sie beide wissen, dass er sich verplappert hat.

»Wie heißen die Leute, die ihr an der Rennbahn getroffen habt?«

»Weiß nicht. Nur Sid.«

»Sid – und wie weiter?«

Er zuckt die Schultern.

»Ist Sid ein Hundetrainer?«

»Er hilft den Aufsehern.«

»Und du weißt nicht, wie er mit Nachnamen heißt?«

»Wir nennen ihn Sid das Dorf.«

Man muss uns die Ratlosigkeit ansehen, denn über Codys Gesicht huscht ein kurzes Grinsen. Es wirkt fast ein wenig grausam. »Weil irgendwo ein Dorfdepp fehlt, wenn Sid gerade draußen ist.« Er gackert. Zunächst schnaubt sein Vater belustigt, doch dann beherrscht er sich und gibt Cody einen Klaps auf den Hinterkopf. Codys Lachen bricht ab, und er versucht, den Schlag abzutun, indem er sich am Kopf reibt. Wieder sucht er Blickkontakt zu Danny, aber Fletcher glaubt leisen Trotz und einen leichten Tränenfilm in seinen Augen zu erkennen.

»Entschuldigen Sie, Detective«, sagt Mrs. Swift. »Wir haben ihn anders erzogen, ehrlich.«

Interessiert blickt Fletcher zu Cody. Er denkt, dass der Junge ihnen vielleicht noch etwas zu sagen hätte, aber er glaubt nicht, dass Danny es hier und jetzt aus ihm rausholen wird. Auch Danny spürt das. Er versucht es auf die sanfte Art.

»Junge, du hast uns sehr geholfen. Wir unterhalten uns ein andermal wieder, vielleicht morgen. Das mit deinen Freunden tut mir wirklich sehr leid.«

Bei diesen netten Worten treten Tränen in Codys Au-

gen. Er sieht Fletcher an. »Es heißt, dass Charlie noch gelebt hat, als Sie ihn gefunden haben.«

Fletcher nickt. Er hat keine Ahnung, woher der Junge das weiß. Er will ihm sagen, dass Charlie friedlich gestorben ist, aber er bringt es nicht fertig zu lügen. Nicht, wenn es um den Tod eines Kindes geht.

»Ich war bei Charlie, als er gestorben ist«, bringt er heraus. »Er hat ein Wort gesagt: Ghost. Ich glaube jedenfalls, dass er das gesagt hat. Kannst du dir darauf einen Reim machen?«

Cody schüttelt den Kopf, sein Kinn zittert. Jegliches Draufgängertum verschwindet, als er das Gesicht mit beiden Händen bedeckt und so heftig schluchzt, dass seine Schultern beben. Danny steht auf und signalisiert, dass das Gespräch beendet ist, und Fletcher ist erleichtert, als er sieht, wie Codys Mutter ihren Jungen in den Arm nimmt. Ted Swift lässt den Kopf schwer hängen. Eine dünne Rauchsäule steigt von der Zigarette zwischen seinen Fingern auf und löst sich in Kringeln in der stickigen Luft auf.

Es ist Zeit für die Wahrheit

Folge drei –
die anderen Mütter

Zentrale: Polizeinotruf.
Anruferin: Hallo. Ich rufe an, weil mein Sohn vermisst wird.
Zentrale: Verstehe. Wie alt ist Ihr Sohn?
Anruferin: Er ist elf.
Zentrale: Wann haben Sie ihn zuletzt gesehen?
Anruferin: Heute Vormittag. Am späten Vormittag.
Zentrale: Hatten Sie heute Vormittag einen Streit oder dergleichen?
Anruferin: Nein, alles war in Ordnung. Ganz normal.
Zentrale: Haben Sie bei den Freunden Ihres Sohnes nachgefragt oder bei Familienangehörigen oder so?
Anruferin: Wir haben alle angerufen. Niemand hat ihn gesehen. Wir vermuten, dass er mit einem anderen Jungen zusammen ist, der auch vermisst wird.
Zentrale: Haben Sie überall nachgeschaut, wo sich die beiden aufhalten könnten?
Anruferin: Wir haben alles abgesucht. Uns fällt kein Ort mehr ein. Wir machen uns Sorgen, weil es schon dunkel ist. Sie haben versprochen, vor Einbruch der Dunkelheit nach Hause zu kommen.
Zentrale: Wissen Sie, ob einer der Jungen schon einmal weg war?
Anruferin: Nein, es ist das erste Mal, zumindest was Scott angeht. Von Charlie weiß ich das nicht. Die beiden sind wie vom Erdboden verschluckt.

Mein Name ist Cody Swift. Ich bin Filmemacher und begrüße Sie zu *Es ist Zeit für die Wahrheit,* einem Podcast von Dishlicker Productions. Was Sie soeben gehört haben, war der Mitschnitt eines Notrufs, der in der Nacht von Scotts und Charlies Ermordung bei der Polizei einging. Der Anruf kam von Scotts Mutter Annette Ashby um 23 Uhr 37 am Sonntag, den 18. August 1996.

In der letzten Folge von *Es ist Zeit für die Wahrheit* haben Sie meine Mutter Julie Swift kennengelernt. Diese Woche stelle ich Ihnen die Mütter meiner beiden engsten Freunde Charlie und Scott vor, deren Leben an dem Tag dieses Anrufs auf so grausame Weise beendet wurde.

Scott, Charlie und ich waren beste Freunde, doch das Verhältnis unserer Mütter war nicht so unkompliziert. Meine Mum und Annette Ashby kamen gut miteinander aus. Folgendes sagte meine Mum über Annette:

»Annette war wunderbar. Sie war sehr liebevoll und vernünftig. Sie gab sich Mühe, ihre Kinder ordentlich großzuziehen. Sie hatte es nicht leicht, weil sie allein war, aber sie arbeitete hart, damit die Kinder alles hatten, was sie brauchten. Es gab eine Zeit, da hatte sie drei Jobs gleichzeitig. Sie bemühte sich um ein gutes Verhältnis zu Scotts Vater, auch nachdem er sie verlassen hatte und zu dieser Frau von der Stadtverwaltung gezogen war. Annette machte das für die Kinder. Sie sagte, einen Ehemann könnte man ersetzen, den Vater aber könnten die Kinder nicht ersetzen, also würde sie ihr Bestes tun, dass sie alle miteinander zurechtkämen. Das war typisch Annette. Sie hätte ihr letztes Hemd für einen hergegeben, wenn es ihr nötig erschienen wäre. Eine wunderbare Frau. Sie hat das alles wirklich nicht verdient.«

In meiner Erinnerung haben meine Mum und Annette immer miteinander geplaudert und gelacht, wenn sie sich über den Weg gelaufen sind. Sie lachten viel. Was Charlies Mum anging, sahen die Dinge anders aus. Hier ist noch einmal meine Mutter.

»Jessy Paige. Oh, na ja. Da kommen einem ein paar Ausdrücke in den Sinn, die man lieber nicht aussprechen sollte. Sie sah umwerfend aus, ich glaube, das ist ihr zu Kopf gestiegen. Sie hatte Charlie als Teenagerin bekommen, und soweit ich es mitbekommen habe, hat sie danach nicht viel mehr gemacht, als in der Siedlung herumzusitzen und von der Stütze zu leben. Ich weiß schon, es ist nicht einfach, allein mit einem Kind, noch dazu wenn man jung ist, aber man hat immer noch zwei Hände, und es gibt keinen Grund, nicht ein bisschen für Ordnung und Sauberkeit zu sorgen und deinem Kind beizubringen, was falsch und was richtig ist. Jessy schien sich nur für ihre eigenen Vergnügungen zu interessieren. Sie ließ Charlie alles durchgehen, und ich glaube nicht, dass sie überhaupt wusste, mit wem sich der Junge herumtrieb. Annette und ich nahmen ihn ein bisschen unter die Fittiche, wenn es irgendwie ging. Wir mussten aufpassen, dass es nicht zu offensichtlich war, weil uns Jessy den Kopf abgerissen hätte, wenn sie das Gefühl gehabt hätte, uns verpflichtet zu sein. In dieser Hinsicht war sie sehr stolz, sie war faul und stolz, und sie ging viel zu oft aus. Immer bettelte sie darum, dass jemand für Charlie kostenlos den Babysitter spielte. Die Leute behaupteten, dass sie sich mit zwielichtigen Typen herumtrieb, und es gab Gerede darüber, woher sie das Geld hatte, ständig auszuge-

hen, während Charlie in Hosen und Schuhen herumlief, die zwei Nummern zu klein waren. Die Leute tratschen, so ist das nun mal. Wir wussten übereinander Bescheid in der Siedlung, und ihr Verhalten fiel auf. Und am Ende war genau das der Punkt, stimmt's? Wenn Jessy an dem Abend nicht ausgegangen wäre und die Kinder nicht allein gelassen hätte, dann wären sie noch am Leben. Das steht für mich außer Frage.«

Seit wir mit der Arbeit an diesem Podcast begonnen haben, bemühen sich Maya, meine Lebensgefährtin und Produzentin, und ich darum, Kontakt zu Jessica Paige aufzunehmen, aber sie reagiert nicht auf unsere Anrufe. Einmal gelang es mir, sie kurz zu sprechen, aber sie legte sofort auf. Ich verstehe gut, warum sie sich nur ungern erneut mit diesem Fall auseinandersetzen möchte, und ich respektiere ihre Privatsphäre, aber ihre Sicht der Ereignisse ist so wesentlich für den Podcast, dass ich mich entschlossen habe, sie persönlich anzusprechen. Ich will ehrlich sein: Es hat mich Überwindung gekostet, auf diese Weise in ihr Privatleben einzudringen, aber größer als meine Vorbehalte war die Hoffnung, dass sie sich einverstanden erklärt, ihre Version der Geschichte zu erzählen.

Wir hatten erfahren, dass Jessica einmal in der Woche ehrenamtlich in einem Tierheim aushilft, also bin ich dorthin gefahren. Das Tierheim ist ein einstöckiges Gebäude neben einem Parkplatz an einer Hauptverkehrsstraße außerhalb von Bristol. Rundherum liegen Felder. Ich kam kurz vor dem Ende von Jessicas Arbeitstag an und wartete vor dem Haus auf sie. Wenig später kam sie heraus. Ich lief auf sie zu, um sie abzufangen. Im Folgenden hören Sie die Aufnahme unseres Gesprächs.

»Jessica?«
»Wer sind Sie?«
»Ich bin's. Cody Swift. Erinnern Sie sich an mich? Kann ich Ihnen beim Tragen helfen?«

Sie hatte eine Transportbox auf dem Arm, in der eine verwilderte getigerte Katze saß. Sie setzte die Box ab. Ihr langes Haar hatte sie zu einem ordentlichen Pferdeschwanz zusammengebunden. In der dunklen Jeans, den kniehohen Lederstiefeln mit flachen Absätzen und der kurzen Steppjacke sah sie gepflegt und adrett aus. Sie war dezent und vorteilhaft geschminkt. Sie war durch und durch sexy. Unverfroren blickte sie mich an, und das war der Moment, in dem ich eine erste Ahnung von der alten Jessy Paige bekam.

»Ich erinnere mich an dich, Cody Swift. Das hattest du immer schon drauf, dieses gute Benehmen, aber ich rede nicht mit dir, egal, wie lieb du mich bittest. Das habe ich dir schon gesagt.«
»Bitte, nur ganz kurz, ein paar Minuten. Für meinen Podcast recherchiere ich zu den Morden an Charlie und Scott, und ich möchte, dass die Hörer auch Ihre Stimme und Ihre Sicht zu hören bekommen.«
»Der Fall wurde gelöst.«
»Ich glaube nicht, dass er gelöst wurde. Meiner Meinung nach ist es denkbar, dass sie den Falschen eingesperrt haben. Möglicherweise war Sidney Noyce unschuldig. Für mich spielt das eine Rolle, und es sollte auch Ihnen nicht egal sein. Deswegen mache ich das. Ich will mit den Leuten reden, die damals in die Sache verwickelt waren. Aus diesem Grund heißt der Podcast Es ist Zeit für die Wahrheit.
»Ich habe alles gesagt, was es dazu zu sagen gibt.«

Sie hob die Transportbox hoch, und unter dem Gewicht ging sie etwas schief, als sie auf einen schicken roten Mini zusteuerte, der vielleicht siebzig Meter entfernt allein auf dem Parkplatz stand. Ich folgte ihr und rief ihr nach.

»Darf ich Ihnen meine Visitenkarte geben, Jessy? Dann können Sie mich kontaktieren, falls Sie es sich anders überlegen. Sie sind der einzige Mensch, der für Charlie sprechen kann.«

Abrupt blieb sie stehen. Ich war überrascht und stoppte neben ihr. Einen Augenblick lang dachte ich, dass sie sich öffnen würde; es schien sich so unendlich viel in ihr angestaut zu haben. Doch sie entschied sich anders und ging weiter.

»Jessy, bitte! Rufen Sie mich an, wann immer Sie wollen, Jessy! Jessy! Ich bin da und höre Ihnen zu!«

Sie setzte das Auto so schnell zurück, dass die Kieselsteine aufstoben.

Es ist wirklich schade, dass Jessica nicht mit uns reden will. Damals, im Jahr 1996, waren nicht alle der Meinung, dass sie ein schlechter Mensch oder eine schlechte Mutter war. Ich war damals erst zehn Jahre alt, aber ich war einer ihrer größten Fans.

Damals nannten wir sie alle Jessy, einschließlich Charlie, weil sie es hasste, wenn man sie »Mum« oder »Miss Paige« nannte. Sie benahm sich uns gegenüber eher wie ein Kumpel als wie eine Mutter. Sie konnte großartige Witze erzählen, lachte laut, und sie redete mit uns wie mit Erwachsenen. Sie zog sich auch nicht an wie die anderen Mütter, und wir durften in ihrer Wohnung Ball spielen. Manchmal spielte sie sogar mit. Einmal hopste sie so lange mit uns auf Charlies Bett herum, bis die Matratze nach unten durchbrach, und sie lachte so heftig, dass ihr die Tränen kamen. Wir haben sie geliebt, egal, was unsere Eltern über sie dachten. Im Rückblick denke ich, dass wir eine Seite an ihr kennengelernt haben, die sie den anderen Erwachsenen gegenüber nie offenbarte. Zumindest nicht jenen, die ich kannte.

Als die Leute nach den Morden geringschätzig über Jessy redeten, beschrieben sie nicht die Jessy Paige, die ich gekannt hatte. Ich hörte das Gerede, so wie man es als Kind mitbekommt, und dachte: Warum sagt keiner, wie lustig sie war und wie nett? Natürlich beurteilte ich sie aus der Kinderperspektive, wahrscheinlich blieben meine Maßstäbe weit hinter denen der Erwachsenen zurück, aber ich konnte einfach nichts Schlechtes an ihr finden.

Ich habe meine Mutter gefragt, ob sie meint, dass manche Leute, insbesondere Frauen, neidisch auf Jessy waren.

»Schon möglich. Vielleicht weil sie all die Sachen machte, die sich nicht gehörten. Sie ging aus, sie vergnügte sich und hatte hie und da ihre Techtelmechtel, auch wenn keiner der Kerle bei ihr blieb. Letztendlich aber muss man sich schon fragen, ob so ein Verhalten in Ordnung ist, wenn da ein Kind ist. Mein Lieber, die Familie muss an erster Stelle stehen. Immer an erster Stelle. Sieh dir an, was sie damit aufs Spiel gesetzt und verloren hat.«

Viel mehr hat meine Mutter dazu nicht gesagt, aber in meinen Ohren klingt es so, als habe Jessica Paige die Anstandsregeln verletzt. In der Wohnsiedlung mag es durchaus soziale Probleme gegeben haben, aber viele Menschen hatten moralische Ansprüche, an die sie sich hielten, und waren stolz auf das Leben, das sie führten.

Wir werden uns weiter um ein Gespräch mit Jessica Paige bemühen, damit sie uns ihre Geschichte erzählen kann.

Mit Annette Ashby, der Mutter von Scott, hatte ich mehr Glück. Als ich sie kontaktierte, kannte sie Owen Westons Artikel bereits, in dem die Schuld von Sidney Noyce in Zweifel gezogen wird, und sie gestand mir, dass sie selbst Bedenken hatte, was seine Verurteilung anging. Diese Zweifel hatte sie bislang nie äußern wollen. Folgendes sagte sie mir am Telefon:

> *»Ich kannte Sidney. Manchmal habe ich mich auf dem Parkplatz vor dem Tesco-Supermarkt mit ihm unterhalten. Ich war der Meinung, dass er keiner Fliege etwas zuleide tun könnte, aber natürlich fängt man an, alles zu hinterfragen, wenn so etwas passiert. Als man ihn schließlich verurteilte, war ich mir sicher, dass er es gewesen war.«*

Annette war einverstanden, sich mit mir zu treffen und sich von mir interviewen zu lassen. Als Ort schlug sie einen Imbiss in einem Outlet-Center am Stadtrand von Swindon vor, wo sie heute lebt. Das Café ist mitten in der Einkaufspassage. Als ich dort eintreffe, kann ich Annette nicht sofort entdecken. Erst als mich eine Frau anspricht, erkenne ich sie.

Annette hat sich sehr verändert. Körperlich wirkt sie kleiner und zarter, als ich sie in Erinnerung habe. In ihren Augen ist immer noch ein Funkeln, aber es scheint schwächer als früher. Eine Folge der Jahre und der Trauer vermutlich. Ihre Umarmungen allerdings sind immer noch gut. Ich muss daran denken, wie sie bei jeder Gelegenheit die Arme um Scott schlang, wobei er zum Zeitpunkt seines Todes alt genug war, dass er die Fähigkeit, sich unauffällig herauszuwinden, perfektioniert hatte.

Im Folgenden hören Sie Mitschnitte unserer Unterhaltung.

»Annette, hallo! Sie sind es wirklich?«
»Cody Swift, du bist groß geworden! Sieh dich an!«
»Haben Sie mich gleich wiedererkannt?«
»Du siehst immer noch so aus, als würdest du irgendwas im Schilde führen.«
»Ehrlich? Oje, das klingt nicht so richtig gut.«

Beim Kaffee kommen wir einander wieder näher. Sie erzählt, wie sie direkt nach den Morden aus der Siedlung fortgezogen ist, nach Swindon, weil sie dort einen Bruder hatte. Für sie sind die Dinge nicht schlecht gelaufen. Seit Kurzem ist sie in Rente. Sie arbeitet ab und zu ehrenamtlich und verbringt Zeit mit ihrer Tochter Cally, der jüngeren Schwester von Scott, und den Enkeln. Sie beschreibt, welche Wirkung Scotts Tod nach wie vor auf sie hat.

»Es fühlt sich an, als fehle ein Teil von mir, so als sei ich zerbrochen und werde erst dann wieder heil sein, wenn ich ihn auf der anderen Seite wieder treffe.«
»Können Sie mir von dem Tag erzählen, an dem die Morde geschahen?«
»Von der Hitze abgesehen, war es ein ganz normaler Tag. Ich war dabei, die Blumen auf dem Balkon zu gießen, als Charlie am Vormittag vorbeischaute und fragte, ob Scott zum Spielen rauskommen wollte.

Natürlich wollte er! Ihr wart in jenem Sommer wie die drei Musketiere. Unzertrennlich.«

»Haben Charlie und Scott gesagt, was sie vorhatten?«

»Sie wollten dich abholen, klar. Und dann hatten sie vor, an den Strand zu fahren. Als sie mir das erzählten, dachte ich noch, wie nett, dass Jessy mit Charlie einen Familienausflug machen will. Ich habe nicht weiter nachgefragt. Damals hatte kein Mensch ein Handy, also war es nicht so einfach, sich noch mal zu vergewissern. Jessy hatte zwar ein Festnetztelefon, aber ich wollte sie und ihren Freund nicht stören. Hätte ich es nur getan.«

»Haben Sie Scott an dem Tag noch mal gesehen?«

»Ich habe ihn nie wiedergesehen. Ich dachte, er hat einen schönen Tag beim Baden. Die zwei hatten gesagt, dass sie vor Einbruch der Dunkelheit nach Hause kommen, und das war für mich in Ordnung. Scott hatte mich noch nie enttäuscht. Hin und wieder hatte er vielleicht mal was angestellt, aber er war immer wie abgemacht nach Hause gekommen. In dem Sommer und auch in den Sommern davor haben wir euch Jungs in der Siedlung herumtoben lassen, weil uns das Leben damals noch harmlos vorkam. Wir bildeten uns ein, dass wir die Leute in der Nachbarschaft kannten und dass wir euch fürs Leben gewappnet hatten. Offensichtlich haben wir uns getäuscht. Das nächste Mal sah ich Scott im Leichenschauhaus.«

Wir beide lassen das Wort sacken, und plötzlich fühlt es sich merkwürdig an, in diesem x-beliebigen Café in dieser fremden Stadt zu sitzen und über die Morde zu reden. Irgendwie fühlt es sich falsch an, gleichzeitig erinnert es daran, dass das Leben weitergeht, egal, was passiert, und egal, wie traumatisch es ist, und dass man versuchen muss, sich am Rockschoß des Lebens festzuklammern und mitzugehen, selbst wenn es das Letzte ist, wonach einem der Sinn steht.

»Können Sie mir erzählen, was an dem Abend noch geschah?«
»Entschuldige, Cody, mein Lieber. Das ist nicht leicht. Auch nach all den Jahren nicht.«
»Lassen Sie sich Zeit.«

Annette beschreibt den weiteren Verlauf des Abends, und es entspricht dem, was meine Mutter erzählt hat. Sie erwähnt eine Komplikation, die im Bericht meiner Mutter gefehlt hat.

»Als mir klar wurde, dass sie nicht bei Jessy waren, dachte ich, dass die Jungs vielleicht zu Scotts Dad gegangen waren. Er wohnte nur zwanzig Minuten zu Fuß weg, das weißt du sicher noch, sein Haus lag in der Nähe von Purdown.«

Purdown ist der Park, den man von der M32 aus sieht, wenn man nach Bristol hineinfährt. Er liegt an der Autobahn zwischen Filton und Eastville und wird von einem hohen Telefonmast und einem gelben Herrenhaus dominiert. Beide sind so eine Art Wahrzeichen für die Gegend. Annette fährt fort.

»Ich bin hin, weil den ganzen Abend keiner ans Telefon ging. Das war schon, nachdem ich die Polizei verständigt hatte. Ich wollte nicht warten, bis die Polizei eintrifft, und weil ich kein Auto hatte, bin ich

hingerannt. Malcolm, also Scotts Vater, war nicht zu Hause. Keiner war da, und ich weiß auch nicht, was mich geritten hat, aber plötzlich dachte ich, dass er sich Scott geholt hat. Also, dass er ihn entführt hat, so wie man das in der Zeitung liest. Es war einfach so untypisch für Malcolm und Sal, Sonntagabend aus zu sein. In der Einfahrt stand kein Auto, nirgends brannte Licht, ich hörte die Hunde nicht bellen, nichts. Als ich zurück in der Siedlung war, war es schon nach Mitternacht, und ich war so blöd und erzählte einem der Polizisten von meinem Verdacht.«

Ich habe auch mit Scotts Vater Malcolm darüber gesprochen. Hier ist ein Ausschnitt unseres Gesprächs über jene Nacht. Malcolm lebt in Australien.

»Ich war bei der Arbeit, und Sal war zum Grillen eingeladen. Sie hatte die Hunde mitgenommen. Ich kann mir nicht erklären, was in Annette gefahren ist. Als ich am Ende der Schicht zurück zum Depot kam, wartete ein Einsatzwagen mit zwei Polizisten auf mich, und da erfuhr ich erst, was passiert war.«

Scotts Dad war Busfahrer. Er war den ganzen Tag und Abend unterwegs gewesen, weil er eine Sportmannschaft für ein Spiel durchs halbe Land kutschiert hatte und erst um halb eins ins Busdepot zurückkehrte. Er berichtet, wie es weiterging.

»Die Polizisten fuhren mit mir ins Glenfrome Estate, und ich half bei der Suche. Ich kann gar nicht beschreiben, wie verzweifelt wir waren. Jedes Mal, wenn wieder jemand ohne Neuigkeiten zurückkam,

fühlte es sich an, als würde einem noch ein Stück aus dem Leib gerissen. Die ganze Nacht bis zum nächsten Morgen suchten wir weiter. Wir wollten erst aufhören, wenn wir sie gefunden hatten. Wir konzentrierten uns auf die Wohnsiedlung, die Gegend rund um die Schleusen am Fluss und unterhalb der Autobahnüberführung. Ein paar Leute sind rüber nach Purdown und haben die alten Geschützstellungen abgesucht. Kein Mensch hat in dieser Nacht daran gedacht, an der Hunderennbahn nachzusehen, und ich frage mich, ob es meine Schuld ist, weil ich den Polizisten gesagt hatte, dass Scotty und ich mit dem Hund gern in Purdown Gassi gegangen sind, und sie daraufhin vor allem dort gesucht haben. Ich wünschte, ich hätte nichts davon gesagt. Wenn ich eine Sache rückgängig machen könnte im Leben, dann wäre es das. Vielleicht hätte es Charlie das Leben gerettet, selbst wenn es für Scotty schon zu spät war.«

»Waren Sie wütend auf Annette, weil sie den Verdacht auf Sie gelenkt hat?«

»Sie durfte den Verdacht lenken, auf wen immer sie wollte, solange es unseren Jungen zurückgebracht hätte. Nein. Ich war nicht wütend. Wozu auch? Ich wusste ja, wie ihr zumute war. In der Nacht teilten wir dieses Gefühl, und wir teilen es auch heute noch. Niemand kann nachvollziehen, was Eltern da durchmachen.«

Malcolm Ashbys Worte sagen alles. Diese Geschichte handelt nicht nur von einem grausamen Verbrechen, sondern auch von Menschen, die den längsten Teil ihres Lebens mit der Trauer und mit Schuldgefühlen zurechtkommen müssen.

Vielleicht ist es auch eine Geschichte über Menschen, die dachten, sie hätten einen Abschluss gefunden, weil die Polizei und die Justiz ihre Arbeit getan hatten, die sich darin allerdings getäuscht haben.

Der Abschied nach dem Gespräch mit Annette war ein bisschen unbeholfen. Wir hatten zwei sehr intensive Stunden hinter uns. Als wir auf dem Parkplatz vor dem Einkaufszentrum standen und es Zeit war, Auf Wiedersehen zu sagen, tätschelte mir Annette ungelenk den Arm, und mir wurde bewusst, wie schwer es für sie sein musste, mich als erwachsenen Mann zu sehen, während das Leben ihres Sohnes so früh geendet hatte. Bevor wir unserer Wege gingen, wechselten wir noch ein paar letzte Worte.

»Und wie steht es mit dir, Cody? Wie ist es dir in all den Jahren ergangen? Offensichtlich hast du dich, was die Arbeit und so angeht, gut gemacht, aber wie sieht es in deinem Innern aus?«

»Ich vermisse sie immer noch.«

»Das wundert mich nicht. Ihr wart wie Pech und Schwefel. Charlie und Scott werden immer bei dir sein, immer. Nicht auf die Art, wie du dir es wünschst. Aber sie werden in deinem Herzen sein. So stelle ich mir das vor, und es hilft mir.«

»Danke.«

»Hast du eine Freundin? Kinder?«

»Ich habe eine Freundin.«

»Pass gut auf sie auf, mein Lieber. Pass auf sie auf.«

»Das mache ich.«

»Alles Gute.«

»Ihnen auch, Annette.«

Nächste Woche führt uns *Es ist Zeit für die Wahrheit* von der persönlichen Ebene mitten in die Polizeiarbeit. In der vierten Folge begegnen wir dem damaligen Leiter der Ermittlungen und hören, was er zu sagen hat. Ich verspreche Ihnen packende Erkenntnisse.

Bevor ich mich verabschiede, habe ich noch Neuigkeiten in eigener Sache. Es freut mich, Ihnen mitteilen zu können, dass unser kleiner Podcast seit dem Start zunehmenden Zuspruch erfährt. Folge zwei von *Es ist Zeit für die Wahrheit* wurde erstaunliche eintausendfünfhundertmal heruntergeladen und bekam eine Empfehlung von der Podcast-App Overcast! Maya und ich bedanken uns herzlich bei Overcast und allen, die sich die Zeit zum Zuhören genommen haben. Bitte bleiben Sie dran, teilen Sie und empfehlen Sie uns unter Hashtag #ZeitfürdieWahrheit über Ihre Social-Media-Accounts. Natürlich können Sie auch auf herkömmliche Art Ihren Freunden und der Familie davon erzählen.

Eine weitere gute Nachricht ist, dass *Es ist Zeit für die Wahrheit* einen privaten Sponsor gefunden hat. Wir freuen uns sehr, dass wir die kommenden Folgen in Zusammenarbeit mit unserem Sponsor möglich machen. Er möchte anonym bleiben, doch ihm gilt unser aufrichtiger Dank. Mit seiner Hilfe konnten wir eine kleine Website einrichten, wo Sie die Chronik der Ereignisse, Fotos einzelner Beteiligter und andere relevante Informationen finden können, die wir nach und nach auf der Seite einstellen werden. Die Adresse ist: www.zeitfuerdiewahrheit.com.

Sollten Sie selbst Informationen zu diesem Fall haben, die Sie mit uns teilen wollen, finden Sie auf der Website auch unsere Kontaktdaten. Wir würden uns freuen, von Ihnen zu hören.

Zum Abschluss hören Sie einen Ausschnitt aus der vierten Folge. Hier ist der ehemalige Detective Superintendent Howard Smail, jener Mann, von dem es hieß, dass er sich niemals zu einem Gespräch mit uns bereit erklären würde. Hören Sie, warum er sich entschlossen hat, sein Schweigen zu brechen.

»Ich bin zwar nicht mehr so angreifbar, dadurch dass ich nicht mehr in England lebe, aber man ist überall erreichbar. Es wird ihnen nicht gefallen, dass ich über den Fall rede – bestimmt bekomme ich E-Mails, wenn Sie das hier senden –, und es wird ihnen noch weniger gefallen, dass ich über Interna der Ermittlungen spreche. So etwas tut man nicht. Niemals. Es ist ein Tabu. Ich bin ohnehin eine Persona non grata, aber hierdurch wird es sicher noch schlimmer. Befragen Sie sich selbst, ob Sie sich so etwas freiwillig aussetzen würden.«

Jessy weiß nicht, wie Felix mit Nachnamen heißt, bis er seine goldene American-Express-Karte auf den Tisch wirft. Von ihrem Platz aus liegt die Karte verkehrt herum, sodass es nicht ganz einfach ist, den Namen zu entziffern, aber sie glaubt, er lautet »Abernathy«. Mr. F. G. Abernathy. Irgendwie vornehm, denkt sie. Vielleicht ist er auch Schotte. Wobei er weder vornehm noch schottisch klingt.

Jessy sitzt an einem Tisch im Mitgliederbereich eines Nachtclubs. Felix und sie haben sich eine Flasche Champagner geteilt. Aus den Lautsprechern dröhnt Enjoy The Silence *von Depeche Mode derart laut, dass man meint, die Trommelfelle müssten einem platzen. »Ich liebe dieses Lied«, sagt sie, aber sie weiß nicht, ob er sie hört. Sie rückt näher an ihn heran und schmiegt ihren Arm an seinen. »Und was ist dein zweiter Name?«, fragt sie. Diesmal brüllt sie ihm ins Ohr, wobei sie ihn mit den Lippen berührt. Sein Ohr fühlt sich samtweich an.*

Er betrachtet sie mit einem vagen Grinsen. Er wirkt kein bisschen betrunken; sie hingegen weiß, dass der Raum sich drehen wird, sobald sie aufsteht. »Das verrate ich nicht«, erwidert er. »Was glaubst du? Rate mal.« So ist er schon den ganzen Abend. Mal kommt er auf sie zu, mal geht er auf Abstand, mal ist er lieb, dann wieder unnahbar. Ihr gefällt dieses Spiel. Sie kann sich spüren, es ist, als würden kleine Feuerwerke in ihrem Körper gezündet.

Den ganzen Tag hat sie bei Charlie herumgesessen. So wie jeden einzelnen Tag ihres Lebens. Sie besitzt noch nicht einmal einen Fernseher, der ihnen beiden Unterhaltung bieten könnte. Der einzige Gegenstand zum Betrachten in ihrem Wohnzimmer ist der Gasofen, den sie nie einschaltet, weil sie es sich nicht leisten kann. Das Geld vom Sozialamt reicht gerade so fürs Essen, die Miete und die Nebenkosten. Die Wohnung im Glenfrome Estate ist genauso mies wie die letzte, aus der sie ausziehen mussten, weil das Gebäude abgerissen wurde. Sie ist zu klein, und in Fußnähe gibt es nichts zu tun, und weil die Aufzüge ständig kaputt sind, muss sie die Einkäufe fast jedes Mal die endlosen Treppen hinaufschleppen. Wenigstens braucht Charlie keinen Kinderwagen mehr.

Heute hat sie versucht, mit Charlie zu spielen, aber er war mal wieder nervig, so wie er es manchmal ist. Er war seit halb sechs am Morgen wach, und es gelang ihr immerhin, ihn bis acht Uhr zu ignorieren, aber dann machte er Terror. Er wollte ihr nicht gehorchen, widersprach dauernd, weigerte sich, das Müsli zu essen, das sie für ihn gekauft hatte, wo es doch nichts anderes gab. Am Ende brüllte sie ihn an und wünschte, sie wäre irgendwo anders, nur nicht in dieser Wohnung eingesperrt mit ihm. Das sagte sie ihm auch, sie konnte nicht anders, sie stand so unter Stress, aber hinterher fühlte sie sich schuldig. Sie wünschte, die Dinge zwischen ihnen liefen besser, so wie sie es sich während der Schwangerschaft vorgestellt hatte. Sie wünschte, er wäre ein Mädchen. Sie denkt, mit einem Mädchen wäre es einfacher. Und lustiger. Sie wünschte, sie hätte Geld, sodass sie etwas Schönes unternehmen könnten. In den Zoo gehen zum Beispiel. Und sie wünschte, die Leute in der Siedlung sähen nicht auf sie herab, weil sie Charlie bekommen hat, als sie noch Teenagerin war. Flittchen, hat eine der verheirateten Mütter sie kürzlich vor der Metzgerei angezischt. Schlampe.

Heute Vormittag blieb ihr schließlich nichts anderes übrig, als aufzustehen und zu improvisieren, um Charlie bei Laune zu halten. Im Schrank entdeckte sie eine Dose Obstsalat und legte die kleinen Fruchtstückchen in einer Reihe auf den Tisch. »Schau mal«, sagte sie und saugte die Obstwürfel einen nach dem anderen auf, ohne dass ihre Lippen sie berührten. Charlie fand es großartig, aber er brachte es selbst nicht fertig. Er hatte nicht genug Saugkraft. Aber er musste lächeln, und danach waren sie wieder Freunde und bauten eine Festung aus sämtlichem Krempel, den sie in der Wohnung finden konnten, während es in ihr brüllte, dass ihr Leben doch mehr hergeben müsste als das. Wozu sollte das Ganze sonst gut sein?

Und sosehr sie Charlie liebt, dieses erwachsene Spiel mit Felix fühlt sich doch gleich ganz anders an. Es fühlt sich an wie etwas, das sie in ihrem Alter eigentlich tun sollte. Schneller, besser, heller. Spannungsgeladen.

»Gabriel?«, schlägt sie vor. »So wie der Engel? Ist das dein zweiter Vorname?«

Bis zu einem gewissen Grad mag Felix diese Art von Frotzelei. Zumindest ist das ihr Eindruck. Ihr Leben in verschiedenen Pflegefamilien hat ihr beigebracht, die Grenzen anderer ziemlich genau einzuschätzen. Sie erwidert das Zucken in Felix' Mundwinkeln mit einem Lächeln. Seine Lippen sind voll, und sie passen zu ihm. Er hat ein zeitloses Gesicht: kantig, mit glatten, breiten Wangen und markanten Augenbrauen, die seine dunklen, spöttischen Augen umrahmen. Würde Jessy ihn auf der Straße sehen, würde sie ihn für einen Italiener halten, weil er ihrer Vorstellung eines römischen Kaisers entspricht, auch wenn er dem Akzent nach deutlich aus dem Südwesten Englands stammt.

»Gabriel!«, sagt er. Das Zucken seiner Lippen wird zu

einem Lachen, und er leert sein Glas. Er steckt sich zwei Zigaretten in den Mund und zündet beide gleichzeitig an. Als er inhaliert, glimmen die Enden. Der Anblick hypnotisiert sie. Felix reicht ihr eine. Es sind französische Zigaretten, filterlos. Sie weiß inzwischen, dass sie nur leicht daran ziehen darf, sonst hustet sie sich wieder zu Tode wie beim ersten Mal, als er ihr eine anbot. Auch das brachte ihn zum Lachen, dröhnend und herzhaft. Sie rauchen, er legt ihr den Arm um die Schulter, und sie lehnt sich an ihn. Es fühlt sich gut an. Seine Hand rutscht an ihrer Schulter hinab, und ihr ist überdeutlich bewusst, dass seine Finger am oberen Rand ihrer Brust zum Liegen kommen. Sie wendet ihm das Gesicht zu.

»Aber ich wette, du bist kein Engel«, sagt sie.

Es ist ein billiger Spruch, das weiß sie, aber sie kriegt, was sie will. Als Antwort neigt er seinen Kopf zu ihr herab und küsst sie so fest, dass sie anfangs kaum Luft bekommt, bevor sie nachgibt. Es ist ein trunkener, schmutziger, nach Gauloise schmeckender Kuss, der ihre Zähne zusammenstoßen lässt. Er ist irgendwie ordinär, aber sie weiß, dass sie ihn mehr als alles andere in der Welt will.

»Wer bist du eigentlich?«, fragt sie, als ihre Münder sich voneinander lösen. »Was genau machst du?«

»Das würdest du wohl gern wissen«, erwidert er. Er legt den Finger unter ihr Kinn und hebt es an. Als er ihr Gesicht mustert, wird ihr bewusst, dass Felix Abernathy der erste Mensch in ihrem Leben ist, der ihr möglicherweise einen Ausweg aus ihrer Situation bieten kann.

»Hast du schon mal gemodelt?«, hatte er sie früher am Abend gefragt. Sie stritt mit der Barkeeperin, weil die dumme Tusse ihr zu wenig Geld herausgegeben hatte, und Felix tauchte wie aus dem Nichts neben ihr auf und glättete die Wogen, indem er Jessy zum Ausgleich etwas

Bargeld in die Hand drückte. Sie versuchte, es auszuschlagen, und genierte sich zuzugeben, dass sie vor allem deswegen so beunruhigt war, weil es der letzte Rest des Kindergelds war. Ihre Freundin Kirsty hatte sie darin unterstützt, eine Rechtfertigung fürs Ausgehen zu finden: »Das Geld ist doch auch für dich. Es nützt Charlie nichts, wenn du durchdrehst, weil du die ganze Zeit zu Hause herumhockst.« Mehr Ermunterung hatte Jessy nicht gebraucht.

Als sie ausgeraucht haben, gehen Jessy und Felix nach draußen. Felix hat sein Auto in einer dunklen Ecke geparkt. Er führt sie vor das Auto, wo sie im Schatten sind, drückt sie an die Motorhaube und küsst sie hart. Als der Kuss abbricht, sagt er kein Wort. Er dreht sie herum, drückt ihren Oberkörper nach vorn, schiebt das Kleid hoch und zieht ihr die Unterhose herunter. Grob vergräbt er seine Hand im Haar an ihrem Nacken, und dann »nimmt er sie ordentlich ran«, wie er es nennt. Das sagt er ihr, während er es tut. Sein Gewicht quetscht sie ans Auto, aber sie will ihn so sehr, dass es ihr egal ist.

Jessy weiß, er macht so etwas nicht zum ersten Mal mit einem Mädchen. Sie ist nicht blöd. Sie weiß, was Männer wollen. Sie kennt solche Sätze, auch wenn sie nie verstanden hat, warum die Männer diese Sachen zu ihr sagen wollen. Mit einem Grunzen und Schaudern kommt Felix, dann zwickt er sie hart und schmerzhaft in die Pobacke. Er raucht, während sie ihre Kleider in Ordnung bringt, und dann fährt er sie nach Hause. Auf der Fahrt schiebt er eine Hand tief zwischen ihre Oberschenkel, während er mit der anderen steuert. Er verspricht ihr, sie am nächsten Abend abzuholen.

Sie ist erleichtert, dass er nicht mit hinaufkommen will. Er soll nicht sehen, wie sie lebt. Bevor sie die Tür auf-

schließt, nimmt sie sich einen Moment Zeit, um ihr Haar zu richten, weil ihre Nachbarin Doris auf Charlie aufpasst. Als Jess hereinkommt, liegt Doris schlafend und immer noch im Morgenrock auf der Couch, ihr Mund steht offen, und sie sieht aus wie tot.

Jessy zieht die hochhackigen Schuhe aus und bemüht sich, nicht zu sehr zu schwanken. Ihr Körper vibriert noch vom Sex oder vielleicht auch von den Bacardi-Colas, wahrscheinlich ist es beides. Sie mustert Doris lange, bevor sie sie weckt. »So will ich nicht enden«, denkt sie. Doris hat vier Kinder auf die Welt gebracht, und sie sagt ständig, dass sie ihr alle Kraft ausgesaugt hätten.

Jessy weckt Doris und schiebt sie aus der Wohnung, bevor Doris mit ihrem endlosen Gequatsche anfangen kann. Charlie liegt ausgestreckt auf ihrem Bett. Er schläft nicht gern allein. Bei seinem Anblick lächelt Jessy, dann legt sie sich vorsichtig, um ihn nicht zu wecken, neben ihn. Sein kleines Gesicht ist vollkommen. Der Daumen steckt im Mund. Sie küsst ihn auf die Stirn und fragt sich, wann er morgen wach werden wird. Zwischen ihren Beinen ist es feucht. Sie wendet sich ab von ihrem Sohn, streckt den Rücken und wünschte, im Bett neben ihr läge Felix. Plötzlich bäumt sich ihr Magen auf, und sie stürzt ins Badezimmer, wo sie den Alkohol, die Chips und den Gauloise-Geschmack von Felix erbricht, bis nur noch Gallenflüssigkeit kommt. Sie sackt auf den Badezimmerboden, und aus ihrer Tasche fallen Geldscheine. Drei zusammengefaltete Zwanziger. Ein Vermögen. Von ihm.

Als Felix Abernathy am folgenden Abend nicht auftaucht, um sie abzuholen, nachdem sie Stunden damit zugebracht hat, sich schön zu machen, will sie sich nicht damit abfinden, dass er möglicherweise weniger interessiert ist an ihr als umgekehrt. Sie verschwendet keinen

Gedanken an den groben Sex auf dem Parkplatz oder die Art, wie er den ganzen Abend über Spielchen mit ihr getrieben hat. Sie denkt nur an sein Aussehen und die Versprechen, die er beim Flirten im Club gemacht hat. Zwei davon sind ihr im Gedächtnis haften geblieben. »Ich könnte dir einen Job als Model verschaffen. Ich könnte dich mit Leuten vom Fernsehen bekannt machen.«

Mit dem Geld, das er ihr geschenkt hat, zieht sie am Tag darauf los und kauft sich ein neues Kleid, einen neuen Push-up-BH, eine Haartönung und einen Lippenstift. Von einer Freundin leiht sie sich ein Paar Stöckelschuhe. Am Abend geht sie in den Nachtclub. Als Felix Abernathy sie erblickt, kriegt er große Augen, und das ist doch was, denkt sie, als er auf den Sitz neben sich klopft und sie hingeht, um sein Angebot anzunehmen.

»Ich weiß jetzt, wer unser Glückspilz ist.«

Danny klebt ein Post-it in die Mitte von Fletchers Computerbildschirm. Darauf steht »Peter Dale«.

»Warum kommt mir der Name bekannt vor?« Fletcher zieht den Notizzettel ab.

»Genau da wird es spannend«, sagt Danny. »Er war ein Betrüger. Hat einen riesigen Immobilienschwindel abgezogen und bräunte sich angeblich am Strand von Venezuela den Pelz. Zumindest dachten alle, dass er seit damals dort abhing.«

»Und tatsächlich lag er unter der Erde.«

»So sieht es aus.«

»Na, das ist doch mal ein Treffer.«

Fletcher denkt einen Augenblick nach und durchforstet sein Gedächtnis nach Fakten zu Peter Dale. Dale war für Bristols Verhältnisse ein relativ spektakulärer Schurke, also dauert es nicht lange, bis bei Fletcher einige Details hochkommen. Er erinnert sich an das wenig schmeichelhafte Foto von Dale, das damals in den Zeitungen und im Lokalfernsehen gezeigt wurde. Es war ein Urlaubsschnappschuss in schlechter Bildqualität, auf dem Dale in Badehose neben einem Pool stand. Er telefonierte gerade mit dem Handy. Hinter ihm stand ein kleiner, in Tränen aufgelöster Junge, dem er den Rücken zuwandte. Die Art und Weise, in der Dale den Jungen ignorierte, war der Grund, warum Fletcher das Bild im Gedächtnis geblieben war. Von dem Kind war nichts bekannt, soweit Fletcher sich erinnern konnte, und Dale hatte, sofern man wusste, auch keine eigenen Kinder, aber darum ging es nicht. Das Foto zeigte ihn in der ganzen Verkommenheit, für die ihn seine kriminellen Taten auswiesen.

»Glatze«, sagt Fletcher. »Dicker Bauch. Ich erinnere mich an den Fall, aber nicht daran, wann das war.«

»In den Neunzigern, aber lass mich das nachprüfen. Ich rufe den Fall gleich mal auf«, sagt Danny. Die HOLMES-Datenbank bestätigt Fletchers Erinnerungen. Er überfliegt die Fakten und weiß, dass ihm ein Gang in den Keller bevorsteht.

In den Archiven im Keller von Kenneth Steele House bittet Fletcher um die Akten zum Fall Peter Dale. Im Vergleich zur Unruhe in den Büros kommt es ihm hier unten unnatürlich still vor. Hier ruhen die ungeklärten Fälle, und für Fletcher ist es ein Archiv des Versagens. Für jeden gelösten großen Fall liegt hier in den Regalen ein ungelöstes Verbrechen. Jeder der ordentlich abgelegten Kartons enthält nicht nur Unterlagen, Fotos und andere Asservaten, sondern auch Dinge, die unsichtbar sind. Es sind die Spuren der nicht verheilten Wunden, die ein ungelöster Fall bei den Familien und den involvierten Beamten hinterlässt. Und darüber liegt der Schatten von etwas noch Üblerem: der Person, die ungestraft davongekommen ist. Fletcher schüttelt sich. Es sind die offenen Fragen. Fletcher kann sie nicht ausstehen.

Ein Kerl, der zu jung wirkt, um berufstätig zu sein, stellt eine grüne Kiste vor Fletcher auf den Tisch, in der sich die Akten zum Peter-Dale-Fall befinden. Schnell geht er die Sachen durch und ordnet die Dokumente, die ihn am meisten interessieren, grob chronologisch, um sie sich daraufhin genauer anzusehen. Er möchte ein Gespür dafür bekommen, wie die zeitliche Abfolge der Ereignisse damals war.

Das erste Dokument, das er inspiziert, ist die Vermisstenanzeige. Eine Frau namens Hazel Collins hat sie aufgegeben. Ein Constable mit dem Namen Joe Lansdown hat sie aufgenommen. Fletcher liest sie Wort für Wort.

»Mein Gespräch mit Hazel Collins fand am 20. August 1996 um 19 Uhr 47 statt. Sie kam auf das Revier an der East Shrubbery, weil sie sich Sorgen machte, da sie seit zwei Tagen nichts von ihrem Chef Peter Dale gehört hatte. Sie sagte, er sei seit Montag nicht mehr bei der Arbeit erschienen, obwohl er Besprechungstermine hatte, und er habe ihr nicht Bescheid gegeben, was sehr untypisch für ihn sei. Er habe ein Handy, doch wenn sie dort anrief, schaltete sich sofort die Mailbox ein. Hazel Collins arbeitet in seinem Büro im Zentrum von Bristol. Sie musste in den vergangenen Tagen Telefonanrufe erregter und zunehmend verzweifelter Klienten entgegennehmen, die behaupteten, dass ihr Geld verschwunden sei. Hazel Collins hatte auch bei Peter Dale zu Hause angerufen, aber niemand hatte abgenommen, und als sie hinfuhr und durch den Briefschlitz sah, konnte sie erkennen, dass sich im Hausflur die Post türmte. Soweit sie weiß, lebt Peter Dale allein. Hazel Collins ist die Chefsekretärin von Peter Dale. Sie ist seine einzige Angestellte. Sie erklärt, dass dieses Verhalten ungewöhnlich sei, da Peter Dale sie im Allgemeinen mehrmals täglich kontaktiere, selbst wenn er nicht im Büro ist.«

Der Rest des Berichts listet die Aktivitäten auf, die die Polizei auf Hazel Collins' Vermisstenanzeige hin unternahm. Zunächst einmal bemühte man sich zu prüfen, ob

Peter Dale tatsächlich vermisst war oder sich womöglich nur ein paar Tage Auszeit gönnte.

Fletcher findet das Datum bemerkenswert. Hazel Collins hat die Vermisstenanzeige gerade mal zwei Tage nach der Ermordung von Charlie Paige und Scott Ashby aufgegeben. Auch das mag von Bedeutung sein oder auch nicht, aber die Übereinstimmung von Ort und Zeitpunkt weckt durchaus sein Interesse.

Er zieht ein Foto zwischen den Unterlagen heraus. Es ist eine Porträtaufnahme von Hazel Collins. 1996 muss sie Ende vierzig oder Anfang fünfzig gewesen sein. Es lässt sich schwer sagen. Sie trägt ein weißes Baumwollshirt mit tiefem Ausschnitt, das beinahe, aber nicht ganz den Blick auf den Brustansatz freigibt. Sie ist übergewichtig. Die Haut am Hals und an der Brust ist blass und wächsern. Die Goldkette wirkt billig, und das Haar in den unterschiedlichsten Grauschattierungen hat sie eigens fürs Foto gebürstet. An den Seiten und hinten ist es schulterlang, und ein unvorteilhafter Pony verdeckt beide Augenbrauen. Entweder fehlte ihr jeder Anflug von Eitelkeit, denkt Fletcher, oder das Geld, womöglich auch beides. Zuallererst will er mit ihr reden.

Fletcher geht weitere Unterlagen durch. Manche dokumentieren, wie der Fall ins Bewusstsein der Polizei und Öffentlichkeit gelangte. Es geschah schnell. Nach der Vermisstenanzeige meldeten sich mehr und mehr Leute, die angaben, Opfer von Peter Dales Betrugsmasche zu sein. Es waren nicht etwa reiche Leute, die noch reicher werden wollten, sondern Familien und Kleinunternehmer, die ihr Geld sicher hatten anlegen wollen. Sie waren wütend, verbittert und in manchen Fällen, abhängig vom Ausmaß des finanziellen Einsatzes, komplett ruiniert. Einer von ihnen beging Selbstmord. Es ist eine ernüchternde Lektüre. Fletcher hat viel Erfahrung darin, wie Menschen, die ein gutes, ganz normales Leben führen, plötzlich alle Sicherheiten und Gewissheiten genommen werden, doch die Skrupellosigkeit dieser Taten erschreckt ihn über das gewöhnliche Maß.

Zwei oder drei Tage lang suchte die Polizei nach Peter Dale, und im Verlauf dieser Tage kristallisierte sich heraus, welche finanzielle und psychische Verwüstung er angerichtet hatte. Es dauerte nicht lang, bis sich herausstellte, dass sein Pass und sein Geld fehlten. Er hatte die Geschäftskonten geleert und das Geld auf Auslandskonten transferiert. Sie aufzuspüren wäre schwierig, wenn nicht gar unmöglich. Die Hoffnung, dass seine Opfer auch nur einen Penny ihres Geldes zurückbekämen, war verschwindend gering.

Nach wenigen Tagen erhielt das Ermittlerteam im Fall von Peter Dale eine Information, die den wachsenden Verdacht der Ermittler bestätigte. Man hatte ihn in Venezuela gesichtet, in einem Jachthafen. Augenscheinlich handelte es sich um eine vertrauenswürdige und unabhängige Quelle. Zu jener Zeit gab es keine Auslieferungsvereinbarungen zwischen Venezuela und Großbritannien. Es war bekannt, dass Peter Dale das Land in der Vergangenheit bereist hatte. Es war ein Land, in dem ein Mann ohne Schwierigkeiten untertauchen und ein gutes Leben führen konnte, sofern er Geld besaß, was auf Dale mit großer Wahrscheinlichkeit zutraf. Fletcher blättert die übrigen Unterlagen durch und fragt sich, warum die Polizei die Zeugenaussage so leichtgläubig hinnahm – angesichts der Entdeckung von Dales Leiche war sie ziemlich sicher Kokolores.

Fletcher holt tief Luft und wappnet sich für das, was dieser Fall nach sich ziehen könnte. Er packt die Dokumente zusammen und unterschreibt, dass er sie mit ins Büro nimmt. Auf dem Weg hinauf muss er wieder an die ermordeten Jungen denken und daran, dass ihre Akten anderswo archiviert und versiegelt sind, weil der Fall von Fletcher persönlich gelöst wurde. Auf einem Treppenabsatz hält er inne, um Atem zu schöpfen, und stützt die Kiste auf dem Geländer ab. Ein Impuls der Geringschätzung gegenüber Cody Swift überkommt ihn, weil der jeden Stein umdrehen will, obwohl alles besser unangetastet bliebe, eingefügt in die Landschaft, bis es so aussieht, als sei es nie anders gewesen.

Zum Briefing von Detective Superintendent Smail ist der Besprechungsraum gesteckt voll. Erstmals in seiner Laufbahn setzt sich Fletcher auf einen der Plätze am Kopfende. Es fühlt sich gut an.

Charlie Paige und Scott Ashby wurden vor dreißig Stunden entdeckt, und noch fühlt sich die Ermittlung wie eine Explosion an, die Trümmerteile in alle Richtungen schleudert. Am Abend zuvor verbreitete sich die Nachricht von den Morden, und seither muss sich das Team mit zahllosen Anrufen aus der Bevölkerung abgeben. Spinner und Verschwörungstheoretiker erleben ihre große Stunde und geben Hinweise durch, bei denen klar ist, dass sich die meisten als Unsinn erweisen werden.

Mit durchgedrücktem Rücken steht Smail vor dem Team. Auf dem Tisch zwischen ihm und Fletcher liegt sein Fallprotokoll, ein Notizbuch, in dem er jede Entscheidung in dem Fall aufzeichnet einschließlich der Begründung, warum sie gefällt wurde. Während er mit Fletcher die Reihenfolge ihres Vorgehens festlegte, hat er bereits einige Seiten gefüllt. Sie haben Teams zusammengestellt, die sich auf die Opfer konzentrieren, auf die

Verdächtigen, auf die Medien, den Schauplatz und auf Fahrzeuge. Einen kurzen Moment lang befällt Fletcher ein Schwindelgefühl. Ihm ist nur zu bewusst, dass seine neue Rolle zwar eine Chance darstellt, er sich gleichzeitig aber auch auf bislang ungekannte Weise der Öffentlichkeit aussetzt.

Smail wendet sich an das Team.

»Der Pathologe schätzt den Todeszeitpunkt von Scott Ashby auf Sonntagabend zwischen zwanzig und dreiundzwanzig Uhr. Wie wir wissen, starb Charlie Paige am Montag, den 19. August, um elf Uhr vormittags, in anderen Worten: gestern, wobei wir davon ausgehen, dass er seine Verletzungen zum selben Zeitpunkt erlitt wie Scott. Was die letzten Aktivitäten der Jungen angeht, fehlen uns Erkenntnisse über den Zeitraum von zwanzig Uhr – als eine Bewohnerin des Glenfrome Estate die beiden auf der Straße beobachtet hat – bis zu ihrer Entdeckung am Montagvormittag. Wir haben mit den Familien der Jungen gesprochen und ihnen die Nachricht überbracht. Die Familie von Scott Ashby konnte uns ein paar hilfreiche Informationen zum zeitlichen Ablauf geben, aber Jessica, die Mutter von Charlie Paige, befand sich in einem Zustand, in dem sie nicht befragt werden konnte, also versuchen wir heute noch einmal, mit ihr zu reden. Vermutlich stand sie unter dem Einfluss von Alkohol oder Drogen, als wir das erste Mal mit ihr sprachen. Unser dringendstes Anliegen ist jetzt, mit weiteren Angehörigen und dem Freundeskreis der Opferfamilien sowie mit Nachbarn zu reden.

Ich möchte, dass sich die Teams auf die Häuser in der Siedlung aufteilen. Ich will, dass an jede einzelne Haustür geklopft wird, und ich will eine Zeugenaussage von jedem, der die Familien kennt oder die Jungen gesehen haben könnte. Die Leute sind verschreckt. Väter und Mütter sind verschreckt. Die Kids sind verschreckt. Behalten Sie das im Hinterkopf.

Heute Abend gibt es kein Rennen auf der Hunderennbahn, aber ab morgen früh werden wir auch dort Befragungen durchführen. Ich möchte die Aussagen von Zuschauern, von den Hundetrainern, den Angestellten und jedem, der die Jungen sonst noch gekannt oder gesehen hat. Besondere Aufmerksamkeit sollten wir den Jungs und Mädels widmen, die in den Hundezwingern arbeiten. Auch die Bauarbeiter von der Baustelle nebenan müssen befragt werden, alle, die ins Vereinsheim gehen, das zwischen der Siedlung und der Rennbahn liegt, und die Bewohner der Häuser gegenüber. Wir müssen unser Netz so weit wie möglich und so schnell wie möglich auswerfen und sehen, was wir erwischen. Diese Ermittlung muss gründlich und erfolgreich sein. Enttäuschen Sie mich nicht!«

Fletcher fragt sich, ob auch die anderen Anwesenden Smails Ego wahrnehmen. Ganz hinten im Raum entdeckt er Danny, dort sitzt er schon immer am liebsten, seit er und Fletcher zusammen zur Schule gingen. Danny hat es bemerkt, da ist er sich sicher.

Die Besprechung löst sich schnell auf, nachdem alle Aufgaben verteilt und protokolliert wurden. Die Gesichter sind grimmig und entschlossen. Der Fall geht allen an die Nieren. Als sich der Raum leert, wendet sich Smail an Fletcher.

»Lynn Rawlins hat sich einverstanden erklärt, die Aufgabe der Opferschutzbeamtin für Jessica Paige zu übernehmen.«

Fletcher nickt zustimmend. Die Opferschutzbeamtin spielt eine bedeutende Rolle, und Lynn Rawlins ist per-

fekt dafür geeignet. Sie ist schlau genug, um Jessica Paige mit Argusaugen zu beobachten, und besitzt gleichzeitig genug Sensibilität, um sie psychologisch zu unterstützen.

»Begleiten Sie sie doch bitte zu Jessica Paige«, sagt Smail. »Als ich gestern mit ihr reden wollte, habe ich kein Wort aus ihr herausbekommen zu dem, was sie Sonntagabend gemacht hat. Sie meinte, sie könnte sich nicht erinnern. Behandeln Sie sie mit Nachsicht. Bekräftigen Sie, dass wir alles tun, was möglich ist, aber versuchen Sie trotzdem, irgendwas Nützliches aus ihr herauszuholen.«

Die Wohnung von Jessica Paige liegt im fünfzehnten Stock eines der sechs identischen, gewaltigen Wohntürme, die in die spektakulären Wolkengebilde am Himmel ragen. Im Foyer sind zwei Aufzüge, einer für die geraden, der andere für die ungeraden Stockwerke. Nachdem er vergangene Nacht nicht mehr als vier Stunden Schlaf abgekriegt hat, ist Fletcher dankbar, dass sie funktionieren. Er muss drei Mal klingeln, bevor Jessica Paige die Wohnungstür aufmacht. Sie sieht furchtbar aus. Fletcher erwartet nichts anderes, wenn jemand sein Kind verloren hat, aber sein Instinkt sagt ihm, dass es sich hier um ein weitergehendes Maß an Vernachlässigung handelt.

Jessicas Haar ist fettig, und ihre Haut ist fahl. So weit, so verständlich. Sie trägt ein Unterhemd und einen transparenten Wickelrock, der so locker um die Taille gebunden ist, dass es aussieht, als würde er jeden Augenblick herunterrutschen. Okay, sie hat sich in aller Eile angezogen. Sie ist zu dünn. Man wird nicht innerhalb von einem Tag dünn. Fletcher bemerkt einen blauen Fleck an einem Oberarm. Er will wissen, von wem der stammt. Zumindest sind keine Einstichspuren zu erkennen. Falls sie also ein Drogenproblem hat, spritzt sie nicht. Immerhin etwas.

Fletcher und Rawlins folgen Jessica in die Wohnung. Sie ist eng und vollgestellt. Vom winzigen Flur aus ist ein Kinderzimmer zu erkennen, ein Badezimmer, das bessere Tage gesehen hat, eine winzige Küche, die von einem Zweiertisch dominiert wird, der an der Wand steht, und einem Wohnbereich, von dem ein Fenster auf den Balkon hinausgeht. Eine weitere Tür ist geschlossen. Fletcher vermutet dahinter Jessicas Schlafzimmer.

Die Möblierung ist minimalistisch. Es gibt eine kleine Couch im Wohnzimmer, die aussieht, als habe sie schon ein paar Jahrzehnte und Besitzer auf dem Buckel, auf einem Stapel Zeitschriften steht ein Fernseher, und eine umgedrehte Plastikkiste dient als Couchtisch. Den Teppich ziert ein grelles Muster aus schwarzen und gelben Kringeln. Auf dem Boden liegen Zeitschriften, Comic-Heftchen, schmutzige Tassen, Teller und Besteck. Vor dem Fernseher liegt ein platt gedrückter Sitzsack. Seine schwarze Kunststoffhülle blättert an einigen Stellen ab, und rundherum sind Styroporkugeln verstreut. Fletcher fragt sich, ob die Mulde in der Mitte von Charlie stammt. Das Wohnzimmerfenster ist mit einer Gardine verhängt, die dem hereinfallenden Licht einen schmutzigen Gelbstich gibt. Aber es kommt immer noch genug Licht herein, dass Fletcher erkennen kann, dass die Wohnung nicht wesentlich kleiner ist als die von Scott Ashbys Familie, ihr Zustand aber im Gegensatz dazu erbärmlich ist. Keiner der Bewohner scheint Wert auf seine Umgebung zu legen.

Kurz denkt er an sein eigenes Zuhause. Es ist makellos. An keinem Tag versäumt Mrs. Fletcher, Staub zu wischen, den Küchenboden und die Arbeitsplatte zu wi-

schen oder mit dem Staubsauger durchs Haus zu gehen. Sie nutzt die Augenblicke, wenn das Baby seinen Mittagsschlaf macht.

Auf den zweiten Blick entdeckt Fletcher doch ein paar Zeichen von Häuslichkeit in der Wohnung von Jessica Paige. An die Wand ist ein Schwarz-Weiß-Poster von Audrey Hepburn geheftet, auf dem sie unendlich elegant wirkt, also scheint Jessica Ambitionen zu haben, egal, wie unrealistisch sie sein mögen. Daneben hängen ein paar Kinderbilder. Als Fletcher genauer hinsieht, kann er erkennen, dass Charlie auf den meisten in unterschiedlicher Schreibfertigkeit mit seinem Namen unterschrieben hat.

Jessica wirkt nüchtern. Sie sitzt auf dem Sofa und zieht eine Decke über sich, sodass nur mehr das bleiche Gesicht und die großen dunklen Augen zu sehen sind. Fletcher ist erleichtert, dass sie sich bedeckt. Er hat mehr als genug von ihrer Unterwäsche gesehen. Ihm fällt auf, dass sie ungewöhnlich jung ist für eine Mutter mit zehnjährigem Kind.

Er stellt Lynn Rawlins vor, beschließt aber, das Reden selbst zu übernehmen. Ihm ist es recht, dass Danny nicht hier ist, weil der dazu neigt, ein bisschen grob mit weiblichen Zeugen umzugehen. Fletcher setzt sich ans andere Ende der Couch, und Lynn nimmt auf dem Sitzsack Platz. Sie braucht ein paar Augenblicke, um sich zurechtzusetzen. Die Styroporkugeln unter ihr klingen wie herabrieselnder Sand. Das Geräusch macht Fletcher nervös.

Sobald Fletcher Charlies Namen erwähnt, fängt Jessica zu weinen an. Aufmerksam beobachtet er sie. Ihre Trauer wirkt aufrichtig, aber er weiß auch, dass Schuldgefühle ebenso Trauer auslösen können wie der Verlust selbst.

»Alles, was Sie uns sagen, kann uns weiterhelfen«, erklärt er. »Sie haben Charlie am besten gekannt. Ist Ihnen

irgendwas zu Sonntagabend eingefallen? Erinnern Sie sich an irgendetwas?«

»Nein, ich kann mich nicht erinnern.«

»An gar nichts?«

»Ich weiß noch, wie ich aus dem Taxi gestiegen bin und dort alle auf mich gewartet haben, aber ich weiß nicht mehr, was vorher passiert ist.« Ihre Stimme ist leise wie ein Flüstern.

»Hatten Sie einen Blackout?«

»Möglich.«

»Hatten Sie getrunken?«

Sie nickt.

»Was ist Ihre letzte Erinnerung vor dem Taxi?«

Sie schüttelt den Kopf, wieder kommen ihr die Tränen und scheinen nicht mehr aufzuhören. Lynn Rawlins entschuldigt sich und gibt Fletcher einen Wink, ihr in den Flur zu folgen.

»Geben wir ihr etwas Zeit«, sagt sie. »Überlassen Sie das mir. Ich mach ihr einen Tee und etwas zu essen, und dann werden wir schon sehen.«

Fletcher nickt. Er kann es nicht erwarten, hier rauszukommen.

»Gibt es etwas, was besonders wichtig ist?«, fragt Rawlins.

»Wo sie am Sonntagabend war und mit wem.«

Jessica ruft etwas, das weder Fletcher noch Rawlins verstehen.

»Was haben Sie gesagt, meine Liebe?«, fragt Rawlins. Sie und Fletcher stehen im Türrahmen. Jessica sieht vom Sofa zu ihnen auf, und die Schatten graben Höhlen in ihr Gesicht.

»Wo ich gewesen bin.« Sie muss ihr Gespräch mitgehört haben.

»Wo sind Sie gewesen, Liebes«, fragt Rawlins.

»Im Paradies. Jetzt weiß ich's wieder.« Jessica lacht. Das Lachen klingt unecht und ist zu laut, und Fletcher verlässt der Mut. Sie treibt Spiele mit ihnen. Vielleicht ist sie immer noch auf Drogen oder betrunken.

Rawlins' Gesichtsausdruck sagt ihm, dass sie zu derselben Erkenntnis gekommen ist. »Es ist nicht sinnvoll, wenn wir beide hier herumhängen«, sagt sie. »Lassen Sie mich hier weitermachen. Ich schicke Ihnen ein Signal über den Pager, wenn ich irgendwas Nützliches herausbekomme.«

Fletcher macht sich auf den Weg. Im Aufzug nach unten wird ihm bewusst, dass Jessicas Hinweis womöglich doch hilfreicher war, als es schien.

Paradise, so erinnert er sich, ist der Name eines Spielcasinos.

Jessica kümmert sich vorübergehend um den Kater aus dem Tierheim. Sie hatte Mitleid mit ihm, weil er im Käfig des Tierheims so unglücklich wirkte. Sein Fell ist weich wie Watte, und er ist im Großen und Ganzen ein süßes altes Kerlchen, wobei Jessy mittlerweile weiß, dass sie aufpassen muss, wenn er sich auf den Rücken rollt. Wenn Jessy ihm den Bauch streicheln will, ist er blitzschnell mit Krallen und Zähnen zur Stelle.

Es ist zwei Tage her, dass Cody Swift ihr auf dem Parkplatz aufgelauert hat, und Jessy ist immer noch verunsichert, wenngleich nicht verunsichert genug, um sich an Felix zu wenden. Sie hat sich alle Mühe gegeben, diesen Impuls zurückzudrängen, der nie hätte aufkommen dürfen.

Nach dem Vorfall mit Cody war sie zu aufgewühlt gewesen, um die Sache vor Nick zu verheimlichen. Während sie es ihm erzählt hatte, hatte sich in Sekundenschnelle Röte auf Nicks Hals und Wangen ausgebreitet.

»Ich rufe ihn noch mal an«, meinte Nick, »und sage ihm …«

»Lass es bleiben«, erwiderte sie. »Ehrlich, tu's nicht.«

»Ich werde ihn aufsuchen und ihm ins Gesicht sagen …«

»Lass dich nicht auf sein Niveau herab. Er ist es gar nicht wert. Ich habe ihm ins Gesicht gesagt, dass er verschwinden soll. Er hat mich schon verstanden.« Schon jetzt bereute sie, dass ihr herausgerutscht war, was passiert war. Sie hatte vor vielen Jahren gelernt, Geheimnisse für sich zu behalten und selbst damit fertigzuwerden, aber ihre Instinkte haben sich abgeschwächt, seit sie Nick geheiratet hat.

»Ich will dich vor diesem Mist beschützen«, sagte Nick.

Und ich will nicht, dass du das tun musst, dachte Jess. Sie liebt ihn unendlich für Sätze wie diesen, gleichzeitig sind sie ihr unangenehm, denn egal, wie sehr Nick ihr mit Worten und Taten beweist, dass er sie liebt, wird sie nie aufhören, sich für ein nichtswürdiges Mängelexemplar zu halten, das jemanden wie ihn gar nicht verdient hat.

»Liebling, es geht mir gut«, sagte sie. »Bitte reg dich nicht auf. Ich habe Cody gesagt, dass er es mit dir zu tun kriegt, wenn er noch mal in meine Nähe kommt. Das hat er verstanden. Das ist ihm schon klar.«

Sie lehnt sich an Nick, und er legt den Arm um sie und küsst sie auf den Kopf. Reglos wie Statuen bleiben sie so, während in Jess' Herz insgeheim die Dämonen wüten.

Die letzten beiden Tage von Nicks Urlaub hat sie ihre Gefühle sorgsam vor Nick verborgen und gebetet, dass Cody sie nicht noch einmal zu kontaktieren versucht. Sie hat ihr allerliebstes Ehefrau-und-Mutter-Pokerface aufgesetzt und sich die größte Mühe gegeben, Nick und Erica alles so schön wie möglich zu machen. Sie hat festgestellt, dass sie gut darin ist, die heimelige Oberfläche ihrer kleinen Familie aufzupolieren, bis sie glitzert und glänzt.

Jetzt winkt sie Nick zum Abschied, als ihn das Taxi zum Bahnhof bringt. Er ist auf dem Weg nach London für eine mehrtägige Produktionsvorbereitung. Erica ist mit Olly unterwegs. Sobald Nick weg ist, schließt Jess die Haustür und verriegelt sie. Sie stellt die Lamellen der Jalousien an den vorderen Fenstern senkrecht. Im Haus wird es dunkel, doch das stört sie nicht. Sie steht in der Finsternis und holt tief Luft. Jetzt, wo Nick fort ist, empfindet sie es beinahe als Erleichterung, den Geschmack und das Gefühl ihrer Furcht zuzulassen. Es hat sie belastet, die Angst ständig zu unterdrücken. Sie ist erschöpft, aber endlich, so weiß sie, hat sie Zeit und Raum zum Nachdenken, und ihr erster Gedanke ist, dass sie es Cody Swift, sollte er vorhaben, sie zu Hause aufzusuchen, nicht leicht machen wird herumzuschnüffeln. Über die Terrassentür läuft sie hinaus zu den Mülltonnen und holt die beiden Mülltüten heraus, die darin sind. Sie stellt sie in die Garage und kontrolliert zwei Mal, ob das Schwingtor abgeschlossen ist. Sie ist nicht so dumm, irgendetwas herumliegen zu lassen, was ein Fremder in die Finger kriegen könnte. Nach den Morden und während der Gerichtsverhandlung wurde Jess wochenlang von Presseleuten belagert.

Wenn Erica nach Hause kommt, werden ihr die zusätzlichen Sicherheitsmaßnahmen vermutlich gar nicht auffallen – sie lebt viel zu sehr in der rosa Seifenblase ihrer Teenagerwelt –, falls sie aber doch nach dem Grund für die Dunkelheit fragt, kann Jess behaupten, dass sie Migräne hat. *Oder sollte ich ihr sagen, was los ist?*, fragt sie sich. *Sollte ich das tun? Wäre Erica dann weniger gefährdet?* Doch gleich darauf ruft sie sich zur Ordnung. *Erica ist nicht in Gefahr,* sagt sie sich. *Noch nicht. Kein bisschen. Nicht, solange ich es verhindern kann.*

Dieser sorgenvolle Gedankengang führt Jess unweigerlich zu einem anderen. Die Erinnerung daran, wie sie selbst als Teenagerin und auch später von Männern benutzt und missbraucht wurde, bleibt nicht aus. Bis sie Nick begegnete. Immerhin hat ihre umsichtige Erziehung dafür gesorgt, dass Erica von derartigen Gefahren verschont geblieben ist. Die Sicherheit, die ihre Tochter genießt, hat Jess nie erlebt.

Dieser Gedanke macht sie stolz, aber in ihr regt sich auch eine vertraute Wut. Nach Charlies Tod kämpfte sie so hart gegen ihre Wut an: Wut darüber, dass er ermordet worden war, Wut über das, was sie selbst durchgemacht hatte, Wut über das, was die Leute über sie behaupteten, Wut gegen sich selbst, weil sie als Mutter versagt hatte. Die Sicherheit, die Nick ihr gab, hatte die Wut anschwellen lassen. Er ermutigte sie, sie sich einzugestehen. »Du musst sie herauslassen«, sagte er, »sonst frisst sie dich auf.« Und wie sie wütete. Trotzdem, denkt sie, wird sie Erica zu diesem Zeitpunkt nichts erzählen. Erst muss sie mit Nick darüber reden. Das müssen sie gemeinsam besprechen und entscheiden. Bis dahin soll ihre Tochter sicher im Dunkeln gelassen werden.

Eine Sache allerdings gibt es, die sie machen will, nun, da Nick sie nicht dabei ertappen kann. Sie geht hinauf in ihr Arbeitszimmer und setzt sich an den Computer. Sie nimmt sich vor, der Versuchung zu widerstehen, den Podcast aufzurufen. Er macht ihr Angst. Stattdessen tippt sie zwei Wörter in die Suchmaschine: Felix Abernathy. Sie klickt auf den Link zu seiner Homepage. Als sie lädt, zuckt Jess zusammen. Der Schriftzug »PR-Agentur Felix Abernathy« rollt über den schwarzen Bildschirm, und einen Wimpernschlag später sieht sie sich der beinahe lebensgroßen Porträtaufnahme von Felix gegenüber. Abrupt hält sie die Luft an.

Ein Foto kann mir nichts tun, redet sie sich gut zu, doch ihr Herz schlägt heftig, und auf den Armen bildet sich Gänsehaut. Sie hört ihren eigenen Atem. *Beruhige dich,* denkt sie. Der Kater fängt an, sanft um ihre Beine zu streichen, und Jess bückt sich und hebt ihn sich auf den Schoß. Sie unterdrückt den Impuls, einfach aufzustehen und wegzugehen, stattdessen klickt sie sich durch die Homepage. »Stell dich deinen Ängsten«, hat Felix ihr einmal gesagt, und sein schiefes Grinsen war Ermutigung und Drohung zugleich. Auch jetzt, als sie im Arbeitszimmer sitzt, hört sie seine Stimme, obwohl es mehr als zwanzig Jahre her ist, dass er diesen Satz zu ihr gesagt hat. Sie erschaudert, als sie sich daran erinnert, dass seine Fingerspitzen bei diesem Satz bereits auf dem Türgriff eines Hotelzimmers lagen und die andere Hand an ihrem Rücken Druck ausübte und sie in das Zimmer drängte, in dem ein Mann auf sie wartete. Sie schüttelt den Kopf, um die Erinnerung loszuwerden. Der Kater beobachtet sie ruhig. »Wir zwei sind halt Straßenkinder«, sagt Jess zu ihm.

Sie holt tief Luft und arbeitet sich weiter durch die Homepage, aber sie enthält nur ein Minimum an persönlichen Informationen über Felix. Jess hat nichts anderes erwartet, trotzdem empfindet sie einen Anflug von Enttäuschung, denn obwohl das alles sie belastet, ist sie zweifellos auch neugierig, was aus Felix geworden ist, auf beinahe selbstquälerische Weise. Allein der Gedanke an ihn verursacht ein Ziehen im Unterleib, selbst nach all den Jahren. Es widert sie an, denn es fühlt sich an wie ein schmutziger Teil von ihr, gleichzeitig aber hält es ihren Finger an der Maus und die Augen auf dem Bildschirm, während sie sich durch alle Seiten der Homepage klickt und jedes Foto von ihm mustert.

Auf den meisten Bildern hat Felix den Arm um einen Kunden gelegt. Die Mehrzahl seiner Klienten erkennt Jess auf den ersten Blick als Prominente. Fraglos gibt es andere, denkt Jess, die sich weniger gern zur Schau stellen und für die Felix' Diskretion sein größter Pluspunkt ist. Schon immer hat er Leuten Gefallen getan, für die es unumgänglich war, dass dieser Gefallen ein Geheimnis blieb. Genau das hat ihn in jenen Tagen so schnell nach oben gebracht. Für manche äußerst einflussreiche Leute in Bristol hat er sich sehr nützlich gemacht. Er ermöglichte ihnen ihre illegalen Vorlieben und stellte sicher, dass diese Vorlieben vor der Öffentlichkeit und dem Gesetz verborgen blieben.

Die Klienten auf den Fotos gehören einem Typus an, den Jess kennt, weil sie selbst einmal dazu zählte. In der Hauptsache sind es junge Frauen oder Sternchen aus Realityshows. Die sind besonders erfolgshungrig und verletzlich, denkt Jess, sie benutzen und missbrauchen ihren Körper in jeder erdenklichen Weise, nur um ihr Bild in die Zeitung zu bringen. Sie suchen Ruhm und tun alles, um ihn zu bekommen. Genau wie Jess. Was für eine Ironie, dass es, nach allen Versprechungen, die Felix ihr gemacht hatte, am Ende Nick war, der ihr einen Job in der Filmbranche verschaffte.

Sie streichelt den Kater, während ihr Blick über die Bilder auf dem Computer wandert. Sein Schnurren klingt wie ein Motor im Leerlauf. Es lässt sich nicht leugnen, dass Felix in vorteilhafter Weise gealtert ist. Er sieht gut aus. Gepflegt und gut gekleidet, wie nur Geld es möglich macht. Sein Lächeln ist breit und weiß, und von der Lücke zwischen den beiden Schneidezähnen, die sie so attraktiv fand, ist nichts mehr zu sehen. »Du hast dir deinen Traum also verwirklicht«, sagt Jess laut. Sie weiß nicht, was der Auslöser ist, ob es der Anblick all der verzweifelten jungen Frauen an Felix' Arm ist oder der Kontrast zwischen seinem Leben und ihrem eigenen ruhigen, häuslichen Dasein, aber plötzlich wird es ihr zu viel. Sie klickt auf den kleinen roten Kreis in der oberen

Ecke des Browser-Fensters, und Felix verschwindet. Ihr Blick ruht nun auf dem Hintergrundbild, einer professionellen Aufnahme von Nick, Erica und ihr selbst. Darauf sollte sie sich konzentrieren. Abrupt steht sie auf, und der Kater fällt auf den Teppich und faucht missbilligend. »Pech«, sagt sie zu ihm. »Man kriegt eben nicht immer, was man will.«

Sie wird eine Runde joggen gehen, beschließt sie. Das wird ihr helfen, die Anspannung abzuschütteln, die sie seit Tagen mit sich herumschleppt. Sie will eine längere Route nehmen und sich richtig auspowern. Zehn Minuten später ist sie umgezogen und tritt aus der Tür, die Kopfhörer in den Ohren und den Hausschlüssel sicher in der Reißverschlusstasche verstaut. Ihre Entschlossenheit, die Kontrolle über ihr Leben nicht aus der Hand zu geben, treibt sie an, sich bei diesem Lauf herauszufordern.

Die Frau öffnet die Autotür, kurz bevor Jess daran vorbeijoggen will. Sie steht nur wenige Meter von der Einfahrt entfernt und stellt sich Jess in den Weg. Die Autotür blockiert den Großteil des Gehwegs und zwingt Jess, abrupt stehen zu bleiben. »Tut mir wirklich leid«, sagt die Frau, und Jess verzieht das Gesicht, joggt auf der Stelle und wartet ab, dass die Frau die Tür zumacht. Da sagt sie: »Sind Sie Jessica Paige?«

Zunächst ist Jess nicht sicher, ob sie richtig gehört hat. Die Musik aus dem Kopfhörer ist ziemlich laut. Sie wendet sich um. Sie wird eben um das Auto herumrennen müssen, wenn die blöde Kuh es nicht fertigbringt, die Tür zuzumachen. Da wiederholt die Frau ihre Frage, laut genug, dass Jess sie deutlich verstehen kann: »Jessica Paige?«

Kurz bleibt Jess das Herz stehen. Sie hält inne.

»Ich bin vom *Bristol Echo*. Haben Sie einen Augenblick Zeit für mich?«

Das vage Lächeln auf den Lippen der Frau wirkt kalt, es gefällt Jess nicht. Hier geht es sicher um den Podcast. Jess tut, als höre sie nicht. Sie schenkt der Frau ihr bestes ausdrucksloses Lächeln und rennt, so schnell sie kann, wahllos durch Straßen und schmale Gässchen davon. Sie bleibt erst stehen, als sie den Stadtteilpark erreicht hat, und sie ist derart außer Atem, dass sie erschöpft auf eine Bank sinkt.

»Fuck!«, sagt sie. Niemand ist in der Nähe, der sie hören könnte. Zunächst kann sie nur abwarten, dass ihr Atem sich beruhigt und das wilde Herzklopfen nachlässt. Erst da bemerkt sie den Schmerz in den Beinen. Normalerweise sprintet sie nicht so schnell.

Sie versucht, die Gedanken zu sammeln. Sie muss überlegen, wie sie nach Hause kommt, ohne der Frau noch einmal über den Weg zu laufen. Sie muss außerdem herausfinden, ob die Reporterin, angeregt durch den Podcast, nur einen willkürlichen Versuch unternommen hat, weil es gerade nichts Besseres zu berichten gab, oder ob das hier ein echtes Problem wird. Sie bemüht sich, nicht an Felix zu denken. Er muss der letzte Ausweg bleiben. *Zwei Tage,* denkt sie. *Zwei Tage lang machte es den Eindruck, als könnte alles wieder werden, wie es war, und jetzt das.*

Sie stellt die Musik ab, um nachzudenken, aber sofort dringen die Geräusche aus dem Park auf sie ein. Bellende Hunde, das Quietschen der Gummisohlen eines anderen Läufers und, schlimmer noch, Kinderstimmen von irgendwoher. Es ist die Tonspule typischer Spielgeräusche: Kreischen, Schreien, das Scharren und Schlappen rennender Füße, Springen und Gelächter. In Jess lösen sie eine körperliche Reaktion aus. Ihr Atem wird schneller, als würde sie immer noch rennen, und die Brust zieht sich zusammen. Sie weiß, was es ist, weil sie es schon erlebt hat, auch wenn es lange her ist. Es ist eine Panikattacke. Das Gesichtsfeld trübt sich ein, und sie presst fest die Augen zu. Sie schlingt die Arme um den Bauch und beugt sich nach vorn. Ihr ganzes Leben scheint sich in diesem einen Augenblick zu konzentrieren, und sie wird nie daraus heraustreten können; es ist ein schmerzhaftes und hohles Gefühl. Sie stöhnt, ein animalisches Geräusch, lang und tief und ohne jede Hoffnung. Und doch drückt es nur einen Bruchteil der Schuld aus, die Jess seit zwanzig Jahren quält. Nie wird sie aufhören, sich für Charlies Tod die Verantwortung zu geben. Niemals.

Manchmal gewinnt sie den Kampf gegen das Schuldgefühl – im Lauf der Jahre hat sie es immer öfter niederringen können, auch wenn das Gefühl ihr nie ganz von der Seite weicht –, manchmal aber verliert sie den Kampf verheerend. Manchmal hat sie über Wochen hinweg das Gefühl, dass die einfachsten Dinge – sich anziehen, duschen, einen Tee kochen – einer geradezu übermenschlichen Anstrengung bedürfen. In diesen Wochen fühlt sie sich von Nick und Erica abgekoppelt. Hat sie die Talsohle erreicht, dann weiß sie, dass sie ein schmutziges, unanständiges Luder ist, das nicht zur Mutter taugt, eine Hure. Ohne Zögern übernimmt sie die Beschimpfungen, die ihr die Leute damals angedeihen ließen, und versucht gar nicht erst, den Selbsthass zu unterdrücken, weil sie sicher weiß, dass sie es nicht besser verdient hat.

Als im Park die erste Woge der Panik nachzulassen beginnt, öffnet sie die Augen und sieht ein Paar neonfarbene Laufschuhe vor sich. Jemand steht vor der Bank und spricht mit ihr.

»Ist alles in Ordnung? Entschuldigen Sie, geht es Ihnen gut?«

Es ist ein junger Mann. Er streckt ihr eine Hand entgegen, als ob er sie anfassen will, zugleich aber weiß, dass es keine gute Idee ist. Plötzlich hat sie den Drang, um sich zu schlagen und etwas Gemeines zu ihm zu sagen. Aber sie tut es nicht. Sie übt sich seit zwanzig Jahren darin, ihre Aggressionen zu überwinden, die sie im Glenfrome Estate manchmal gebraucht hat, um sich und Charlie zu beschützen und zu verteidigen.

»Es geht mir gut«, sagt sie. »Danke.«

»Sicher?«

»Ganz sicher. Entschuldigen Sie. Danke.«

Jess steht auf, um zu beweisen, dass es ihr gut geht, und er sagt »okay«. Erst als sie ein Lächeln aufsetzt und versucht, sich zu dehnen, wirkt er überzeugt. Sobald er weg ist, setzt sie sich wieder hin und bleibt lange dort, bis sie sich in langsamem Lauftempo auf den Heimweg macht. Unterwegs denkt sie: *Wenn die Frau noch vor dem Haus ist, dann rufe ich Felix an, wenn nicht, dann lasse ich es bleiben.* Immerhin fühlt es sich entschlossen an. Es gibt ihr die Illusion, die Kontrolle zu haben. Es erlaubt ihr, einen Fuß vor den anderen zu setzen.

Es ist Zeit für die Wahrheit

Folge vier –
die Detectives

»Dieser Fall kehrte sich gegen mich und erwischte mich hinterrücks. Und zwar unwiderruflich. Auch wenn man sein Leben ganz dem Erhalt von Recht und Gesetz widmet, so etwas übersteht man nicht. Man hat mir eine Falle gestellt.«

Mein Name ist Cody Swift. Ich bin Filmemacher und begrüße Sie zu *Es ist Zeit für die Wahrheit*, einem Podcast von Dishlicker Productions. Das eben war der ehemalige Detective Superintendent Howard Smail, der Mann, der die Ermittlungen zu den Morden von Charlie und Scott leitete. Damals, vor zwanzig Jahren, bin ich ihm nicht persönlich begegnet, aber alle kannten seinen Namen. Folgendes hat Detective John Fletcher, sein Stellvertreter in diesem Fall, über ihn zu sagen:

»Ich habe Howard Smail bewundert. Ich wollte von ihm lernen, und ich wollte unbedingt mit ihm zusammenarbeiten, aber sein Verhalten war unmöglich; dafür musste er bezahlen, er verlor seinen Job. Es war eine Riesenenttäuschung, nicht nur für mich als seinen Stellvertreter, sondern für das ganze Team und für die Familien von Scott und Charlie. Glücklicherweise konnten wir den Fall trotzdem aufklären. Sie sagen, Howard Smail lebt jetzt im Ausland? Ich frage mich, ob er noch an uns denkt.

In Bristol gibt es eine ganze Reihe von Leuten, die darauf warten, dass er sich für das, was er getan hat, entschuldigt.«

Mir war die Polizei schon in jungen Jahren vertraut. Es war kein allzu ungewöhnlicher Anblick, dass ein Einsatzwagen auf einen der Parkplätze des Glenfrome Estate einbog, aber doch ungewöhnlich genug, um Aufmerksamkeit zu erregen. Meine Mutter zog den Vorhang zur Seite, um zu sehen, wohin die Beamten gingen. Dad warf einen Blick nach draußen, zuckte die Schultern und widmete sich wieder seinen Angelegenheiten. In anderen Wohnungen traten die Bewohner vorsichtig vom Fenster zurück und überlegten, auf welchem Weg sie ungesehen aus dem Haus kämen. Je nachdem, was sie angestellt hatten, halfen die Nachbarn manchmal dabei, die Spuren zu verwischen. Auf dem Estate gab es einen Kodex des Schweigens. Man schützte die eigenen Leute. Allerdings traf das nicht auf Verbrechen zu, bei denen Kinder betroffen waren. Menschen, die Kindern etwas zuleide taten, zählten zum Abschaum.

Als Detective Inspector John Fletcher und Detective Constable Danny Fryer uns nach der Entdeckung von Charlie und Scott aufsuchten, waren sie also nicht die ersten Polizisten, die ich gesehen oder gesprochen hatte, doch sie waren die ersten Kriminalbeamten. Die Bezeichnung »Detective« besaß einen gewissen Glamour. Vielleicht ist dieser Besuch deshalb das Einzige, woran ich mich aus jenen Tagen erinnere.

Detective Fryer trug eine Anzughose mit Bügelfalte. Er hatte braune Augen, und in der Tasche seines Jacketts steckte ein Seidentuch. Er wirkte wachsam, aber er war nett. Vermutlich trug auch Detective Fletcher Anzug und

Krawatte, aber ich kann mich nicht daran erinnern. Alles, was ich weiß, ist, dass er in der Tür zu unserem Wohnzimmer stand und uns beobachtete. Ich fühlte mich wie auf dem Präsentierteller, als durchschaue er mich ganz und gar.

Fletcher und Fryer ermittelten, die Leitung aber hatte wie erwähnt Detective Superintendent Howard Smail. Er war der oberste Ermittlungsbeamte in diesem Fall, und seine Stimme haben Sie zu Beginn dieser Podcast-Folge gehört. Smail war nur eine Woche an der Ermittlung beteiligt, dann wurde er zum Rücktritt gezwungen. Seit damals lebt er völlig zurückgezogen. Er gibt keine Interviews. Allen Reportern, denen es gelang, ihn aufzustöbern, wurde die Tür vor der Nase zugeschlagen und mit Klage gedroht.

Ich wandte mich an einen dieser Journalisten, und er sagte Folgendes:

> *»Ich kann Ihnen Smails Adresse gern geben, aber lassen Sie sich zwei Dinge raten. Erstens: Packen Sie eine lange Unterhose ein. Zweitens: Er redet mit niemandem, auch wenn Sie ihm gutes Geld dafür bieten. Sie sollten nicht glauben, dass Sie irgendwie anders sind.«*

Trotzdem war ich der Meinung, ich sei anders. Kein Mensch war derart eng in den Fall verwickelt wie ich. Aus diesem Grund sitzen Maya und ich in einem Mietwagen und fahren eine Küstenstraße entlang, die eine Inselgruppe an der Küste Nordnorwegens verbindet. Es waren zwei Flüge nötig, um hierherzukommen, und nun stehen uns hundert Meilen auf der Fernstraße bevor. An deren Ende hoffen wir auf ein Treffen und ein Interview mit dem ehemaligen Detective Superintendent Howard Smail.

Es wäre eine Untertreibung zu behaupten, unser Ziel sei ein abgelegener Ort. Howard Smail hat das Einsiedlerdasein perfektioniert. Wir erreichen das Dorf am Spätnachmittag. Man kommt sich vor wie am Ende der Welt. Alte Fischerhäuschen hängen über dem Abgrund, auf Stelzen, deren Füße im klaren Wasser verschwinden. An der Straße, an der wir anhalten, fällt ein großes Holzgerüst ins Auge, das aussieht, als sei es das Gerippe einer ehemaligen Kapelle. Über jedem einzelnen waagerechten Balken hängen dicht an dicht gelbbraune Stockfische. Sie riechen unangenehm und salzig. Auf dem Boden und auf dem Fisch liegt Schnee, allerdings weniger, als ich erwartet hätte. Wir klettern über die Felsen, um das Wasser in der Meerenge zu betrachten. Es ist dunkel und unergründlich. Auf der Oberfläche schwimmen die Spiegelungen der dunklen Berge, die uns umgeben. Darunter gleiten große Quallen, ohne Eile treiben die durchsichtigen Tentakel dahin. Alles, was wir sehen, ist wunderschön und faszinierend und gleichzeitig schroff. Dann setzen wir die Fahrt fort.

Das Haus von Howard Smail liegt nur zwei Meilen weiter. Wir stellen das Auto ab, und ich steige aus. Ich stehe neben einem Zaun aus fünf Latten an der Einfahrt zu einem bescheidenen traditionellen Anwesen. Es ist später Nachmittag und bereits dunkel. Am Tor hängt ein Schild. Ich kann kein Norwegisch, aber das Bild eines großen Hundes am Torpfosten sagt alles. Maya ist im Auto geblieben. Ich öffne das Tor und gehe zur Haustür. Im Haus brennt Licht, und ich höre einen Hund bellen. Ich läute an der Tür, und innen ertönt eine Glocke. Die Tür öffnet sich einen Spaltbreit.

»Hallo?«

»Hallo, Mr. Smail? Mein Name ist Cody Swift. Ich weiß nicht, ob Sie sich an mich erinnern. Nein? Na ja, ist okay. Ich bin hergekommen, weil ich einen Podcast über die Morde an Scott Ashby und Charlie Paige mache.«

Haben Sie das Geräusch eben gehört? Das war die Haustür von Howard Smail, die er mir vor der Nase zugeschlagen hat. Ich versuche es mit Rufen.

»Charlie und Scott waren meine besten Freunde, Mr. Smail! Ich weiß nicht, ob Sie davon erfahren haben, aber Sidney Noyce hat sich vor Kurzem das Leben genommen. Ich recherchiere zu den Spekulationen, dass die Polizei den falschen Mann ins Gefängnis gesteckt hat. Wollen Sie das kommentieren, Mr. Smail?«

Er will nicht. Die Tür bleibt zu, der Hund bellt. Vom Auto aus beobachtet mich Maya, ihr Gesicht hinter der Frontscheibe ist weiß. Ich ziehe mich zurück.

Am Abend, als das Nordlicht über den Himmel zieht, beschließen Maya und ich, Howard Smail einen Brief zu schreiben. Wir können uns nur einen weiteren Tag auf den Lofoten leisten, bevor wir die Reise zurück zum Flughafen antreten müssen, also bringen wir den Brief gleich bei Tagesanbruch persönlich vorbei. Am frühen Nachmittag, als wir schon die Hoffnung aufgeben, ruft Howard Smail an. Er sagt genau vier Wörter: »Sie können jetzt kommen.«

Als ich mich seinem Haus zum zweiten Mal nähere, klingt das Hundebellen weiter entfernt. Vom Tageslicht ist nicht mehr viel übrig, doch ich kann erkennen, dass sein Haus auf einem Felsen über der Meerenge im Schatten eines mächtigen Berghangs liegt. Ohne viele Worte zu verlieren, bittet mich Smail herein und fordert mich auf, in einem kleinen Wohnzimmer mit cremefarbener Holzvertäfelung Platz zu nehmen, das von einem Ofen beheizt wird. Auf einem Gestell ist ein hochwertiges antikes Teleskop befestigt, das auf die Berge gerichtet ist.

Im Folgenden hören Sie die Aufnahme unseres Gesprächs. Smail übernahm von Anfang an die Regie. Ohne Umschweife sprach er an, was andernfalls übermächtig im Raum gestanden hätte: der Skandal, der ihn während der Ermittlungen zu Charlies und Scotts Tod seinen Job gekostet hatte.

»Ich sage das nur ein einziges Mal und werde es nicht wiederholen: Ich habe mich nicht an Jessica Paige vergriffen. Ich habe mich ihr gegenüber in keiner Weise unangemessen verhalten. Ihre Anschuldigungen entsprachen nicht der Wahrheit. Der Vorwurf gegen mich war reine Erfindung, um mich zu ruinieren und zu verhindern, dass die Ermittlung in eine bestimmte Richtung geht. Ich bin bereit, den Fall mit Ihnen zu diskutieren, weil Ihr Brief sehr aufrichtig war. Bedingung ist, dass wir nicht über die Vorwürfe reden und Sie berichten, dass ich auf meiner Unschuld beharre.«
»Selbstverständlich.«
»Also, was wollen Sie wissen?«
»Ich habe eine Liste von Fragen, die wir durchgehen können. Oder aber Sie erzählen, woran Sie sich erinnern, und wir nehmen das als Ausgangspunkt.«

»Nimmt dieses Ding unser Gespräch schon auf?«

»Ja.«

»Der Fall galt als heimtückischer Mord der schlimmsten Kategorie, ernster wird es nicht. Uns standen alle nötigen Mittel zur Verfügung. Ich wählte die besten Leute für das Team aus. Mit der größten Akribie plante ich die Ermittlung. Das war einer der Fälle, in denen einem egal ist, ob man dafür bezahlt wird oder nicht, denn es ging um Kinder. Das einzige Ziel ist, denjenigen zu erwischen, der die beiden Jungs getötet hat, koste es, was es wolle. Niemand will, dass die Ermittlung scheitert. Niemand außer demjenigen, der das Verbrechen begangen hat.«

»Können Sie mir Genaueres über Ihr Team erzählen?«

»Mein Team war hervorragend. Zum Stellvertreter ernannte ich John Fletcher, weil er mir als ausgesprochen kluger und aufstrebender Detective ins Auge gestochen war. Ich wollte ihm eine Chance geben. Außerdem war er einer der Leute, die die Jungen entdeckt hatten. Er hat sie gefunden, und Charlie Paige starb in seinen Armen. So etwas sitzt dir ein Berufsleben lang unter der Haut, vermutlich bis ans Ende deiner Tage. Auch wenn er es nicht zugibt – John Fletcher ist nicht der Typ, der Gefühle zeigt –, bin ich sicher, dass ihn dieser Augenblick noch immer verfolgt und es bis ans Lebensende tun wird. Das heißt, als ich Fletcher zum stellvertretenden Leiter der Ermittlungen ernannte, steckte ihm dieser Fall schon in den Knochen.«

»Können Sie von den ersten paar Tagen der Ermittlung erzählen?«

»Eine Mordermittlung ist eine komplizierte Angele-

genheit. Immer. Der leitende Detective muss sich erst einmal in aller Ruhe einarbeiten, auch wenn Zeit genau die eine Sache ist, die du nicht hast. Das muss man ignorieren. Egal, wie sehr die Presse verrücktspielt, wie hoch der Druck der Angehörigen und Vorgesetzten ist: Um einen Fall schnell aufzuklären, darf man nichts übereilen. Sehen Sie, was dort vor dem Fenster ist? Dort, wo das Teleskop hindeutet?«

»Die Berge?«

»Sehen Sie, wie die Wolken Schatten über die Bergflanke jagen, sodass sie mal schwarz wirkt und dann wieder dunkelgrün, dann wieder schimmert die Sonne an einer bestimmten Stelle, und nach wenigen Sekunden ist alles anders. Da liegt Schnee, doch der kann schmelzen oder mehr werden. Er verschleiert die Konturen. Um das ganze Ausmaß dieses Bergs zu verstehen, muss man ihn über eine lange Zeit beobachten. Auf die Schnelle kann man seine Geografie nicht beurteilen. Genauso verhält es sich in einem Mordfall. In diesem Fjord leben zwei Seeadlerfamilien. Stellen Sie sich vor, dass einer von ihnen über der Landschaft kreist und das Wasser nach Beute absucht. Er schätzt ab, ob die See bewegt ist oder glasklar, ob er erkennen kann, was er sucht, oder nicht. Das ist die erste Phase einer Ermittlung. Man braucht einen Überblick. Man sucht nach Fakten. Was sind die Fakten? Nur wenn man geduldig bleibt, schälen sie sich heraus, wenn man nicht schon Theorien entwickelt, bevor die Ermittlungen überhaupt begonnen haben. Erst wenn der Seeadler zufrieden ist und sich einen Überblick verschafft hat, sinkt er tiefer herab. Vielleicht hat er etwas entdeckt, das seine Aufmerksamkeit auf einen ganz bestimmten Punkt lenkt. Er kreist jetzt tiefer über

dem Wasser, wägt ab, wie er seine Beute fangen kann, welche Geschwindigkeit nötig ist, aus welchem Winkel er den Angriff fliegen soll, ob das, was er für Beute hält, nicht doch bloß ein Schatten ist oder ein Stück Plastik, das auf dem Wasser treibt. Schießt er zu früh hinab oder geht er es falsch an, dann hat er es vermasselt. Die Beute entwischt, und er bleibt hungrig. Also geht er auf Nummer sicher und nimmt sein Ziel genau in Augenschein. Er vergewissert sich. Die ersten Stunden und Tage einer Ermittlung dreht sich alles darum, Fakten zusammenzutragen und herauszufinden, welche davon stimmen, und auf dieser Grundlage Hypothesen aufzustellen. Wenn du dir ganz sicher bist, erst dann, schießt du herab und schnappst dir die Beute. Zumindest ist das die Theorie.«

»Heißt das, Sie haben damals eine große Zahl an Verdächtigen im Auge gehabt?«

»Die Angehörigen der Opfer sind immer von besonderem Interesse. Statistisch gesehen ist ein Familienmitglied in einem Mordfall ein wahrscheinlicher Täter. Aber wir stellen niemals Mutmaßungen an. Wir sammelten Informationen über die Jungen und ihre Familien, aber auch über ihre Freunde, die Nachbarn, die Umgebung, über die Gewohnheiten der Leute, Verhaltensmuster und so weiter.«

Das Tageslicht draußen schwindet zusehends. Das Licht im Zimmer ist körnig geworden, Smails Gesichtszüge werden unscharf. Ächzend steht Smail auf, um eine Lampe einzuschalten, und zieht bei der Gelegenheit ein Papierbündel aus einer Schreibtischschublade. Die Blätter auf dem Schoß, setzt er sich wieder hin. Ich ergreife das Wort.

»Herrschte innerhalb des Teams Einverständnis darüber, welchen Spuren man nachgehen sollte?«

»Wenn ich das kommentiere, könnte das Folgen haben.«

»Hier? Auch heute noch?«

»Ich bin zwar nicht mehr so angreifbar, dadurch dass ich nicht mehr in England lebe, aber man ist überall erreichbar. Es wird ihnen nicht gefallen, dass ich über den Fall rede – bestimmt bekomme ich E-Mails, wenn Sie das hier senden –, und es wird ihnen noch weniger gefallen, dass ich über Interna der Ermittlungen spreche. So etwas tut man nicht. Niemals. Es ist ein Tabu. Ich bin ohnehin eine Persona non grata, aber hierdurch wird es noch schlimmer. Befragen Sie sich selbst, ob Sie sich so etwas freiwillig aussetzen würden.«

»Verstehe.«

»Ich kann sagen, dass es Meinungsverschiedenheiten gab, aber ich war der leitende Ermittler, also hätte ich bei jeder Entscheidung das letzte Wort haben sollen. Leider war ich nicht lange genug an der Ermittlung beteiligt, um diese Entscheidungen durchzusetzen.«

»Wegen der Anschuldigungen durch Jessica Paige.«

»Genau deswegen. Man hat mir eine Falle gestellt.«

»Wer hat Ihnen eine Falle gestellt?«

»Darüber werde ich nicht spekulieren, solange das Band läuft. Aber Sie können sich selbst die Frage stellen, wer am meisten davon profitiert hat, dass ich in ›Ungnade‹ gefallen bin.«

Smail wirkt aufgewühlt. Er legt den Papierstoß ab, doch er ist zu weit weg, als dass ich erkennen könnte, was es ist. Dann steht er auf und legt ein paar kleine, akkurat gehackte Scheite nach. Um sie herum lodern die Flammen auf, als er die Ofentür schließt. Er setzt sich wieder auf seinen Platz, nimmt die Blätter und hält sie hoch.

»Das hier ist eine Kopie meines Fallprotokolls.«
»Können Sie bitte erklären, was das ist?«
»In jeder Ermittlung führt der leitende Beamte ein Fallprotokoll. Darin wird jede einzelne Entscheidung protokolliert und auch notiert, warum sie so getroffen wurde. Natürlich ist das hier nicht das ursprüngliche Buch. Das dürfte zusammen mit den übrigen Fallakten in Bristol unter Verschluss liegen. Das hier ist eine Fotokopie.«
»Warum besitzen Sie eine Fotokopie?«
»Ich bin sicher nicht der erste Polizist, der eine Kopie eines Dokuments erstellt hat, das offiziell Eigentum der Polizei ist, und es an sich selbst geschickt hat. Es ist eine Versicherungspolice.«
»Wozu benötigen Sie eine Versicherungspolice?«
»Mir war klar, dass ich für etwas zur Rechenschaft gezogen würde, was ich nicht getan hatte. Ich wollte eine Niederschrift meiner Entscheidungen in diesem Fall haben, um mich vor weiteren Anschuldigungen zu schützen.«
»Soll das heißen, Sie hatten Sorge, jemand würde das Fallprotokoll manipulieren, nachdem Sie aus den Ermittlungen abgezogen wurden? Um Ihre Arbeit ins falsche Licht zu rücken?«
»Wenn einem jemand einen sexuellen Übergriff unterschiebt, liegt es dann nicht nahe, dass er auch versucht, die Arbeit desjenigen in Misskredit zu bringen? Sie müssen verstehen: Wenn die Dinge gut laufen, dann gibt es nichts Besseres als die Arbeit bei

der Kriminalpolizei. Läuft es allerdings schlecht, dann kann es einem vorkommen wie der einsamste Ort der Welt.«

»Noch einsamer als hier?«

»Die Leute denken, dass ich hierher geflohen bin. Aber wohin kann man heutzutage überhaupt noch fliehen? Es ist unmöglich, will man nicht alle Menschen aufgeben, die man liebt. Nein. Ich bin hierhergekommen, weil es meine Heimat ist. Meine Mutter stammt von dieser Insel.«

»Wären Sie bereit, den Inhalt dieses Protokolls öffentlich zu machen?«

»Vielleicht. Wenn es mir sinnvoll erscheint.«

»Darf ich die Unterlagen sehen?«

»Nein. Erst will ich eine Folge Ihres Podcasts hören, bevor ich entscheide, was ich herausgebe. Sie besitzen die redaktionelle Kontrolle über Ihr Material, damit haben Sie eine Menge Macht, und ich möchte zunächst sehen, in welche Richtung Sie gehen.«

»Ich soll mich erst beweisen?«

»Wir müssen uns alle beweisen.«

»Und woher weiß ich, dass Sie die Wahrheit sagen?«

»Das entscheiden Sie ganz allein. Ich persönlich habe nichts unter Beweis zu stellen.«

»Abgesehen davon, dass die Anschuldigungen gegen Sie fingiert waren.«

»Abgesehen davon, ja.«

Howard Smail und ich unterhielten uns bis spät in die Nacht. Ich werde in den zukünftigen Folgen mehr davon berichten. Seine Darstellung war weiterhin eine merkwürdige Mischung aus Abwehrhaltung, Paranoia und Scharfsinn. Seine Erinnerung an die Details war so genau, als wäre es gestern gewesen. Er gab mir eine Menge Stoff zum Nachdenken. Er war damit einverstanden, in Kontakt zu bleiben. Maya und ich waren in Hochstimmung, als wir die lange Fahrt zum Flughafen antraten.

Als wir zurück in Bristol waren, bemühte ich mich um Kontakt zu Detective Inspector John Fletcher. Er arbeitet immer noch in derselben Abteilung und hält denselben Rang. Nachdem ich einige Tage lang zunehmend frustriert Nachrichten für ihn hinterlassen hatte, rief er mich vor Kurzem zurück, und auf seinen Vorschlag hin trafen wir uns in der Parkgarage eines Einkaufszentrums.

Es war äußerst merkwürdig, Detective Fletcher nach all den Jahren gegenüberzustehen. Er hatte immer noch diesen stählernen Polizistenblick. Er erklärte mir, dass er keine Einzelheiten der Ermittlung herausgeben dürfe und nur über Dinge reden könne, die bereits Gemeingut seien. Seiner Aussage nach war der Fall aus Sicht der Polizei abgeschlossen, egal, was Weston vorbrachte, aber natürlich würde die Polizei neue Hinweise, wenn sie denn auftauchten, sorgfältig prüfen. Er blieb vollkommen professionell. Er wünschte mir alles Gute. Ich hatte nichts anderes erwartet, weil ich wusste, dass ihm die Hände gebunden waren, trotzdem war es eine Enttäuschung. Er sagte noch, ich könne ihn jederzeit anrufen, und es ist immerhin gut, dass die Kommunikationskanäle weiterhin offen stehen.

In der nächsten Folge erfahren wir mehr über den Hauptverdächtigen in diesem Verbrechen, Sidney Noyce. Er wurde des Mordes an Charlie und Scott beschuldigt und dafür verurteilt. Hier hören Sie seine Mutter Valerie Noyce:

»Sidney hat sich im Kopf nie richtig entwickelt. Die Ärzte und Sozialarbeiter haben gesagt, dass er immer auf dem Stand eines Zehnjährigen bleiben würde, und sie hatten recht. Heutzutage nennt man so was geistige Beeinträchtigung. Damals sagten die Leute Schwachkopf zu Sid. Kein schönes Wort, oder?«

Jess setzt sich in den Sessel in der Ecke des gemeinsamen Schlafzimmers und sieht Nick beim Packen zu. Sie mag es, dass er solche Sorgfalt darauf verwendet: die Kleidungsstücke rollt oder akkurat faltet und ordentlich verstaut. Er reist für sechswöchige Dreharbeiten nach Marokko und hat es trotzdem geschafft, alles, was er braucht, in einer bescheidenen Tasche unterzubringen. Er zieht den Reißverschluss zu.

»Fertig«, sagt er.

»Gut gemacht.«

Jess hat Nick nichts von der Journalistin erzählt, die ihr vor dem Haus aufgelauert hat, und gibt sich große Mühe, sich die Unruhe nicht anmerken zu lassen, die sie daraufhin befallen hat. Auch die E-Mail, die heute Morgen eingetroffen ist, hat sie nicht erwähnt.

»Komm mich in Marokko besuchen«, sagt Nick. »Bitte. Vielleicht kann Erica ja mitkommen, wenn Schulferien sind, und Olly könnt ihr auch mitnehmen. Sie könnten sich die Dreharbeiten ansehen.«

»Ich sehe mir mal die Flugpreise an«, antwortet sie.

»Im Ernst?«

»Na klar!« Aber es ist ihr nicht ernst. Die E-Mail, die heute Morgen im Eingangsordner gelandet ist, macht es unmöglich, aber das kann sie ihm nicht erklären. Er muss gehen, damit sie Zeit und einen freien Kopf hat, sich auf ihre Weise darum zu kümmern.

Die E-Mail kam von einer Frau namens Maya Summers, die sich als Lebensgefährtin von Cody Swift bezeichnete und erklärte, dass sie an dem Podcast mitarbeite. Wenn Jess sich mit Cody nicht treffen wolle, hatte sie geschrieben, wäre es dann möglich, dass Jess und Maya sich erst einmal über E-Mail kennenlernten, von Frau zu Frau? Jess spürte, wie ihr Unmut beim Lesen wuchs. Als wäre es weniger entblößend, sich gegenüber einer Frau zu offenbaren als gegenüber Cody! Sie mussten sie für die letzte Hinterwäldlerin halten. Verächtlich schnaubte sie, als sie die lächerliche Nachricht las, aber sie merkte auch, dass die Angst sich wieder breitmachte, weil es nicht so aussah, als würde Cody sich in absehbarer Zeit zurückziehen. Es war verlockend, sich in ein Flugzeug nach Marokko zu setzen und zu hoffen, dass die ganze Angelegenheit sich in Luft auflöste; was aber, wenn sie das nicht tat, sondern sich eher noch aufblähte? Sie könnte ja nicht ewig wegbleiben. Sie musste handeln.

Sobald Nick fort ist, ruft Jess die Homepage von Felix noch einmal auf und klickt sich zur Kontaktseite durch. Sie wählt die Büronummer. Die Frau, die den Anruf entgegennimmt, klingt kurz angebunden. »PR-Agentur Felix Abernathy.«

»Kann ich Felix sprechen, bitte?«

»Er ist im Augenblick verhindert. Kann ich Ihnen weiterhelfen?«

»Ich muss dringend mit ihm reden. Ich bin eine alte Freundin.«

»Darf ich mir Ihren Namen notieren?«

»Jessy Paige.« Jess hört am anderen Ende der Leitung eine Tastatur klackern. »Es geht um etwas Geschäftliches«, fügt sie hinzu, denn sie weiß, dass es für Felix nichts Wichtigeres als Geld gibt. Sie ist zufrieden mit sich. Sie klingt geschäftsmäßig. Sie diktiert ihre Telefonnummer, verabschiedet sich höflich und legt auf. Erst dann kapituliert sie vor ihrer Nervosität. Ihre Stirn liegt immer noch auf der kühlen Oberfläche des Schreibtisches, als das Handy klingelt. Sie setzt sich auf und blickt auf das Display. Es ist eine Londoner Nummer. Bevor sie den Anruf annimmt, atmet sie tief durch. »Hallo.«

»Jessy Paige!« Die Stimme von Felix tönt durch die Leitung. Sie hat sich kein bisschen verändert. Er klingt so selbstsicher, als sei sie immer noch sein Eigentum.

Sie schließt die Augen. »Danke für den Rückruf.«

»Ich würde mir doch um nichts in der Welt einen Plausch mit dir entgehen lassen. Wie geht's? Was macht das Eheleben?« Die Frage ist verletzender, als es scheinen mag. Jess ist sich ziemlich sicher, dass er absichtlich die Worte zitiert, die sie ihm vor Jahren entgegenschleuderte, nachdem sie Nick kennengelernt hatte und endlich gegen Felix aufbegehrte und sich weigerte, an einer seiner Sexpartys teilzunehmen. »Ich bin mit jemandem zusammen, jemand Gutem«, hatte sie gesagt und ihren Arm aus seinen Fingern gewunden. »Ich will normal leben. Wir werden heiraten.«

»Das heißt doch nicht, dass du nicht hin und wieder auch zu anderen Männern nett sein kannst«, hatte er erwidert. »Seit wann trägst du einen Keuschheitsgürtel und bist so spießig?« Darauf hatte er noch einen gezielten Schlag folgen lassen. »Wahrscheinlich eh besser so, Schätzchen. Man hat sich über deinen stumpfen Blick beschwert.«

Schon früher hatte sie Felix hin und wieder mit absoluter Ehrlichkeit entwaffnet, und auch jetzt am Telefon entscheidet sie sich für diese Taktik. »Es ist wunderbar«, sagt sie. »Ich bin sehr glücklich. Was ist mit dir?«

»Oh, ich bin zufrieden wie ein Honigkuchenpferd, Liebes, jedenfalls war ich es bis zu dem Moment, als meine Vorzimmermädchen gesagt haben, dass du was Geschäftliches zu besprechen hast. Was mich natürlich auf den Gedanken bringt, dass du in der Klemme steckst wie bei deinem letzten Anruf. Wie lange ist das her? Sechzehn Jahre?«

Er redet von damals, als sie bei *Dart Street* mitgespielt hat und er für sie die Sache mit Charlie unter den Teppich kehren konnte. Es stimmt. Es war eine völlig andere Zeit. Damals hat das Internet noch nicht jede Pressenotiz in Nullkommanichts unter die Leute gebracht. Sie weiß, dass sie diesmal nicht so viel Glück haben wird, wenn die Geschichte erst einmal draußen ist.

»Ja«, erwidert sie. »So ungefähr.«

»Was ist los? Was soll ich machen?«

»Sagt dir der Name Cody Swift noch was?«

»Hilf mir auf die Sprünge.«

Sie erzählt Felix von dem Podcast, und dass sie Angst hat, dass ihr Leben in die Brüche geht, wenn er ihr nicht hilft, dem Ganzen ein Ende zu setzen. Als sie fertig ist, schweigt er so lange, dass sie schon denkt, er lässt sie diesmal hängen.

»Jessy«, sagt er schließlich. »Ich tu das nicht für jeden, aber du weißt, dass du für mich so was wie Familie bist. Ich kann dir helfen, aber ich glaube, es ist am besten, wenn wir uns treffen und darüber reden. Du weißt ja, ich traue dem Telefon nicht. Kannst du morgen vorbeikommen?«

Das will sie nicht. Schon der Gedanke verursacht ihr eine Gänsehaut, aber sie glaubt nicht, dass sie eine Wahl hat, wenn er dieses Treffen möchte. Diesmal ist es ein größerer Gefallen als beim letzten Mal. Es wird schwieriger für ihn sein. Sie verabreden sich zum Mittagessen. Auf diese Weise ist sie immerhin wieder zu Hause, wenn Erica aus der Schule kommt.

Nach dem Telefonat geht Jess ins Schlafzimmer und setzt sich an die Frisierkommode. Sie betrachtet ihr Spiegelbild, zieht sachte die Haut an den Wangen nach hinten und oben und erhascht einen Blick auf ihr jüngeres Ich.

In ihren Gesichtszügen entdeckt sie auch Spuren von Erica. Sie sehen sich ähnlich. Sie hat Erica so ganz anders erzogen als Charlie, und wieder einmal fragt sie sich, ob sie ihre Tochter weniger vor den Bedrohungen der Straße hätte abschirmen sollen. Es war eine bewusste Entscheidung, die Tochter so zu erziehen, sie zu beschützen. Diese Entscheidung hat sie getroffen, weil Charlie gerissener und gewiefter war, als er es hätte sein sollen, und es ihm letztendlich nichts genützt hat. Wieder einmal quält sich Jess mit der Frage, ob Erica mit einer anderen Erziehung den Gefahren weniger schutzlos ausgeliefert wäre. Denn der Podcast scheint genau das zu sein: eine Gefahr.

Sie lässt die Haut los, und ihr Gesicht wird wieder wie vorher. Sie fragt sich, was Felix von ihr halten wird und was sie von ihm halten wird, ob es nach all den Jahren noch eine Anziehung zwischen ihnen gibt. Prompt fühlt sie sich schuldig wegen dieses Gedankens. Sie öffnet den Kleiderschrank und fängt an, Kleider aufs Bett zu legen, stellt Outfits zusammen, die sich für die Fahrt nach London eignen könnten. Am Ende begrenzt sie die Auswahl auf zwei Möglichkeiten. Beide bedecken so viel Haut wie nur möglich.

Fletcher nimmt die Akten zum Fall Peter Dale mit nach Hause und setzt die Kiste auf dem Esstisch ab. Von der Politur, mit der seine Frau das Holz wöchentlich bearbeitet hat, hat der Tisch nichts mehr gesehen, seitdem sie fort ist. Die Oberfläche ist stumpf und mit einem Muster aus sich überschneidenden Ringen bedeckt, die von den Tassen, Weingläsern und den Bechern mit den Fertignudeln stammen, die Fletcher an den meisten Abenden zu sich nimmt, hin und wieder abgelöst von einem Pfannengericht. Fletcher kippt den Inhalt der Kiste auf den Tisch und setzt sich hin, bevor ihm auffällt, dass er vergessen hat, die Jacke auszuziehen. Es ist ihm zu mühsam, noch einmal aufzustehen, also schüttelt er die Jacke ab und lässt sie auf den Boden fallen. Seitdem seine Frau ihn verlassen hat, bereitet es ihm bittersüßes Vergnügen, Dinge zu tun, für die sie ihn getadelt hätte.

Er macht sich einen Toast mit Baked Beans und isst ihn am Tisch. Dazu trinkt er ein Glas Wein. Er ertappt sich dabei, wie er zu der Stelle auf dem Klavier starrt, wo die Familienfotos gestanden haben. Zwei Söhne, denkt er, und keiner der beiden hat nach der Scheidung zu ihm gehalten. Von Theo, dem Jüngeren, hatte er es nicht anders erwartet, er war immer ein Mamakind gewesen, aber dass sich Andrew, der Ältere, auf die Seite der Mutter geschlagen hat, empfindet Fletcher als schmerzlichen Verrat. Er ist ein Sohn, auf den man stolz sein kann. Fletcher versucht, ihn anzurufen, aber Andrews Mailbox schaltet sich ein mit dem üblichen und nie eingehaltenen Versprechen, baldmöglichst zurückzurufen.

In der Stille, die eintritt, nachdem er seinem Sohn eine Nachricht hinterlassen hat, betrachtet Fletcher noch einmal das Foto von Hazel Collins, der Sekretärin des vermissten Mannes. Sie dürfte mittlerweile in den Siebzigern sein. Er hofft, dass sie noch lebt, denn sie ist für ihn von besonderem Interesse. Sie war es, die Peter Dale als vermisst gemeldet hat, und sie hat eng mit ihm zusammengearbeitet. Er schenkt sich ein weiteres Glas Wein ein und arbeitet sich sorgfältig durch sämtliche Unterlagen. Er möchte eine Liste wichtiger Personen erstellen. Hazel Collins ist der erste Name, den er sich notiert.

Der nächste Tag beginnt vielversprechend. Gute Neuigkeiten und der Trubel im Büro helfen Fletcher, die niedergeschlagene Stimmung nach einer schlaflosen Nacht abzuschütteln. Es stellt sich heraus, dass Hazel Collins ganz einfach ausfindig gemacht werden kann, auch wenn sie nicht mehr an derselben Adresse wohnt wie damals. Ihr neues Zuhause liegt an einer schicken Straße oberhalb der Hängebrücke von Clifton. Nirgends in der Stadt ist die Aussicht besser. Danny spricht mit ihrer Tochter Annabel, die bei Hazel lebt, und erfährt, dass die ältere Dame zwar noch einigermaßen, aber nicht mehr vollständig im Besitz ihrer geistigen Kräfte ist, sie aber gerne jederzeit nach elf Uhr empfängt.

Um zehn nach elf steigen Fletcher und Danny die schwarz-weiß gefliesten Stufen zu Hazels Haustür hinauf. Das vierstöckige georgianische Haus ist hellblau gestrichen. Der dekorative Balkon im ersten Stock ist original erhalten und die schwarz-weiß gestreifte Überdachung frisch gestrichen. Hazels Wohnung liegt im

Erdgeschoss. Das Treppenhaus im Lichthof des Gebäudes ist kunstvoll verziert. Bis auf Hüfthöhe sind die Wände mit einer Holzverschalung versehen, darüber ist eine gestreifte Tapete. Drei Tabletts für die Post sind ordentlich auf der Konsole arrangiert und mit den Namen der Bewohner gekennzeichnet. Darüber hängt ein großes Aquarell der Hängebrücke in einem Goldrahmen. Aufgrund des Fotos, das er von Hazel Collins in den Fallakten gesehen hat, hätte sich Fletcher etwas anderes erwartet. Er fragt sich, woher das Geld stammt.

In der Tür zur Erdgeschosswohnung steht eine Frau. Sie ist jung, aber adrett gekleidet, in Ballerinas, hautengen Jeans und einem eingesteckten T-Shirt. »Annabel Collins«, stellt sie sich vor. Ihr Händedruck ist fest. Sie bittet Fletcher und Danny herein, und sie treten in ein Wohnzimmer mit großzügigen Ausmaßen. Fletcher registriert den Flügel und die raumhohen Fenster, die einen spektakulären Blick auf die Hängebrücke bieten. Auf den geschwungenen Stahlseilen glitzert die Sonne; die dicht bewaldete Schlucht liegt im Schatten und bildet einen reglosen, dunklen Hintergrund.

Annabel Collins führt sie durch ein förmlich eingerichtetes Esszimmer und eine kleine, aber beeindruckend ausgestattete Küche in einen Garten im Innenhof, in dem eine ältere Dame neben einem Rosenbeet kniet. Darin wächst nicht viel mehr als ein paar dornige Stöckchen. Sorgfältig bedeckt sie die Erde mit Mulch. Bei dem leichten Düngergeruch ziehen sich Fletchers Nasenflügel zusammen.

»Sie arbeitet immer noch gerne im Garten«, sagt Annabel zu den Detectives und daraufhin lauter: »Mum! Kommst du mal für einen Plausch herein? Über Peter? Weißt du noch, ich habe dir doch gesagt, dass die Detectives kommen.«

Annabel Collins platziert Fletcher und Danny im Wohnzimmer, und die beiden warten eine Ewigkeit, bis sie ihrer Mutter aus Mantel und Stiefeln geholfen und die alte Frau sich die Hände gewaschen hat. Als sich Hazel endlich Fletcher gegenüber hinsetzt, kann er nicht umhin, die blutigen Wunden auf den mit Leberflecken übersäten Fingerknöcheln zu bemerken, dort, wo sie die Rosendornen erwischt haben. Sie trägt einen weichen hellblauen Rollkragenpullover und eine prächtige Perlenkette. Die ganz und gar weißen Locken sind nach der Gartenarbeit ein wenig windzerzaust, wurden am Morgen aber sorgfältig frisiert. In den trüben Augen liegt ein Anflug von Leere. Sie wirkt sehr alt dafür, dass sie Annabels Mutter ist.

Annabel schenkt Tee aus einer Kanne und Milch aus einem Silberkännchen aus. Zum Umrühren reicht sie den Detectives winzige Teelöffel, und Fletcher kommt sich vor wie auf dem Filmset von Downton Abbey.

»Mummy!«, sagt Annabel, als Hazel einzudösen scheint. »Die Polizisten wollen mit dir über Peter reden. Weißt du noch?«

Hazel Collins blickt von Danny zu Fletcher und sagt: »Peter ist nach Venezuela abgehauen.«

»Na ja, genau darum geht es«, erwidert Danny. »Es tut mir leid, aber wir haben Neuigkeiten von Peter.«

Das Gesicht der alten Frau bleibt ausdruckslos. Es ist unmöglich zu erkennen, wie viel sie mitbekommt.

»Kannten Sie Peter Dale?«, fragt Danny Annabel. Sie schüttelt den Kopf.

»Ms. Collins.« Danny konzentriert sich auf die alte Dame und spricht übertrieben deutlich. »Ich muss Ihnen leider sagen, dass Peter tot ist.«

»Peter ist tot?«, fragt sie.

»Ja. Es tut mir leid.«

Abrupt schließt Hazel Collins die Augen, als stellten die Lider einen Schild gegen die Wirklichkeit dar. Vielleicht ist es ja alles, was einem in diesem Alter bleibt, denkt Fletcher. Die letzte Verteidigung sind die Augenlider. Als Hazel länger als angenehm in dieser Haltung verharrt, wechseln er und Danny einen Blick, und Fletcher weiß, dass Danny dasselbe denkt wie er: Lebt sie noch? Der Pullover liegt ihr locker auf der Brust, von Brüsten gehalten, die in einem eindrucksvollen Büstenhalter stecken müssen. Es fällt schwer festzustellen, ob sie atmet.

»Mum?«, fragt Annabel Collins. »Mummy!« Sanft tätschelt sie den Handrücken ihrer Mutter. Fletcher bemerkt, dass sie sich bemüht, die blutigen Kratzer von den Dornen zu vermeiden. Zwischen den beiden herrscht ein zärtliches Einverständnis. Hazel klappt die Augen auf. Sie wirken verhangen. Fletcher sucht in ihrem Gesicht nach Zeichen geistiger Klarheit und merkt, dass sein Missmut wächst. Stumpf tickt eine Standuhr, während sie darauf warten, dass Hazel Collins reagiert. Sie tut es schließlich mit einer Geste. Sie streckt eine zitternde, leberfleckige Hand nach Fletcher aus. »Wurde er umgebracht?«, fragt sie. Fletcher kommt es so vor, als erreichen ihn die Worte erst ein paar Sekunden, nachdem sie sie ausgesprochen hat.

»Wie kommen Sie darauf?«, fragt Danny.

Wie ein Wackeldackel auf der Hutablage wendet sie sich umständlich nickend an Danny. Alles, was sie tut, geschieht derart langsam, dass Fletchers Gelenke sich anfühlen, als verflüssigten sie sich vor lauter Anstrengung, sich in Geduld zu üben.

»Peter hätte noch einem Toten den Ring vom Finger

gezogen«, sagt sie. Die Augen von Annabel Collins weiten sich. Ihre Mutter lacht zufrieden. »Aber er wusste, wie man eine Dame im Bett glücklich macht.« Fletcher meint, dass sie zwinkert, aber er ist sich nicht ganz sicher.

Danny rutscht auf dem Stuhl nach vorn und passt genau auf. »Tatsächlich?«, sagt er, verzieht keck die Mundwinkel und schenkt ihr einen verschmitzten Blick, zwinker, zwinker. Glücklicherweise hat er genug Energie, um mitzumachen. Für Fletcher ist es einfach zu surreal. Hazel Collins führt ein Leben, als sei sie mit einem goldenen Löffel im Mund geboren worden, aber sie redet daher wie ein derbes Fischweib. »Der beste Liebhaber, den ich je hatte.«

»Mummy! Das gehört sich nicht. Wirklich nicht.« Annabel errötet. »Entschuldigung«, formt sie mit den Lippen, an Fletcher gewandt.

Danny ignoriert sie. Er konzentriert sich ganz und gar auf Hazel. »Waren Sie ein Paar?«, fragt er.

Aber ihre Augenlider sind schwer geworden, auch wenn in den Mundwinkeln noch die Spuren eines Lächelns liegen. Sie zwingt sich, die Augen zu öffnen, und es gelingt ihr, mit Nachdruck zu antworten: »Waren wir das jemals?«, sagt sie. »Er hat nicht viel hergemacht, aber das habe ich ja auch nicht. Zwischen den Laken zählt das Aussehen nicht, wenn Sie verstehen. Dafür immerhin sind sie gut.«

»Da haben Sie recht«, antwortet Danny, wobei Fletcher bemerkt, dass jetzt auch auf seinen Wangen ein rosa Hauch liegt.

»Es war eine glückliche Zeit«, sagt Hazel Collins. »Eine glückliche, grausame Zeit.« Wieder senken sich die Augenlider herab, und diesmal bleiben sie geschlossen. So als habe sie eine endgültige Weisheit verlautbart und damit ihren Auftrag erledigt. Ihr Mund öffnet sich weit, als hinge der Unterkiefer an einem gebrochenen Scharnier, und Fletcher kann erkennen, dass sich das künstliche Gebiss lockert. Innerhalb von Sekunden beginnt sie zu schnarchen.

»Es tut mir so leid«, sagt Annabel. »Ich weiß gar nicht, was in sie gefahren ist. Normalerweise ist sie nicht vulgär.«

So wie Annabel das Wort »vulgär« ausspricht, klingt es, als sei es an sich bereits ein unanständiger Begriff. Sie ist prüde, denkt Fletcher. Im geöffneten Deckel des Mignonflügels sieht er ihr Spiegelbild, als sie aufsteht. Er ist auf Hochglanz poliert. Er erinnert ihn an seine Ex-Frau.

»Spielen Sie?«, fragt er Annabel. Auch er ist aufgestanden und betrachtet die Mechanik des Klaviers, all die straff gespannten, exakt angeordneten Saiten und präzisen Hämmer, die einen so wilden, wunderbaren Klang produzieren können.

»Ja«, antwortet sie. Sie führt es nicht weiter aus, und Fletcher ist etwas gekränkt. Er ist durchaus in der Lage, Chopin von Beethoven zu unterscheiden, aber er weiß auch, dass man es ihm nicht ansieht. Als er jung war, brannte in seinen Augen ein Feuer, wodurch er bei anderen, ungeachtet seiner ungepflegten Erscheinung, Eindruck machte. Man entschuldigte seinen mangelhaften Kleidungsstil als Begleiterscheinung seines Scharfsinns – solange er Erfolg hatte, wurde er ihm zugestanden –, doch mit dem Alter und dem nachlassenden Ehrgeiz wird ihm diese Schonregelung nicht mehr zuteil. So schmerzhaft es ist, ihm ist klar, wie unattraktiv er auf die Jungen wirken muss, also widersteht er der Versuchung und sagt nichts mehr.

Annabel geht zur Tür, wobei sie ihnen über die Schulter zuruft: »Ich hole Ihnen Ihre Mäntel. Wenn Sie mit Mum sprechen wollen, müssen Sie noch einmal wiederkommen. Nach der Gartenarbeit und allem anderen schläft sie jetzt bestimmt ein paar Stunden.«

Auf der Türschwelle wickelt sich Fletcher einen weichen blauen Schal um den Hals und knöpft seinen Mantel zu. Er lässt sich Zeit. In dieser Sache herrscht keine Eile, nachdem der Tote schon zwanzig Jahre alt ist. Tief atmet er die kalte Luft ein.

»Hast du's bemerkt?«, fragt er Danny, als sie sich auf den Weg machen.

»Was?« Der Groschen ist bei Danny noch nicht gefallen, vermutlich weil er die Akte nicht so gründlich studiert hat wie Fletcher.

»Annabel Collins ist Peter Dale wie aus dem Gesicht geschnitten.«

Danny bleibt abrupt stehen. »Ohne Scheiß?« Mit der Zunge fährt er sich durch den Mund, als hinge ihm etwas zwischen den Zähnen, und die Kerbe zwischen den Augenbrauen wird tiefer. »Wussten die ursprünglichen Ermittler, dass Hazel Collins eine Beziehung mit Dale hatte?«

»Davon steht nichts in den Akten«, erwidert Fletcher.

»Wer hat die Ermittlungen geleitet?«

»Ein Detective Sergeant, ich müsste nachschauen, wer das war. Er ist längst nicht mehr dabei. Er ist 2003 in Rente gegangen.« Bald werden sie über mich so reden, denkt Fletcher, als hätte es mich nie gegeben. Die Vorstellung ist schmerzlich, dass man nach einer lebenslangen Karriere bei der Polizei womöglich nichts als ein vergessener Name in den Archivunterlagen einer unzulänglich geführten Ermittlung ist. »Es wäre nicht schlecht, mit ihm zu sprechen.«

»Wenn du recht hast, rückt Hazel Collins damit unter den Verdächtigen in die erste Reihe«, sagt Danny.

»Genau. Und irgendwie ist sie zu Geld gekommen. Vor zwanzig Jahren hatte sie eine Wohnadresse, die höchstens ein Viertel von dieser Wohnung wert war. Sie war Sekretärin. Das ist nun nicht gerade ein Beruf, in dem man besondere Gehaltserhöhungen erwarten kann.«

»Glaubst du, dass Annabel sich darüber im Klaren ist, wer ihr Vater ist?«

»Weiß nicht«, erwidert Fletcher. »Eher nicht.«

Er lässt einen Finger nach dem anderen knacken und hat das Gefühl, dass er endlich bereit ist für den Tag. »Soll ich fahren?«, fragt er. Danny wirft ihm den Schlüssel zu, den Fletcher mit einer Hand auffängt. »Gonna be a long, long sunshiny day«, trällert er, während der Blinker pulsiert und er den Wagen in den Verkehr manövriert. Er nimmt eine steile Straße an der Schlucht entlang hinunter ins Zentrum. Durch die Baumwipfel fallen scharfe Sonnenstrahlen und blitzen über die Windschutzscheibe. »Wird eine lange, lange Fahrt, wenn du nicht aufhörst zu singen«, sagt Danny, aber er lächelt. Nichts lieben sie mehr als den Durchbruch in einer Ermittlung.

»Ist es Veranlagung, oder ist es anerzogen?«, fragt Smail. Fletcher ist klar, dass er keine Antwort erwartet, denn Smail holt noch nicht einmal Luft, bevor er fortfährt. »Bei einem Kind wie Charlie Paige wird man es nie erfahren, weil seine Mutter ihm nicht die geringste Chance gegeben hat, nicht das kleinste Fünkchen Hoffnung. Ich will bestimmt nicht sagen, dass der Junge besser dran ist, jetzt, wo er tot ist, bei Gott nicht, aber man weiß, wie es mit ihm geendet hätte, bei so einem Start ins Leben, oder?«

Smail zieht eine Aussage aus dem Stapel, der vor ihm liegt. »Das hier ist von der Frau, die den Zeitungsladen in der Siedlung hat: ›Scott, Charlie und Cody haben geklaut. Sie haben Süßigkeiten im Laden geklaut und morgens Milch aus dem Lieferwagen und auch von den Marktständen. Die waren rotzfrech.‹« Smail nimmt eine weitere Aussage vom Stapel. »Die hier ist von einem Mr. Dennis George. Er hat einen Stand auf dem Markt. Sagt dasselbe.«

»Ich trau diesem Dennis George ja nicht über den Weg«, erwidert Fletcher.

»Es gibt noch mehr. Alles Variationen desselben Themas. Was die Frage aufwirft, ob die Buben jemandem irgendwas angetan haben, womit sie eine Grenze überschritten haben. Haben sie es übertrieben, und jemand ist ausgerastet?«

»Möglich«, sagt Fletcher. »Aber vielleicht war es auch nur der übliche Unfug. Wie Jungs halt so sind.« Er blickt auf die Uhr.

»Zeit für einen Besuch im Paradise?«, fragt Smail.

Fletcher nickt. Er fühlt sich ausgelaugt. Es wird nicht der einzige Moment in der Ermittlung bleiben, in dem er sich wünscht, an zwei Orten gleichzeitig sein zu können. Er bräuchte Zeit, um gemeinsam mit Smail die zahllosen Aussagen sorgfältiger durchzugehen und an der Strategie zu feilen. Er lebt von Pulverkaffee und Kantinensandwiches, die so lange im Kühlschrank gelegen haben, dass das Brot zu Gummi mutiert ist. Doch der Besuch im Paradise Casino ist wichtig, und dort werden die Türen für die frühen Vögel bald geöffnet. Fletcher möchte dort sein, wenn es so weit ist.

Das Casino ist in einem unscheinbaren einstöckigen Gebäude, das mehr an ein gewerbliches Warenlager erin-

nert als an ein Mekka des Glücksspiels. Es liegt auf einem unerschlossenen Gelände in der Nähe des schwimmenden Hafens und des Werkhofs eines Steinmetzes. Der Parkplatz ist fast leer. Am Eingang führt Fletcher in gedämpftem Tonfall ein Gespräch mit dem Türsteher, der von einer Casting-Agentur stammen könnte. Fletcher ist auf Kooperation aus und bemüht sich, nicht allzu viel Aufmerksamkeit auf die Tatsache zu lenken, dass er und Danny Polizisten sind. Wobei kaum Spieler da sind, die von ihnen Notiz nehmen würden.

Während sie warten, sieht sich Fletcher um. Es ist Mittag, aber es könnte genauso gut mitten in der Nacht sein. Es gibt keine Fenster, sondern ausschließlich künstliche Beleuchtung. Kameralinsen schimmern zwischen den verspiegelten Deckenkacheln. Es gibt reihenweise Spielautomaten, einarmige Banditen sowie fünf Blackjack-Tische. An einem davon ist bereits ein Spiel im Gange. Der Kartengeber sieht so jung aus, dass man meinen könnte, er sei noch gar nicht mit der Schule fertig. Er trägt Fliege und Weste über einem gebügelten weißen Hemd, das unter den Lampen bläulich schimmert. Mit etwas Fettigem hat er das Haar zurückgekämmt. Eine Frau mittleren Alters und ein Mann in den Zwanzigern sitzen ihm gegenüber am Tisch. Aus dem Aschenbecher, der am Rand des grünen Filztuchs steht, schlängelt sich Rauch von einer abgelegten Zigarette. Die Frau macht dem jungen Kartengeber schöne Augen. Fletcher mutmaßt, dass sie nicht nur zum Spielen hier ist. Der junge Mann starrt in die Karten und fingert an den Chips. Er hält sie in der Hand umschlossen, bevor er einen nach dem anderen auf den Tisch fallen lässt. Es ist ein armseliges Häufchen. Taschengeld. Etwas weiter hinten sieht Fletcher eine Bar und eine Tür zu wenigstens einem weiteren Zimmer, in dem vermutlich ernsteres Glücksspiel vonstattengeht. An der Bar ist niemand außer einer Frau, die einen Staubsauger über den Boden schiebt. Der Schwall elektronischer Geräusche von den Spielautomaten übertönt den Lärm, den der Staubsauger macht.

Der Wachmann kommt zurück und führt Fletcher und Danny respektvoll durch eine Tür, die man nicht bemerken würde, wenn man nicht von ihr wüsste. Dahinter tut sich eine völlig andere Welt auf. Sie gehen einen Korridor entlang, dessen nackte Wände vor so langer Zeit in einem glänzenden Weiß gestrichen wurden, dass sie einen käsigen Farbton und eine speckige Beschaffenheit angenommen haben. Auch das graue Linoleum hat bessere Tage gesehen.

Sie erreichen eine Tür, an der ein Pappschild hängt. Darauf steht: »Der Boss«. Der Wachmann klopft, macht die Tür auf, ohne eine Reaktion abzuwarten, und führt Fletcher und Danny in ein geräumiges Büro. Hinter dem Schreibtisch erhebt sich ein Mann. Er trägt eine schicke graue Anzugjacke, die er mit einer Hand zuknöpft, während er ihnen die andere reicht. Fletcher hat den Verdacht, dass er eine Haartransplantation hinter sich hat. Zwar lächelt er nicht, aber Fletcher spürt auch keinerlei Feindseligkeit.

»Stuart Legrand. Was kann ich für Sie tun?«

»Wir interessieren uns für Ihre Casino-Besucher vom Sonntagabend. Insbesondere eine Frau namens Jessica Paige. Sie nennt sich Jessy.«

»Kenne ich nicht.« Die Antwort kommt schnell.

»Sechsundzwanzig Jahre alt, braune Haare, braune Augen, etwa eins fünfundsechzig groß.«

Legrand schüttelt den Kopf. »Wissen Sie, um wie viel Uhr sie hier war?«

»Irgendwann vor etwa elf am Abend.« Zumindest vermutet Fletcher das. Das würde zum Zeitpunkt ihrer Rückkehr in die Siedlung passen und einkalkulieren, dass sie zwischen Casino und Heimkehr vielleicht noch woanders war.

»Wissen Sie, was sie gespielt hat?«

»Ich hatte gehofft, Sie könnten mir das sagen«, antwortet Fletcher. »Wahrscheinlich war sie zum Trinken hier.«

»Dann fangen wir mit den Kameras an der Bar an. Ich hoffe, Sie haben Zeit mitgebracht.«

Legrand nimmt sie mit auf den Flur und von dort in einen anderen Raum hinter einer abgeblätterten, nicht gekennzeichneten Tür. Dort findet sich eine beeindruckende Wand voller Überwachungsmonitore. Ein dürrer Kerl hat die Füße auf dem Tisch, isst Chips aus einer Tüte, und auf seinen Oberschenkeln liegt eine Zeitung. Er macht keine Anstalten, seine Position zu verändern.

Legrand setzt die Detectives vor einen anderen Bildschirm, der mit einem Videorekorder verbunden ist. Er schiebt das Band mit dem Filmmaterial von der Bar von Sonntagabend ein. Danny bietet an, dazubleiben und sich alles anzusehen, und Fletcher stimmt zu, damit er zurück ins Büro kommt, aber er ist noch nicht einmal aus dem Zimmer, als Danny sagt: »Das ist sie!«

Die Aufnahmequalität ist gut. Jessica Paige ist deutlich zu erkennen. Sie sitzt auf einem Barhocker, genau genommen lehnt sie halb sitzend, halb stehend am Hocker und streckt die Beine nach vorn, um zu verhindern, dass sie umfällt. Sie wirkt derangiert und betrunken. Ihr Kleid ist knapp und an den Oberschenkeln zu weit hinaufgerutscht, das Haar hängt ihr über das Gesicht. Danny und Fletcher beobachten, wie ein Mann auf sie zugeht. Sein

Gesicht ist teilweise unter einem Hut versteckt, aber Fletcher hat sofort das Gefühl, ihn zu kennen. Mit Mühe hebt Jessy den Kopf, als er sie anspricht, und sie wechseln ein paar Worte. Auf ihrem Gesicht zeichnet sich Enttäuschung ab, während sie ihm zuhört, und sie hebt das Glas zu einem spöttischen Toast, als er weggeht. Seine Haltung wirkt wütend.

»Schau dir an, in was für einem Zustand sie ist«, sagt Danny.

Legrand geht in die Defensive. »Sie ist erwachsen. Wir sind nicht die Babysitter unserer Kunden.«

»Erkennen Sie den Mann?«

Fletcher leckt sich über die Lippen, die sich plötzlich trocken und rau anfühlen. Er erkennt den Mann, aber er bleibt stumm, während Legrand mit einer knappen, kontrollierten Bewegung den Kopf schüttelt. Auf Fletcher wirkt sie gezwungen. Womöglich ist er nicht der Einzige in diesem Zimmer, der weiß, dass es einen das Leben kosten kann, den Namen dieses Mannes in einem solchen Zusammenhang auszusprechen.

»Sind Sie sicher?«, fragt Danny.

»Klar bin ich mir sicher.«

Sie sehen sich das Band weiter an. Jessy steht vom Hocker auf, stolpert, fängt sich wieder und trottet aus dem Blickfeld, als würde sie an Fäden gezogen. Fletcher registriert die Zeitangabe: 22:13. Das dürfte der Zeitpunkt ihrer Heimfahrt sein, allerdings ist sie laut Zeugenaussagen nicht vor 23 Uhr 25 in der Siedlung angekommen – eine Fahrt von etwa fünfzehn Minuten. Außer sie ist zu Fuß gegangen. »Haben Sie auch Kameras auf dem Parkplatz?«, fragt er.

Zögern. Doch dafür hat Fletcher nicht die Nerven. Das Gefühl, wie der sterbende Junge in seinen Armen lag, kehrt grell und lebendig zurück. Darauf folgen die Geräusche bei der Obduktion. Hinzu kommt das belastende Gefühl, den Mann auf dem Band zu kennen. »Wir ermitteln in einem Mordfall, Mr. Legrand. Wollen Sie uns bei der Arbeit unterstützen, oder soll ich in der Abteilung für organisierte Kriminalität anrufen und sie darüber informieren, dass ich die Vermutung habe, dass die Führung dieses Casinos Anlass für eine Untersuchung bietet?«

Legrand wendet den Blick nicht von Fletcher ab, doch er sagt: »Hol die Filme vom Parkplatz, Ray!«, und der dünne Kerl springt auf.

Die Qualität der Aufnahmen vom Parkplatz ist nicht so gut wie die der Innenaufnahmen – ist vermutlich auch gar nicht nötig, denkt Fletcher –, aber sie können immerhin erkennen, dass ein Mann um 22 Uhr 13 das Casino verlässt und Jessy Paige ihm dreißig Sekunden später folgt. Es ist derselbe Mann, mit dem sie an der Bar geredet hat. Wieder ist sein Gesicht teilweise verdeckt. Vollkommen reglos sieht Fletcher zu. Mit ausladenden Schritten geht der Mann zu einem Auto und setzt sich hinein. Jessy folgt ihm betrunken und schlängelt sich so mühsam durch die paar anderen Autos auf dem Parkplatz, als befinde sie sich in einem Labyrinth. Die Scheinwerfer gehen an, als sie noch mindestens dreißig Meter entfernt ist. Während sie vorwärtsstolpert, parkt der Fahrer aggressiv rückwärts aus und beschleunigt, als er auf sie zufährt.

Jessy bleibt stehen, von den Scheinwerfern geblendet, und legt die Hand über die Augen. Sie steht nur wenige Meter vor dem Auto und wirkt hilflos wie eine Stoffpuppe. Das Haar ist strähnig, und im Schatten der Arme sehen die Augen aus wie dunkle Blutergüsse. Das Auto macht einen weiteren Satz auf sie zu, ein paar Meter. Und dann noch einmal. Jessy schwankt, aber sie weicht nicht vom Fleck. Als der Wagen sich ein paar Sekunden lang nicht bewegt, geht sie darauf zu und schlägt mit der Hand auf die Motorhaube. Fletcher ahnt, dass der Motor aufheult, aber das Band hat keine Tonspur, also kann er sich nicht sicher sein. Durch die Windschutzscheibe starrt Jessy den Fahrer an. Fletcher hat nie zuvor jemanden erlebt, der gleichzeitig so gebrochen wirkt und doch eine so herausfordernde Haltung hat. Er verspürt so etwas wie Bewunderung, doch sie wird von Angst gedämpft, denn es ist offensichtlich, dass Jessy Paige in der Nacht, in der ihr Sohn verschwand, mit dem Feuer gespielt hat.

»Himmel«, sagt Danny. »Die fährt mit ihm.«

Sie sehen zu, wie Jessy um das Auto herumgeht, die Beifahrertür öffnet und einsteigt. Der Fahrer streckt eine Hand nach ihr aus und packt sie im Nacken. Sie versteift sich und rührt sich nicht; ihre Augen sind geschlossen. Als er sich zu ihr hinüberbeugt und sie küsst, ist ihr Gesicht verdeckt. Der Kuss dauert nicht lange, er ist nicht liebevoll, die Geste erzählt eher von einem gewalttätigen Besitzanspruch. Der Fahrer richtet sich wieder auf und fährt los. Als der Wagen vom Parkplatz rollt, wird Jessys Gesicht noch einmal kurz von der Kamera erfasst; es ist fahl wie der Mond. Fletcher würde viel darum geben zu wissen, was sie denkt.

»Heißes Püppchen«, meint Danny. »Und Eier hat sie auch.«

Fletcher beißt sich auf die Zunge.

»Sind Sie ganz sicher, dass Sie den Mann nicht kennen?«, fragt Danny noch einmal. Sowohl Legrand als auch sein Angestellter nicken.

»Wir prüfen das Kennzeichen«, sagt Fletcher, um Dannys Aufmerksamkeit abzulenken und weil Danny genau das erwarten wird. »Wir nehmen die Bänder mit.« Flet-

cher schenkt Legrand seinen besten Polizistenblick. »Sie können sie mir gleich mitgeben, oder ich bin in einer halben Stunde wieder da, mit einem Durchsuchungsbeschluss und einigen uniformierten Beamten, die sich auf ein Gespräch mit Ihren Kunden freuen.«

Fünf Minuten später verlassen die Detectives das Casino. Fletcher trägt eine scheppernde Kiste mit Videokassetten im Arm.

Es ist Zeit für die Wahrheit

Folge fünf –
der Hauptverdächtige

»Mittwoch, 21. August, 9 Uhr 45.
Vordringlich muss mit dem Mann gesprochen werden, den man ›Sid das Dorf‹ nennt. Mutmaßlich ist sein voller Name Sidney Noyce. 24 Jahre. Lebt bei den Eltern im Nightingale Tower des Glenfrome Estate.
Drei Gründe:

1. Cody Swift sagt aus, dass er, Scott und Charlie am Morgen des Tages, an dem sie verschwanden, mit Sidney Noyce bei den Hundezwingern an der Rennbahn waren.
2. Eine Bewohnerin der Siedlung berichtet, dass sie Sidney Noyce um 20 Uhr 15 des besagten Abends auf der Primrose Lane beobachtet hat, kurz nachdem auch Scott und Charlie dort entlanggegangen waren.
3. Mehrere Siedlungsbewohner sagen aus, dass sie im Verlauf des Sommers Sidney Noyce und die Jungs öfter zusammen gesehen haben.«

Mein Name ist Cody Swift. Ich bin Filmemacher und begrüße Sie zu *Es ist Zeit für die Wahrheit,* einem Podcast von Dishlicker Productions. Soeben haben Sie Ex-Detective Superintendent Howard Smail aus der Kopie seines Fallprotokolls lesen hören. In diesem Buch hat er sich im Jahr 1996 Notizen zu den Ermittlungen über den Mord an meinen beiden besten Freunden Charlie Paige und Scott Ashby gemacht. Ich habe mich mit Smail darüber unterhalten, was er sich notiert hat; unser Gespräch hören Sie in der folgenden Aufnahme. Howard Smail spricht als Erstes.

»An dieser Stelle im Fallprotokoll taucht das erste Mal der Name von Noyce auf.«

»Können Sie uns etwas über Noyce erzählen?«

»Ihm kam in den Ermittlungen schon bald eine bedeutende Rolle zu, doch es war eine verwickelte Angelegenheit. Anfangs waren wir uns nicht im Klaren darüber, wie stark seine geistige Beeinträchtigung war, doch sie stellte sich als durchaus schwerwiegend heraus. Heutzutage würde man sagen, dass Sidney Noyce besondere Bedürfnisse hatte. Er war vierundzwanzig und auf dem Entwicklungsstand eines Zehnjährigen.«

»Ein Kind im Körper eines Erwachsenen.«

»Ja. Genau. Noyce hatte keinerlei Vorstrafen. Die Nachbarn, mit denen wir sprachen und die ihn kannten, sagten aus, er sei nicht unbedingt das hellste Licht im Hafen; als wir mit den Befragungen begannen, bevor irgendwer den Leuten Flausen in den Kopf setzen konnte, schien niemand ihm zuzutrauen, dass er gewalttätig werden könnte. Hin und wieder half er bei der Hunderennbahn aus, und ab und an sammelte er bei Tesco die Einkaufswagen ein.«

»Können Sie uns etwas darüber erzählen, wo man Noyce in der Mordnacht beobachtet hat?«

»Das letzte Mal, dass Charlie und Scott gesehen wurden, war, als sie einen Weg entlanggingen, der zwischen einem der hohen Wohnblöcke und den Doppelhäusern verläuft. Die Primrose Lane geht

von Osten nach Westen und verbindet den Spielplatz im Zentrum der Siedlung mit der Hunderennbahn und dem neuen Tesco-Supermarkt. Polizisten befragten eine Bewohnerin des Meadowsweet Towers, von dem aus man einen Blick auf den Weg hat, und sie sagte aus, dass Charlie und Scott am Abend des achtzehnten August gegen zwanzig Uhr fünfzehn in Richtung Rennbahn unterwegs waren. Sie saß auf ihrem Balkon und rauchte. Denselben Weg ging Sidney Noyce. Sie sah ihn ein paar Minuten später auf der Primrose Lane nach Osten gehen.«

»Erkannte sie Noyce ganz sicher?«

»Die Zeugin wirkte glaubhaft. Sie war Noyce schon früher begegnet und konnte ihn identifizieren. Außerdem bestätigte die Mutter von Sidney Noyce, dass ihr Sohn im Lauf des Abends rausging, um Ketchup zu besorgen, wann genau, wusste sie allerdings nicht. Sie verließ die Wohnung, bevor Sidney zurückkam, also konnte uns niemand sagen, wann er heimkehrte und in welchem Zustand er zu diesem Zeitpunkt war. Aufgrund dieser Informationen entschied ich, dass Sidney Noyce in den weiteren Ermittlungen Priorität haben sollte.«

Maya und ich haben viel Mühe auf die Suche nach unterschiedlichen Leuten verwendet, die wir zu Noyce interviewen könnten, sodass Sie sich ein ausgewogenes Bild von ihm machen können. Zu unserer Enttäuschung hatten wir wenig Erfolg. Entweder wollten die Leute nicht reden, oder wir konnten sie nicht ausfindig machen.

Zumindest die Mutter von Sidney Noyce haben wir gefunden, Valerie. Sein Vater starb nur wenige Monate, bevor sich Sidney das Leben nahm. In Kürze hören Sie das Interview mit Valerie, vorher aber gibt es noch eine weitere Person, die Ihnen etwas über Noyce erzählen kann.

Und zwar ich. Ich kannte Sidney Noyce.

Es stimmt, was im Protokollbuch von Smail steht: Sidney trieb sich im Sommer 1996 mit Charlie, Scott und mir herum. Bevor ich allerdings meine eigenen Eindrücke dem Bild von Noyce hinzufüge, muss ich aufrichtig sein, denn hier fängt es für mich an, heikel zu werden. Im Sinne größtmöglicher Transparenz werde ich es Howard Smail überlassen zu erklären, warum das so ist. Die folgende Aufnahme stammt aus dem Interview in Smails Haus in Norwegen.

»Sie, Charlie Paige und Scott Ashby haben Sidney Noyce ausgenutzt, stimmt's? Sie haben ihn gehänselt. Das haben wir von diversen Leuten in der Siedlung gehört.«

Dieser Augenblick war mir ausgesprochen unangenehm, denn Howard Smail sagt die Wahrheit. Bis heute habe ich Schuldgefühle wegen der Art, wie wir drei Sidney Noyce in jenem Sommer behandelten. Aus diesem Grund war ich besonders nervös, als es darum ging, Valerie Noyce zu kontaktieren und zu fragen, ob sie zu einem Interview bereit ist. Sie wusste, wie Charlie, Scott und ich mit ihrem Sohn umgegangen sind, weil es Teil der Anklage gegen ihn war und sie an jedem einzelnen Tag der Verhandlung anwesend war. Die Staatsanwaltschaft argumentierte voller Nachdruck, dass unsere Gemeinheiten gegenüber Noyce ihn zu jenem brutalen Racheakt angestachelt hatten, der Scott und Charlie das Leben kostete.

Valerie Noyce war leicht zu finden. Sie lebt immer

noch in derselben Wohnung im Glenfrome Estate. Ihr gebührt Anerkennung dafür, dass sie nicht nur einverstanden war, sich mit mir zu treffen, sondern auch erlaubt hat, dass ich das Interview aufnehme. Auf ihre Bitte hin verabredeten wir uns in einem Park in Redland. Das klingt verschwörerischer, als es ist. Valerie hat einen Putzjob in der Kapelle neben dem Park, und der Treffpunkt ist praktisch für sie.

Die Kapelle ist schnell gefunden. Sie ist ein echtes Juwel, versteckt in einem Stadtteil, der mir nicht vertraut ist. Das kleine Gebäude im georgianischen Stil besteht aus gelbem Kalkstein und ist von einem Friedhof umgeben, auf dem jeder einzelne Grabstein schief zu sein scheint. Ich drücke die schwere Klinke hinunter und stemme die Kirchentür auf.

»Hallo?«
»Komm nur rein ins Warme, Junge.«

Valerie Noyce hat einen Staubwedel in der einen Hand, die andere hält sie mir zur Begrüßung entgegen. Wir sind allein in der Kapelle. Sie hat beeindruckende Buntglasfenster, und über dem Altar hängt ein riesiges Gemälde von Christus am Kreuz, das von kunstvollen Holzschnitzereien umgeben ist. Valerie sieht, wie ich es betrachte. Kleine Atemwölkchen bilden sich vor ihrem Mund, als sie spricht.

»Es ist eine Höllenarbeit, die abzustauben. Frierst du?«
»Geht schon.«
»Hier drin ist es immer kühl, aber wenn ich am Putzen bin, bemerke ich es gar nicht. Ich würde dir ja

einen Tee anbieten, aber der Wasserkocher ist hinüber. Komm, setzen wir uns.«

Das Kirchengestühl besteht nur aus wenigen Reihen, und wir setzen uns in den hinteren Teil der Kapelle. Ich frage Valerie, ob sie bereit wäre, Sidney zu beschreiben und über das Verhältnis zu Charlie, Scott und mir zu reden. Ich bitte sie, sich nicht zurückzuhalten. Ihre Version der Geschichte zu hören, erscheint mir wie die Buße für mein Verhalten gegenüber Sidney. Während ihrer Erzählung blickt mich Valerie mit dunklen, rastlosen Augen an. In der folgenden Aufnahme hören Sie eines der schwierigsten Gespräche, das ich je geführt habe.

»Sidney war schon mit siebzehn größer als sein Vater, aber im Kopf hat er sich nie richtig entwickelt. Die Ärzte und die Sozialarbeiter haben uns gesagt, dass er immer auf dem Stand eines Zehnjährigen bleiben würde, und sie hatten recht. Heutzutage nennt man so was geistige Beeinträchtigung. Damals sagten die Leute Schwachkopf zu Sid. Kein schönes Wort, oder? Ihr habt Sid übel gefoppt, ihr Jungs. Habt ihn getriezt. Weißt du noch, wie ihr ihm gesagt habt, dass ihr ihn irgendwo zu einer bestimmten Zeit treffen wolltet, und dann seid ihr nicht aufgekreuzt? Ihr habt ihn angestiftet, für euch zu klauen. Die Flaschen vom Milchwagen oder vor den Haustüren, Kleinigkeiten aus dem Laden. Ihr habt ihn dazu gebracht, euch Dosenbier zu kaufen, weil er alt genug war. Auf dem Papier jedenfalls. Weißt du, dass Sid deswegen Hausverbot im Tante-Emma-Laden bekommen hat und den ganzen Weg zu Tesco gehen musste, wenn er etwas für mich besorgen sollte? Das

klingt wie Kleinkram, aber es hörte nicht auf. Es hat ihn wirklich fertiggemacht. Bis zum Umfallen habe ich auf ihn eingeredet, dass er einen Bogen um euch drei machen soll, aber er konnte nicht verstehen, dass ihr ihm geschadet habt. Das Problem war: Egal, wie gemein ihr zu ihm wart, er wollte einfach nur spielen. Er war einsam. Er dachte, er müsste mit euch Draufgängern befreundet sein, weil ihr die ganzen Sachen gemacht habt, die er gern machen wollte. Ihr hattet Spaß, und in seiner Vorstellung war er nicht anders als ihr.«

»Mir ist das heute klar, jetzt, wo ich erwachsen bin, und ich will mich wirklich nicht herausreden. Ich schäme mich sehr für das, was wir getan haben, und es tut mir unendlich leid, dass wir Sid damals so behandelt haben, aber ich glaube nicht, dass wir ihn überhaupt verstanden haben oder kapiert haben, in welcher Verfassung er war.«

»Natürlich nicht. Ihr fandet Sidney abstoßend, weil er groß wie ein Mann war, aber sich nicht wie einer verhalten hat. Das ist nicht normal. Ihr wart nicht die Einzigen, die das dachten, aber ihr wart es, die ihm sein Leben so vermiest habt. Kannst du dich erinnern, wie ihr ihn einmal überredet habt, einen Sessel, den jemand beim Einzug im Hauseingang abgestellt hatte, wegzutragen und ihn mitten in die Grünanlage zu stellen? Ihr habt euch draufgesetzt, wie kleine Prinzen, der rotzfreche Charlie rauchte eine Zigarette, und dann habt ihr ihm gesagt, er soll sich vom Acker machen, und habt ihn mit Zeugs beworfen. Mit Steinen! Sid hatte blaue Flecken. Ich habe das mit eigenen Augen gesehen. So behandelt man noch nicht einmal ein Tier. Ihr Jungs habt ihn

ständig gedemütigt, aber er hat es nicht geschafft, sich von euch fernzuhalten. Dafür hatte er nicht genug Verstand.«

»Es tut mir so leid. Ich kann Ihnen gar nicht sagen, wie sehr. Wir waren dumm und rücksichtslos und … Na ja, es tut mir so schrecklich leid.«

»Ihr wart Kinder. Habe ich dich aufgeregt? Hab ich zu viel gesagt? Du hast doch gesagt, ich soll ehrlich sein, mein Lieber.«

»Das war auch so gemeint. Die Hörer sollen wissen, was Sidney durchgemacht hat.«

»Frag mich was anderes. Wechseln wir das Thema.«

»Können Sie etwas über Sids Arbeit bei der Hunderennbahn erzählen?«

»Sid hat diese Hunde geliebt, auch von denen konnte er sich nicht fernhalten. Harry Jacks, einer der Aufseher bei den Zwingern, war ein Freund von Sids Dad. Er hat Sid, sooft es ging, mitgenommen. Sid konnte so gut mit den Hunden umgehen. Er wusste, was sie vor den Rennen brauchten und was danach. Er hat aufgeräumt und in den Zwingern geputzt und nach dem Rennen die Wasserschüsseln aufgefüllt. Sein Dad und ich haben gehofft, dass er dort fest arbeiten könnte, vielleicht ein paar Stunden die Woche, aber einer der Trainer hat sich gegen ihn ausgesprochen.«

»Warum?«

»Er meinte, man könnte Sid nicht trauen. An diesen Hunden hängt Geld, klar, dafür sind sie da, und die Leute, die mit ihnen zu tun haben, müssen schweigen können, wenn es darum geht, was in den Zwingern los ist. Sid war nicht so. Er wusste gar nicht, wie das geht.«

»Wollen Sie damit sagen, dass Sid womöglich etwas

über irgendwelche üblen Methoden wusste, die dort praktiziert wurden? Illegale Methoden?«

»Ich sage nur, dass man als Hundewärter besser als jeder andere weiß, ob sie gut in Form sind oder nicht und was sonst so vor sich geht. Ich beschuldige niemanden, was Illegales gemacht zu haben. Sid fand es toll, wenn ihr zu den Zwingern gekommen seid. Das warst nicht du, und Scott Ashby auch nicht, oder? Hauptsächlich war es Charlie Paige. Sid hat gesagt, dass Charlie die Hunde genauso geliebt hat wie er.«

»Wissen Sie, wohin Sid unterwegs war, als man ihn an dem Abend, als die Jungen verschwunden sind, auf der Primrose Lane gesehen hat?«

»Er war auf dem Weg zu Tesco. Wollte Ketchup besorgen. Wie ich der Polizei erzählt habe.«

»Warum ist er nicht zum kleinen Laden in der Siedlung?«

»Weil er Hausverbot hatte, wie gesagt. Natürlich haben sie ihm vor Gericht daraus einen Strick gedreht. Sid hat gesagt, dass er zu Tesco gegangen ist, aber der Supermarkt war wegen Hochwasser geschlossen, also ist er wieder nach Hause gegangen und hat ferngesehen. Der Staatsanwalt hat es so aussehen lassen, als wäre er auf der Suche nach Scott und Charlie in der Siedlung herumgestromert, weil er vorhatte, ihnen was anzutun. Wie so eine Art Raubtier. So was hätte Sid nie gemacht. Er war sanft wie ein Lamm.«

Valerie ist aufgewühlt. Ich strecke meine Hand aus, um sie zu trösten, und sie nimmt sie, hält sie zwischen den Händen und drückt fest meine Finger. Ihre Finger sind knochig und kalt, und ihr Gesicht spiegelt das der trauernden Jungfrau Maria auf dem Gemälde über dem Altar.

»Cody, überleg dir gut, was du da tust. Wenn du mich fragst, ich glaube ja nicht, dass dabei was Gutes rauskommt. Du solltest dich lieber auf die Socken machen und dein Leben leben, bevor man es dir wegnimmt. Genieß das Leben, solange du kannst, mein Lieber.«

»Wollen Sie denn keine Gerechtigkeit für Sid?«

»Ich will Frieden für Sid.«

»Was, wenn er unschuldig war?«

»Er war unschuldig. Das weiß ich. Ich wusste es immer. Ich muss die Welt nicht mehr davon überzeugen, ich brauche das nicht mehr. Früher wollte ich das. Damals hatte ich so eine Wut in mir, dass ich dachte, sie frisst mich auf, aber zu was soll das jetzt noch gut sein, wo er tot ist?«

»Es könnte seinen Ruf wiederherstellen. Und Sie könnten abschließen.«

»Ich bin seine Mutter. Ich weiß, dass er es nicht getan hat. In Sidney steckte nicht das kleinste bisschen Rachsucht. Was ihr Jungs ihm angetan habt, hat ihn unglücklich gemacht, aber er hat nie gesagt, dass er es euch heimzahlen wollte. Niemals. Deswegen weiß ich, dass er unschuldig ist, und der liebe Gott weiß es auch. Mir ist das genug. Ich bekomme ihn jetzt eh nicht mehr zurück, also kann ich mir wünschen, mein Leben in Frieden zu leben. Es zerrinnt einem wie Sand zwischen den Fingern, irgendwann wirst du das auch einmal verstehen, Cody. Also jag nicht den Dämonen hinterher, statt die Zeit zu nutzen und dir ein gutes Leben aufzubauen. Manche Leute kriegen diese Chance nie.«

Beim Hinausgehen setze ich meine Schritte behutsam und bemühe mich, die abgetretenen Gedenktafeln im Boden der Kapelle zu umgehen, die die Gräber kennzeichnen. An der Tür bleibe ich stehen und drehe mich noch einmal zum Altar um. Ich beobachte Valerie, die damit beginnt, in gleichmäßigen, kreisenden Bewegungen mit einem Wischmopp über die Steinplatten zu fahren. Als sie mir den Rücken zukehrt, mache ich einen Knicks und das Kreuzzeichen, eine Geste, die jahrzehntelang im Schlummer lag und die ich mir mit erstaunlicher Leichtigkeit in Erinnerung rufe. Draußen weht ein scharfer, heftiger Wind, der die Wolkenberge über mir in Bewegung versetzt und die Äste an den Bäumen biegt. Ich erschaudere und geniere mich, weil ich vor einem Gott niedergekniet habe, an den ich seit meiner Kindheit nicht mehr glaube, aber ich denke auch darüber nach, warum ich es getan habe. Im Sturm ist jeder Hafen recht, wie man sagt. Selbst für den Ungläubigen.

Das Gespräch mit Valerie Noyce hat mich ganz klar verunsichert, allerdings nicht aus den Gründen, die ich erwartet hatte. Ich hatte mit Bitterkeit und Hass gerechnet, mit Vorwürfen und Schuldzuweisungen, stattdessen aber begegnete ich unverstellter, sanfter Aufrichtigkeit. Unsere Unterhaltung stieß eine Menge Vorstellungen um, die ich mir von ihr gemacht hatte. Es erinnerte mich daran, dass man nichts für selbstverständlich halten sollte. Aber es brachte mich nicht davon ab, mit diesem Podcast weiterzumachen. Warum? Weil Valerie Noyce vielleicht nicht auf Gerechtigkeit für ihren Sohn aus sein mag, ich aber schon.

Ich möchte Sidney Noyce über diesen Podcast Gerechtigkeit widerfahren lassen.

Weshalb?

Es ist Zeit, die ganze Geschichte zu erzählen.

Als ich zehn Jahre alt war, kannte ich Sidney Noyce. Ich mochte ihn nicht, und Sie haben gehört, dass meine Freunde und ich ihn schlecht behandelt haben. Aber – und es ist ein großes Aber – ich habe nie wirklich daran geglaubt, dass Sid Charlie und Scott ermordet hat, denn er konnte, wie andere auch schon gesagt haben, keiner Fliege etwas zuleide tun. Uns hat er niemals auch nur ein Haar gekrümmt, egal, was wir ihm angetan haben. Habe ich das damals irgendwem gegenüber erwähnt? Nein. Hätte man mir Beachtung geschenkt? Vermutlich nicht. Ich war zehn Jahre alt. Ich war kein nettes Kind. Ich habe gelogen.

Aber ich habe damals an die Unschuld von Noyce geglaubt, und ich tu es auch heute, zwanzig Jahre später, noch. Aus diesem Grund hat Owen Westons Zeitungsartikel, der Sidneys Unschuld behauptet, so sehr in mir nachgehallt.

Detective Inspector John Fletcher ist da anderer Meinung. Hören Sie einen Ausschnitt aus einem Telefonat, das wir geführt haben.

»Sid Noyce mag am Abend des achtzehnten August mit der Absicht aus dem Haus gegangen sein, Ketchup zu besorgen, aber das bedeutet nicht, dass er unterwegs nicht auf andere Gedanken gekommen ist. Die Staatsanwaltschaft argumentierte, dass er auf der Suche nach den Jungs um den Häuserblock gelaufen sei, um sich an ihnen zu rächen, und die Geschworenen folgten dieser Argumentation. Es kommt vor, dass Leute austicken. Sogar den sanftmütigsten und friedfertigsten Menschen passiert das, wenn man sie entsprechend unter Druck setzt. Im Verlauf meines Berufslebens habe ich das immer wieder erlebt.

So kompliziert ist das nicht. Fragen Sie mich, ob ich Zweifel an seiner Verurteilung habe? Nein, habe ich nicht.«

Fletchers Überzeugungen hinsichtlich Noyce sind absolut klar und haben sich ebenso wie meine in den vergangenen zwanzig Jahren nicht gewandelt.

Wenn Sie allerdings ganz genau hingehört haben, haben Sie John Fletcher etwas Wichtiges sagen hören. Mit Bezug auf Sidney Noyce sagte Detective Inspector Fletcher: »… dass er auf der Suche nach den Jungs um den Häuserblock gelaufen ist, um sich an ihnen zu rächen«. Hören Sie sich diese Aussage im Zusammenhang an. Sie stammt vom Ende eines Telefonats, das ich mit Detective Fletcher geführt habe. Im Folgenden hören Sie die Aufnahme des gesamten Gesprächs zu diesem Thema und den Kontext, in dem diese Aussage von Fletcher stattfand. Zunächst hören Sie meine Stimme.

»Können Sie mir etwas über die Sichtung von Noyce auf der Primrose Lane am Abend von Scotts und Charlies Verschwinden erzählen?«
»Detective Constable Fryer berichtete, dass er im Verlauf unserer Haustürbefragungen mit einer Frau namens Sonya Matthews gesprochen hatte. Sie lebte im Meadowsweet Tower in einer Wohnung mit Blick auf die Primrose Lane.«
»Sie haben ein gutes Namensgedächtnis.«
»Bei einem solchen Fall vergisst man die Details nicht. Sonya Matthews erklärte DC Fryer, dass sie Noyce nach zwanzig Uhr fünfzehn die Primrose Lane hatte auf und ab gehen sehen und dass er dabei nach den Jungen rief.«

»Entschuldigen Sie, haben Sie ›auf und ab‹ gesagt?«
»Nein, ich habe ›hinab‹ gesagt.«
»Also, die Zeugin hat gesehen, wie Sidney Noyce die Primrose Lane hinabgegangen ist.«
»Exakt.«
»Und bei dieser Gelegenheit war er in Richtung Supermarkt unterwegs, so wie kurz zuvor die beiden Jungen?«
»Ja.«
»Und später hat sie gesehen, wie er wieder zurückkam?«
»Nein, das trifft nicht zu.«
»Also, nur um das klarzustellen: Als sie ihn das zweite Mal gesehen hat, ist er in dieselbe Richtung gegangen wie beim ersten Mal?«
»Exakt.«
»Sie hat nicht beobachtet, dass er zwischen den beiden Malen zurückgekommen ist?«
»Nein.«
»Wie also soll er den Weg um Viertel nach acht und dann noch mal zwanzig Minuten später in die gleiche Richtung gelaufen sein?«
»Wir sind zu der Überzeugung gelangt, dass er einmal um den Häuserblock gelaufen ist.«
»Sie meinen also im Kreis?«
»Das ist die These, die die Staatsanwalt aufgrund der Beobachtungen aufgestellt hat.«
»Normalerweise läuft man nicht im Kreis, wenn man vorhat, Ketchup zu kaufen.«
»Sid Noyce mag am Abend des achtzehnten August mit der Absicht aus dem Haus gegangen sein, Ketchup zu besorgen, aber das bedeutet nicht, dass er unterwegs nicht auf andere Gedanken gekommen

ist. Die Staatsanwaltschaft argumentierte, dass er auf der Suche nach den Jungs um den Häuserblock gelaufen sei, um sich an ihnen zu rächen, und die Geschworenen folgten dieser Argumentation. Es kommt vor, dass Leute austicken. Sogar den sanftmütigsten und friedfertigsten Menschen passiert das, wenn man sie entsprechend unter Druck setzt. Im Verlauf meines Berufslebens habe ich das immer wieder erlebt.«

»Haben Sie sich der Argumentation der Staatsanwaltschaft angeschlossen?«

»Ja. Insbesondere in Verbindung mit den anderen Beweisen, die wir noch hatten.«

Was Fletcher sagt, klingt plausibel, sein Versprecher aber macht mich stutzig. Der Grund ist, dass diese Zeugenaussage zum zentralen Punkt der Anklage wurde und gleichzeitig einer der Faktoren ist, die Owen als »Körnchen des Zweifels« bezeichnet, von denen diese Verurteilung geprägt ist.

Auch die Verteidiger von Noyce haben – offenbar mit ungewöhnlichem Nachdruck – geltend gemacht, dass die Zeugin im Verlauf der Ermittlungen ihre Geschichte korrigiert hat und dass sie ursprünglich tatsächlich ausgesagt hatte, dass Noyce beim zweiten Mal auf der Primrose Lane in die Gegenrichtung gegangen sei. Also weg von den Jungs. In Richtung Zuhause, so wie er es selbst behauptet hatte.

Owen Weston legt dar, warum es leider keinen Beweis dafür gibt, dass Noyce, wie er behauptet, zu Tesco gegangen ist.

»Sidney Noyce hatte Pech. An jenem Abend versagte die Klimaanlage im Supermarkt, und der ganze Laden wurde überschwemmt und daraufhin geschlossen. Er hätte gar kein Ketchup kaufen können, ob er zum Laden gegangen ist oder nicht, und so gibt es eben auch keinen Beweis, dass er da war. Es gab Überwachungskameras auf dem Parkplatz von Tesco, die ihn möglicherweise gefilmt hatten, aber als seine Verteidiger endlich aufgewacht waren und den Supermarkt um die Aufnahmen baten, waren die schon überspielt worden.«

Maya und ich haben uns sehr um die Prozessprotokolle bemüht, aber wir hatten keinen Erfolg. Sie sind noch nicht öffentlich zugänglich. Die meisten Informationen, die wir über die Vorgänge im Gerichtssaal haben, stammen aus den Berichten von Owen Weston, die er während des Prozesses für das *Bristol Echo* verfasste. Wie Valerie Noyce war er jeden Tag im Gerichtssaal.

In der nächsten Episode von *Es ist Zeit für die Wahrheit* werden wir uns mit Owen Weston über ein paar weitere »Körnchen des Zweifels« bei der Verurteilung von Noyce unterhalten und darüber, wo die Polizei seiner Meinung nach hätte suchen sollen.

Bevor wir für heute Schluss machen, habe ich noch zwei kurze Meldungen: Maya und ich freuen uns sehr, Ihnen mitzuteilen, dass sich die Zahl der Downloads von *Es ist Zeit für die Wahrheit* in der vergangenen Woche verdoppelt hat und wir somit bei *Overcast* in unserer Kategorie unter den Top Ten gelandet sind! Vielen Dank an jeden einzelnen Hörer für die Unterstützung! Bleiben Sie dran und teilen Sie es unter #ZeitfürdieWahrheit. Es bedeutet uns unendlich viel!

Weniger erfreulich ist eine negative Nachricht. Wir haben uns gefragt, ob wir überhaupt davon berichten sollen, uns dann aber entschlossen, Ihnen die Sache im Interesse der Transparenz nicht vorzuenthalten.

Gestern erreichte uns per Post ein A5-Umschlag, in dem Fotos von Maya und mir waren. Auf zweien davon verlassen wir gerade unsere Wohnung, auf einem sitzen wir im Auto und das vierte und verstörendste zeigt Maya in unserem Badezimmer, aufgenommen durch ein Fenster. Am unteren Rand dieses Fotos steht mit schwarzem Filzstift das Wort STOPP. Wir haben die Bilder der Polizei übergeben und sind immer noch mit der Frage beschäftigt, was das für uns und den Podcast bedeutet.

In jedem Fall macht es die folgende Bemerkung umso relevanter. Noch einmal Owen Weston, der Mann, dessen Zeitungsartikel mich ursprünglich angestiftet hat, diese Reise in die Vergangenheit zu unternehmen. Hier kommt ein Auszug aus meinem Interview mit Owen, das Sie in der kommenden Folge von *Es ist Zeit für die Wahrheit* hören werden.

»Das Beweismaterial, das die Polizei gegen Noyce zusammengetragen hat, ist ein klassisches Beispiel für einen Fall, bei dem die Detectives einen Verdächtigen ausgemacht haben, der für das Verbrechen taugt und an den sie die Tatsachen angepasst haben, um zu einem schnellen, sauberen Ergebnis zu kommen […] Aber vergessen Sie nicht: Wenn Sidney Noyce unschuldig war, gibt es einen anderen Schuldigen […] Möglicherweise kommen Sie Dingen auf die Spur, deren Entdeckung derjenige verhindern will. Und dieser Mensch hat schon einmal getötet.«

Jess kommt aus der U-Bahn-Station Oxford Circus und muss ein bisschen von dem Gedränge auf dem Gehsteig wegtreten, um sich orientieren zu können. Werbeplakate und Geschäftsschilder konkurrieren um ihre Aufmerksamkeit. Über die Kreuzung brandet der Verkehr. Sie hasst es, auszusehen wie eine Touristin, als sie ihr Smartphone herauszieht und den Weg zum Büro von Felix sucht, aber es funktioniert, und schon wenig später steht sie in einer schmalen Straße in Soho vor einer Tür mit fünf Klingelknöpfen, die diskret auf einer bescheidenen Messingtafel angebracht sind.

»PR-Agentur Felix Abernathy« informiert die Gravur neben einem der Knöpfe. Jess streicht den Blazer glatt und beugt sich hinunter, um ihre Frisur in der polierten Tafel zu begutachten, bevor sie auf den Knopf drückt. Sie meldet sich mit Namen, und der Summer ertönt, und man lässt sie ein. Im Innern gibt es einen kleinen Aufzug, aber Jess nimmt die Treppe und steigt in gleichbleibendem Tempo alle fünf Stockwerke hinauf. Auf dem Weg nach oben ist sie voll und ganz auf die anstehende Begegnung konzentriert.

Als sie das Büro erreicht, ist sie überrascht, wie klein es ist. Beinahe gemütlich. Es scheint nur zwei Räume zu geben, während Felix' Homepage suggeriert, dass er ein ganzes Imperium befehligt. Im Empfangsbereich sitzen drei Frauen an einem Schreibtisch. Sie sind schick gekleidet. Ein großes Fenster bietet einen guten Blick über den Golden Square. Eine der Frauen steht auf, lächelt Jess freundlich an und bittet sie, sich kurz zu setzen. »Felix ist gerade am Telefon, aber er erwartet Sie.«

Jess sieht aus dem Fenster. Es ist Mittag, und unten auf dem Platz sind junge, telegene Menschen dabei zu essen, E-Zigaretten zu rauchen, zu flirten, in der Sonne zu posieren und hübsch auszusehen, bevor sie zurück ins Büro gehen, um öde Aufgaben für Filmproduktionsfirmen zu erledigen. Jess spürt einen Hauch von Bedauern angesichts der Dinge, die sie hätte tun können, hätte sie Charlie nicht so jung bekommen.

Nach ein paar Minuten öffnet Felix schwungvoll eine Milchglastür an der anderen Seite des Raums. Er sagt nichts, aber er lächelt und breitet die Arme aus, und Jess erkennt, dass er von ihr erwartet, dass sie auf ihn zukommt, so wie sie es früher gemacht hat. Er hat immer schon Wert auf einen großen Auftritt gelegt und darauf, einen Raum zu beherrschen. Sie steht auf und setzt ein Lächeln auf. Sie weiß, wie sie Grübchen bekommt. Langsam geht sie auf Felix zu, umarmt ihn, und sie geben sich keusche Wangenküsse.

»Du siehst umwerfend aus«, sagt er. Sie lässt es über sich ergehen, dass sein Blick an ihrem Körper hinunterwandert. »Komm herein.« Bevor er die Tür zumacht, wendet er sich an die Frauen an den Schreibtischen. »Ich hoffe, ihr habt euch gut um meine Jessy gekümmert. Sie ist eine sehr alte Freundin. Sarah, bringst du uns bitte einen Tee?«

Meine Jessy, registriert Jess.

»Nimm Platz. Steh hier nicht rum, fühl dich ganz wie zu Hause.« Felix lässt sich in seinen Schreibtischstuhl vor dem Fenster nieder und deutet auf den Stuhl gegenüber. Jessy setzt sich. Er lehnt sich zurück und verschränkt locker die Arme. Die Geste ist so wohlwollend und sein

Gesichtsausdruck derart leutselig – als sei sie ein Haustier, das er sehr lieb hat –, dass sie sich ganz plötzlich vorkommt wie in einer Schmierenkomödie und sich vorstellt, dass er ihr Bankberater ist. Der Gedanke lässt sie lächeln. Nach all den ekelhaften, schmutzigen Dingen, in die sie gemeinsam involviert waren und die sie sich gegenseitig zugefügt haben, hätte sie sich eine solche Szene niemals ausgemalt.

»Worüber lachst du?«

»Ach, nichts.« Aber sie kann das Lächeln nicht unterdrücken. Es liegt an der aseptischen, erfolgreichen Version seiner selbst, die er präsentiert. Sie wusste, dass er das Zeug zum Erfolg hat, alle wussten es damals, jetzt aber, wo sie hier mit ihm zusammensitzt, kann sie plötzlich nicht fassen, dass er es so weit gebracht hat. Es fällt schwer, die Tatsache zu begreifen. Sie deutet auf die Umgebung, das Büro, den Blick. »Das alles.«

»Nicht schlecht, oder?« Er kippelt mit dem Stuhl zurück. Er wirkt selbstgefällig, dennoch beobachtet er sie genau.

»Du hast es weit gebracht«, sagt sie. Komplimente haben ihm schon immer gefallen.

»Danke. Und du auch, wie es aussieht.«

»Ist ganz okay.« Sie spürt, dass das Gefühl von Unwirklichkeit genauso schnell abebbt, wie es gekommen ist. Er heuchelt nicht weniger als du, denkt sie. Nimm dich in Acht.

»Du und ich, wir haben uns von ganz unten hochgearbeitet«, sagt er. »Wir können stolz sein auf das, was wir erreicht haben. Alles, was wir haben, verdanken wir uns selbst.«

Sie nickt, auch wenn sie ihm nicht ganz zustimmt. Auf mich trifft das weniger zu, denkt sie, aber es stimmt schon,

Felix hat sich ganz allein nach oben gekämpft. Als sie ihn kennenlernte, war er stolz darauf, seinen Chef herumzukutschieren, einen Geschäftsmann aus der Gegend, der unter anderem im Fernsehbusiness mitmischte. Felix war auch weiterhin stolz, als er anfing, mehr als nur Chauffeur für den Mann zu sein. Er begann, Dinge zu organisieren, und damit waren nicht etwa Reparaturarbeiten gemeint. Partys, diskrete Schäferstündchen, Drogen. Felix knüpfte, so schnell es ging, seine eigenen Kontakte, mit einflussreichen Leuten, Leuten in Machtpositionen, und hörte auf, für andere zu arbeiten. Er hatte die Finger in so vielen Dingen drin. Sie erinnert sich, wie Felix Charlie und seine Freunde für Botengänge benutzte, bei denen sie Drogen in der Siedlung ablieferten. Das war falsch. Sie kann nicht fassen, dass sie es zuließ. Abwartend lächelt sie Felix an – er soll ihr das Unbehagen nicht anmerken –, und ohne weitere Vorreden sagt er: »Cody Swift.«

»Er muss gestoppt werden.« Es hatte nicht auf diese Weise herauskommen sollen, eigentlich hatte sie sagen wollen: »Der Podcast muss gestoppt werden.«

Es klopft an der Tür. »Komm rein«, ruft Felix, und die Sekretärin trägt ein Tablett mit einer dampfenden Teekanne und zwei Tassen auf Untertassen herein. Felix' Gesicht bleibt regungslos, und er starrt Jess an. »Kannst du mir sagen, was genau du damit meinst?«, sagt er, als die Frau das Zimmer verlassen und die Tür hinter sich zugemacht hat. Keiner von beiden hat sie zur Kenntnis genommen, geschweige denn ihr gedankt. »Nur um sicherzugehen, dass ich dich auch wirklich verstehe.«

»Cody Swift soll mich und meine Familie in Frieden lassen.«

Felix schenkt Tee aus. Er will einen Zuckerwürfel in ihre Tasse geben, aber sie bedeckt sie mit der Hand.

»Ganz und gar erwachsen geworden?«, fragt er. »Ich weiß noch, wie du drei Stück genommen hast. Oder achtest du bloß auf deine Figur?«

Sie geht nicht darauf ein. »Ich will kein zweites Mal meine Familie verlieren.«

»Wegen Charlie«, sagt er.

Ihre Blicke treffen sich, aber sie erwidert nichts. Sie sieht keine Veranlassung, irgendetwas zu erklären. Er hat sie am Tiefpunkt erlebt, es gibt keinen Grund, ihm ihre Gefühle noch einmal darzulegen.

»Hast du eine Idee, wie das vonstattengehen soll?«, fragt er.

»Du sollst Cody nichts zuleide tun.«

»Hat ihn dein Mann nicht bereits bedroht?«

»Woher weißt du das?«

»Schätzchen, du hast mich vor vierundzwanzig Stunden angerufen. Kannst du dir nicht denken, dass ich in der Zwischenzeit ein paar Informationen eingeholt habe?«

»Hast du mit Cody geredet?«

»Nein. Wir wollen ihn ja nicht nervös machen. Ich habe mit jemandem geredet, dem ich vertraue. Er hat mich mit ein paar Informationen versorgt. Klingt, als habe dein Mann Cody Swift einen ordentlichen Schrecken eingejagt. Nicht gut.«

Felix sollte Nick nicht kritisieren, findet Jess. Das gehört sich nicht. Mit einem Klirren setzt sie die Tasse auf der Untertasse ab. Wieder kippt Felix den Stuhl nach hinten, während er sie nicht aus den Augen lässt, so wie eh und je.

»Wir müssen über Geld reden«, meint er. »Manche meiner Kunden ziehen Monatsraten vor.«

Sie kann nicht fassen, dass er die Dreistigkeit besitzt, es

auf diese Weise zu versuchen. Sie lehnt sich nach vorn. »Wir wissen beide, dass du keinen Penny von mir sehen wirst.« Ostentativ blickt sie sich in seinem Büro um, er sieht, wie sie den Ausblick über die Innenstadt auf sich wirken lässt, die gerahmten Fotos und Artikel, die schicken Klienten und das edle Porzellangeschirr. »Wenn Cody Swift so tief gräbt wie angekündigt, dann hast du nicht weniger zu verlieren als ich, meinst du nicht?«

Felix blinzelt, aber bewegt sonst keinen Muskel. Jetzt geht es los, denkt Jess. Du musst nur die Nerven behalten.

Fletcher und Danny hören sich die neueste Episode des Podcasts im Auto auf der Fahrt zum Gefängnis an. Fletcher zuckt zusammen, als er den Klang seiner eigenen Stimme hört. Sie beide schnauben belustigt, als Swift den Ausdruck »Körnchen des Zweifels« von Owen Weston zitiert.

»Hält sich wohl für einen Dichter«, meint Danny.

»Hat er schon immer getan.«

Am Ende meint Danny: »Wer bedroht die?«

»Keine Ahnung. Jemand, dem es nicht passt, wenn die Dinge aufgerührt werden, vermutlich.«

»Schlafende Hunde weckt man nicht«, sagt Danny, als sie in den Parkplatz vor dem Gefängnis einbiegen.

»Ganz genau.« Fletcher betrachtet die hohen Mauern vor ihnen und denkt an den Mann, den sie besuchen wollen. »Bin schon gespannt, was unser Tugendbold zu erzählen hat.«

Als sie zwischen den Gefängnisgebäuden durchgehen, duckt Fletcher den Kopf in den Schal, um sich vor dem Schnee, Graupel, Hagel, Regen oder was auch immer zu schützen, das da auf ihn einprasselt. Danny und er folgen dem Beamten in den Block B, einen niedrigen Anbau, wo sie Damien Saint treffen sollen, dessen Strafregister eine lange Folge von Immobilienbetrügereien und einen dilettantischen bewaffneten Raubüberfall enthält.

Man führt Fletcher und Danny in einen kleinen Raum, in dem ein Tisch und vier Stühle am Boden festgeschraubt sind; an zwei Wänden verläuft eine Alarmleiste, in deren

Mitte ein blaues Neonband schimmert. Sie setzen sich und warten darauf, dass der Gefängniswärter Saint herbeiholt. Durch das vergitterte Fenster sieht man Teile des Daches eines anderen Gefängnisgebäudes, einen Ausschnitt der Stacheldrahtspirale auf den Außenmauern und den bleiernen Himmel.

Der Beamte führt Saint herein. Er ist dürr, steckt in dem vorgeschriebenen blassblauen Gefängnishemd, und die gürtellose Jeans hängt lose an seinem Körper. Er ist frisch rasiert, seine Haut ist fahl. Das weiße Haar ist an den Seiten und hinten kurz geschoren, der Schädel oben eine blanke Glatze. Er hat ein fliehendes Kinn. Die Augenbrauen sind dunkelgrau und buschig, die Tränensäcke unter den Augen hängen schlaff herab. Ihm haftet etwas Unscheinbares, dennoch Deprimierendes an, das Fletcher an Dutzende andere Kleinkriminelle erinnert, denen er über die Jahre begegnet ist. Das einzig Auffällige an ihm sind die beiden fehlenden Finger seiner linken Hand.

Saint bemerkt Fletchers Blick. »Motorradunfall«, sagt er. »Bevor Sie fragen.«

»Sie nehmen an, das interessiert mich.« Fletcher setzt die Brille ab und putzt die Gläser mit einer Ecke seines Schals. Mit zusammengekniffenen Augen betrachtet er Saint, als würde das seinen Blick auf den Mann schärfen. Tatsächlich aber verschwimmt Saints Gesicht ohne die Brille zu einem konturlosen Fleck.

Es gab Zeiten, da genoss Fletcher dieses Spiel; er beobachtete den Befragten mit dem unerbittlichen Blick einer Raubkatze, die vor dem Töten noch ein bisschen spielt und sich darauf freut, aber im Lauf der Jahre ist ihm dieser ganze Ablauf langweilig geworden, und er hat genug davon, dass, sobald man eines davon aus dem Weg geschafft hat, schon das nächste Ekelpaket dasteht, um den frei gewordenen Platz einzunehmen.

Über Saints Lippen flackert ein Lächeln und erstirbt, als ihm bewusst wird, dass dieses Gespräch nicht die willkommene Unterbrechung seines Alltags bedeuten wird, die er sich erhofft hat.

Als er die Brille wieder aufsetzt, registriert Fletcher, wie die Nettigkeit schwindet, und er empfindet nichts als Verachtung für Saint, der so offensichtlich ein schwacher Mensch ist. Wirtschaftskriminelle sind oft so: Sie machen sich lieb Kind. Sie wollen Erfolg, um sich bei Freunden und in der Familie wichtigzutun, besitzen aber weder den Grips noch das Arbeitsethos, um es auf legale Weise so weit zu bringen. Nicht einmal Danny hat Lust, freundlich zu tun.

»Peter Dale«, sagt er zu Saint. »Erinnern Sie sich an ihn?«

»Ich habe ihn gekannt, damals in den Achtzigern. Wir hatten geschäftlich miteinander zu tun.«

»Was für Geschäfte?«

»Wir hatten Anteile an einem Pub. Er hat mich übers Ohr gehauen, als er die Fliege gemacht hat.«

Fletcher hebt die Augenbrauen bei diesem Anflug von Selbstmitleid. »Sie halten das für ungerecht, oder?«, fragt er. Er stützt die Ellbogen auf den Tisch und beugt sich nach vorn. Saint blinzelt und schluckt und schlägt die Beine neu übereinander, doch er sagt nichts, und die Reaktion ist so unterwürfig, dass Fletcher das Interesse daran verliert, zum Schlag auszuholen. Er muss Saint zum Reden bringen, nicht zum Zittern.

»Wie hat das Geschäftsmodell von Peter Dale funktioniert?«

»Er hatte ein Büro in der Cheltenham Road, über dem

Friseur an der Eisenbahnbrücke. Ich war vielleicht ein- oder zweimal da.« Saints Rede wird langsamer. Fletcher meint zu hören, wie die Zahnräder im Kopf dieses Idioten das Tempo drosseln und Wachsamkeit einsetzt. Offensichtlich ist Saint überhaupt nicht klar, warum er hier ist, und er ist zu feige, um nach dem Grund zu fragen. Fletcher weiß, dass ab sofort ein gewisser Dunst die Erinnerungen umgeben wird.

Fletcher kennt den Friseurladen, von dem Saint spricht. Es gibt ihn immer noch. Das Schild könnte einen neuen Farbanstrich gebrauchen, und die Röhren der abwechselnd weiß und rot flackernden Leuchtschrift sind mit der Zeit und der Verschmutzung gelb geworden. Im engen Innenraum drängen sich drei oder vier Stühle. Soweit Fletcher weiß, gehört der Laden seit Jahr und Tag einem stämmigen Asthmatiker namens Wilfred Jones und ist der Polizei wohlbekannt als Geldwaschanlage für die Aktivitäten seiner Verwandtschaft.

»Erinnern Sie sich an Dales Sekretärin?«, fragt Danny.

»Ja, schon. War ein nettes Mädchen. Hieß Heather oder Holly oder so.«

»Hazel«, sagt Danny.

»Stimmt. Hazel. Ich weiß noch, dass sie uns Kaffee von dem Türken am Ende der Straße geholt hat. Peter war verrückt nach diesem Kaffee. Ich habe mich immer gefragt, ob er den in Venezuela vermisst hat, wobei er ja genug Geld hatte, als er die Düse gemacht hat, also konnte er es sich wohl leisten, sich das Zeug rüberschicken zu lassen. Habt ihr daran gedacht bei den Ermittlungen? Die Verschiffung von türkischem Kaffee nach Venezuela verfolgt?«

Saint gackert über seinen eigenen Versuch, witzig zu sein. Kein Wunder, dass man ihn erwischt hat, denkt

Fletcher. Er ist ein Vollidiot. »Wie war die Beziehung zwischen Dale und Hazel Collins?«, fragt er.

»Sekretärin. Sie hat die Sachen für ihn getippt. Anrufe entgegengenommen. Die Akten angelegt. Sandwiches besorgt. So Sachen.«

»Mehr nicht?«

Saint schüttelt den Kopf. »Nicht dass ich wüsste.«

»Nichts Intimeres?«

Saint schnaubt. »Peter hat Geschäft und Privatleben nicht verquickt. Außerdem hatte er hübschere Bräute im Angebot. Hazel war nicht sein Typ.«

»Was für Bräute?«, fragt Fletcher. In der Fallakte steht nichts von einer Beziehung zum Zeitpunkt von Dales Verschwinden.

»Ernsthaft?«, fragt Saint. »Ihr wisst nichts davon? Ich dachte, ihr Typen hättet den Fall untersucht?«

Fletcher wartet ab, bis Saints Triumphgefühl sich wieder dorthin zurückgezogen hat, wo es hingehört. Am liebsten würde er den Kerl am Kragen packen und schütteln, um die ganze Sache zu beschleunigen, stattdessen aber schenkt er ihm einen strengen Blick.

Saint sagt: »Um das Geld zu finden, hättet ihr euch vielleicht mal die Scheidung ansehen sollen. Pete hat sich drei Monate vor seinem Verschwinden von seiner Frau scheiden lassen. Sie war eher das Mädchen von nebenan. Rhonda. Ihren Mädchennamen weiß ich nicht mehr. Sie entsprach nicht seinem üblichen Typ, weiß nicht, wo er die aufgegabelt hat. Wenn man Geld verschwinden lassen will, ist eine vorgetäuschte Scheidung die einfachste Lösung. Die Behörden werden nicht so genau nachforschen. Ich bin immer davon ausgegangen, dass sie Pete nachgereist ist.«

Fletcher reagiert nicht. Er denkt nach. Dann steht er

auf. »Lass uns gehen«, sagt er zu Danny. Er hämmert gegen die Tür, damit man sie hinauslässt.

Saints Gesicht wird mutlos. »War's das? Aber Sie werden doch ein gutes Wort für mich einlegen. Ich habe demnächst eine Anhörung.«

»Ich glaube, Sie glotzen zu viel«, erwidert Fletcher. »Wie kommen Sie darauf, dass ich das tun werde?« Als der Wärter ihn und Danny hinausgelassen hat, genießt er es, wie mit dem Schlagen der Tür hinter sich Saints Protestschreie verstummen.

»Sagst du mir noch mal, wer die Ermittlungen in diesem Fall geleitet hat?«, fragt Danny.

»Ein Detective Sergeant namens Chase. Heute Morgen habe ich eine E-Mail bekommen, dass er unter der Erde liegt.«

»Glück gehabt.«

Fletcher nickt. Sarkasmus ist das Einzige, was ihnen für heute noch bleibt. Auf dem Weg zum Auto bemerkt er, dass Danny humpelt. »Hast du dich verletzt?«

»Beim Training. Hab mir das Knie lädiert.«

Fletcher schüttelt den Kopf. Das Problem mit neuen und jüngeren Frauen ist, dass sie unzumutbare Erwartungen an einen Mann mittleren Alters stellen. Danny hat der neuen Mrs. Fryer ein Baby gemacht, und jetzt will sie auch noch, dass er Halbmarathons läuft.

»Pass auf, dass sie dich nicht noch umbringt«, meint er.

Danny grinst. »Immer noch besser, als vor Langeweile zu sterben. Man muss doch leben.«

Fletcher antwortet nicht. Vermutlich hängt es davon ab, was man unter »leben« versteht. Er denkt an sein leeres Haus und spürt einen bitteren Anflug von Neid.

Auf der Rückfahrt vom Casino hält Fletcher die Kiste mit den Videokassetten auf dem Schoß. Wann immer Danny um ein Schlagloch herumsteuert, klappern die Kassetten. Er hat den Fahrstil eines halbstarken Rennfahrers. Im Kommissariat in Southmead schleppt Fletcher die Aufnahmen hinauf und überwacht die Eintragung in den Beweismittelfundus. Er weiß, wann man sich ans Prozedere halten muss. Sobald sie registriert sind, lässt er sie sich aushändigen und verstaut sie in seiner Schreibtischschublade. Danny beobachtet ihn dabei, aber er sagt nichts.

Fletcher klopft an Smails offen stehende Bürotür und steckt den Kopf hinein. Smail ist am Telefon. Er wirkt zutiefst erschöpft. Die Fingerspitzen einer Hand bohren sich ins Fleisch an seiner Stirn. Mit der anderen bedeutet er Fletcher, sich zu setzen.

»Was haben Sie für mich, John?«, fragt er, nachdem er aufgelegt hat.

»Videoaufnahmen von Sonntagabend mit Jessica Paige im Paradise Casino.«

»Na wunderbar«, erwidert Smail. »Während sich ihr Kind draußen herumtreibt. Gibt es ihr ein Alibi?«

»Teilweise. Sie hat das Casino um zweiundzwanzig Uhr dreizehn verlassen, dazwischen fehlen also ungefähr zweiundsiebzig Minuten bis zu ihrer Rückkehr nach Hause. Sie hat das Casino im Auto eines unbekannten Mannes verlassen.«

»Haben Sie Jessica Paige gefragt, wer das war?«

»Bislang nicht, aber das mache ich noch.«

»Gut. Was haben Sie für einen Eindruck von der Frau?«

»Sie stand unter irgendwelchen Drogen oder so.«

»Arbeitet sie?«

»Nein, sie lebt von der Stütze.«

»Geht sie anschaffen?«

»Möglich. Aber wenn, dann benutzt sie dafür nicht die Wohnung, denke ich. Danny wird das Kennzeichen des Autos checken, das sie am Casino mitgenommen hat, und sich auch den Rest der Überwachungsvideos ansehen. Ich werde jemanden dransetzen, in den Aufzeichnungen der Kameras von der Straßenüberwachung nach dem Auto zu suchen. Bei ihrer Rückkehr zum Glenfrome Estate war sie im Taxi, also hat sie irgendwann das Verkehrsmittel gewechselt.«

»Trauen Sie ihr so was zu?«

Fletcher widerstrebt die Frage. Kindsmord kommt extrem selten vor, selbst bei überforderten Müttern. »Hier ist das letzte Wort noch nicht gesprochen, Chef.«

Smail nickt.

»Sidney Noyce«, sagt er dann. »Ist Ihnen der schon über den Weg gelaufen?«

Fletcher hat ein ausgezeichnetes Gedächtnis. Sid das Dorf, denkt er und sagt: »Cody Swift, der Junge, Freund von den beiden, der hat einen Mann namens Sid erwähnt, als wir ihn befragt haben.«

»Eine Zeugin sagt aus, dass sie gesehen hat, wie Noyce Sonntagabend kurz nach den Jungs in dieselbe Richtung gegangen ist«, sagt Smail. Er hebt die Augenbrauen, und Fletcher nickt zum Zeichen, dass er sich der Bedeutung dieser Information bewusst ist.

»Das bedeutet neue Aufgaben für Sie«, sagt Smail, und Fletcher lässt sich nicht anmerken, dass er sich innerlich sträubt, denn eigentlich sollte er in seiner Rolle als stellvertretender Ermittlungsleiter doch die Verteilung der Aufgaben mit Smail besprechen, statt sie aufs Auge gedrückt zu bekommen.

»Vernehmen Sie Noyce. Suchen Sie ihn noch heute zu Hause auf. Genau genommen jetzt.«

»Können wir uns danach über die weitere Strategie unterhalten?«

»Natürlich.« Smail lächelt ihm zu, doch es wirkt eher, als würde er zusammenzucken. Fletcher kommt es so vor, als übertrage ihm Smail mit der einen Hand Verantwortung und nehme sie ihm mit der anderen wieder fort. Der Gedanke trübt seine Stimmung, als er aus dem Büro geht, aber er muss ein Telefonat führen, das seine ganze Aufmerksamkeit erfordert. Er verlässt das Revier und läuft die Southmead Road hinunter. Ungefähr fünfhundert Meter weiter, gegenüber dem Krankenhaus, gibt es eine Telefonzelle. Er zieht die Tür auf und tritt hinein. Er wählt eine Nummer, die er auswendig kennt, und wirft ein paar Münzen ein.

»Hier ist John«, sagt er, als ein Mann abnimmt. »Können Sie reden?«

»Gibt's ein Problem?«

Felix Abernathy und Fletcher haben äußerste Vorsicht vereinbart, wenn es darum geht, wie und wann sie kommunizieren. Dieser Anruf verstößt gegen ihre Abmachungen.

»Ich bin in einer Telefonzelle, keine Sorge. Hören Sie den verdammten Verkehr nicht?« Fletcher brüllt, weil ein Rettungswagen mit heulenden Sirenen vom Krankenhausgelände fährt.

Felix Abernathy ist vor sechs Monaten in sein Leben getreten, als Fletcher Schmiergeld von ihm angenommen hat. Damals wurde Fletcher großzügig dafür entlohnt, eine Anzeige gegen einen Mann unter den Teppich zu kehren, der eines von Felix' Mädchen verletzt hatte. Er verletzte sie nicht schlimm, er hatte sie nur ein bisschen hart rangenommen, aber die Situation war heikel, weil der Mann, wie Felix erklärte, in der Öffentlichkeit stand. Er war äußerst zerknirscht, und er wäre sehr dankbar, wenn man ein Auge zudrücken könnte. Anfangs wollte Fletcher nicht recht, doch ihm wurde versichert, dass Felix den Mann nicht mehr in die Nähe seiner Mädchen lassen würde und das betroffene Mädchen eine großzügige Entschädigung bekäme. Am Ende hatte er den Eindruck gehabt, dass alle Beteiligten so besser wegkämen, als wenn die ganze Angelegenheit durch die Mühlen der Justiz getrieben würde.

Es war Fletcher bewusst, dass er an jenem Tag seine Loyalität verkauft hatte, aber er hatte das Gefühl, dass er die Sache im Griff hatte. Im tiefsten Innern war er der Überzeugung, dass Felix Abernathy sich als ausgesprochen praktischer Kontakt erweisen würde. Mit ihm umzugehen war eine ähnliche Herausforderung wie der Umgang mit manchen der älteren Kollegen: Es war ein Spiel, das Fletcher reizte, und er hatte die feste Absicht, es zu gewinnen.

Jetzt wird er sein Ass ausspielen.

»Was ist los?«, fragt Felix.

»Möglicherweise gibt es ein Problem. Es gibt Videoaufnahmen von Ihnen und Jessica Paige im Paradise Casino von Sonntagabend.« Geräuschvoll bremst ein Sattelzug direkt neben Fletcher und übertönt die Antwort von Felix. »Was?«, brüllt Fletcher.

»Lassen Sie sie verschwinden.«

»Na ja, Sie können sich denken, dass das nicht einfach wird. Sie sind als Beweismittel registriert.«

»Das ist nicht mein Problem.«

»Ich rufe an, weil es durchaus Ihr Problem ist. Können Sie Jessy Paige für den Abend ein Alibi geben?«

»Ich kann unmöglich in diese Sache verwickelt werden, nicht einmal andeutungsweise. Das wäre geschäftsschädigend für mich.«

Fletcher hält den Atem an. Dieser Mann ist eiskalt. Einen Augenblick ist er sprachlos. Hier geht es um ein Kind.

»Ich habe ihn gefunden«, rutscht ihm unwillkürlich heraus. »Ich habe ihren Sohn gefunden.«

In der Leitung herrscht einen Moment lang Stille, dann sagt Felix: »Das tut mir leid. Das wusste ich nicht.«

»Alle waren dabei, alle haben mitgesucht, und ich habe sie gefunden. Charlie hat noch gelebt. Da waren Blumen, die waren so verdammt orange.«

»Also, geben Sie mir Bescheid, sobald die Videokassetten aus dem Weg geschafft sind. John? Sind Sie noch dran?«

Fletcher fängt sich wieder. »Wie gesagt, das könnte sich als nicht so einfach erweisen. Ich habe mich gefragt, was Sie über Jessy Paige wissen. Deutet irgendwas darauf hin, dass sie dem Kind was zuleide tun könnte?«

»Kein Wort mehr.«

Fletcher hört die Drohung und weicht zurück. »Schon gut«, sagt er. »Also, ich tu mein Bestes wegen der Aufnahmen, aber ich kann nichts versprechen. Der Anruf hier war ein reines Entgegenkommen meinerseits, damit Sie im Bilde sind.«

Er legt auf, bevor Felix antworten kann. Abgesehen davon, dass er etwas emotional geworden ist, wie er es von sich nicht kennt, hat Fletcher das Gefühl, dass es gut gelaufen ist. Smail mag versuchen, ihn kleinzuhalten, Felix Abernathy aber wird das nicht gelingen.

Als Fletcher zurückkommt, lehnt Danny rauchend am Auto und unterhält sich mit einem anderen Detective aus dem Team. Fletcher findet, die beiden sehen aus wie Auf-

schneider. Manchmal hat er das Bedürfnis, den Jugendfreund abzuschütteln und sich einen anderen Partner zu suchen, aber Loyalität ist eine Eigenschaft, die er bei einem neuen Kollegen womöglich nicht so leicht wieder bekommt, und er braucht sie so nötig wie die Luft zum Atmen – nicht anders als Felix.

Fletcher übernimmt das Steuer auf der Fahrt vom Polizeirevier zum Glenfrome Estate. Als sie dort ankommen, regnet es in Strömen. Jemand hat zwei Sessel, eine angeschlagene Badewanne und einen Plastikchristbaum mitten auf der Wiese entsorgt, und sie erinnern Fletcher an Wüstengewächse, die fremdartig und grell nach einem Regenguss aus dem Boden sprießen.

Düster ragen die Wohntürme in die Höhe. Sie bilden zwei Reihen aus jeweils drei Hochhäusern – mit einheitlichem Abstand voneinander, so wie Soldaten, die zur Inspektion aufmarschieren. Am Vordach zum Eingang des Nightingale Towers bröckelt der Beton. Das Sechzigerjahremuster der Kacheln im Eingangsbereich verursacht bei Fletcher Kopfschmerzen. Die Farben sind scheußlich, darunter ein grelles Orange, das ihn an die Entdeckung der Jungen erinnert und an die Mohnblumen, die seinen Blick verschleierten. Blinzelnd verscheucht er die Erinnerung.

Sie nehmen den Aufzug in den dreizehnten Stock. Sie zücken die Dienstausweise an der Tür der Familie Noyce, und Valerie Noyce beäugt sie besorgt, bevor sie sich vorstellt und ihnen kraftlos die Hand reicht, wobei sie die Finger so verhalten ausstreckt, als wäre sie förmliche Begrüßungen nicht gewöhnt oder erwarte einen Schlag aufs Handgelenk. Rehaugen, denkt Fletcher, als er sie betrachtet. Geradezu der Inbegriff davon. Sie sind dunkelbraun und von langen Wimpern gesäumt. Sie hat einen spitzen Mund und eine krumme Nase.

Sie führt die beiden Detectives ins Wohnzimmer. Danny geht durchs Zimmer und sieht aus dem Fenster. »Ein toller Blick, Mrs. Noyce. Haben Sie schöne Sonnenuntergänge?«

»Ja, wenn es nicht gerade regnet.« Sie lacht. Es klingt schrill. Sie ist nervös. Wie ein Schwung Kieselsteine prasselt der Regen ans Fenster, und sie zuckt zusammen.

Phil Noyce ist ein riesiger Mann, größer und breiter als Fletcher und Danny. Er steht von einem Kunstledersofa auf und stellt sich neben Danny ans Fenster. Seine Gestalt nimmt dem Raum eine Menge Licht.

Mindestens ein Drittel des Wohnzimmers wird von einem großen Tisch eingenommen. Darauf befinden sich eine Nähmaschine und ein paar schäbige Kleidungsstücke. Fletcher vermutet, dass hier im kleinen Rahmen Heimarbeit betrieben wird, Ausbesserungen und Änderungen vielleicht. Valerie Noyce schiebt die Kleider beiseite und bittet sie, am Tisch Platz zu nehmen. Sie bietet ihnen Tee an. Fletcher hat keine Lust auf Tee, doch es ist gut, gastfreundliche Gesten anzunehmen, weil es die Stimmung auflockert. »Milch und zwei Löffel Zucker, bitte«, sagt er, und sie lächelt, als wäre sie zufrieden mit ihm.

»Waren Sie beide am Sonntagabend zu Hause?«, fragt Danny.

»Wir waren beim Bingo«, antwortet Valerie Noyce. »Unten im Vereinsheim.«

»Um wie viel Uhr?«

»Ich denke mal, wir sind gegen Viertel vor acht hier los und waren um halb zwölf wieder da. Ein bisschen später als sonst.«

»War Sidney da, als Sie nach Hause gekommen sind?«

Sie nickt. »In seinem Zimmer.«

»Haben Sie ihn gesehen?«

»Nein. Ich habe bloß gefragt, ob alles okay ist, und er hat ›Ja‹ gesagt, und dann habe ich gefragt: ›Hast du das Ketchup also noch bekommen‹, wegen der Schlamperei, die er auf dem Tisch hinterlassen hatte. Er hatte seinen Teller nicht weggeräumt. Und er meinte: ›Ja‹. Danach haben wir nur noch gute Nacht gesagt.«

»Ist er Ketchup kaufen gegangen, als Sie weg waren?«

»Ich hatte ihm eine ordentliche Portion Lasagne für die Mikrowelle dagelassen, aber wir hatten kein Ketchup mehr, und er isst das immer mit Ketchup. Also hat er gemeint, er geht los und kauft was.«

»War irgendwas an ihm oder seiner Stimme anders, als Sie heimgekommen sind?«

»Nein. Alles war wie immer. Ich habe sein Geschirr abgespült, und dann sind wir auch ins Bett gegangen.«

»Wir möchten gern mit Sidney sprechen«, sagt Fletcher.

Die Schatten im Zimmer verändern sich, als Phil Noyce sich vom Fenster abwendet. »Sid ist in seinem Zimmer und schaut sich sein Fernsehprogramm an«, meint er. »Der redet erst mit Ihnen, wenn die Sendung vorbei ist. Lohnt die Mühe nicht, es auszuprobieren.«

»Wann ist sie denn vorbei?«, fragt Danny.

»Um halb.«

Fletcher sieht auf die Uhr. Sie müssten nur fünf Minuten warten, das würde sich anbieten, um zu vermeiden, dass Noyce Junior sich aufregt. Auf der anderen Seite kann ein bisschen Aufregung in einer Befragung durchaus nützlich sein. Nicht immer will man dem Befragten das Gefühl lassen, die Dinge unter Kontrolle zu haben. Außerdem würde Fletcher gerne einen Blick in Sids Zimmer werfen. »Macht es Ihnen was aus, wenn ich zu ihm gehe und Hallo sage?« Er bemüht sich um einen möglichst arglosen Tonfall.

»Auf eigene Gefahr«, meint Phil Noyce. »Zweite Tür links.«

Fletcher geht den kurzen Flur ein paar Schritte in die angegebene Richtung. Behutsam klopft er an die Tür, auf der in kindlichen Holzbuchstaben in Brusthöhe der Name »SIDNEY« steht. Er hört den Fernseher, aber es kommt keine Antwort. Er klopft noch einmal und öffnet die Tür einen Spalt.

Sidney Noyce sitzt auf einem schmalen Bett in der Zimmerecke. Er ist mindestens so groß wie sein Vater und ist umgeben von Requisiten der Kindheit. Fletcher hat nur eine vage Vorstellung von der Populärkultur, aber er erkennt die Transformers auf dem Bettbezug. Noyce sieht Fletcher an und schickt ihm einen finsteren Blick hinüber, mit dem sich Fletcher als Kind eine ordentliche Backpfeife eingehandelt hätte. Dann wendet er seine Aufmerksamkeit wieder dem Bildschirm zu.

Fletcher blickt über den Flur ins Wohnzimmer. Danny steht neben Phil Noyce. Beide haben die Arme verschränkt. Noyce nickt, während Danny redet. Fletcher schiebt die Tür zu Sidneys Zimmer ein bisschen weiter auf. Auf dem Nachtkästchen liegen ein paar Comic-Heftchen und ein zerlesenes Exemplar der Guinness World Records. Noyce sitzt im Schneidersitz am Fußende des Betts, keinen Meter entfernt von dem Fernsehapparat, der auf einer weißen Kommode steht.

»Was kuckst du dir an?«, fragt Fletcher.

»Supermarket Sweep mit Dale Winton«, erklärt Noyce bereitwillig. »Die rennen und packen sich Sachen in den Einkaufswagen. Die dürfen alles nehmen, was sie wollen.« Kurz blickt er zu Fletcher, seine Augen sind vor Staunen so groß wie Mühlräder.

»Das mag ich auch«, sagt Fletcher, obwohl er es nie gesehen hat. Langsam arbeitet er sich weiter ins Zimmer vor und setzt sich seitlich an die Bettkante, wobei er ausreichend Abstand zu Noyce hält. Valerie taucht mit einer Teetasse im Türrahmen auf. Sie betritt das Zimmer nicht, sondern hält Fletcher die Tasse entgegen.

»Danke«, sagt er.

»Nicht reinkommen!«, sagt Sidney, obwohl seine Augen weiterhin am Bildschirm kleben.

»Er mag es nicht, wenn ich ins Zimmer komme«, erklärt Valerie. Ihre Zehen haben wenige Millimeter vor der Türschwelle haltgemacht. Fletcher steht auf, nimmt ihr die Tasse ab und setzt sich wieder hin. Die Federn in der Matratze quietschen. Die Bettwäsche riecht süßlich.

»Haben deine Mum und dein Dad dir erzählt, wer ich bin und warum ich da bin?«, fragt Fletcher. Noyce schüttelt den Kopf. Seine Unterlippe ragt weiter nach vorn als die obere. Sie ist feucht von Spucke. Sein Oberkörper ist breit und kräftig. »Ich bin ein Detective und möchte mich mit dir über zwei Jungs unterhalten, die du kennst, glaube ich.«

Damit hat er Sidneys Aufmerksamkeit. »Ein Detective wie Sherlock Holmes?«

Fletcher nickt.

»Klären Sie Rätsel auf?«

»Ja. Und manchmal helfen mir die Leute.« Fletcher kann Valerie Noyce zwar nicht mehr sehen, aber ein Schatten auf dem Flurteppich sagt ihm, dass sie nur knapp außerhalb seines Blickfelds dasteht. »Leute wie du helfen mir«, fügt er hinzu, während der Abspann über den Bildschirm rollt. Eine Stimme aus dem Off kündigt das weitere Programm an.

»Die nächste Sendung ist langweilig«, meint Noyce und drückt auf einen Knopf am Fernseher. Das Bild er-

lischt. Er dreht sich zu Fletcher um. »Hi, Mister Detective.«

»Hi. Sag mal, kannst du mir helfen herauszufinden, was mit Charlie und Scott passiert ist? Weil jemand ihnen wehgetan hat.«

»Die sind nicht tot«, sagt Noyce nüchtern; er klingt sich seiner Sache sicher, und Fletcher hält den Atem an.

»Wie kommst du darauf?«

»Die haben geatmet, als ich den Teppich auf sie gelegt habe.«

Vom Flur kommt ein schabendes Geräusch von Stoff auf einer harten Oberfläche, wahrscheinlich geht Valerie Noyce mit dem Rücken an der Wand in die Knie. Hinter Noyce strömen Regenbäche am Fenster hinab und verflüssigen den Blick auf den Himmel, die Stadt und die dahinterliegenden grünen Hügel. Das plötzlich einsetzende Herzklopfen macht Fletcher bewusst, dass er – John Fletcher – hier, in genau diesem Augenblick, die Karten in der Hand hat. Schön behutsam vorgehen, sagt er sich. Scheiß doch auf Howard Smail und alle anderen, die glauben, dass sie dir weiß Gott wie überlegen sind. Das hier ist mein Ding. Das könnte mir ganz allein gehören.

Er streckt die Finger und entspannt sie wieder. Eine andere Regung erlaubt er sich nicht. Er bewegt sich wie auf rohen Eiern, ist hoch konzentriert. »Wo waren Charlie und Scott, als du den Teppich auf sie gelegt hast?«

»Hinter der Rennbahn.«

»Waren sie verletzt?«

Noyce macht eine kurze Pause, bevor er antwortet; offensichtlich denkt er darüber nach. »Ich weiß nicht, ob sie nur so getan haben oder ob es echt war.«

»Was hast du gesehen? Wie sahen sie denn aus, als du da warst?«

»Scotty hatte Blut im Haar«, sagt er. »Die sahen aus, als frieren sie, deswegen habe ich den Teppich draufgelegt.« Herr im Himmel, denkt Fletcher. Er holt tief Luft, um ruhig zu bleiben. Noyce beißt rabiat an einem Fingernagel herum und sieht aus dem Fenster. »Es regnet«, sagt er. Mit dem Zeigefinger drückt er auf die Fensterscheibe und hinterlässt dort einen schmierigen Abdruck.

»Was hast du sonst noch gesehen?« Fletchers Stimme ist ganz gleichmäßig und ruhig, beinahe ein Flüstern. Vertrauen ist alles. Dieser Moment darf nicht gestört werden.

»Ich habe sie nicht angefasst.«

»Warum sagst du das?«

»Ich darf nicht mit ihnen reden, sie nicht anfassen und ihnen nicht hinterherlaufen.«

»Wer hat das gesagt?«

»Scotty und Charlie und Cody.«

»Weißt du, warum sie das gesagt haben?«

»Weil ich mit ihnen spielen will, aber sie das nicht wollen.«

»Wie geht es dir, wenn sie so was sagen?«, fragt Fletcher. »Wenn sie sagen, dass sie nicht mit dir spielen wollen?«

Noyce schüttelt den Kopf und wendet sich von Fletcher ab. Trotzig reckt er das Kinn. Der Fingernagel, an dem er herumgebissen hat, blutet. Er saugt daran.

»Macht dich das wütend?«, fragt Fletcher.

»Manchmal.«

»Und was machst du, wenn du wütend bist?«

»Ich hau und hau, aber ich darf nicht hauen.«

Vom Flur kommt ein unterdrücktes Wimmern. Fletcher merkt, wie sein Herzschlag schneller wird.

»Hast du Charlie und Scott gehauen?«

»Nein!«

»Ganz sicher? Es ist wichtig, dass du die Wahrheit sagst.«

»Ich habe sie nur gefunden. Ich wusste nicht, ob sie nur so tun, aber ich habe sie mir angeschaut, und sie haben noch geatmet.«

Fletcher will noch mehr Fragen stellen, es drängt ihn, hier und jetzt ein Geständnis aus Noyce herauszupressen, aber sie müssen das ordnungsgemäß durchziehen, sonst hat nichts, was dieses große Kind sagt, vor Gericht Bestand.

»Sid«, sagt er. »Bist du schon mal in einem Polizeiwagen gefahren?«

»Mit Sirenen?«

»Mit Funkgerät. Ein richtiges Polizeifunkgerät. Würde dir das gefallen? Du könntest mitkommen und dir das Polizeirevier anschauen, wo die Detectives arbeiten, und dann können wir dort weiterreden.«

Sid springt auf. »Fahren wir!«

Fletcher vermeidet jeden Blickkontakt mit Valerie Noyce, als sie aus dem Zimmer kommen. Seine Hand liegt auf Sids Schulter. Er bleibt konzentriert und spielt im Kopf die verschiedenen Möglichkeiten durch. Wenn das stimmt, was er glaubt – und mit jeder Sekunde wird er sich sicherer –, und er jetzt gerade die Trumpfkarte gezogen hat, dann muss er sie so geschickt wie möglich ausspielen.

»Sid kommt mit aufs Revier, und wir unterhalten uns dort weiter«, erklärt er Danny, der nickt, als sei das nichts Besonderes. Fletcher wendet sich an Phil Noyce. »Wenn das geht, dann wäre es uns recht, wenn einer von Ihnen beiden ihn begleitet. Falls nicht, dann sorgen wir dafür, dass immer ein mündiger Beistand anwesend ist.«

»Wir kommen mit«, kommt Valeries Antwort von hinten. Sie ist bleich wie der Tod.

»Ich fürchte, wir haben nicht genug Platz für Sie beide.« Während Fletcher das sagt, hat er das Gefühl, dass sich ein Metallreifen um seine Brust zusammenzieht, denn es stimmt nicht, und er hat keinen Plan B, für den Fall, dass sie ihn deswegen zur Rede stellen. »Haben Sie ein eigenes Auto?«

Kein Muskel regt sich bei Danny angesichts von Fletchers Lüge. Phil Noyce nickt zum Einverständnis, und Fletcher schreibt ihnen schnell die Adresse der Polizeistation von Southmead auf und bleibt ganz sachlich, während das Adrenalin in ihm anschwillt beim Gedanken daran, wie er weiter vorgehen will.

Unten auf dem Parkplatz rennen sie durch den Regen, und Sid Noyce benimmt sich, als sei das Ganze ein Spiel. Fletcher steigt mit Noyce hinten ein, Danny setzt sich ans Steuer. Dann steigen Sidneys Eltern in einen ramponierten Ford Fiesta, und Fletcher sieht, wie die Rücklichter an- und ausgehen, als sie sich abmühen, ihn zum Laufen zu bringen.

»Wo ist das Funkgerät?«, fragt Noyce, als Danny den Wagen anlässt und die Scheibenwischer über die Windschutzscheibe hobeln.

»Hier vorn. Eingebaut in die Armatur. Schau.« Danny schaltet den Funk ein, und das Gerät krächzt artig. »Das bekommen nicht viele Leute zu sehen«, erklärt Fletcher. Noyce beugt sich nach vorn, um es genauer zu untersuchen, und streckt die Hand nach dem Mobilteil aus, das an der Seite festgeklemmt ist. »Nicht berühren!«, sagt Fletcher. Noyce reißt die Hand zurück und macht ein unglückliches Gesicht.

»Tut mir leid.« Fletcher muss achtgeben, dass er Sidneys Vertrauen nicht verspielt. »Wir dürfen da jetzt nichts anfassen, sondern müssen aufpassen, ob nicht irgendwo

Diebe unterwegs sind, die wir verfolgen müssen. Du gehörst jetzt zum Team.«

»Welche Wache?«, fragt Danny. Trinity Road liegt am nächsten, aber Fletcher will so viel Zeit wie möglich mit Noyce im Auto. Natürlich könnten sie auch die »hübschere Route« zur Trinity-Wache nehmen, es wäre nicht das erste Mal, aber er ist der Meinung, dass es sicherer ist, wenn sie zurück zur Zentrale fahren.

»Southmead«, antwortet er. »Ich denke, Sidney möchte das Hauptkommissariat sehen, stimmt's, Sid?«

Dannys und Fletchers Blicke treffen sich im Rückspiegel, und Danny nickt.

Es ist Zeit für die Wahrheit

Folge sechs –
die Anklage gegen Sidney Noyce,
und wie man Owen Weston zum Schweigen brachte

»Die Geschworenen mussten entscheiden: War Sidney Noyce ein sanfter Riese oder ein rachedurstiges Monster? Vor Gericht wirkte er wie Ersteres, aber die Indizien gegen ihn häuften sich. Man gebe eine unfähige Verteidigung und eine aggressive, geschickte Staatsanwältin hinzu – welche Hoffnung blieb ihm da noch?«

Mein Name ist Cody Swift. Ich bin Filmemacher und begrüße Sie zu *Es ist Zeit für die Wahrheit,* einem Podcast von Dishlicker Productions. Das hier war die Stimme von Owen Weston, dem Gerichtsreporter, der seit Langem einen Kreuzzug führt, um andere davon zu überzeugen, dass Sidney Noyce des Mordes an meinen besten Freunden Charlie Paige und Scott Ashby im Jahr 1996 nicht schuldig war. Owen stellt hier eine der zahllosen Fragen zu diesem Fall, die ihn seit zwanzig Jahren heimsuchen.

Maya und ich bemühten uns um ein Interview mit dem Rechtsanwalt Robert Clay, der Sidney Noyce damals verteidigte. Er war nicht leicht zu finden, denn er arbeitet nicht mehr als Jurist. Die jüngste Spur, die wir in Bezug auf seine berufliche Tätigkeit ausfindig machten, war eine Entscheidung der Anwaltskammer, die ihm vor zehn Jahren eine Geldbuße auferlegte und ihm die Lizenz entzog, weil er – Zitat – »ein Verhalten an den Tag gelegt hat, das dazu taugt, das Vertrauen, welches die Öffentlichkeit ihm und seinem Berufsstand entgegenbringt, zu beschädigen«.

Nach gründlicheren Recherchen stöberten wir die Telefonnummer eines Robert Clay auf, bei dem es sich möglicherweise um unseren Mann handelte. Anscheinend hatte er sich im Süden des Landes niedergelassen und arbeitete in einer Bootswerft. Ich rief ihn an.

»Hallo. Spreche ich mit Robert Clay?«

»Am Apparat.«

»Hallo, Mr. Clay. Ich heiße Cody Swift. Ich arbeite an einem Podcast über die Morde an meinen beiden besten Freunden Charlie Paige und Scott Ashby im Jahr 1996. Wenn ich mich nicht irre, waren Sie der Verteidiger von Sidney Noyce, den man des Mordes angeklagt hatte. Ich würde Ihnen gern ein paar Fragen über den Prozess gegen Sidney Noyce stellen, wenn Sie einverstanden sind.«

»Nein. Kein Interesse.«

»Aber Sie sind es doch, oder? Sie waren der Anwalt von Sidney Noyce?«

»Ja.«

»Mr. Clay, ein Journalist hat damals behauptet, dass Ihre Verteidigung nicht so energisch ausfiel, wie es möglich gewesen wäre. Haben Sie etwas dazu zu sagen?«

»Kein Kommentar. Bitte lassen Sie mich in Frieden.«

»Glauben Sie, dass Sidney Noyce unschuldig war, Mr. Clay? Haben Sie ihn im Stich gelassen?«

Was Sie eben gehört haben, war Robert Clay, der den Hörer aufgelegt hat. Mehr als einmal habe ich dort später noch angerufen, wurde aber sofort auf die Mailbox umgeleitet. Ich hinterließ diverse Nachrichten, doch er reagierte nicht.

Wir haben auch versucht, die Staatsanwältin ausfindig zu machen, um ihre Einschätzung zu hören, aber sie ist verstorben. Sie war zur Zeit des Prozesses kurz vor dem Ruhestand, das war also keine große Überraschung.

In Ermangelung von Interviews mit den Hauptvertretern der Anklage und Verteidigung ist meine wichtigste Informationsquelle zu den Abläufen bei der Gerichtsverhandlung die Berichterstattung von Owen Weston für das *Bristol Echo*. Ich bewundere seine Arbeit. Sein Tonfall ist ruhig und vernünftig, er vermeidet jede Effekthascherei und hat – ganz nach meinem Geschmack – gründlich recherchiert. Ich habe erfahren, dass er einen Preis für die Berichterstattung über den Noyce-Prozess bekommen hat.

Owen Weston lud mich ein, ihn zu Hause aufzusuchen und zu interviewen.

Die Fahrt zu Weston führt mich aus Bristol und seinen Vorstädten hinaus nach Norden in ländliche Randgebiete. Sein Haus steht in einer Reihe von Bungalows auf einer Anhöhe mit Blick auf das Flusstal des Severn. Er begrüßt mich herzlich und führt mich durchs Haus in den Wintergarten, von dem aus man eine spektakuläre Aussicht über das weite Tal bis nach Wales hat. Unter uns schimmert der Fluss, ein silbernes Band, das von grünen Baumsilhouetten gesäumt ist. In Gräben und Senken wabern Nebelschleier, und am Horizont überlagen sich hauchdünne Wolkenschichten. Die Szenerie ist wie ein angehaltener Atemzug, ein Moment vollkommener Stille.

Weston ist hochgewachsen und schlank und hat volles, gelocktes graues Haar. Er dürfte in den frühen Siebzigern sein. Seine Haltung ist ganz leicht gebückt. Insgesamt wirkt er körperlich fit, und das vollständig gelöste Kreuzworträtsel und Sudoku der *Times* sagen mir, dass er auch geistig fit ist. Er hat einen warmen Blick und eine sanfte Art, die mir sofort jede Befangenheit nehmen. Als wir uns unterhalten, wird mir klar, dass seine unbedrohliche Ausstrahlung wohl einer der Gründe ist, warum Weston im Lauf der Jahre so viele Menschen zum Reden gebracht hat.

Ich komme sofort auf die Frage zu sprechen, die mich am meisten beschäftigt.

»Glauben Sie, dass Sidney Noyce Charlie und Scott ermordet hat?«

»Ich weiß nicht, ob er es war oder nicht – möglich ist es –, aber ich bin davon überzeugt, dass die Polizei nicht anständig mit ihm umgegangen ist und er in der Folge keinen fairen Prozess bekommen hat. Sie haben meine neueren Artikel dazu gelesen, also wissen Sie, dass ich nicht der Einzige bin, der Zweifel am Umgang mit Noyce hatte. Seine Pflichtverteidigerin hatte ebenfalls Vorbehalte.«

»Können Sie darüber sprechen, was sie gesagt hat?«

»Sie heißt Julie McDowell und war die Bereitschaftsanwältin am Tag, als Sidney Noyce von Detective Inspector John Fletcher auf das Revier in Southmead gebracht, befragt und schließlich in Haft genommen wurde. Um ganz offen zu sein: Julie ist eine Freundin von mir. Ich habe sie kennengelernt, weil wir uns immer wieder vor Gericht begegnet sind, wenn ich über die Fälle berichtete. Ich hatte – und habe – gro-

ßen Respekt vor ihr. Sie war beim ersten Interview dabei, gleich nachdem man Noyce festgenommen hatte, und es gefiel ihr gar nicht, was sie da erlebte.«

»Warum nicht?«

»Ärgerlicherweise konnte sie nicht sagen, was genau es war, aber sie hatte das Gefühl, dass etwas nicht stimmte, und sie hatte den klaren Eindruck, dass hinter den Kulissen irgendetwas vor sich ging.«

»Wie zum Beispiel?«

»Vermutlich etwas, was sich zwischen Noyce und den Detectives abgespielt hatte, bevor sie hinzugezogen worden war. Es ist nicht ungewöhnlich, dass die Polizisten den Anwälten gegenüber Informationen zurückhalten und sich vor Auskünften drücken oder so – alle versuchen, sich das System zum eigenen Vorteil zurechtzubiegen. Aber in diesem Fall schien ihr John Fletcher fast zu bereitwillig Auskunft zu geben, wenn Sie verstehen. Er bemühte sich unglaublich darum, alles exakt nach Vorschrift zu machen, geradezu demonstrativ.«

»Könnte das an den besonderen Umständen in diesem Fall gelegen haben?«

»Möglich, aber Julie hatte schon mit anderen großen Fällen zu tun gehabt und hatte so etwas nie zuvor erlebt. Dieser Eifer aufseiten der Polizei, zu demonstrieren, dass ihr Vorgehen hieb- und stichfest ist und alles nach Vorschrift läuft, kommt schon mal vor, aber er ist eher ungewöhnlich und ganz sicher nichts, was man mit DI Fletcher assoziiert hätte. Er hatte den Ruf, ein bisschen eigenwillig zu sein. Und er war zweifellos klug genug, sich die Dinge so hinzubiegen, dass er das erwünschte Ergebnis erzielte.«

»Die Dame, wie mich dünkt, gelobt zu viel.«

»So könnte man es auch nennen, wobei es John Fletcher vermutlich nicht gefallen würde, als Dame bezeichnet zu werden. Aber es lief tatsächlich darauf hinaus, dass Fletcher sich derart abmühte zu beweisen, dass alles supersauber war, dass eine erfahrene Anwältin wie Julie Verdacht schöpfen musste.«

»Hatte sie irgendwelche konkreten Hinweise auf ein Fehlverhalten?«

»Wäre es so gewesen, hätte sie die genutzt. Aber man sollte ein Bauchgefühl niemals unterschätzen, wenn es auf jahrelanger Erfahrung beruht. Der Instinkt kann erstaunlich treffsicher sein.«

»Sind Sie selbst auf Hinweise gestoßen?«

»Ich sage das nur ungern, aber bei diesem Fall musste ich mich aus persönlichen Gründen geschlagen geben. Trotzdem bin ich nach wie vor davon überzeugt, dass es hier noch etwas aufzudecken gibt, und vielleicht ist jetzt der Zeitpunkt gekommen, der Sache auf den Grund zu gehen.«

Ich komme später noch einmal darauf zurück, warum Weston die Nachforschungen einstellte, denn das ist wichtig, zunächst aber will ich Julie McDowell etwas Aufmerksamkeit widmen. Maya und ich hielten es für wichtig, sie persönlich zu kontaktieren. Sie ist aus Bristol weggezogen und lebt und arbeitet in Norfolk. Julie wollte kein Interview aufnehmen lassen, aber sie schickte uns eine Stellungnahme per E-Mail. Maya liest sie vor.

»Die Erfolgsbilanz meiner Arbeit als Anwältin ist ausgesprochen gut. Ich vertrete viele meiner Klienten vor Gericht. Es gibt nur selten Fälle, die noch Jahre später an mir nagen, aber der Fall von Sidney

Noyce ist einer davon. Damals schien irgendetwas nicht zu stimmen, und es scheint auch heute noch so. Ich war zutiefst erschüttert von der Nachricht, dass er sich das Leben genommen hat. Der ganze Frust, den ich damals verspürt hatte, kam zurück. Sidney Noyce war sicher nicht frei von Fehlern, aber ich war und bin bis heute überzeugt, dass er kein Mörder war. Ein ganz bestimmter Polizist hat Noyce um den kleinen Finger gewickelt. Ich habe damals meine Vorbehalte geäußert, und wäre man ihnen ernsthaft nachgegangen, hätten sie meiner Ansicht nach genügt, um die Klage abzuweisen, leider aber war der betreffende Beamte zu schlau. In dieser Situation ist man hilflos, aber ich habe bis zum heutigen Tag das Gefühl, dass ich und das Rechtssystem Sidney Noyce im Stich gelassen haben.«

Das ist interessant, oder? Um eine genauere Vorstellung davon zu bekommen, wogegen sich Noyce vor Gericht zur Wehr setzen musste, habe ich Owen Weston gebeten, die wichtigsten Indizien gegen ihn zusammenzufassen.

»Die Indizien, die Noyce belasteten, ergaben bis zu einem bestimmten Punkt ein durchaus schlüssiges Bild. Viele Nachbarn bestätigten, dass er sich mit euch Jungs herumgetrieben hatte und dass ihr drei ihn gehänselt hattet. Eine Hauptzeugin erklärte, dass Noyce Charlie und Scott auf der Primrose Lane gefolgt war. Das war das letzte Mal, dass man die Jungs gesehen hatte. Sie schilderte auch, wie Noyce den Häuserblock umrundet und nach den Jungs gerufen hatte. Diese Zeugenaussage wurde von der Verteidigung angefochten, weil sich herausstellte, dass die Zeugin bei der

ersten Befragung eine andere Geschichte erzählt hatte. Doch die Verteidigung konnte sich nicht durchsetzen. Was noch? Die Leichen wurden auf einer Baubrache hinter der Hunderennbahn entdeckt, ein Ort, der Sid bekannt gewesen sein dürfte, weil er einigermaßen viel Zeit an der Rennbahn verbrachte. Außerdem war es nicht weit weg vom Tesco-Supermarkt, wo Noyce gejobbt hatte. Trotzdem, all das zusammengenommen blieb für mich unstrittig, dass es begründete Zweifel an seiner Schuld gab, denn fast alles, was die Staatsanwaltschaft vorbrachte, beruhte allein auf Indizien. Unglücklicherweise war der Verteidiger von Noyce unglaublich inkompetent. Ich schlug den Eltern vor, Beschwerde einzulegen, aber das wollten sie nicht. Sie hatten Angst, ihn zu verärgern und damit Sidneys Verteidigung zu schaden. Dabei hätte eine kompetente Verteidigung in der Lage sein müssen, jeden einzelnen dieser Sachverhalte infrage zu stellen.«

»Was war mit dem Blut?«

»Ach ja, das Blut. Das war natürlich am Ende der Knackpunkt, der die Geschworenen überzeugte, obwohl Noyce sich bei seiner Befragung weigerte zu erklären, woher es stammte. Ich denke, sie hatten sich zuerst eine Meinung über ihn gebildet und haben sich danach die Indizien angesehen. Genau wie die Polizei.«

»Haben Sie mit einem der Geschworenen geredet?«

»Das ist bei uns gesetzlich verboten. Sie werden abgeschirmt. Ich wünschte, ich hätte mit jemandem reden können. Zu gern wäre ich ein Mäuschen gewesen und hätte gelauscht, als sie sich zur Beratung zurückgezogen haben. Das Urteil wurde so schnell

gefällt, als hätten sie sich schon auf den Schuldspruch geeinigt, bevor sie sich überhaupt beraten hatten. Ich glaube, es war das Blut, das Noyce schließlich den Kopf kostete. Darauf wette ich. Es war das mit Abstand erdrückendste Indiz. Auch für einen guten Anwalt wäre es eine echte Herausforderung gewesen.«

Die winzigen Blutstropfen, die auf der Hose von Sidney Noyce sichergestellt wurden, genügten, um ihn zu verurteilen, weil ein forensisches Gutachten – wenngleich Owen Weston zufolge etwas vage – bescheinigte, dass die Tropfen zum Zeitpunkt der Verletzung auf die Hose gelangt waren und nicht erst danach. Die Blutstropfen waren der Beweis, dass Noyce zum Zeitpunkt des Angriffs bei den Jungen gewesen war, wohingegen er behauptete, er sei erst später hinzugekommen. Nachdem wir keinen Einblick in die Fotos von den Tropfen bekommen, ist es nicht möglich, eigene Schlüsse zu ziehen oder ein unabhängiges Gutachten erstellen zu lassen. Die Bilder bleiben in den Archiven der Polizei.

Ich hatte noch eine wichtige Frage an Owen Weston.
»Wenn Noyce Ihrer Meinung nach Charlie und Scott nicht ermordet hat, wer, glauben Sie, war es dann?«
»Ich weiß es nicht. Ich habe meine Theorien, aber ich weiß nichts Genaues. Wer auch immer es war, er hat viel Mühe darauf verwendet, mich an der Berichterstattung zu hindern.«
»Können Sie das genauer erklären?«
»Jemand wollte mich einschüchtern. Es baute sich langsam auf. Als meine ersten Reportagen über den Fall veröffentlicht wurden, bekam ich anonyme Anrufe, ohne dass jemand am anderen Ende etwas sag-

te. Anfangs noch unregelmäßig, dann täglich, schließlich mehrmals am Tag. Meistens am Telefon im Büro, manchmal aber auch zu Hause. Dann ging es mit den Drohbriefen los. Zuerst wurden sie in die Redaktion geschickt, dann aber erhielten wir auch zu Hause welche. Darin standen ein paar schreckliche Sachen, und meine Frau bekam sie zu Gesicht. Ich meinte, es sei das Beste, sie zu ignorieren, und beteuerte, dass alles in Ordnung käme. Aber die Sache uferte bald aus. Eines Tages kam ich die Treppe runter, und da hatte jemand die Reifen an meinem Wagen in der Einfahrt zerstochen, und wenige Tage später wurde ich in einer Gasse in der Nähe des Gerichts überfallen.«

»Haben Sie überlegt aufzuhören?«

»Am Anfang noch nicht. Ich bin Enthüllungsjournalist. Man rechnet mit Einschüchterungsversuchen, wenn man seine Arbeit ordentlich macht, und ich hatte meine Berufsehre. Aber es war eine Belastung für die Familie. Nach dem Überfall bat mich meine Frau, die Berichterstattung über diesen Fall aufzugeben. Sie setzte mir ein Ultimatum. Unsere Kinder waren noch klein.«

»Was passierte bei diesem Überfall?«

»Ein paar Schläge in den Magen, er schleuderte mich gegen eine Mauer. Und das hier.«

Weston deutete auf seinen krummen Nasenrücken: unübersehbar ein Bruch.

»Haben Sie mitbekommen, wer das war?«

»Es war ein einzelner Mann, aber ich konnte später nicht mehr sagen, als dass er schwarze Stiefel und

eine Sturmmütze trug. Er hat mich total überrumpelt, und seine Schläge waren gezielt und sehr professionell. Das passierte gegen Ende des Prozesses, also habe ich nach dem Schuldspruch aufgehört, darüber zu berichten, allerdings widerwillig, weil ich das Gefühl hatte, Sid Noyce könnte jemanden gebrauchen, der in seiner Sache die Trommeln rührte. Aber so was macht man halt, wenn es um die Familie geht. Die Drohungen hörten sofort auf.«

»Hatte Ihr Artikel neulich irgendwelche Folgen?«

»Nein, aber das kann noch kommen. Auch der Podcast könnte etwas auslösen. Wenn Sie der Sache wirklich auf den Grund gehen wollen, dann suchen Sie nach anderen Ansätzen. Noyce war nur einer von mehreren anfänglichen Verdächtigen, aber sobald er verhaftet war, hat die Polizei die Alternativen nicht mehr richtig untersucht. Das ist das herausragende Merkmal dieses Falls: Die frühe Festlegung auf Noyce bedeutete, dass zu einem viel zu frühen Zeitpunkt keiner anderen Spur in der Ermittlung mehr nachgegangen wurde.«

Die Ausschnitte, die Sie eben gehört haben, stammen aus einem Interview, das ich mit Owen Weston aufgenommen habe, bevor Maya und ich das Päckchen mit den Fotos erhielten. Durch das Gespräch mit Owen war mir, sobald wir die Fotos bekommen hatten, klar, dass sie wohl nur der Anfang einer sich steigernden Einschüchterungskampagne sein dürften. Nach meiner Anzeige bei der Polizei war er der zweite Mensch, den ich anrief. Owen hatte folgenden Rat für mich.

»Wenn Sie mit dem Podcast weitermachen wollen, dann nehmen Sie sich in Acht. Das ist kein Spiel. Wer auch immer dahintersteckt: Er ist möglicherweise imstande zu morden.«

Ernüchternde Worte, umso mehr, da sich seitdem ein weiterer bedrohlicher Zwischenfall ereignet hat, den wir der Polizei gemeldet haben. Heute Morgen klappte Maya den Deckel des Laptops auf und sah sich einem grausigen Bild gegenüber. Der Bildschirmhintergrund war durch ein heimlich aufgenommenes Foto von Maya im Badezimmer ersetzt worden, jenes, das uns bereits anonym zugeschickt worden war. Das Bild auf dem Laptop war bearbeitet, über Mayas Kehle verlief ein roter Riss. Es war schockierend und brutal. Am unteren Bildschirmrand entlang lief von links nach rechts das Wort STOPP in roten Buchstaben. Maya knallte den Deckel wieder zu, und als wir später unseren ganzen Mut zusammennahmen und ihn noch mal aufmachten, stellten wir fest, dass der Laptop abgestürzt war und wir ihn nicht wieder zum Laufen bringen konnten.

Glücklicherweise sind wir immer sehr gewissenhaft und machen von allem Sicherungskopien, also konnten wir alles retten, woran wir gearbeitet hatten. Bevor das passiert ist, hätte man unsere Sicherungsmanie vielleicht ein bisschen paranoid finden können. Jetzt empfinden wir unsere Vorsicht als ausgesprochen umsichtig. Wir haben der Polizei unseren Laptop gegeben, damit sie ihn untersuchen können, und uns ein neues Gerät gekauft, um die Arbeit am Podcast fortzusetzen. Um den Laptop – und uns – zu schützen, werden wir ihn nicht mit dem Internet verbinden.

Wir möchten unsere Hörer nicht ermuntern, ein Projekt angesichts von Einschüchterungsversuchen weiterzuführen, aber wie Owen will ich nicht aufhören – es ist mir ein persönliches Anliegen. Anders als Owen habe ich weder kleine Kinder noch eine Frau, für die ich die Sache aufgeben muss. Maya und ich haben das Ganze zusammen angefangen und sind uns einig, dass wir weitermachen, denn wenn jemand sich solche Mühe macht, uns zu drangsalieren, ist die Wahrscheinlichkeit umso größer, dass es etwas aufzudecken gibt. In der kommenden Folge von *Es ist Zeit für die Wahrheit* sprechen wir darüber, wer sonst für die Morde verantwortlich sein könnte. Wir werden den Spuren nachgehen, die die Polizei offenbar vernachlässigt hat, und fragen, warum das so war.

Hier kommt ein Ausschnitt aus der Folge von nächster Woche. Die erste Stimme, die Sie hören, stammt von dem ehemaligen Detective Superintendent Howard Smail, die zweite von Gerichtsreporter Owen Weston.

»Ich hielt Jessy Paige im Arm, um ihr zu helfen, sich hinzusetzen. Es war der größte Fehler meines Berufslebens, auch wenn ich das damals natürlich noch nicht wusste.«
»Es ist nicht belegt, wo sich Jessica Paige am Abend des Verschwindens der Jungen zwischen zweiundzwanzig Uhr dreizehn und dreiundzwanzig Uhr fünfundzwanzig aufgehalten hat. Das sind zweiundsiebzig Minuten. Soweit ich feststellen konnte, wurde dieser Sache nie wirklich nachgegangen. Das war ein unverzeihliches Versäumnis sowohl aufseiten der Polizei als auch aufseiten der Verteidigung von Noyce.«

Felix lädt Jess zum Mittagessen ein, und sie hat das Gefühl, dass sie nicht ablehnen kann. Auf der Taxifahrt zum Restaurant tippt Felix auf seinem Handy herum, während Jess aus dem Fenster sieht und London an sich vorbeiziehen lässt. Ein Klingelton auf Felix' Handy meldet eine Nachricht.

»Die neue Podcast-Folge ist eben ins Netz gestellt worden«, sagt er. »Wollen wir's uns anhören?« Sein Daumen schwebt über der Play-Taste.

»Nein!«

»War ein Witz. Keine Aufregung, Schätzchen. Ich denke eh, es ist am besten, wenn du es bleiben lässt.« Er liest den Titel der neuen Episode vor. »*Die Anklage gegen Sidney Noyce, und wie man Owen Weston zum Schweigen brachte.* Cody Swift steht auf raffinierte Titel. Klingt wie Sherlock Holmes.« Er lacht, aber Jess kann daran nichts lustig finden. Sie ist erleichtert, als Felix das Smartphone zurück in die Tasche seines Jacketts gleiten lässt.

Das Restaurant, das Felix ausgesucht hat, ist klein, und die anderen Gäste sind genauso herausgeputzt wie er. Im Vergleich fühlt sich Jess ein bisschen underdressed, aber sie weiß, wie man Selbstsicherheit vortäuscht, und hält sich aufrecht. Felix wird herzlich von der Bedienung begrüßt, und man führt sie in eine abgeschiedene Nische im hinteren Bereich. Ohne in die Karte zu sehen, bestellt Felix für sie beide, und Jess erhebt keine Einwände.

Als der Champagner ausgeschenkt ist und der Kellner sich entfernt hat, entsteht ein etwas unbehaglicher Moment. Wortlos hebt Felix das Glas, und sie stoßen an. Jess glaubt, Zuneigung in seinen Augen zu erkennen. Sie nippt am Champagner. Um sie herum herrscht anheimelndes Gemurmel von den Gesprächen der Gäste. Die Wärme, der Champagnergeschmack auf der Zunge und der Duft nach Essen lösen ihre Anspannung.

»Daran könnte ich mich gewöhnen«, sagt sie.

»Nicht allzu übel, stimmt's?«, antwortet er. Er scheint sie auf andere Art anzusehen als vorhin im Büro. Das Licht hier ist schummriger und gefälliger, und sie sind einander so nahe, dass sie ihre Haltung nur wenig verändern müssten, damit sich ihre Knie unter dem Tisch berühren. Diese Vertrautheit ist Jess bekannt, doch sie beunruhigt sie.

Was sieht er, wenn er mich anschaut?, fragt sie sich. Locker umfasst sie den zarten Stiel des Glases. Die Sonnenstrahlen, die durchs Fenster fallen, verschleiern ihren Blick auf den vorderen Teil des Restaurants. Eine verbrauchte Frau? Abgehalftert? Spüre nur ich den Funken von damals, oder merkt er es auch? Sie glaubt, dass es diesen Funken noch gibt. Und sie ist sicher, dass es ihn einmal gab, in alten Tagen. Felix hatte so viele Mädchen in all den Jahren, aber Jess war die Einzige, die er in ihrer Wohnung besuchte, davon ist sie überzeugt. Sie waren kein normales Pärchen. Oft kam er erst spät in der Nacht, dann hörten sie Musik und schliefen nebeneinander auf dem Sofa ein, sein Arm um ihre Schulter gelegt, so wie sie sich ein Ehepaar vorstellte. In diesen Augenblicken legte er seine Wachsamkeit ab. Am Morgen neckte er den mürrischen Charlie so lange, bis er ihm ein Lächeln entlockte. Charlie mochte es nicht, wenn Felix beim Aufwachen da war.

»Bist du verheiratet?«, fragt Jess.

»Zwischen zwei Ehen.«

»Kinder?«

Er schüttelt den Kopf. Es überrascht sie nicht. Das Essen kommt, unter kleinen silbernen Kuppeln verborgen. Der Kellner hebt die Hauben gleichzeitig von ihren Tellern ab, woraufhin Trockeneiswolken von den Rändern der Zinnteller über die Tischplatte wabern. Der Nebel löst sich bald auf und offenbart je ein winziges Häufchen Hackfleisch, das mit Dill, Salzbrocken und beunruhigend großen Pfefferkörnern gewürzt ist.

»Stimmt was nicht?«, fragt Felix, als der Kellner weg ist.

»Ganz schön prätentiös, oder?« Sie hat keinerlei Lust zu heucheln.

»Prätentiös wie Sau.«

Lachend platzt sie heraus. Diese Bemerkung hätte sie nicht erwartet. Da schimmert der alte Felix durch.

»Würdest du lieber zu McDonald's gehen?«, fügt er hinzu.

»Wahrscheinlich schon.«

Jetzt schnaubt er vor Lachen. Andere Gäste drehen sich nach ihnen um. »Ganz mein Mädchen.«

Sie fangen an zu essen, schwelgen in Erinnerungen an Stammlokale von früher und andere harmlose Themen und geben acht, kein Tabu anzurühren. Jess passt genau auf, wie viel sie trinkt, was gar nicht so einfach ist, weil die Kellner immer in der Nähe sind und ihr Glas mit Champagner auffüllen. Die Portionen sind winzig und köstlich, und sie brauchen nicht lange für die beiden ersten Gänge. Gerade will sie Felix fragen, ob er eine Freundin hat, wenn er schon unverheiratet ist. Es interessiert sie, ob er sich eine Promifreundin angelacht hat, aber da ergreift er das Wort.

»Kannst du eine Zeit lang verschwinden?«

»Verschwinden?«

»Aus Bristol. Am besten für ein paar Wochen. Ich denke, der Podcast von Cody Swift ist eine kurzlebige Sache und sein Interesse an dir noch kurzlebiger. Wenn du nicht in Bristol bist, dann kriegt er dich nicht zu fassen, und mit ein bisschen Glück ist die Luft längst draußen, wenn du nach Hause kommst.«

»Nick ist bei einem Dreh in Marokko«, sagt sie.

»Operation Crusader?«

»Woher weißt du das?«

»Einer meiner Klienten ist auch dabei.«

Sie würde gern fragen, wer, aber sie weiß, es ist zwecklos. Felix bringt es fertig, dass man sich als etwas Besonderes fühlt – wie der Mittelpunkt seiner Welt –, aber egal, wie besonders man sich fühlen mag, er wird einem niemals ein Wort über die anderen Menschen in seinem Leben verraten. Also ist es besser, gar nicht erst nachzufragen.

»Fahr hin, wenn irgend möglich. Nimm das Kind mit. Ich kümmere mich hier derweil um unser kleines Problem.« Er lächelt.

Die Vorstellung ist überaus verlockend, aber Jess bleibt skeptisch. Wäre es nicht viel zu einfach, sich aus dem Staub zu machen und ihm alles zu überlassen? Auf der anderen Seite würde sie alles für eine einfache Lösung geben. Hat sie nicht schon genug Schlimmes durchgemacht und auch einmal einen einfachen Ausweg im Leben verdient?

Jess ist verwirrt. Das erscheint ihr zu einfach. Eine Welle der Ermattung drückt den Adrenalinspiegel, der sie den ganzen Tag über aufrecht gehalten hat. Sie ist nicht sicher, ob es das Alter oder der Champagner ist, den sie spürt. Vermutlich beides. Sie blickt Felix an. »Ich will wissen, was du vorhast.«

»Fragst du Nick nach jedem Detail, wenn er unterwegs bei einem Dreh ist? Bittest du Erica, dir zu erklären, wie sie sich auf all ihre Schulprüfungen vorbereitet oder diese ganzen Theaterrollen auswendig lernt?«

Jess versteift sich. Sein Ton ist freundlich, aber das sind Einzelheiten über ihre Tochter, die sie Felix nicht erzählt hat. Sie schüttelt den Kopf.

»Dann lass mich meinen Job erledigen.«

»Tu ihm nichts an.«

»Das hast du schon mal gesagt. Kein Grund, so misstrauisch zu sein, Schätzchen.«

»Felix …«

»Entspann dich. Was regiert die Welt?«

Sie zögert, dann sagt sie: »Geld?«

»Und was ist es, was Cody Swift braucht, um mit seinem Podcast weiterzumachen, während er gleichzeitig keinem bezahlten Job nachgeht?«

»Geld.«

»Ganz genau. Er schlägt sich wacker, muss man schon sagen, aber das heißt noch lange nicht, dass er genug Kohle hat. Zufällig kenne ich jemanden, der einiges an Geld in den Podcast steckt, den ich möglicherweise überreden könnte, den Geldfluss zu stoppen, aufgrund von – sagen wir – inhaltlichen Differenzen?«

Jess ist erleichtert. Geld. Na klar! Damit kann sie leben. Wie ist sie nur auf solche dummen Gedanken gekommen! Felix ist jetzt ein seriöser Geschäftsmann, er steht in der Öffentlichkeit. Das, was sie gemacht haben, ist so lange her. Schnee von gestern. Heutzutage muss niemand zu Schaden kommen, damit sie erreichen, was sie wollen. Sie kann sich beruhigen und muss nicht derart übertrieben ängstlich sein.

»Entschuldige«, sagt sie. »Danke.«

»Buch dir und deinem Kind einen Flug nach Marokko. Macht Urlaub. Mach dir eine schöne Zeit mit deiner besseren Hälfte. Verwöhnt euch. Und zerbrich dir nicht den Kopf.«

Sie streckt die Hand nach seiner aus und drückt sie. »Danke.« Sie meint es so, denn sie will an die Möglichkeit glauben, dass die unterschiedlichen Teile eines Lebens voneinander getrennt existieren können und die alten und neuen Persönlichkeiten nicht miteinander verschmelzen.

Felix dreht ihre Hand um und malt mit der Fingerspitze einen Kreis auf ihre Handfläche, bevor er sie wieder loslässt. »Gern geschehen.«

Sie zieht die Hand zurück, nimmt die gestärkte Serviette vom Schoß und zwirbelt sie zwischen den Händen. »Kann ich einen Kaffee haben?«, fragt sie.

»Was immer du willst.« Er bestellt zwei Espresso. Er erscheint ihr jetzt unbeteiligt, als habe sie seine Gastfreundschaft überbeansprucht, aber es gibt noch eine Sache, die sie mit diesem Gespräch erreichen will.

»Machst du dir Sorgen wegen des Podcasts?«, fragt sie.

»Nicht im Geringsten.«

»Aber was ist, wenn ich …«

»Was ist, wenn du erzählst, was in der Nacht passiert ist? Willst du das sagen? Nach einem netten gemeinsamen Mittagessen und meinem großzügigen Angebot, dir zu helfen?«

»Und was, wenn doch?« Sie will, dass er wenigstens einen winzigen Hauch von Gefahr in ihr sieht und weiß, dass er nicht alles zu hundert Prozent unter Kontrolle hat.

»Das wirst du nicht.« Er stützt sich auf den Ellbogen. Die Pose ist entspannt, aber es liegt eine Drohung in der

Luft, die sich so altvertraut anfühlt wie das Ziehen in ihrem Innern, das Jess sagt, dass sie bei ihm sein will. »So dumm bist du nicht.«

»Nein?«, erwidert sie. »Bist du dir da so sicher? Eine Frau, die Angst hat, ist zu allerlei Dummheiten fähig.« Solche Sätze hat er früher zu den Mädchen gesagt, die für ihn gearbeitet haben. Er starrt sie an.

»Ich weiß noch, wie Charlie gestorben ist«, meint er dann. »Du auch?«

Sie nickt. Wappnet sich für den unvermeidlichen Gegenschlag.

»Wie hast du es genannt, als du danach darüber geredet hast? Weißt du das noch? Nein? Soll ich deinem Gedächtnis auf die Sprünge helfen?«, fragt er.

Sie schüttelt den Kopf mit einer knappen Bewegung.

Felix leckt sich über die Lippen. »Erleichterung, hast du es genannt. Du hast gesagt, es war eine Erleichterung, dass Charlie tot war.«

Sie hebt den Kopf und betrachtet ihn dabei, wie er sie betrachtet, sie sieht, wie sich ein Mundwinkel nach oben zieht, sieht den zusammengebissenen Kiefer und den harten Blick.

»Es ist Zeit, dass ich nach Hause fahre. Danke für das Mittagessen und für deine Hilfe. Ich weiß es zu schätzen.« Sie muss sich zwingen, die Worte auszusprechen. Seine Bemerkung hat sie im Innersten getroffen, aber das wird sie ihm nicht zeigen. Er hätte das nicht gesagt, wenn sie ihn nicht aus dem Konzept gebracht hätte, also hat sie erreicht, was sie wollte.

»Braves Mädchen«, meint er. »Gern geschehen.«

Er steht nicht auf. Sie spürt seinen Blick im Rücken, als sie durchs Restaurant zur Tür geht. Auf der Straße dreht sie sich noch einmal um – in der Hoffnung auf irgendetwas, von dem sie nicht weiß, was es ist –, aber sie erkennt nichts als ihr eigenes Spiegelbild. Schnell geht sie zur U-Bahn-Station.

Was Felix gesagt hat, ist wahr, auch wenn niemand außer ihnen davon weiß. Jess war tatsächlich erleichtert nach Charlies Tod – aber nur anfangs, als sie immer noch nicht wusste, wo ihr der Kopf stand –, weil es ihr so schwergefallen war, sich um ihn zu kümmern. Die Erinnerung an dieses Gefühl ist die größte Last ihres Lebens.

Fletcher ist am Telefon und unterhält sich mit jemandem vom Betrugsdezernat, das ursprünglich den Fall Peter Dale untersuchte, als sein Handy einen Anruf seines älteren Sohnes anzeigt. Er nimmt das Handy, kann aber nur hilflos zusehen, wie der Anruf auf die Mailbox umgeleitet wird. Es kommt ihm so vor, als warte er seit Wochen auf einen Rückruf von Andrew. Er ist bei der königlichen Marine. Anfang des Jahres war er bei einem Wintermanöver in Norwegen, aber Fletcher weiß nicht, wo er jetzt steckt. Die Funkstille zwischen ihnen war für Fletcher insbesondere deswegen so hart, weil er weiß, dass Andrew in regelmäßigem Kontakt mit seiner Mutter steht. Andrew hinterlässt keine Nachricht.

Das Betrugsdezernat müht sich ab, um Fletcher zu helfen. Man schickt ihn von Pontius zu Pilatus auf der Suche nach jemandem, der ihm von dem Fall erzählen kann. »Das Problem ist«, sagt der Veteran, zu dem man ihn schließlich durchstellt, »dass hier niemand mehr ist, der an dem Fall mitgearbeitet hat. Ich war zwar damals schon hier, aber nicht in den Fall involviert. Spontan fällt mir dazu nur ein, dass sie sich ordentlich abgerackert haben, aber das Geld war nicht aufzufinden und Dale auch nicht.«

»In der Akte ist dazu nichts zu finden, aber ich habe mir sagen lassen, dass sich Dale vor seinem Verschwinden hat scheiden lassen. Ist es denkbar, dass er das Geld auf diese Weise beiseitegeschafft hat?«

»Ja, durchaus. Das kommt schon vor. Nach einer

Scheidung ist es fast unmöglich, den Geldfluss nachzuvollziehen. Wenn man es so verschwinden lässt, dann muss man sich natürlich darauf verlassen können, dass die Ex es einem später zurückgibt.«

»Vielleicht war die Scheidung also fingiert?«

»Ganz genau. Andernfalls sieht man von seinem Vermögen womöglich keinen Penny mehr. Da muss man schon Vertrauen haben.«

Fletcher ist zufrieden, als er den Hörer auflegt, denn immerhin gibt es eine Spur, und schon nach kurzen Ermittlungen hat er etwas entdeckt, das vor zwanzig Jahren übersehen worden sein muss. Dennoch lindert dieser kleine Erfolg den Ärger über sich selbst nicht, weil er sich Swift gegenüber verplappert hat. Er kann nicht fassen, dass er so unachtsam war und angedeutet hat, dass die Zeugin gesehen hat, wie Noyce in der fraglichen Nacht in die andere Richtung ging, statt den Jungen zu folgen. Womöglich beißt sich Swift daran fest, dabei war es absolut vermeidbar. Er seufzt. Abwarten und beobachten, das dürfte die beste Strategie sein. Es hat keinen Sinn, zum jetzigen Zeitpunkt noch mehr Aufmerksamkeit auf diese Tatsache zu lenken. Am besten setzt er darauf, dass es einfach vorübergeht, falls nicht, wird er sich irgendwie darum kümmern. Von Cody Swift wird Fletcher sich jedenfalls nicht kleinkriegen lassen.

Er dehnt den Nacken, bevor er aufsteht und sich streckt. Heute Vormittag ist es ruhig im Büro. Mit gerunzelter Stirn betrachtet Danny den Computerbildschirm.

»Der Einschaltknopf ist an der Seite«, sagt Fletcher.

»Du hast endlich den Computerkurs für Anfänger gemacht? Gratuliere!«

Fletcher lächelt. »Was gibt's?«

»Ich habe den Namen von Dales Ex-Frau. Sie haben

sich im Juni 1996 scheiden lassen, zwei Monate vor seinem Verschwinden.«

»Klingt vielversprechend.«

»Eben. Das habe ich anfangs auch gedacht, aber jetzt bin ich mir nicht mehr so sicher. Schau dir die Ex von Peter Dale bitte mal an.«

»Nimmst du mich auf den Arm?«, fragt Fletcher. Auf Dannys Bildschirm ist das Foto einer Frau namens Rhonda Street. Sie ist die Chefin der Aufsichtsbehörde der Polizei von Avon und Somerset. Sie wurde erst vor drei Jahren auf diesen Posten gewählt, gilt aber als ehrgeizig und hat die Muskeln bereits spielen lassen und sich unbeliebt gemacht, indem sie seit ihrem Amtsantritt mindestens einen Chief Constable abgesetzt hat. Es ist ein mächtiger Posten, den sie innehat, und ihr Aufgabengebiet ist groß.

Fletcher zieht einen Stuhl heran, setzt sich neben Danny und sagt mit gesenkter Stimme, obwohl kein Mensch in der Nähe ist: »Was wissen wir über sie?«

»Sie hat Dale 1995 geheiratet, die Ehe hat also nicht lange gehalten. Keine Kinder. Als sie sich kennengelernt haben, war sie in der Immobilienbranche beschäftigt. Dort hat sie auch während der Ehe und danach gearbeitet. Es war ein Familienunternehmen, das ihr Vater aufgebaut hatte. Klingt alles völlig gesetzeskonform. Ihr Mann und die Kinder führen das Unternehmen jetzt und scheinen nicht schlecht davon zu leben.«

»Wir müssen herausfinden, ob sie von der Scheidung profitiert hat«, meint Fletcher.

»Wie soll das gehen?«, fragt Danny. »Ohne Genehmigung können wir ihre Angelegenheiten nicht unter die Lupe nehmen. Das ist verflucht vermintes Gelände.«

»Ich muss mit Tremain reden«, sagt Fletcher. Normalerweise macht er einen weiten Bogen um Chief Constable Tremain, aber Fletcher ist im Lauf seiner Dienstjahre genug Geschossen ausgewichen, um zu erkennen, wenn eines geradewegs auf seine Brust zielt. Er hat sich seine Stellung bei der Kriminalpolizei nicht so hart und ausdauernd erkämpft, um dann einfach dazustehen und den Aufprall abzuwarten.

Fletcher geht hinauf zu Tremains Büro. Er hat Glück. »Er ist da«, sagt Tremains Assistentin, »aber er hat nur fünf Minuten.« Zur Verdeutlichung hebt sie die Hand und streckt fünf pummelige Finger aus, als halte sie Fletcher für begriffsstutzig.

»Kommen Sie herein!« Chief Constable Tremain hat eine unangenehm hohe Stimme. Fletcher zuckt vor der geschlossenen Tür zusammen, doch er legt einen neutralen Gesichtsausdruck auf, bevor er eintritt. Tremain sitzt am Schreibtisch und ist dabei, die obere schlaffe Weißbrotscheibe von einem Käsesandwich zu heben und am Belag zu schnüffeln. Selbst da, wo Fletcher steht, ist der Geruch penetrant.

»Ah! Detective Inspector Fletcher! Was meinen Sie, will die Kantine uns alle vergiften?«, fragt Tremain und deutet auf das Sandwich.

»Schon möglich«, antwortet er. Fletcher kann Small Talk nichts abgewinnen, aber ihm ist bewusst, dass er sich den Vorgesetzten gegenüber etwas Mühe geben sollte. Tremain klappt den Brotdeckel wieder aufs Sandwich und nimmt einen großen Bissen. »Zugegebenermaßen gar nicht so schlecht. Was kann ich für Sie tun, John?«

Fletcher setzt ihm die Sache mit Rhonda Street auseinander. Dabei beobachtet er, wie Tremain die Röte ins Gesicht steigt und sein Kauen einen zunehmend mechanischen Rhythmus annimmt. Als Fletcher alles Nötige gesagt hat, dreht Tremain den Bürostuhl zum Fenster. Das von der schmutzigen Scheibe gedämpfte Tageslicht legt eine graue Blässe auf seine Gesichtszüge. Er verharrt so lange in dieser Position, dass Fletcher sich räuspert.

»Überlassen Sie das mir«, sagt Tremain, den Blick weiterhin zum Fenster gewandt.

»Sicher, Sir?«

Tremain dreht den Stuhl zu Fletcher herum und stützt die Ellbogen auf den Tisch. Er legt die Fingerspitzen aneinander und verschränkt dann langsam die Finger. Die Knöchel werden weiß. »Ganz sicher. Weiß sonst noch jemand davon?«

»Nur Danny Fryer und ich.« Fletcher hat das Gefühl, dass ihm etwas über den Nacken krabbelt.

»Dabei sollte es bleiben. Kein Wort zu irgendjemandem. Die Sache ist zu heikel.«

»Sollen wir …«

»Was habe ich gerade gesagt?«

Fletcher schluckt. Tremain und er haben eine schwierige Beziehung, Gespräche zwischen den beiden sind nie einfach. Insbesondere kann Fletcher es nicht leiden, wie ein Kind behandelt zu werden, aber er muss es von diesem Mann erdulden. »Sie haben gesagt, dass wir den Deckel draufhalten«, antwortet er.

»Genau. Ist das so schwer zu verstehen? Können Sie sich dieser Anweisung fügen?«

»Nein, Chef.«

Tremain hebt die Augenbraue, und Fletcher erklärt: »Ich meine, nein, es ist nicht schwer zu verstehen, und ja, ich kann mich der Anordnung fügen.« In seinem Mund ist ein bitterer Geschmack nach Galle.

Tremain schickt ihn fort und nimmt den Telefonhörer auf, noch bevor Fletcher das Zimmer verlassen hat. Missmutig und gekränkt geht Fletcher hinaus, und natürlich muss Tremains Assistentin Salz in die Wunde streuen und ihn prüfend über den Rand der Lesebrille anstarren, als hätte ihn die Katze angeschleppt. Fletcher spürt, wie die Wut in ihm hochkocht. »Kopf hoch, Darling«, sagt er. »Vielleicht klappt's nie.« Er zwinkert ihr zu. Das ärgert sie garantiert.

»Arschloch«, glaubt er hinter sich zu hören, als er weitergeht. Er dreht sich um.

»Was haben Sie gesagt?«

Mit schief gelegtem Kopf wie ein Kakadu blickt sie ihn an. »Ich habe gesagt, dass Sie ein Arschloch sind, John Fletcher. Das waren Sie schon immer und werden es immer bleiben. Ich habe es so dick, dass Sie hier herumstolzieren wie ein Großkotz, dabei haben Sie das Verfallsdatum doch längst überschritten. Es wird nur ein einziges Mal geben, dass ich mich freuen werde, Sie zu sehen, und zwar auf Ihrer Abschiedsparty.«

Fletcher fehlen die Worte. Er blinzelt und dreht sich um. Im Aufzug schlägt er eine Hand in die andere Handfläche. »Schlampe!«, zischt er dem schmalen Spiegel entgegen, der einen Streifen seines Gesichts reflektiert. Er schlägt auf den Halteknopf, und der Aufzug bleibt stehen. Er lehnt sich an die Wand. Sie ist ein Niemand, sagt er sich. Da kommst du drüber weg. Allerdings fällt es ihm weniger leicht, sich damit abzufinden, wie Tremain ihn behandelt, und es scheint ewig zu dauern, bis das Zittern in seinen Fingern nachlässt. Wann wird Tremain endlich der Meinung sein, dass ich mich lange genug geduckt habe? Nie?

Während er sich beruhigt, überlegt er, ob er nicht trotz Tremains Anweisung ein paar diskrete Erkundigungen über Rhonda Street einholen sollte. Es würde ihm Freude bereiten, Tremains Autorität in kleinem Maßstab zu unterlaufen. Wie eine Erleuchtung kommt ihm der Name jenes Menschen in den Sinn, den er dazu befragen kann. Er richtet sich auf und drückt einen anderen Knopf. Der Aufzug setzt sich ruckelnd in Gang. Kurz bevor sich die Türen öffnen, steckt Fletcher die weiterhin zitternden Hände in die Jackentaschen, und seine Gesichtszüge verhärten sich, als er sein Pokerface wieder aufsetzt.

Fletcher fegt ein zerknautschtes Fahrtenbuch und ein paar leere Kaffeebecher von der Rückbank und setzt sich für die Autofahrt zur Polizeistation Southmead neben Noyce. Er bemüht sich, zu lächeln und eine zwanglose Haltung einzunehmen, während der Druck dieses gewagten Unternehmens ihm den Mund trocken werden lässt und Spannungskopfschmerzen verursacht. Er sagt sich, dass die Symptome daher stammen, dass er gerade Kopf und Kragen riskiert, gleichzeitig aber weiß, dass er sein Geschäft versteht und die Chancen gut stehen. Als sie aus der Siedlung hinausfahren, sehen sie am anderen Ende eine Gruppe Reporter, die sich um Smail und Detective Chief Superintendent Tremain drängen. Gut, denkt Fletcher. Hoffentlich wird Smail dort noch möglichst lange aufgehalten.

Der Verkehr ist relativ dicht, was ihm nur recht ist, weil es ihm mehr Zeit verschafft. Danny sitzt am Steuer und überlässt Fletcher das Reden. Der Ablauf ist erprobt. Danny ist weniger der Ideengeber, aber er ist immer willens, den Plänen, die Fletcher ausheckt, zu folgen und sie auszuführen, solange hinterher auch für ihn etwas dabei herausspringt.

»Darf ich Ihre Dienstmarke sehen?«, fragt Noyce. Er grinst über das ganze Gesicht. Fletcher will seinen Geld-

beutel herausziehen, wo der Dienstausweis unauffällig zwischen den Bankkarten steckt, hat dann aber eine bessere Idee. »Du solltest die von Danny sehen«, meint er. »Die ist viel schicker als meine.« Fletcher freut sich über jede Gelegenheit, Danny aufzuziehen, weil er sich für den Dienstausweis ein nobles offizielles Mäppchen bestellt hat. Es ist aus glattem schwarzem Leder, und auf der Vorderseite ist die Plakette eingeprägt. »In meiner Jacke«, sagt Danny, und Fletcher hat kein Problem, es in der Innentasche zu finden, weil er wusste, wo es ist. Danny liebt es, das Mäppchen herauszuziehen und schwungvoll aufzuklappen.

Noyce untersucht es wie eine wertvolle Reliquie. Er öffnet und schließt das Mäppchen und dreht es hin und her. Er zieht den Ausweis heraus. Das alles gibt Fletcher Zeit zum Nachdenken. Das Herz klopft ihm bis in die Ohren, aber er schließt die Augen und überdenkt die Lage. Es schreit doch alles danach, dass Noyce schuldig ist. Er ist ganz offensichtlich geistig zurückgeblieben, er hatte eine problematische Beziehung zu den Jungen, und dann ist da vor allem die feuerrot blinkende Tatsache, dass er zugibt, die Verletzten gesehen zu haben.

Mit geschlossenen Augen malt sich Fletcher das absehbare Szenario aus, und zwar jenes, bei dem sie Smail, sobald sie in Southmead sind, informieren, dass sie Noyce aufs Revier gebracht haben. Fletcher glaubt zu wissen, wie es dann weitergeht: Smail wird die Sache übernehmen und Fletcher selbst aus dem Rennen sein. Vermutlich wird Smail Noyce als »meinen« Verdächtigen bezeichnen, und dann ist es nicht mehr weit bis zu »meiner« Verhaftung. Fletcher wird keinerlei Anerkennung dafür bekommen, dabei hat er so gar keine Lust, den Rest seines Berufslebens als Smails Adlatus zuzubringen. Bislang verlief seine Karriere auf einer steilen Kurve nach oben, und dabei soll es bleiben. Er hat sich einen Namen gemacht, indem er Überstunden geschoben, weit mehr als Dienst nach Vorschrift geleistet, die Nerven behalten, über seine Methoden geschwiegen und kluge Entscheidungen zum Wohle der Gerechtigkeit getroffen hat. So sieht er es. Er weiß, dass es Fragen zu dieser Fahrt hier geben wird, wenn er sein Vorhaben durchzieht, aber er glaubt, dass er Rede und Antwort stehen kann. Es gibt keine Zeit zu verlieren. Jetzt geht es ums Ganze. Er wendet sich an Noyce: »Sid, kennst du dieses Gefühl, wenn man ganz dringend möchte, dass etwas schön wird, aber Angst hat, dass es anders kommt?«

»Manchmal schon.«

»Wenn wir uns das Polizeirevier, wo die Detectives arbeiten, fertig angeschaut haben, wird es bestimmt ein paar Leute geben, die sich mit dir über Charlie und Scott unterhalten wollen.«

Noyce' Finger wandert am Rand von Dannys Dienstmarke entlang.

»Die sind wirklich nett, aber ich möchte dir etwas erklären, weil du sie weniger gut kennst als mich.«

»Nimm dich in Acht vor Fremden«, sagt Noyce.

»Ja. Nur sind sie keine Fremden, sondern Polizisten.« Fletcher ringt darum, die Nerven nicht zu verlieren. Er muss den richtigen Ton treffen, um Noyce von etwas zu überzeugen, bevor sie auf dem Revier sind, aber sie sind nicht mehr weit weg.

»Charlie und Scott haben sich nicht in Acht vor Fremden genommen, als man ihnen wehgetan hat«, sagt Noyce. Er reißt die Augen weit auf, und einen Augenblick lang wirken sie auf Fletcher vollkommen unschuldig. Es schreckt ihn auf. Aber er muss sich fassen und die

Gedanken zusammenhalten. Seinen Plan durchziehen. Es ist die Einfalt dieses Kerls, die ihn in die Irre führt, denkt er. Der Mann hat das denkbar schlimmste Verbrechen begangen, aber er kann es nicht so verarbeiten wie ein normaler Mensch. Kurz denkt er an seinen eigenen Sohn, ein Baby noch, und die Vorstellung, dass ihm etwas zustößt, ist unerträglich.

Er drängt weiter. »Ich mache mir nur Sorgen, weil die anderen Detectives nicht gesehen haben, was für ein schönes Zimmer du hast, also verstehen sie vielleicht nicht, dass du auf jeden Fall heute noch nach Hause willst.«

Zwischen den Augenbrauen von Noyce bildet sich eine kleine Falte.

»Es gibt nicht so viele Leute, die das Glück haben, im Schlafzimmer einen Riesenfernseher zu haben.«

»Der ist nur für mich.«

»Das ist toll. Richtig toll. Die Sache ist die: Ich mache mir Sorgen, dass du heute vielleicht nicht mehr zurück in dein Zimmer kommst, wenn du den Detectives, die dir Fragen stellen, keine klaren Antworten gibst. Das Problem mit den Detectives ist, dass sie viele Fragen stellen, und wenn sie die Antwort nicht verstehen, dann behalten sie dich ganz lange auf dem Revier. Die wollen nicht gemein sein, sondern versuchen nur zu verstehen, was du ihnen erzählst.«

»Sag die Wahrheit«, meint Noyce.

»Ganz genau. Da hast du recht. Deswegen denke ich, dass es das Beste ist, wenn wir zwei uns, bevor wir auf dem Revier sind, darüber unterhalten, was die Wahrheit ist. Dann weißt du, was du den anderen Detectives sagen sollst.«

»Kann ich jetzt nach Hause, bitte?«, sagt Noyce.

»Wir treffen deine Mum und deinen Dad auf dem Revier, also sollten wir besser auch hinfahren, meinst du nicht? Es wird dir gefallen. Du kannst dir einen Streifenwagen mit Blaulicht obendrauf anschauen.«

Noyce macht das Geräusch einer Polizeisirene, und Fletcher zwingt sich zu lächeln, obwohl er das Gefühl hat, dass ihm der Kopf platzt.

»Zum Beispiel fragen dich die Detectives vielleicht das hier«, fährt Fletcher fort. »Sie könnten fragen: Hast du Charlie und Scott wehgetan? Was würdest du darauf antworten?«

Noyce schüttelt den Kopf. »Ich habe ihnen nicht wehgetan. Die waren schon verletzt.«

»Ich denke, dass du ihnen wehgetan hast.«

»Hab ich nicht.«

»Aber du hast sie da liegen lassen, wo sie doch ganz schlimm verletzt und zerschunden waren, mit Wunden und Blut im Gesicht und den ganzen Fliegen um sie herum. Ist das nicht das Gleiche, wie ihnen wehzutun?« Fletcher weiß, wie das klingt. Dass er die Verletzungen der Jungen so bildlich heraufbeschwört, könnte man der Erinnerung an Scotts zu Brei geschlagenes Gesicht zuschreiben und dem Blut, das sich in Charlies Mund sammelte, während er ihn im Arm hielt. Aber das ist es nicht. Er ist bereit, sich der Tatsache zu stellen, dass er zu einer solchen Grausamkeit in der Lage ist, denn der Zweck heiligt die Mittel. Andernfalls würde er so etwas nicht tun. Er benutzt die Grausamkeit wie den exakt kontrollierten Schnitt einer scharfen Klinge. Gerade so viel wie nötig. Mehr nicht.

Noyce zuckt bei diesen Worten zusammen, aber Fletcher macht weiter. »Du hast ihnen wehgetan, Sidney, weil du ihnen nicht geholfen hast. Weißt du, wie viele

Stunden Charlie dalag mit seinen Schmerzen? Und Scott? Wie viele Schläge hat es gebraucht, um sein Gesicht so zuzurichten? Wie oft hast du auf ihn eingeprügelt?«

Die Welt scheint wie zusammengeschrumpft, für Fletcher existiert nichts mehr außer ihnen beiden hier im Auto, ihrem heißen Atem und einem möglichen Geständnis, das zwischen ihnen in der Luft schwebt. Er nimmt Noyce den Dienstausweis von Danny ab. Noyce fängt an, den Kopf zu schütteln, dann schlägt er sich mit den Fäusten gegen das Gesicht. Seine Knöchel treffen auf die Wangen, aber nicht fest. Dann macht er es noch einmal, diesmal mit mehr Wucht. Fletcher packt Sidneys Hände. »Die anderen Detectives verstehen nicht, was du meinst, wenn du sagst, dass du den Jungs nicht wehgetan hast. Sie halten dich in einem Zimmer fest und fragen dich wieder und wieder, bis du ihnen erzählst, was wirklich passiert ist. Die lassen dich erst nach Hause, wenn sie denken, dass sie die Wahrheit wirklich verstanden haben, also kann es sehr lange dauern, bis du dein Zimmer, deinen Fernseher und deine Familie wiedersiehst. Womöglich dauert die Fragerei die ganze Nacht.«

»Sie tun mir weh«, sagt Noyce, und Fletcher lässt Sidneys Hände fallen, als seien sie heiße Kohlen.

»Entschuldige«, sagt er. »Das wollte ich nicht. Es tut mir sehr leid, aber du sollst dir doch nicht selber wehtun.«

Mit kreisenden Bewegungen reibt Noyce die Hände aneinander, so lange, dass Fletcher anfängt, sich davon genervt zu fühlen. Vorwurfsvoll blickt Noyce ihn an. »Vielleicht habe ich Charlie und Scott ja wehgetan, weil ich ihnen nicht geholfen habe?«

Fletchers Lippen sind wie ausgetrocknet. Er leckt darüber und nickt langsam. Noyce macht es ihm nach.

»Ja. Das verstehen die Detectives. Du hast den Jungen

wehgetan. Es ist immer am besten, wenn man ehrlich ist.« Fletchers Stimme ist so ruhig, wie es ihm nur möglich ist.

»Und wenn ich das gesagt habe, dann darf ich nach Hause?«

»Die lassen dich auf jeden Fall aus dem Vernehmungszimmer raus.«

Das Funkgerät krächzt und übermittelt die Frage nach ihrem Aufenthaltsort. Fletcher versteift sich, aber entspannt sich wieder, als Danny die Frage ignoriert. Sie haben kein Interesse daran, die Nachricht herauszuposaunen, dass sie Noyce aufs Revier bringen. Es ist immer noch einfacher, hinterher zu behaupten, dass sie es nicht gehört haben.

Fletcher überlegt, ob er Noyce noch weiter drängen soll – er will, dass dieses erwachsene Kind offen zugibt, was es getan hat, denn Gott weiß, Noyce muss es getan haben –, aber mehr als das können sie im Augenblick nicht tun. Obwohl Danny einen kleinen Umweg genommen hat, sind sie schon in Henleaze. Fletcher blickt auf die Uhr, als Danny am Kreisverkehr abwartet, bis er einfahren kann, und dann den Blinker setzt, um rechts nach Southmead zu fahren, nur wenige Meter von der Einfahrt zum Polizeirevier entfernt. Es sind vierzehn Minuten vergangen, seit sie das Glenfrome Estate verlassen haben. Er hatte vierzehn Minuten Zeit, um sich den Fall zu eigen zu machen. Er hofft, dass es genügt hat.

Hinsichtlich der Marokko-Reise kommt unerwarteter Widerstand von Erica – sie will nicht.

»Was ist mit unserem *Guys-and-Dolls*-Musical?«, jammert sie.

»Wäre es denn so schlimm, wenn du das verpasst?« Jess ist vor allem deshalb genervt, weil Erica nicht einmal eine große Rolle hat. Sie singt nur im Chor. Es ist eine nette Sache, aber sie sind nun wirklich nicht am Broadway.

»Ja!« Ericas Lippe bebt. »Darauf freue ich mich schon die ganze Zeit. Es ist doch die letzte Aufführung, und dann gibt es die Party mit allen.«

Es ist halb elf abends, und sie sitzen im Auto vor dem Veranstaltungshaus, in dem die Proben stattfinden. Jess ringt um Beherrschung und beißt sich auf die Zunge. Sie lässt das Auto an, und sie fahren schweigend los, während Erica wütend auf dem Handy herumtippt und lautstark die Nase hochzieht.

Ericas Aktivitäten am Handy tragen schon kurz darauf Früchte. Eine halbe Stunde nachdem sie heimgekommen sind, verkündet ein Klingeln auf Jess' Handy eine E-Mail von Ollys Mutter.

»Ich will Ihnen nicht zu nahe treten, aber Olly hat erzählt, dass Sie Ihre Urlaubspläne überraschend geändert haben und verreisen, Erica aber gern hierbleiben würde für die letzte Aufführung von *Guys and Dolls*. Wenn es Ihnen recht ist, kann sie gern bei uns wohnen – in getrennten Zimmern natürlich! Wir würden sie ins Flugzeug setzen, sodass sie nachkommen kann. Rufen Sie mich an, wenn wir irgendwie helfen können. Wir freuen uns so über diese Freundschaft! Erica ist ein großartiges Mädchen!«

Jess überlegt, welche Möglichkeiten sie hat. Es ist ein nettes Angebot, und es dürfte schwer werden, es abzulehnen, ohne Nick und Erica zu sagen, was los ist. Sie wägt ab, was es für Auswirkungen hätte, wenn sie das Angebot annähme. Auch in Marokko wird Erica ständig in Kontakt mit ihren Freunden sein, solange es WLAN gibt, und damit ist zu rechnen. Wenn Ericas Freunde also von dem Podcast erfahren, dann wird es Erica auch tun, egal, wo sie ist. Die Proben wiederum könnten sie von diesen Dingen ablenken, womöglich sogar mehr, als wenn sie in Gesellschaft ihrer Eltern in Marokko ist. Solange sich Erica nicht zu Hause aufhält, wird Cody Swift oder seine Freundin oder auch irgendein anderer Journalist sie nicht antreffen, falls sie hier auftauchen. Sie müssten sich schon sehr anstrengen, um sie bei Olly aufzuspüren.

Jess wünschte, sie könnte das alles mit Nick durchsprechen, aber er darf keinesfalls erfahren, dass sie Felix kontaktiert hat. Als sie dasitzt und nachdenkt, windet sich der Kater um ihre Beine. »Und du musst auch noch versorgt werden«, sagt Jess.

Am nächsten Morgen hat sie eine Entscheidung getroffen. Sie wird fahren, aber Erica darf hierbleiben. Es wird Erica guttun, ein kleiner Schritt in die Unabhängigkeit. Ein ungefährlicher Schritt, so wie ihn jeder normale Teenager macht. Der Kater kann vorübergehend zurück ins Tierheim.

Auf ihrem Handy sieht sie, dass sie in der Nacht eine E-Mail bekommen hat. Sie wurde um Mitternacht abgeschickt, und es sieht so aus, als sei sie von Felix' Privatadresse.

War ein schönes Mittagessen. Wirklich nett zu hören, wie es läuft. Viel Spaß im Urlaub. Xx

Die Nachricht ist nichtssagend und gleichzeitig so voller unterschwelliger Anspielungen auf gestern, dass Jess nicht weiß, wie sie darauf reagieren soll. Stattdessen löscht sie sie.

Bevor sie sich umentscheiden kann, bucht sie einen Flug nach Marrakesch, der in vierundzwanzig Stunden geht, und ruft Ollys Mutter an, um das freundliche Angebot anzunehmen, organisiert alles für Ericas Aufenthalt dort und vergewissert sich, dass auf Erica und Olly ordentlich aufgepasst wird, solange Erica da ist.

Als Jess ihrer Tochter erzählt, was sie gemacht hat, belohnt Erica sie mit einer heftigen Umarmung. »Daaaaanke.« Erica hüpft buchstäblich auf und ab vor Aufregung und fängt gleich an, ihre Tasche zu packen. »Gern geschehen«, sagt Jess. Der Gedanke, dass es für Charlie nie etwas Ähnliches gab, auf das er sich freuen konnte, schmerzt. Sie kann sich nicht erinnern, dass er nach dem siebten oder achten Lebensjahr irgendwann einmal vor Freude auf und ab gehüpft wäre. Er war viel zu abgebrüht. Sie muss den Impuls unterdrücken, ihre Tochter anzufahren, dass sie sich beruhigen soll. Ericas Privilegien sind doch nicht ihr Fehler, sagt sie sich. Du hast Charlie auf die eine Art erzogen, und gemeinsam mit Nick erziehst du Erica anders. Das kannst du ihr nicht vorwerfen. Außerdem weiß Jess, dass sie sich nichts anderes für Erica wünscht. Für Charlie würde sie die Geschichte gern umschreiben, wenn es nur möglich wäre.

Als sie selbst mit dem Packen fertig ist, ist sie bereits zuversichtlicher und gelassener angesichts der Sache mit dem Podcast. Felix kann sich hier um alles kümmern. Immerhin ist er ihr das schuldig, womöglich wird das also gar nicht die befürchtete Katastrophe. Vielleicht ist es Schicksal, und sie kann sich entspannen, weil die Sache am Ende doch gut ausgeht.

Vielleicht könnte sie Nick in Marokko überraschen. Sie weiß ja, wo er wohnt, es wäre doch nett, wenn sie ihn erwartet, wenn er nach einem langen Drehtag zurück ins Hotel kommt. Sie sieht sich die Hotel-Website an. Es gibt zwei Pools, einen Bereich nur für Paare, und die Cocktailkarte sieht vielversprechend aus. Sie stopft die letzten paar Sachen in den Koffer und zieht den Reißverschluss zu.

»Mum?« Erica steht in der Tür zum Schlafzimmer.

»Ja?«

»Ich hab fertig gepackt. Und ich hab dich lieb.«

»Ich hab dich auch lieb.«

Erica wirft ihr eine Kusshand zu und verschwindet so schnell, wie sie aufgetaucht ist. Jess setzt sich aufs Bett und wischt sich eine Träne aus dem Auge.

Ich wusste gar nicht, dass du so ein Klatschmaul bist.« Fletcher zupft sich am Ohrläppchen. Er weiß nicht genau, was er darauf antworten soll. Dr. Mary Hayward steht neben ihrem Kombi auf dem Parkplatz des Frenchay-Krankenhauses. Ein roter Schirm mit einem schicken Ledergriff schützt sie vor dem Regen. Während sie seine Antwort abwartet, lächelt sie. Sie neckt ihn. Jetzt versteht er.

»Deswegen habe ich dich ja angesprochen«, sagt er. »Weil ich denke, dass du das genauso wenig bist.«

»Gehen wir was trinken?«

Der Vorschlag freut ihn über die Maßen. Bislang war sein Plan für den Abend das übliche posteheliche Nichts, und er kann sich nichts Schöneres vorstellen, als ihn mit ihr zu verbringen. Er bewundert alles an dieser Frau, von den grazilen Fußknöcheln bis zu der Art, wie sie mit einem toten Körper umgeht. Im Konvoi fahren sie ins Stadtzentrum und suchen sich einen Tisch im Obergeschoss des Restaurants Mud Dock, das eine exzellente Weinkarte und einen weiten Blick über den schwimmenden Hafen bietet. Der Regen prasselt auf die Wasseroberfläche und lässt die Spiegelungen der beleuchteten Gebäude und Wege am Flussufer zerstieben.

Mary bestellt ein Glas Rotwein, und Fletcher nimmt das Gleiche. Kurz fragt er sich, ob sie ein Date haben, allerdings ist er sich nicht sicher, inwiefern es sich von einem Plausch bei einem Kaffee unterscheiden sollte. Es war beim Kaffee in Marys Büro gewesen, dass sie ihm erzählt hatte, dass sie Rhonda Street persönlich kennt. Sie hatte es zu der Zeit erwähnt, als Street auf ihren Posten gewählt worden war.

»Warum interessierst du dich für Rhonda?«, fragt Mary ihn.

»Ihr wart zusammen an der Uni, oder?«

»Ich habe zuerst gefragt.«

Mit erhobenem Weinglas bekennt er, dass sie recht hat, und sie stößt mit ihm an. Er nimmt einen Schluck, der Wein ist sehr gut. Hinter der Bar schreibt jemand mit Kreide die Tagesempfehlungen auf eine Tafel. »Hast du Hunger?«, fragt er. Er denkt an die Ringe von den Bechern der Fertignudeln auf dem Tisch zu Hause. Die gesamte Szenerie seines Esszimmers ist unsagbar trostlos im Vergleich zu diesem lebendigen Ort und seiner augenblicklichen Begleitung. Sie schüttelt den Kopf, und die Enttäuschung versetzt ihm einen Stich. Zurück zur Tagesordnung also.

»Rhonda Street war mit unserem unbekannten Glückspilz verheiratet«, erklärt er und registriert zufrieden ihren überraschten Gesichtsausdruck. Es ist nicht leicht, sie zu schockieren.

»Peter irgendwas?«

»Peter Dale. Du hattest recht mit dem Glücksbringer. Wir haben gerade mal zwanzig Minuten gebraucht, um ihn zu identifizieren, nachdem wir den Ring hatten.«

Mit dem glänzend lackierten Fingernagel tippt sie an den Stiel ihres Weinglases. »Ich erinnere mich an ihn«, sagt sie. »Du lieber Himmel. Wie merkwürdig.«

»Du hast ihn gekannt?«

»Nur vage. Wir sind uns auf ihrer Verlobungsparty begegnet. Er hat eine Rede geschwungen, und wir wurden einander vorgestellt, aber wir haben nicht mehr als ein paar Worte gewechselt.«

»Woran erinnerst du dich?«

»Na ja. Größe und Gewicht, so wie ich es dir im Labor beschrieben habe. Mein Eindruck war, dass er ein aalglatter Typ war. Seine Frisur war gestylt, und er war ziemlich schnieke angezogen. Nicht dass ich noch wüsste, was er anhatte, aber ich kann mich erinnern, dass ich das damals dachte. Komisch, oder, dass man sich nicht an Einzelheiten erinnert, aber an Eindrücke? Rhonda war total verknallt in ihn. Es war eine stürmische Romanze. Sie verlobten sich schon ein paar Wochen, nachdem sie sich kennengelernt hatten. Auf der Party wurde darüber getratscht, wie die Leute das so machen. Und es hat auch nicht gehalten. Weißt du was? Ich glaube, das ist das erste Mal, dass ich mit einer Leiche zu tun hatte von jemandem, den ich zu Lebzeiten kannte. Ein komisches Gefühl, muss ich sagen.«

Sie nimmt noch einen Schluck Wein, und die Flüssigkeit benetzt ihre Lippen. Fletcher betrachtet sie und registriert ihr zurückhaltendes Dekolleté. Er denkt, auch wenn er es sich nicht zu sagen traut, dass es das erste Mal ist, dass er sie außerhalb ihrer Arbeitsumgebung sieht. Außerdem denkt er, dass sie eine wunderschöne Frau ist und dass er sie will. Nicht so, wie er seine Ex-Frau wollte, als sie sich kennenlernten. Das damals war jung, naiv und animalisch. Anfangs konnten sie nicht genug voneinander kriegen. Das war schon etwas, aber das hier ist anders. Mary Hayward erscheint ihm wie die kostbarste Trophäe. Sie hat Klasse. Man würde sich auf den Tag freuen, würde man morgens neben ihr aufwachen, denkt er. Er fragt: »Bist du noch mit Rhonda befreundet?«

»Nein. Wir waren nie eng befreundet. An der Uni hatten wir einen gemeinsamen Freund, also hingen wir mit denselben Leuten ab, aber nach dem Studium haben wir uns eine Zeit lang aus den Augen verloren, wie das halt so ist, wenn alle anfangen zu arbeiten. Wir haben uns wieder getroffen, als ich nach Bristol gezogen bin, aber ich habe sie nicht oft gesehen. Wir sind uns nie wirklich nah gewesen, und ehrlich gesagt war ich überrascht, dass sie mich zu der Verlobungsfeier eingeladen hat. Ich habe gehört, dass sie eine kleine schnelle Hochzeit hatten, nur mit der Familie und engen Freunden. Kann sein, dass es im Ausland war.«

»Weißt du noch, wo?«

Sie schüttelt den Kopf. Fletcher bemerkt ein Muttermal in der Größe und Form eines Schönheitsflecks hinter ihrem Ohr. Er trinkt noch einen Schluck Wein. Langsam spürt er die Wärme des Alkohols. »Hatte sie Geld?«, fragt er.

»Ja. Zu Unizeiten war sie deutlich besser dran als wir anderen. Sie trug schönere Klamotten, sie hatte Geld, um abends jederzeit auszugehen, und im zweiten Jahr kaufte ihr der Vater eine Wohnung. Eine Immobilienanlage. Sie war sehr schön, und wir anderen waren neidisch, weil wir in den üblichen billigen, scheußlichen Buden wohnten. Das Geld kam aus dem Familienunternehmen. Sie hat für ihren Vater gearbeitet, als sie zurück nach Bristol zog.«

Fletcher denkt über das Gehörte nach. Klingt nicht so, als hätte Street es nötig gehabt, sich von Dales Geld zu einem Verbrechen hinreißen zu lassen, wo sie ohnehin schon wohlhabend war, aber vermutlich kann Reichtum auch den Wunsch nach noch mehr Geld wecken.

»Und Peter Dale, wie stand es mit ihm?«, fragt er. »Finanziell.«

»Wie gesagt, er war ziemlich geschniegelt. Er wirkte auf jeden Fall geldig, aber ich weiß nicht, wie es tatsächlich mit seinen Finanzen aussah. Er war durchaus der Typ, den man sich vorstellen konnte, wie er mit dicken Geldbündeln herumwedelt, aber das habe ich nie erlebt. Vielleicht war er auch einer von denen, die reich tun, aber in Wahrheit keinen Pfennig in der Tasche haben.«

»Er hatte Geld«, sagt Fletcher. »Nur gehörte es ihm nicht. Er hat eine Menge Leute betrogen.«

»Verstehe. Und dann hat er die Quittung bekommen und ist unterm Asphalt gelandet.«

»Möglich.«

»Ich kann mir nicht vorstellen, dass Rhonda darin verwickelt war«, sagt sie. »Die war viel zu konventionell.«

»Warum war sie dann mit ihm zusammen?«

Sie zuckt die Schultern. »Schwärmerei? Der Sex? Diese Dinge können sehr machtvoll sein, wenn man jung ist.«

Fletcher nippt noch mal an seinem Wein, um den Blickkontakt zu vermeiden. Es kommt ihm vor, als spreche sie die Gedanken aus, denen er gerade über seine Ex-Frau nachgehangen hat, und das ist merkwürdig intim. »Sicher, dass du nichts essen willst?«

Bestürzt sieht er zu, wie sie auf die Uhr schaut. »Oh, mein Gott! Nein. Es tut mir leid. Ich habe keine Zeit. Ich bin im Kino verabredet.« Sie klaubt ihre Tasche und die Jacke zusammen und steht auf; Fletcher spürt bittere Ernüchterung.

»Ich übernehme das«, sagt er, als sie im Portemonnaie kramt. Er bemüht sich um ein liebenswürdiges Lächeln. Er will, dass sie geht, weil er ahnt, dass ihm die Enttäuschung ins Gesicht geschrieben steht.

»Danke, John.« Sie beugt sich zu ihm hinunter und küsst ihn flüchtig auf die Wange. Der Kuss ist keusch, aber Fletcher kostet die Berührung aus. Als sie fort ist, fühlt er sich ausgehöhlt. Er bestellt ein weiteres Glas desselben Rotweins und ein blutiges Steak und verfolgt die Bewegungen des Kellners, der Mary Haywards Gedeck abräumt. Er versucht, nicht darüber nachzudenken, ob es ein Mann ist, mit dem sie im Kino verabredet ist, oder eine Frau. Er wirft einen Blick aufs Handy. Keine private SMS, keine Anrufe oder E-Mails. Danny Fryer und Mary Hayward sind alles, was er dieser Tage an Freundschaften vorzuweisen hat, wird ihm bewusst. Wie konnte es so weit kommen? Mit dem Display nach unten legt er sein Handy auf den Tisch, blickt sich im Restaurant um und betrachtet die anderen Gäste, während er auf das Essen wartet. Er bemüht sich, seinem Gefühl nicht das Etikett »einsam« zu verleihen.

»Mr. Noyce ist freiwillig hier«, erklärt Fletcher dem Sergeant auf der Polizeistation von Southmead. »Nur zum Plaudern, stimmt's, Sidney?«

Sidney Noyce nickt, aber er ist nicht bei der Sache, sondern sieht sich neugierig um, wobei Fletcher nicht nachvollziehen kann, was so interessant ist an dem trostlosen Wartebereich, durch den sie gerade gehen. Fletcher setzt Noyce und seine Eltern in eines der besseren Vernehmungszimmer, was heißt, es hat ein Fenster, durch das mühsam ein schwacher Schimmer der wolkenverhangenen Sonne hereinfällt. Er schaltet das Licht ein und lässt die Familie Noyce allein. Dann bittet er Danny, ihnen etwas zu trinken zu bringen. Ihm ist klar, dass er Noyce auf seine Rechte hinweisen und ihm außerdem einen unentgeltlichen Rechtsbeistand beantragen muss, nun, da er auf dem Revier verhört wird. Fletcher hat den üblichen Sermon darüber abgespult, dass er jederzeit gehen oder Fragen stellen darf.

Es ist nicht ganz einfach, das System zu umgehen,

denkt Fletcher, aber er meint, dass er auf der sicheren Seite ist. In gewisser Hinsicht genießt er die Herausforderung, trotzdem heißt das nicht, dass sein Herzklopfen nachlassen würde. Ihm ist bewusst, dass Noyce während der Vernehmung den Beistand eines mündigen Erwachsenen brauchen wird, denn seine geistige Beeinträchtigung ist ernst genug, dass Beweise, die aus einer Einzelbefragung stammen, vor Gericht später zurückgewiesen werden könnten. Valerie Noyce wäre Fletcher dabei am liebsten, und vermutlich kriegt er das geregelt, denn sie ist so eifrig darum bemüht, es ihm recht zu machen. Der alte Noyce wirkt wie ein sanfter Riese und scheint selbst nicht allzu viel Grips zu haben, also wird er hoffentlich keinerlei Einwände haben. Es könnte schwierig werden, auf die Schnelle einen Anwalt aufzutreiben, aber Fletcher will die Sache so flott wie möglich über die Bühne bringen, um zu verhindern, dass Noyce einen Rückzieher macht. Und ein Anwalt sollte unbedingt anwesend sein, damit rüberkommt, dass die Befragung exakt nach Vorschrift abgelaufen ist. Er macht sich auf den Weg in den U-Haft-Bereich und will sehen, ob dort nicht irgendeiner von den Pflichtverteidigern rumhängt und Zeit hat. Er hat Glück: Julie McDowell ist gerade dabei zu gehen. Sie hat eine Schwäche für Fletcher. Die beiden haben schon ein paarmal zusammengearbeitet. Im Schutz des Säulengangs vor dem Gerichtshof haben sie sich einmal eine Zigarette geteilt, und sie lud ihn ein, gemeinsam etwas trinken zu gehen. Er lehnte ab – nicht etwa, weil sie unattraktiv gewesen wäre, doch er hatte sich erst kurz zuvor verlobt –, aber er hielt ihren Blick lange genug fest, um ihr zu zeigen, dass er durchaus in Versuchung war. Fletcher war schon immer der Ansicht, dass man sich alle Optionen offenhalten sollte.

»Julie!«, sagt er. »Hast du Zeit?«

Sie trägt einen Stapel Aktenordner im Arm, aber sie zieht eine Hand hervor und streift sich eine lose Strähne hinters Ohr. »Zeit, wofür?«, fragt sie. »Haben wir endlich ein Date?« Fletcher hält die Hand hoch und spreizt die Finger, und sie verzieht angesichts seines Eherings das Gesicht. »Ist es was Langweiliges?«, fragt sie.

»Wir haben jemanden im Haus, den ich möglichst bald befragen will. Er ist freiwillig hier, aber er hat eine gewisse Beeinträchtigung. Es wäre nicht gut, ihn und seine Familie länger als nötig herumwarten zu lassen.«

»Nicht gut für ihn oder dich?«, fragt sie. Sie ist kein Dummkopf. Sie versteht ihren Job, ist eine der Besten. Und sie ist genau das, was Fletcher braucht. Er gibt keine Antwort, und seufzend verlagert sie das Gewicht der Akten von einem Arm auf den anderen. »Haben sie um Beistand gebeten?«

»Noch nicht, aber ich werde es ihnen dringend ans Herz legen.«

»Du bist ja außerordentlich entgegenkommend.«

Er ignoriert die Bemerkung.

»Na dann«, sagt sie. »Bring mich hin!«

Sie trabt neben ihm her zum Vernehmungszimmer, und auf dem Flur begegnet ihnen Danny und informiert sie, dass Valerie einverstanden ist, als mündiger Beistand zu fungieren. Fletcher spürt, wie sich die Dinge fügen. Er ist darum bemüht, sich seine Erregung nicht anmerken zu lassen. Als er der Familie Noyce Julie vorstellt, fällt ihm auf, dass Sid Noyce etwas aufgewühlt wirkt, doch Fletcher ist sich sicher, dass Julie die Richtige ist, um ihn zu beruhigen.

Fletcher dopt sich mit Instantkaffee, während er abwartet, dass Julie ihr Gespräch mit den Noyces beendet.

Als sie ihn und Danny wieder hereinruft, hat sich die Atmosphäre im Raum deutlich verändert. Sidney zappelt herum, als warte er auf den Schuldirektor, und Julies Miene ist nicht mehr kokett, sondern hat einen streitlustigen Zug angenommen. Das dürfte daran liegen, dass sie erkannt hat, dass ihr der Hauptverdächtige eines Doppelmords überantwortet wurde, denkt Fletcher.

Als die Formalitäten erledigt sind und Fletcher sichergestellt hat, dass das Aufnahmegerät funktioniert, schenkt er Noyce sein freundlichstes Lächeln. »Wie geht es dir, Sidney?«

»Gut!«, sagt Noyce und schlägt sich gleich darauf die Hand vor den Mund, als wäre ihm etwas eingefallen. Sein Blick wandert zu Julie. Sie und Valerie Noyce wirken angespannt.

»Das ist prima«, sagt Fletcher. »Fühlst du dich wohl?«

Sidneys Augen treten hervor. Er sieht Julie an, und sie neigt ganz leicht den Kopf. »Kein Kommentar?«, sagt Noyce. Julie zwinkert ihm zu, und er strahlt.

»Wie alt bist du, Sid?«, fragt Fletcher. »Es macht dir doch nichts aus, wenn ich dich Sid nenne?«

Noyce verzieht den Mund. Fletcher weiß, wie schwer es ist, sich in einer Befragung jeden Kommentars zu enthalten – auch ohne eine Lernbehinderung. Julie schüttelt sacht den Kopf, und Sid wiederholt: »Kein Kommentar.«

Gut gemacht, Junge, denkt Fletcher, doch er lehnt sich zurück und runzelt die Stirn. Er will, dass Noyce glaubt, Fletcher sei enttäuscht von ihm. Er stellt ein paar weitere harmlose Fragen, und immer antwortet Noyce mit »Kein Kommentar«. Mit jedem Mal scheint er mehr Selbstvertrauen zu entwickeln, er grinst Julie an, und Fletchers Blick wird immer finsterer. Fletcher kann nicht umhin, vor Julie den Hut zu ziehen: Sie hatte gerade mal ein paar Minuten Zeit, um Sids Vertrauen zu gewinnen, und es ist ihr gelungen. Aus ihr wäre eine gute Polizistin geworden.

Er stellt noch mehr Fragen. Sie sind bewusst banal, allerdings weiß Fletcher, dass Julie ihn nicht mehr lange gewähren lassen wird. Er wartet auf Anzeichen, dass Noyce den Spaß an den »Kein Kommentar«-Antworten verliert. Seine Stimme bleibt unaufgeregt, die Fragen sind trivial und gehen in die Einzelheiten. Sie sind langweilig. Er muss sich Zeit lassen, bevor er zu den interessanten Dingen vordringt. Seine Absicht ist, die Zeit wie ein Gummiband bis zum Zerreißen in die Länge zu ziehen. Es ist ein heikles Spiel, denn braucht er zu lange oder schweift er zu sehr vom eigentlichen Thema ab, riskiert er, dass Noyce gar nicht mehr mitmacht oder Julie die Sache abbricht. Auf ihrem Gesicht zeichnen sich bereits Bedenken ab.

Fletcher bricht die Befragung ab und verfällt in Schweigen. Einige Minuten lang gibt er vor, seine Notizen zu konsultieren. Noyce beginnt zu zappeln, und Julies Augen werden schmale Schlitze. Noyce wirft den Kopf zurück und betrachtet die Decke. Ihm entfährt ein tiefes Seufzen. Jetzt, denkt Fletcher. Einen Gang hochschalten. Er fragt Noyce, wo er am Sonntag war und was er gemacht hat. Er fragt, woher er die Jungen kannte und wie das Verhältnis zu ihnen war. Er stellt allgemeine Fragen und detaillierte. Seine Stimme wird lebhafter. Er bleibt freundlich. Sein Verhalten ist tadellos. Noyce scheint neue Kraft zu schöpfen und beantwortet alles mit »Kein Kommentar«.

Als Fletcher den ersten Teil der gezielteren Fragen gestellt hat, hebt er das oberste Blatt vom Papierstapel vor sich und betrachtet eingehend das zweite, als stünden dort wichtige Notizen. Das trifft nicht zu, das Blatt ist unbeschrieben, aber die Geste hat die erhoffte Wirkung, denn Noyce blickt mürrisch auf die Papierrückseite. »Sind wir noch immer nicht fertig?«, fragt er.

»Wir wollen nur zur Wahrheit vordringen«, sagt Fletcher. Mit Bedacht wählt er die Worte, es soll das anklingen, was er mit Noyce im Auto besprochen hat, er legt die Betonung auf das Wort »Wahrheit« und hofft, damit bei Sid die Erinnerung anzustoßen. »Das kann schon mal dauern.«

Noyce windet sich auf seinem Stuhl. Er lässt den Kopf hängen und legt die Stirn in Falten. Mit Habichtsaugen behält Fletcher ihn im Blick. Jetzt ist es vielleicht so weit, denkt er. Komm schon. Noyce blickt auf. In seinen Augen leuchtet Erkenntnis. Bevor Noyce dazu kommt, etwas zu sagen, ergreift Fletcher das Wort. Er will die richtige Frage zum exakt richtigen Zeitpunkt platzieren.

»Sidney, du hast vorhin gesagt, dass du Charlie und Scott gesehen hast. Kannst du davon erzählen?«

Sids Stimmung hebt sich. Auf diese Frage kennt er die Antwort, und er glaubt, es ist seine Freikarte aus dem Gefängnis. Fletcher ist zuversichtlich, dass er die Anweisung, keinen Kommentar abzugeben, missachten wird, und hofft inständig, dass er sich nicht täuscht, denn andernfalls hat er den entscheidenden Moment verpasst. Julie spürt, wie sich die Atmosphäre verändert. Sie hebt die Hand, als wolle sie sie Sidney auf den Arm legen, überlegt es sich aber anders. Unbeirrt behält Fletcher sein Pokerface. Das hast du jetzt nicht mehr im Griff, Schätzchen, denkt er. Stocksteif setzt sich Noyce auf und blickt Fletcher fest in die Augen, aufgeregt wie ein kleiner Schuljunge, der weiß, dass er die richtige Lösung der Matheaufgabe kennt. »Ich hab ihnen wehgetan.«

Valerie presst die Augen zusammen, und Julie sieht aus, als habe man ihr einen Schlag verpasst.

»Kann ich jetzt gehen?«, sagt Sid. Er lächelt.

»Nur ein paar Fragen noch, wenn es okay für dich ist«, erwidert Fletcher. Er muss gut achtgeben, was er sagt. »Wo waren die Jungen, als du ihnen wehgetan hast?«

»Hinter der Tribüne.«

»Welche Tribüne?«

»Die von der Hunderennbahn.«

»Wie hast du ihnen wehgetan?«

»Ich hab sie so verletzt liegen lassen, dass sie gestorben sind.«

»Warum hast du das gemacht, Sid?«

»Ich darf nicht mit ihnen reden und sie nicht anfassen oder ihnen hinterhergehen.«

»Macht dich das wütend?« Fletcher stellt dieselbe Frage, die er ihm schon in seinem Zimmer gestellt hat, und innerlich betet er, dass sie dieselbe Antwort hervorruft.

Noyce nickt.

»Gibst du uns bitte eine Antwort für die Aufnahme?«

»Ich bin wütend und traurig.«

»Du hast mir vorhin gesagt, dass es etwas gibt, was du machst, wenn du wütend bist. Weißt du noch?«

»Ich haue.«

Danny wirft Fletcher einen Blick zu, und der nickt. Er will die Sache abbrechen, bevor Noyce abstreiten kann, dass er die Jungen geschlagen hat. Für eine Verhaftung dürfte es genügen. Danny geht um den Tisch herum zu Noyce und sagt: »Sidney Noyce, Sie sind verhaftet aufgrund des dringenden Verdachts, Charlie Paige und Scott Ashby ermordet zu haben. Sie sind nicht verpflichtet, eine Aussage zu machen. Jede Aussage kann …«

Während Danny ihn über seine Rechte belehrt und das Lächeln auf Sidneys Gesicht schwindet, sich zunächst Verwirrung abzeichnet und dann Bestürzung, lehnt sich

Fletcher zutiefst zufrieden zurück. Julies und sein Blick treffen sich, und sie schüttelt enttäuscht den Kopf. Hat sie den Eindruck, dass ihnen eine Falle gestellt wurde? Er glaubt nicht, und darüber hinaus ist es ihm egal. Noyce hat bloß gestanden, was er verbrochen hat; für Fletcher hat nie ein Zweifel an seiner Schuld bestanden.

Fletcher spricht in das Aufnahmegerät, dass die Vernehmung beendet ist. Er freut sich darauf, Smail zu erklären, dass es ihm, Fletcher, gelungen ist, ein Mordgeständnis zu erwirken, und dass der Verdächtige in Haft ist.

Danny muss zwei kräftige Beamte zu Hilfe holen, um Noyce zu bändigen und abzuführen. Da hat er seine Besichtigungstour durchs Gefängnis, denkt Fletcher.

Es ist Zeit für die Wahrheit

Folge sieben –
die zahlreichen Leben der Jessica Paige

»Wenn ich am Ende eines Tages in den Spiegel sehe, frage ich mich: Hast du heute jemandem geholfen? Lautet die Antwort ›ja‹, dann bin ich mit mir im Reinen.«

Mein Name ist Cody Swift. Ich bin Filmemacher und begrüße Sie zu *Es ist Zeit für die Wahrheit,* einem Podcast von Dishlicker Productions. Sie haben gerade Jessica Paige in ihrer Rolle der abgebrühten Amber Rowe aus der Fernsehsoap *Dart Street* gehört. In dieser Folge wollen wir der Frage nachgehen, wer die wahre Jessica Paige ist. Maya und ich haben uns weiter bemüht, mit Jessica in Kontakt zu treten, in der Hoffnung, dass sie sich zu einem Interview bereit erklärt, jedoch ohne Erfolg. Wir werden also hauptsächlich von Leuten hören, die im Jahr 1996 mit Jessica zu tun hatten.

»Als die Kinder noch klein waren, haben wir sie gemeinsam aufgezogen. Alles haben wir zusammen gemacht, aber Jessy wurde dann ein richtiges Partygirl. Sie war wie süchtig danach, abends auszugehen. Aber nie mit uns. Für den Pub war sie sich zu fein. Bei ihr ging es immer in irgendeinen Nachtclub oder zu einem schicken Essen. Sie gab damit an. Manchmal wurde sie im Auto abgeholt. Aber sie hat nie wirklich gesagt, mit wem sie sich herumtrieb. Sie sagte, dass sie einen Freund hatte, aber ich kann mich nicht erinnern, dass sie seinen Namen erwähnt hätte. Ich und die anderen Mädchen dachten, dass er echt reich sein muss. Wir waren neidisch auf sie. Ein paar Jahre bevor Charlie starb, fing sie an, sich zurückzuziehen, damals haben wir uns auseinandergelebt. Sie hielt sich wohl für was Besseres. Ich habe sie vermisst, und meine Tochter hat Charlie vermisst.«

Das ist die Stimme von Kirsty Brown, die wie Jessy als Teenager Mutter geworden war und im Glenfrome Estate lebte. In der nächsten Aufnahme hören Sie Doris Russo, die in der Nachbarwohnung von Jessy und Charlie lebte.

»Ich habe oft babygesittet für Charlie. Ich hab kein Geld dafür verlangt, aber Jessy hat mich so oft gebeten, dass ich nach einer Weile Nein sagen musste. Ich hatte gar keine Zeit mehr, meine eigenen Enkel zu sehen, außerdem fand ich es ihm gegenüber nicht fair, dass sie sich so oft herumgetrieben hat. Ich wollte sie nicht auch noch ermuntern. Keine Ahnung, wie sie es danach hingekriegt hat. In der Siedlung hatte sie nicht viele Freunde. Sie war immer ein bisschen auf Distanz. Aber Charlie war ein toller Junge. Er hatte es total gern, wenn man ihm eine Geschichte vorlas.«

Meine Mutter, Julie Swift, hat dem auch noch etwas hinzuzufügen.

»Mit Scotts Mum habe ich immer darüber geredet, dass Jessy Charlie lieb hat, aber nicht weiß, wie sie mit ihm umgehen soll. Der Grund war, dass sie selbst noch ein Kind war, als sie ihn bekommen hat, und sie hatte ja auch keine Familie, die ihr helfen konnte.«

In der letzten Folge von *Es ist Zeit für die Wahrheit* hat uns der Kriminalreporter Owen Weston davon erzählt, dass es in der Nacht der Ermordung von Charlie und Scott eine Zeitspanne von zweiundsiebzig Minuten gab – in einem seiner Artikel nennt er sie die ›verlorene Stunde‹ –, in der Jessy Paige keine Angaben über ihren Aufenthaltsort machen konnte. Ich habe Detective John Fletcher dazu befragt. Hier hören Sie seine Antwort.

»Der Polizei gegenüber sagte Jessica Paige aus, dass sie sich nicht erinnern konnte, was sie in der Nacht des achtzehnten August zwischen zweiundzwanzig Uhr dreizehn und dreiundzwanzig Uhr fünfundzwanzig gemacht hat. An dieser Aussage hielt sie fest. Um zweiundzwanzig Uhr dreizehn verließ Jessy Paige nachgewiesenermaßen das Paradise Casino im Wagen eines nicht zu identifizierenden Mannes. Kurz vor halb zwölf kam sie in einem Taxi nach Hause. Wir konnten nie genau herausfinden, was sie in der Zwischenzeit gemacht hatte. Die Angestellten im Casino bezeugten, dass sie dort eine Menge Alkohol getrunken hatte, und die Zeugen im Glenfrome Estate sagten aus, dass sie bei ihrer Rückkehr alkoholisiert wirkte.«

»Haben Sie irgendeine Ahnung, was sie gemacht haben könnte?«

»Da kann ich nur raten. Vielleicht hat sie sich einfach einen netten Abend gemacht.«

»Haben Sie sie zu irgendeinem Zeitpunkt verdächtigt?«

»Nach der Verhaftung von Sidney Noyce war klar, dass sie nicht verdächtig war, denn die Beweislage gegen Noyce war erdrückend. Es wäre sinnlos und

grausam gewesen, weitere Ermittlungen gegen Jessica Paige durchzuführen. Sie brauchte Ruhe, um zu trauern. Unsere Aufgabe war es, sicherzugehen, dass der Gerechtigkeit Genüge getan wird, und die Anklage gegen Noyce war absolut wasserdicht. Wir hatten den Täter.«

Der ehemalige Detective Superintendent Howard Smail ist da anderer Ansicht.

»Ich weiß sicher, dass Jessica Paige eine Lügnerin ist, denn sie log ja auch in der Sache mit mir. Ich glaube, sie wusste durchaus, was sie in den zweiundsiebzig Minuten gemacht hat, für die es keine Zeugen gab.«
»Können Sie uns erzählen, was es damit auf sich hat?«
»Während John Fletcher sein Schurkenstück vollbrachte und ohne mein Wissen Noyce zur Vernehmung aufs Revier holte, war ich mit Detective Chief Superintendent Tremain – das war sein damaliger Titel, mittlerweile ist er die Karriereleiter hinaufgeklettert – im Glenfrome Estate und habe eine Pressekonferenz abgehalten.«

Ich erinnere mich an diese Pressekonferenz. Ich habe sie vom Balkon aus beobachtet. Nach dem Mord durften die anderen Kinder und ich nicht mehr raus zum Spielen. Wir waren bleiche Gesichter hinter Fensterscheiben. Unser Blick auf die Welt hatte seine Unschuld verloren, wir hatten Angst. Und unsere Familien auch. Von unserem Balkon aus sahen die Journalisten, die um die beiden Polizisten herumschwirrten, aus wie fliegende Ameisen, frisch geschlüpft aus einem Spalt im Asphalt.

Smail fährt fort:

»Am Ende der Pressekonferenz sagte man mir, dass Charlies Mutter Jessica Paige mit jemandem reden wolle. Da wir ohnehin schon vor Ort waren, meinte Tremain, dass es sich gut machen würde, wenn ich das übernähme. Damals wurde die Polizei gerade ein bisschen gewandter im Umgang mit den Medien, wir waren ostentativ darum bemüht, uns mit den Bewohnern auf dem Estate gutzustellen, und es war eine positive Geschichte, wenn ein ranghoher Polizist persönlich zum Händeschütteln auftauchte. Traditionell war die Polizei im Glenfrome Estate nicht gern gesehen. Das wissen Sie sicher. Also ging ich hinauf zu Ms. Paiges Wohnung, nachdem man mir versichert hatte, dass die Opferschutzbeamtin ebenfalls in der Wohnung anwesend sein würde. Das war ausschlaggebend, denn man sollte mit einem Zeugen oder potenziell Verdächtigen niemals allein sein. Wir waren immer zu zweit. Als ich an die Wohnungstür klopfte, rechnete ich damit, dass ich ihr meine Anteilnahme ausdrücken, ein paar Worte zur Beruhigung sagen und mir dann anhören würde, was sie zu sagen hatte. Danach würde ich sie der kompetenten Obhut der Opferschutzbeauftragten überlassen. Erledigt. Nur kam alles ganz anders. Als ich an die Tür klopfte, machte Ms. Paige selbst auf und bat mich herein. Ich betrat den Flur. Er war sehr eng und vollgestopft. Sie fing an, schnelles und unverständliches Zeug zu reden, sie wirkte wie im Fieber. Auf die Frage, wo Lynn sei, die Opferschutzbeamtin, erklärte sie, dass sie kurz was einkaufen gegangen sei. Da war mir klar, dass ich die Wohnung verlassen sollte, und ich

versuchte zu gehen und erklärte Ms. Paige, dass ich unten auf Lynn warten und dann gemeinsam mit ihr zurückkehren würde. Aber Ms. Paige packte mich am Arm. Das werde ich nie vergessen. Sie klammerte sich so an mir fest, dass ich meinen Arm mit Gewalt hätte herauswinden müssen, um mich ihrem Griff zu entziehen. Ich hätte ihr womöglich wehgetan. Bevor ich auch nur überlegen konnte, was ich tun sollte, brach sie zusammen, und ich fing sie in den Armen auf. Sie war völlig am Ende. Eine unverhohlenere Zurschaustellung von Leid habe ich nie erlebt.«

Howard Smail und ich haben dieses Gespräch über Skype geführt. Auf dem Bildschirm sehe ich, wie er den Kopf schüttelt, das Bedauern scheint ihn niederzudrücken. Das Bild wird verpixelt, dann setzt es sich wieder zusammen, und er blickt mir direkt ins Gesicht.

»Was hätten Sie an meiner Stelle getan?«

Da muss ich nicht groß nachdenken. Selbst mit meinen zehn Jahren fühlte ich mich zu Jessy Paige hingezogen. Sie vermittelte nicht die Autorität der anderen Erwachsenen in meiner Umgebung. Zwischen uns Kindern und ihr schien es keine Distanz zu geben, und das brachte etwas in mir zum Klingen. So etwas erlebte man als Kind nicht oft, jedenfalls nicht dort, wo ich aufwuchs, und zu dieser Zeit. Was waren das für Gefühle, die sie in mir weckte? War es der Anfang der Pubertät? Maya hat mir erklärt, dass wir bereits Lust empfinden, bevor wir überhaupt das Wort dafür kennen, und ich weiß noch, dass ich eifersüchtig war, wenn sie mit ihrem Freund zusammen war, aber ich glaube trotzdem nicht, dass es das war.

Tatsächlich denke ich, dass ich schon damals Jessys Verletzlichkeit gespürt habe. Und ihre Energie. Sie war die einzige Erwachsene, die ich kannte, die nicht nur gegen die Regeln verstieß, sondern es auch ganz schamlos zugab. Ich fand es betörend, dass sie gleichzeitig Erwachsene und Kind war. Die Antwort ist klar.

»Ich wäre bei ihr geblieben und hätte versucht, sie zu trösten.«

Smail nickt, als entlaste ihn meine Antwort ein wenig.

»Ich wollte sie ins Wohnzimmer auf die Couch schaffen, aber sie schien Schmerzen zu haben – sie konnte kaum laufen –, also half ich ihr, sich im Flur hinzusetzen. In diesem Augenblick schloss die Opferschutzbeamtin die Wohnungstür auf und sah uns da sitzen: Ich hielt Jessy Paige im Arm, um ihr zu helfen, sich hinzusetzen. Es war der größte Fehler meines Berufslebens, auch wenn ich das damals natürlich noch nicht wusste. In diesem Moment schien es mir richtig, und ich war erleichtert, dass Lynn da war. Sie half mir, Ms. Paige zum Sofa zu bringen, wo sie es bequemer hatte, und dort saß sie dann mit einem Kuscheltier im Arm, einem Teddybären. Vermutlich hatte er Charlie gehört. Sie hielt ihn wie ein Neugeborenes im Arm und beweinte ihn. Der Anblick war nur schwer zu ertragen. Kurze Zeit später erhob sie ihre Anschuldigungen gegen mich. Womöglich hätte ich meine Karriere retten können, wenn einfach nur Aussage gegen Aussage gestanden hätte, leider aber war da Lynn, die den Körperkontakt bezeugen konnte, und irgendwer trug Ms. Paige

zu, welchen Türcode das Polizeiwohnheim hatte, in dem ich untergebracht war, und sie behauptete, sie hätte dort einige Nächte mit mir verbracht. Man hat mich gehörig aufs Kreuz gelegt. Bis ich mich nicht mehr rühren konnte. Es war das Ende meiner beruflichen Laufbahn. Also weiß ich, dass sie lügt.«

»Aber ihr Kummer an dem Tag wirkte aufrichtig?«

»Man kann auch dann untröstlich sein, wenn man getötet hat. Sogar wenn man es vorsätzlich gemacht hat.«

»Wollen Sie damit sagen, dass Jessica Paige ihren Sohn umgebracht hat?«

»Ich weise nur darauf hin, dass es noch lange kein Beweis für Unschuld ist, wenn jemand Trauer zeigt. Liebe ist keine Garantie, dass man jemanden nicht trotzdem umbringt, wenn sich bestimmte Umstände ergeben.«

»Was, glauben Sie, war der Grund für ihre Lüge?«

»Sie wollte damit von der Frage ablenken, mit wem sie in der Nacht zusammen war. Man hat den Mann nie identifiziert. Ein in dieser Sache entscheidendes Beweismittel verschwand. Danach können Sie John Fletcher fragen.«

Owen Weston hat mir schon von dem verschwundenen Beweismaterial erzählt. An dem Abend, an dem John Fletcher die Überwachungsvideos des Casinos sichten wollte, wurden sie aus seinem Auto gestohlen. Ich habe eine Frage an Smail.

»Bedeutet das, Sie halten Noyce für unschuldig?«

»Nein. Ich weiß weder, ob er schuldig, noch, ob er unschuldig war. Hätte ich aber die Ermittlungen

weiterführen können, hätte ich das Tempo gedrosselt und jede Spur weiterverfolgt, bis ich mir ganz sicher gewesen wäre, dass wir genügend Beweise hatten und die Anklage gegen Noyce unumstößlich war und alle anderen infrage kommenden Personen ausführlich geprüft worden waren. Jessica Paige war eine davon. Ich lese Ihnen mal vor, was ich mir am Morgen vor der Pressekonferenz in meinem Fallprotokoll notiert habe.«

Ich sehe zu, wie Smail die kopierten Seiten durchblättert.

»Da ist es. ›Weiteres Vorgehen: Herausfinden, was Jessica Paige in den unbelegten zweiundsiebzig Minuten gemacht hat. Paige kann sich angeblich nicht erinnern, was in dieser Zeit passiert ist, möglicherweise infolge von Trunkenheit. Aussagen überprüfen, die sich auf Paiges Tauglichkeit als Mutter beziehen, ihre Gewohnheiten, Lebensstil und Bekanntschaften ermitteln.‹«

»Reichen zweiundsiebzig Minuten, um sie zu einer Verdächtigen zu machen? Glauben Sie das wirklich?«

»Sie wären überrascht, was man in zweiundsiebzig Minuten alles machen kann. Und vergessen Sie nicht, dass diese Frau eine sehr erfolgreiche Schauspielerin geworden ist. Sie wusste, wie man in eine andere Rolle schlüpft, auch damals schon.«

Als ich mich in seinem Wintergarten mit Owen Weston unterhielt, äußerte er eine ganz ähnliche Meinung. Die folgende Aufnahme stammt vom Ende unseres Gesprächs; wir saßen inmitten vergilbter Zeitungsausschnitte aller Artikel, die Weston 1996 über den Fall verfasst hatte. Ich hatte einen in die Hand genommen, der mit einem Foto von Jessy auf dem Begräbnis von Charlie und Scott illustriert war. Zuerst hören Sie mich sprechen.

»Jessy hätte Charlie und Scott niemals etwas angetan. Ich erinnere mich gut an sie.«
»Sie erinnern sich an eine Seite von ihr, ganz klar, aber Sie waren damals zehn Jahre alt. Sie hatten keine Vorstellung davon, wie das Leben für jemanden wie Jessica Paige aussah. Wie auch? Kein Kind kann sich so was vorstellen. Erwachsenen gegenüber muss sie sich völlig anders gegeben haben. Viele haben über sie gesagt, dass sie verschlossen und distanziert war und von sich nur offenbart hat, was sie auch offenbaren wollte.«

Ich betrachte das körnige Foto. Jessy ist darauf als trauernde Mutter zu sehen. Sie trägt eine schwarze Jacke und hat das Haar hochgesteckt. Sie ist verzweifelt.

Weston sagt:

»Ich erinnere mich an Sie von der Beerdigung.«

Der Satz lässt mir den Atem stocken. Es gibt Erinnerungen, die wie ein warmes Bad sind, in das man sich gleiten lässt, andere hingegen überfallen einen. Das Begräbnis von Scott und Charlie war einer der schlimmsten Tage meines Lebens. Ich glaube, ich habe erst wirklich verstanden, dass meine Freunde nicht mehr wiederkommen, als die Leichenwagen mit ihren Särgen in der Siedlung ankamen. Für jeden kleinen Sarg gab es ein eigenes Auto. Auf dem Sarg von Scott und um ihn herum waren Blumen drapiert, es waren so viele, dass die Blüten an die Fensterscheiben gepresst wurden. Auf Charlies Sarg waren drei Gestecke, von denen eines das Wort »Sohn« ergab.

Jessy stand allein neben Charlies Leichenwagen, während sich die Leute um Scotts Eltern scharten, am dichtesten meine Eltern und ich. Mittlerweile redeten die Leute davon, dass der Tod der Jungen Jessys Schuld war, weil sie auf sie hätte aufpassen sollen.

Der Bestatter hielt seinen Zylinder in der Hand, während sich alle versammelten. Dann setzte er ihn auf und ging vor dem ersten Auto her. Der Hut war hoch und seidig. Der Bestatter trug einen schwarzen Frack mit Schwalbenschwanz und eine schwarze Krawatte, und in der behandschuhten Hand hielt er einen dunklen, glänzenden Gehstock. Die Autos folgten ihm im Schritttempo, und wir anderen gingen zu Fuß hinterher. Es war eine lange Prozession, und auf dem Weg zur Kirche schlossen sich noch mehr Leute an. Hinter allen Fenstern, an denen wir vorbeikamen, waren Gesichter zu sehen. Als wir zur Kirche kamen, passten nicht alle Leute rein. Im Trubel entwischte ich meiner Mutter und fasste Jessy an der Hand, nur ganz kurz.

Später habe ich mich gefragt, warum es ein Doppelbegräbnis für Charlie und Scott gab. Mum hatte eine Erklärung.

»Annette Ashby hatte Mitleid mit Jessy. Sie sagte, egal, ob Jessy nun Schuld hatte oder nicht, Charlie hatte eine ordentliche Trauerfeier verdient. Und die Ashbys wollten auch nicht, dass Scott allein begraben wurde. Sie veranlassten, dass die beiden Jungs auf dem Friedhof nebeneinanderlagen.«

In der nächsten Folge von *Es ist Zeit für die Wahrheit* erzählen wir Ihnen von den Erkenntnissen, die unsere Nachforschungen über die »verlorene Stunde« ergaben. Unterdessen bitten wir alle Hörer, die etwas beizutragen haben, uns über die Website *zeitfuerdiewahrheit.com* zu kontaktieren. Wir freuen uns, von Ihnen zu hören. Und bitte teilen Sie uns weiterhin. Die Anzahl der Downloads nimmt immer noch zu und übersteigt alle unsere Erwartungen, und im Gegenzug geben wir uns größte Mühe, Qualität zu liefern. Leider haben wir unseren privaten Sponsor verloren, weil es ein paar inhaltliche Differenzen gab. Maya und ich halten unsere redaktionelle Integrität für vorrangig, und so haben wir die Beziehung gekappt. Infolgedessen ist Ihre Unterstützung wichtiger denn je. Auf unserer Website haben wir einen Link eingerichtet, falls jemand unter den Hörern etwas spenden möchte. Um qualitativ hochwertige Inhalte zu liefern, brauchen wir so viel Unterstützung wie möglich.

Zuletzt möchte ich noch erwähnen, dass nach den Einschüchterungsversuchen, von denen wir berichtet haben, viele Hörer ihrer Sorge um unser Wohlergehen Ausdruck verliehen haben. Danke an Sie alle, und seien Sie versichert, dass wir uns vorsehen und eng mit der Polizei zusammenarbeiten.

Hier noch zwei Auszüge aus der nächsten Folge. Hören Sie Kriminalreporter Owen Weston.

»Normalerweise hätte man für die Fahrt vom Paradise Casino zum Glenfrome Estate an einem Sonntagabend vielleicht zehn Minuten gebraucht. Was zum Teufel hat Jessica Paige in der übrigen Stunde getrieben, beziehungsweise wann und warum hat sie das Fahrzeug gewechselt?«

Und hier kommt der forensische Psychologe Professor Christopher J. Fellowes, den wir in seinem Büro an der Cambridge University angerufen haben.

»Es gibt eine Reihe von Szenarien, die in einem derartigen Fall vorstellbar sind. Eines davon wäre beispielsweise eine Mutter, die die Kontrolle verloren hat, dabei womöglich nur vorhatte, das Kind zu bestrafen, und dann zu weit gegangen ist. Jugendliche Mütter ohne jede Unterstützung haben manchmal eine komplizierte Beziehung zu ihren Babys, weil sie zum Zeitpunkt der Geburt selbst noch Kinder sind. Manchmal entwickeln sich Feindseligkeiten, insbesondere dann, wenn das Kind älter wird und die Mutter infrage stellt. Ein Kind, das an der Schwelle zur Pubertät steht, kann für eine Mutter, die nie die Gelegenheit hatte, selbst erwachsen zu werden, zu einer echten Herausforderung werden.«

Mit gepacktem Koffer und der Anweisung, Ollys Mutter beim Tischabräumen zu helfen, nicht zu viel Zeit im Badezimmer zu verbringen und die nassen Handtücher aufzuhängen, setzt Jess Erica bei der Theaterprobe ab. Erica umarmt ihre Mutter fest und wünscht ihr Spaß in Marokko, dreht sich aber nicht mehr um, kaum dass sie aus dem Auto ist. Auf dem Heimweg fragt sich Jess, ob sie sich Sorgen machen sollte, weil sie Ollys Mutter nie persönlich kennengelernt hat, beschließt aber, sich zusammenzureißen.

Für die Dauer ihrer Reise will Jess das Auto in der Einfahrt stehen lassen – irgendwelche neugierigen Journalisten denken dann vielleicht, dass sie zu Hause ist, und lassen sich von der erfolglosen Warterei entmutigen –, also bestellt sie ein Taxi zum Bristoler Flughafen. Als sie durch die Sicherheitskontrollen ist, sitzt sie mit ihrem Handgepäck am Gate und hört sich eine Nachricht von Felix auf der Mailbox an.

»Hallo, ich bin's«, beginnt er, und seine vertraute Stimme und der Satz selbst verursachen eine Gänsehaut, so als habe sie unerwartet ein altes Andenken wiedergefunden. »Alles okay. Wie gesagt, ich will nicht, dass du dir den Podcast anhörst, also lass es bitte bleiben, aber du solltest wissen, dass die neueste Folge sich dummerweise auf deine Person konzentriert. Ich sag dir das nur, weil ich nicht will, dass du es von jemand anders erfährst. Wir hätten es gern anders gehabt, aber ich habe es im Griff und halte dich auf dem Laufenden. Falls Cody Swift oder irgendwer sonst in der Zwischenzeit versucht, dich anzusprechen, halt dich bedeckt, okay? Sprich mit niemandem. Das ist es, was ich dir sagen wollte. Schönen Urlaub, Schätzchen.«

Jess schaltet das Handy aus und braucht einen Moment, um ihre Gedanken zu sammeln. Natürlich ist sie verunsichert, aber sie ist auch erleichtert. Erleichtert, dass sie sich auf Felix verlassen kann, und erleichtert, dass sie nicht mehr allein ist mit ihren Sorgen. Es war richtig, ihn zu kontaktieren.

Um sich in Urlaubsstimmung zu bringen, kauft sie eine Frauenzeitschrift und blättert sie durch. Über einen Schauspieler, mit dem sie bei *Dart Street* zusammengearbeitet hat, ist eine sechsseitige, farbig bebilderte Homestory darin mit seiner neuen Frau und dem neuen Baby. Hätte ich so ein Leben gewollt?, fragt sich Jess, während sie die Hochglanzbilder durchblättert. Auf den Seiten einer Zeitschrift prangen, und jeder meint, er kann ein Urteil über dich fällen? Sie lässt das Heft auf den Schoß sinken und blickt aus dem Fenster. Draußen bewegen sich Flugzeuge und Laster über das Rollfeld. Schwach spiegelt sie sich in der Scheibe. Es ist gut, sagt sie stumm zu ihrem Spiegelbild. Du hast ein ruhiges, sicheres Leben und die Chance, eine gute Mutter und eine gute Ehefrau zu sein. Du hast einen Mann, der dich liebt, und eine Tochter, die dich liebt. Du hast großes Glück. Sie klappt die Zeitschrift zu und kann das vertraute panische Pochen nicht unterdrücken. Würde mich Nick denn auch lieben, wenn er alles über mich wüsste? Und Erica? Nick weiß fast alles über sie, nicht aber, dass sie erleichtert war, als Charlie starb. Es hielt nicht lange an, trotzdem hatte es dieses Gefühl gegeben, es war unbestreitbar. Ein paar Tage war sie erleichtert gewesen, dass sie keine Verantwortung mehr für ihn übernehmen musste, weil ihr bewusst war, dass sie mit ihm nicht fertigwurde. Was für eine Mutter hatte solche Gefühle? Nur ein Monster. Und Erica wusste so wenig über sie. Wenn alles rauskommt, denken beide vielleicht, dass sie ohne mich besser dran sind. Jess bemerkt, wie sie schwitzt vor Erleichterung darüber, dass sie Erica vor der Abreise nichts erzählt hat, obwohl sie nah dran war.

Quälend kreisen diese Gedanken in ihrem Kopf, bis sie im Flugzeug sitzt und einen Wodka-Tonic bestellt hat, um den Schmerz ein bisschen zu betäuben. Sie verflucht ihren aufgewühlten Zustand, bis sie endlich in einen unruhigen Schlaf fällt. Erst als der Pilot die Landung ankündigt, wacht sie auf. Sobald das Flugzeug auf dem Boden ist, schreibt sie Erica eine SMS, weil ihr Schlaf durchsetzt war von Albträumen, an die sie sich nicht erinnern kann, die aber ein Gefühl der Angst hinterlassen haben. Die Roaming-Gebühren sind ihr wurscht. Als sich die Flugzeugtüren öffnen und Marokkos Hitze über sie herfällt, hört sie eine Antwort klingeln. Erica geht es gut, sie ist mit Olly gerade auf dem Weg zum Einkaufen. Sie schreibt, dass Jess aufhören soll, sich Sorgen zu machen, und ihre Nachricht endet mit einer Reihe von Helikopter-Emojis, um klarzustellen, dass sie diese Art Erziehung nicht goutiert. »Viel Spaß, Schatz«, antwortet Jess. Sie dreht das Gesicht der Sonne zu, spürt die Hitze auf der Haut und in der Luft, die sie einatmet, und ermahnt sich, endlich abzuschalten.

Mit einem Taxi fährt sie zu dem Hotel, in dem die Filmcrew untergebracht ist. Es ist am Stadtrand von Marrakesch. Die Umgebung ist staubig und nichts Besonderes, und Jess stellt sich auf eine Enttäuschung ein, im Innern aber ist es opulent und luxuriöser als erwartet.

Überall wachsen Palmen und andere exotische Pflanzen, und im Innenhof mit der Rezeption rieselt Wasser aus einem Brunnen in ein kleines Becken, in dem Rosenblüten treiben. Die Rezeptionistin bietet Jess Tee aus frischer Minze an. »Wunderbar«, sagt Jess, aber als die Frau sich abwendet, schaufelt sie drei Löffel voll Zucker hinein.

Nachdem man ihr Nicks Zimmer gezeigt hat, inspiziert sie seine Sachen und wirft auch einen Blick in seine Hosentaschen, aber sie entdeckt keine unerwünschten Überraschungen. Auf dem Frisiertisch liegt der Drehplan. Heute sollen die Dreharbeiten bis 19 Uhr 30 gehen, und die Fahrt vom Drehort zum Hotel wird mit zwanzig Minuten angegeben. Sie hat also ein bisschen Zeit, um sich zu entspannen und zu planen, wie sie ihn überraschen kann.

Jess zieht sich den neuen Bikini an und einen Hotelbademantel. Hoffentlich färbt die Bräunungscreme, die sie gestern Abend noch eilig aufgetragen hat, nicht darauf ab. Noch einmal schreibt sie eine SMS an Erica, um zu sagen, dass sie im Hotel ist, aber diesmal kommt keine schnelle Antwort. Allerdings sieht Jess, dass die Nachricht durchgegangen ist, also sollte sie sich einfach gedulden. Sie steckt das Handy in die Handtasche und geht hinunter an den Pool.

An der Bar bestellt sie einen Kaffee, setzt sich auf eine Liege und nippt an dem Kaffee. Sie wünschte, sie hätte vor der Reise Zeit für eine Pediküre gehabt. Es ist weniger warm als erwartet, also behält sie den Bademantel an und beobachtet einen Mann, der im Schwimmbecken eine Bahn nach der anderen zieht.

Sie kann nicht aufhören, an Felix zu denken, selbst hier in Afrika.

Felix und sie hatten sich gefunden, weil sie beide jung

und verwahrlost gewesen waren, denkt sie, und weil sie beide entschlossen waren, sich etwas Besseres zu erkämpfen.

Ein paar Monate nach ihrer ersten Begegnung, als Jess schon so schwer verliebt war, dass ein Wort oder ein Blick von Felix genügte, um sie zu elektrisieren, wurde es immer schwieriger, jemanden zum Babysitten für Charlie zu finden. Zwei- oder dreimal die Woche ging sie in den Nachtclub. Felix bezahlte zwar die Drinks, nicht aber den Babysitter. Charlie war zu dem Zeitpunkt ein Geheimnis, und Jess wollte, dass es dabei blieb. Die Nachbarin hatte langsam die Nase voll, ständig um Hilfe gebeten zu werden, und niemand anders bot sich an. Unter den Leuten, die fürs Babysitten geeignet gewesen wären, war Jessy Paige nicht gerade beliebt. *Flittchen,* zischte die spießige Mutter sie beim Metzger an. *Schlampe,* sagte ihr eine kaltschnäuzige blöde Kuh ins Gesicht, als Felix sie eines Morgens nach Hause brachte und sie immer noch so betrunken war, dass es ihr vorkam, als würde der Gehweg zum Hauseingang mit dem aufgebrochenen Asphalt unter ihren Füßen schwanken. Die Kuh und ihre Freundin standen Seite an Seite, die Kinderwagen wie eine Barrikade vor sich aufgebaut. »Wenigstens ist mein Kind nicht hässlich«, war alles, was Jess als Antwort herausbrachte.

Als sie in die Wohnung hinaufkam, saß Charlie bereits in der Schuluniform am Tisch, vor sich eine Schüssel trockene Cornflakes. Seine Augen waren rot und verquollen, der Abdruck einer Kissenfalte auf seiner Wange sah aus wie eine Narbe. »Wo warst du?«, fragte er. »Ich wusste nicht, wo du bist.« Der Vorwurf in seiner Stimme und in seinen Augen beschämte sie. Wie ein schwerer Umhang legten sich die klaustrophobische Enge und das

Elend der Wohnung auf ihre Schultern. Sie schrie ihn an: »Halt die Klappe!«

Charlie starrte sie an. Er war wunderschön, dachte sie. Warum brüllte sie? Durch das Küchenfenster fiel Licht herein und rahmte seinen Hinterkopf ein, sodass sein Haarschopf golden schimmerte. Seine Unterarme waren schmal und sehnig. Auf seinem Gesicht brachen sich Gefühle Bahn, denen sie nicht gewachsen war. Er raste an ihr vorbei aus der Wohnung, mit versteinertem Blick, um die Tränen zurückzuhalten. Sie rief ihm hinterher, aber nur ihre Stimme folgte ihm. Alles andere war derart erschöpft, dass sie sich wie aus großer Höhe aufs Bett fallen ließ. Als Charlie von der Schule nach Hause kam, kochte sie ihm ein schönes Abendessen und erklärte, dass sie nie mehr aufhören würde, ihn zu knuddeln, und dass sie ihn nie wieder ohne Babysitter allein lassen würde. Irgendwann zeichnete sich ein süßes Lächeln auf seinem kleinen Gesicht ab, und seine angespannten Glieder lösten sich, trotzdem blickte er sie seit jener Nacht auf eine Art an, die ihr die Luft abschnürte.

Ungefähr zu der Zeit stellte Felix ihr das erste Mal einen Mann vor, den er als »Gentleman« bezeichnete; es war in der Hotelbar des Swallow Inn im Stadtzentrum. Sie war abhängig von Felix, denn er stellte die Verbindung dar zu jenem Leben, das sie sich wünschte. Als der »Gentleman« seine Hand auf Jessys Schenkel legte, blickte sie überrascht zu Felix hinüber und erwartete, dass er seine Ansprüche geltend machen würde, doch der wandte den Blick ab. Schließlich sagte der Mann, dass er oben ein wenig Gesellschaft brauchen könnte, und Felix nickte ihr zu; sie wusste, was zu tun war. Ihr war klar, dass sie keine Wahl hatte, wenn sie dem Estate entkommen wollte. Als es vorbei war, wartete Felix unten auf sie, drückte ihr etwas Geld in die Hand und fuhr sie nach Hause. So schlimm war es gar nicht, dachte sie, aber schön war es auch nicht. Das Geld aber war ihr recht, und es gefiel ihr, gewollt zu werden.

Danach hielt sich niemand mehr mit Geplänkel in der Hotelbar auf. Jetzt ging es direkt aufs Zimmer. Um seriös zu wirken, betrat sie das Hotel immer gemeinsam mit Felix, aber der brachte sie nur bis zur Zimmertür und passte auf, dass sie auch hineinging. Manchmal machte Felix ihr Geschenke: das schönste war ein silbernes Armband, an dem ein glitzerndes Herz baumelte. Einmal war es ein neues Designerkleid. Irgendwann fasste sie sich ein Herz und erzählte ihm von Charlie. »Du bist ein stilles Wasser«, meinte er. Er gab ihr ein paar Scheine mehr. »Kauf dem Kleinen was Schönes.« Sie schenkte ihm eine Spielzeugpistole.

Die Nacht mit der ersten Sexparty veränderte Jess. Es war das erste Mal, dass Felix sie zu einem Privathaus brachte, eine Villa, die plump wie eine Kröte hinter elektrisch betriebenen Toren saß; hinter allen Erdgeschossfenstern brannte Licht, und vor dem Haus war ein Brunnen, dessen Eisfläche in Stücke zerhackt war. Drinnen setzte Felix sie auf eine Samtcouch und drückte ihr eine Wodka-Cola in die Hand, während er Hände schüttelte. Von einem niedrigen Glastisch vor ihr wurden Kokainlinien von einem Paar großer Nasenlöcher hochgezogen. Ihr Besitzer blickte mit blutunterlaufenen Augen auf und schniefte geräuschvoll. Angeekelt atmete Jess flach aus, aber sie wusste, dass sie sich ihre Abscheu nicht anmerken lassen sollte.

»Du bist ein hübsches Mädchen«, sagte der Mann. »Was muss ich tun, um dich zu kriegen?«

Sie antwortete nicht. Von der anderen Seite des Raums

hatte Felix sie wie immer halb im Blick. Der Mann erhob sich und streckte die Hand nach Jess aus. Sein Atem roch schlecht, und sein dicker Bauch hing schwer herab. Ganz leicht neigte Felix sein Gesicht in ihre Richtung. Der Blick des Mannes war beängstigend, aber auch diesmal wusste Jess, was von ihr erwartet wurde. Der Mann führte sie in ein anderes Zimmer, wo er ihr so lange Dinge antat, mit denen sie nicht einverstanden war, bis jemand an die Tür donnerte, weil man sie heulen hörte. Der Mann entschuldigte sich nicht. Er erklärte ihr, sie habe nichts anderes verdient.

»Entschuldigen Sie.« Jess reißt die Augen auf. Die Stimme gehört zur Silhouette eines Mannes, der sich über ihre Liege neigt. Instinktiv schlägt sie die Hände vors Gesicht und rollt sich weg. Sie ist auf Gewalt gefasst. Das passiert ihr manchmal, wenn man sie erschreckt. Nick spielt es herunter. Er nennt es ihre »Ninja-Reaktion« und hält sie gut fest, bis sie sich beruhigt.

»Oh, tut mir leid!«, sagt der Mann, und die Füße in den Flipflops weichen ein paar Schritte zurück. Sie fragt sich, warum sie weißen Frottee vor dem Mund hat, und erinnert sich dann, wo sie ist. Sie stützt sich auf die Ellbogen.

»Alles okay?«, fragt der Mann. Er setzt sich auf die Kante der Liege gegenüber. »Tut mir wirklich leid. Ich wollte Sie nicht erschrecken.«

»Alles in Ordnung!«, sagt sie. Sie greift nach dem Bademantel, um sicherzugehen, dass sie anständig aussieht.

»Es ist nur … ich wollte nur fragen, ob Sie Jessica Paige sind?«

Verdammt, denkt sie. Ein Groupie. Hin und wieder passiert das, wenn auch nicht mehr allzu oft. Allerdings sieht er zu jung aus, um *Dart Street* zu kennen. »Sie verwechseln mich«, sagt sie.

»Wirklich? Sie sehen genauso aus.«

»Tatsächlich.« Jess zieht die Sonnenbrille aus der Tasche des Bademantels und setzt sie auf. Die Brille ist sehr groß und sehr dunkel: ein Schutzwall. Sie hofft, dass er den Wink versteht, aber er rührt sich nicht von der Stelle. Irgendwas stimmt nicht mit ihm, denkt sie, aber sie kann nicht sagen, was es ist, und sie vertraut auch nicht immer auf ihr Bauchgefühl. Langsam fängt sie an, in Gedanken zu zählen. Wenn er bei zehn noch nicht weg ist, wird sie ihm sagen, dass er abhauen soll.

Bei acht sagt er: »Ich hätte schwören können …«

Sie antwortet nicht. »Neunundzwanzig«, zählt sie stumm. »Dreiß…«

Er steht auf und räuspert sich. »Na dann. Entschuldigen Sie die Störung.«

Sie reagiert nicht. So wenig Verbindlichkeit wie möglich. Sobald er fort ist, sammelt sie ihre Sachen zusammen und geht rasch zu den Aufzügen in der Lobby. Die Absätze der Sandalen klackern auf den Fliesen. Gerade als sie den Raum durchquert, kommt Nick durch den Haupteingang herein. Bei ihrem Anblick bleibt er abrupt stehen. Ihm fällt die Kinnlade herunter. Die junge Frau hinter ihm rumpelt gegen ihn und lässt einen Stapel Papier fallen.

»Jess!«, sagt Nick. »Bist du das?«

Die junge Frau kichert und berührt Nick am Arm, um seine Aufmerksamkeit zu bekommen. Jess registriert die Lage, dann setzt sie grazil einen Fuß vor den anderen und streckt die Zehen nach vorn. Sie breitet die Arme aus, sodass der Bademantel den Bikini und die frisch gebräunte Taille bloßlegt.

»Überraschung!«, sagt sie.

Mit drei Schritten hat Nick die Lobby durchquert,

nimmt sie in die Arme und hebt sie hoch. Über seine Schulter sieht Jess, wie Abneigung – oder ist es Enttäuschung – über das Gesicht der jungen Frau zuckt. Jess gibt Nick einen Kuss und hält ihn so lange fest, bis die Aufzugtüren sich öffnen. Verlass mich niemals, denkt sie. Bitte.

Annabel Collins müsste sich einverstanden erklären, wenn wir einen DNA-Test machen wollen, um ihr Verwandtschaftsverhältnis mit Peter Dale zu beweisen. Vorausgesetzt, sie weiß nicht eh schon, wer ihr Vater ist, oder glaubt zumindest, es zu wissen.« Danny denkt laut.

Fletcher reicht ihm eine Tasse Kaffee, und Danny nimmt sie mit wie zum Gebet zusammengelegten Händen entgegen. Seit gestern werfen seine Tränensäcke Falten.

»Zahnt das Baby immer noch?«, fragt Fletcher.

Danny nickt. Er ist bei Ehefrau und Familie Nummer zwei angelangt, und das fordert seinen Tribut. »Ich bin zu alt, um das noch mal durchzumachen«, sagt er, aber Fletcher weiß, dass das Foto in Dannys Portemonnaie – von seiner neuen, jungen Frau und dem hübschen Söhnchen – eine andere Geschichte erzählt.

»Wenn du mich fragst, dann steckt Rhonda Street da bis zum Hals drin.« Danny spricht leise. Um sie herum im Büro herrscht Geschäftigkeit.

»Sie hatte das Geld nicht nötig.«

»Glaubst du das wirklich, oder ist das die Sprachregelung, die Tremain vorgibt?«

»Warum sagst du so was?«

»Hey, kein Stress. War nur eine Frage.«

»Sehe ich aus wie ein Lakai? Bin ich das je gewesen? Komm mir nicht mit so einer saudummen Frage.«

Danny reagiert genau so, wie Fletcher es vorhergesehen hat. Er errötet tief. Danny konnte es nie ertragen, dass man ihn dumm nennt, seit seine Legasthenie in der Schule jede Zeile, die er lesen oder schreiben sollte, durcheinandergewirbelt hat und alle Welt außer John Fletcher einfach annahm, dass er dumm wie Bohnenstroh sei. Fletcher bedauert seinen Ausbruch nicht.

Sie wenden einander die Rücken zu. Fletcher will sich wieder in die Peter-Dale-Akten vergraben, doch da brummt sein Handy. Die Nachricht stammt von einer unbekannten Nummer und enthält nichts außer einer Uhrzeit und einem Ort. Es gibt nur einen Mann, der auf diese Weise mit Fletcher in Kontakt tritt. Er steht auf und greift nach seiner Jacke. »Ich muss weg«, sagt er. Danny ignoriert ihn.

Fletcher fährt am Feeder Canal entlang in die Innenstadt. Auf der Fahrt hört er sich die neueste Podcast-Folge an. Es ist eine üble Attacke, die da geritten wird. Ziel: Jessica Paige. Sogar Smail mischt vom anderen Ende der Welt mit, oder wohin auch immer er sich ins Exil verdrückt hat. Die Frau tut Fletcher leid.

Spiegelglatt steht das Wasser im Hafen und reflektiert den gelben Kalkstein und die Pastelltöne der georgianischen Reihenhäuser auf der gegenüberliegenden Seite des Flusstals. Der Anblick wird von einer Betonunterführung unterbrochen, und als Fletcher herauskommt, liegt eine Parklandschaft vor ihm. Er nimmt die Auffahrt zum Landsitz Ashton Court.

Er parkt neben dem Eingang zum Wildpark und geht auf das Herrenhaus zu. Er weiß gar nicht, wann er das letzte Mal hier war. Sicher ist es mehr als fünfzehn Jahre her, als er mit seiner jungen Familie auf dem Heißluftballonfestival war. Seine Frau und er tranken brühend heißen Tee und aßen Bacon-Sandwiches, während sie zusahen, wie massenhaft Heißluftballons im Morgengrauen in die Höhe stiegen. Es war ein beinahe perfekter Moment, getrübt nur durch den quengelnden Knirps auf dem Arm der Mutter. Andrew war damals noch ein Kleinkind, und Fletcher erinnert sich daran, wie der Junge die Augen aufriss beim Anblick der Ballons, die sich im Himmel drängten wie eine Schar bunter Christbaumkugeln.

Hinter dem Herrenhaus steht ein Pick-up auf einem ebenen Gelände am Rand eines steilen Abhangs. Als Fletcher darauf zugeht, wird gerade ein Passagierkorb von der Ladefläche gehoben, gefolgt von einem Brenner und Gasflaschen. Zwei Männer sind dabei, einen zusammengelegten Ballon auf der Rasenfläche planvoll auszubreiten.

Als Fletcher Felix Abernathy sieht, erlebt er den üblichen Adrenalinschub, und die altbekannte Beklemmung kriecht in ihm hoch. Er stapft durch den Matsch zwischen den Grasbüscheln und kämpft mit jedem Schritt gegen den Sog unter den Büroschuhen an. Ihm kommt der Gedanke, dass seine Beziehung zu Felix schon länger andauert als seine Ehe und dass sie sich ebenso wie seine Ehe über die Jahre in etwas anderes verwandelt hat.

Felix überwacht die Aktivitäten rund um den Pick-up. Er trägt eine Wachsjacke und Gummistiefel. Fletcher kann den Mann nur dafür bewundern, dass er den Eindruck erweckt, er habe nie etwas anderes getan, als in der Landschaft herumzustehen und über sein Land zu blicken, obwohl Fletcher genau weiß, dass seine Kindheit in Straßenasphalt und Enttäuschung wurzelte.

Felix streckt Fletcher die Hand entgegen. »Lang nicht mehr gesehen, Mann.«

Fletcher schüttelt ihm die Hand. »Wie geht's?«, fragt er.

»Kann mich nicht beschweren. Und selbst?«

»Alles okay. Es ist schön, mal aus dem Büro rauszukommen. Was geht hier vor sich?«

»Ich überlege, ob ich für einen PR-Coup nicht ein paar Heißluftballons verwenden könnte, um damit ein Event zu promoten. Ich wollte mir das mal vorführen lassen.«

»Gehen Sie mit rauf?«

»Scheiße, nein. Würden Sie das tun?«

Mit zusammengekniffenen Augen betrachtet Fletcher den Ballon. »Ich glaube, die Aussicht würde mir gefallen.«

»Sie haben mehr Mut als ich«, meint Felix.

»Aber es würde nicht gehen. Ich habe Höhenangst.« Der Ballon liegt nun in einem Oval wie ein See aus Stoff ausgebreitet auf dem Rasen. Ein paar Leute bleiben stehen und sehen zu. »Was gibt's?«, fragt Fletcher.

»Cody Swift.« Aus Felix' Mund klingt der Name wie eine ansteckende Krankheit.

»Aha.«

»Ich nehme an, Sie haben schon mit ihm geredet?«

Fletcher nickt.

»Ich möchte, dass Sie ihn mit einer Information versorgen«, sagt Felix. »Tatsächlich hat sich was Neues ergeben. Einer meiner Kontakte hat den Taxifahrer ausfindig gemacht, der Jessy Paige in der Nacht der Morde zu Hause abgesetzt hat. Ich dachte, das könnte interessant für den Podcast sein.«

Fletcher ist jetzt ganz bei der Sache. Die Identität des Fahrers ist nie geklärt worden.

»Wie ist es dazu gekommen?«, fragt Fletcher, aber Felix tippt sich nur an die Nase. Er drückt Fletcher ein Blatt in die Hand. Darauf steht ein Name mit Adresse und Handynummer. »Das ist der Mann. Man sollte ihn befragen und Swift einen Hinweis zuspielen. Nichts, was Ihnen Sorgen machen muss.«

»Warum sagen Sie es ihm nicht selbst?«, fragt Fletcher. Doch die Männer prüfen gerade den Gasbrenner, und in einer grellen Säule schießt geräuschvoll eine Stichflamme vor ihnen in die Höhe, die dann wieder erstirbt. Einer aus dem Team geht auf Felix zu, während ein anderer den Pick-up von der Wiese fährt.

»Was haben Sie gesagt?«, sagt Felix, und Fletcher wiederholt die Frage.

»Es geht um Glaubwürdigkeit«, erwidert Felix. Fletcher gefällt der sarkastische Zug an seinem Lächeln nicht. »Ich denke, es ist am besten, die Info kommt von Ihnen. Das ist doch kein Problem, oder?«

Eigentlich will Fletcher sich weigern und Felix nach seinen Motiven fragen, denn das Timing nach der letzten Podcast-Episode scheint sehr in Jessicas Sinne zu sein. Aber die Zeiten, in denen Fletcher genug Einfluss hatte, um das zu tun, sind längst vorbei. »Überhaupt kein Problem, nein«, sagt er.

Grüßend hebt Felix die Hand in Richtung des Mannes, der auf sie zukommt, und geht ihm entgegen. Kurz dreht er sich zu Fletcher um. »Bleiben Sie da und schauen sich an, wie er hochgeht?«

Fletcher schüttelt den Kopf. »Hab noch zu tun«, ruft er. Er hält das Papier hoch, das Felix ihm gegeben hat, obwohl er eigentlich andeuten wollte, er habe eigene Aufgaben zu erledigen.

»War schön, Sie zu sehen, John.«

Beim Weggehen hört Fletcher Felix sagen: »Ist das Logo bei unserem Ballon an derselben Stelle? Das muss viel größer werden.«

Die Antwort der Frau ist nicht mehr zu verstehen.

»Erklären Sie mir noch einmal, wie es dazu kam«, sagt Smail. Fletcher und er stehen mitten im Büro. In den Arbeitsnischen rundum ducken sich die Köpfe, so tief es geht, und Telefonate werden im Flüsterton geführt und schnell beendet.

Smail hat sich kein einziges Lächeln abgerungen, seit Fletcher ihm von Noyce' Geständnis und Verhaftung berichtet hat. Weder hat er Fletcher auf den Rücken geklopft, noch freundlich den Arm getätschelt oder ihm auch nur ein knappes Nicken gegönnt, das bei manchen Vorgesetzten als Anerkennung durchgeht. Stattdessen vernimmt er ihn.

Fletcher merkt, wie seine Laune sich verschlechtert, beginnt aber pflichtschuldigst noch einmal von vorn, und Smail fragt: »Warum haben Sie Noyce nicht schon verhaftet, bevor Sie ihn aufs Revier gebracht haben?«

»Ich hatte nur so eine Ahnung, dass er uns was zu erzählen hätte, aber ich war mir nicht sicher, was, und zu Hause war er nicht bei der Sache. Ich dachte, vielleicht hilft ihm ein Gespräch auf dem Revier, sich zu konzentrieren. Ich hatte keine Ahnung, dass wir es hier mit einem Geständnis zu tun kriegen.«

»Warum war Noyce mit Ihnen und Danny allein im Einsatzwagen? Er hätte eine Begleitung haben sollen.«

»Mir war da noch gar nicht klar, wie stark er geistig beeinträchtigt ist. Im Ernst, ich dachte anfangs nur, er ist ein bisschen begriffsstutzig. Erst als wir auf der Fahrt miteinander geplaudert haben und er mir erzählte, dass er als Kind auf die St-Jude's-Sonderschule gegangen ist, ist mir das gekommen. Sobald wir auf dem Revier waren, habe ich die nötigen Schritte zu seinem Schutz unternommen. Seine Mutter hat als mündiger Beistand fungiert, und außerdem haben wir eine Pflichtverteidigerin für das Interview dazugeholt.«

Ungläubig tippt sich Smail mit der Fingerspitze in einem langsamen Rhythmus auf die Oberlippe. »Manchmal«, meint er, und sein herablassender, schulmeisterlicher Ton kränkt Fletcher, »überkommt uns angesichts eines gelösten Falls die Euphorie. Diese Euphorie kann die nötige Vernunft behindern, oder besser gesagt, die Vorsicht, die ein erfahrener Polizist in einer Ermittlung walten lassen sollte. Sie kann verschleiern, dass es Graubereiche innerhalb unserer Abläufe gibt. Sind Sie ganz sicher, dass, wenn sich der rosa Nebel dieses Ermittlungserfolgs gelegt hat, wir nicht vor einem Haufen Scheiße sitzen, den Sie fabriziert haben?«

Fletcher zuckt zusammen. Er hat mit einem Händedruck gerechnet, und jetzt das? So sollte Smail mit einem Mann nicht umgehen, der ihm eben erst einen gelösten Fall präsentiert hat. Sein Zorn schwillt an, und gleichzeitig spürt er, wie die Demütigung jede Faser seines Körpers durchdrungen hat. Er ist durchtränkt davon. Eine öffentliche Abkanzelung ist schwer wettzumachen. Er erwidert nichts, denn er ist sich nicht sicher, ob er die Haltung wahren kann. Smail ist noch nicht fertig.

»Was die Sache angeht, Noyce ohne Begleitung herzubringen, kommen Sie wahrscheinlich ungestraft davon, denke ich, wobei ich nicht der Einzige sein dürfte, der hierfür eine Erklärung verlangen wird. Womit Sie aber nicht davonkommen, ist, dass Sie mich nicht sofort darüber unterrichtet haben, dass Sie Noyce aufs Revier holen, und mich außerdem nicht augenblicklich informiert haben, als Sie hier eingetroffen sind. John, was zum Henker haben Sie sich dabei gedacht? Sie sind Mitarbeiter meiner Ermittlung, und gleichzeitig untergraben Sie meine Arbeit. Diese Ermittlung hätte bis ins letzte Detail mit der angemessenen Sorgfalt zu Ende geführt werden sollen.«

Fletcher hat sich emotional ausgeklinkt. Anders steht er das nicht durch. Er registriert, dass Smails Aknenarben röter sind als sonst und dass seine Pupillen hart und glänzend sind wie nasse Kiesel.

»Ab sofort gehen wir so vor«, erklärt Smail, »bis auf Weiteres übernehme ab jetzt ich die Befragung von Noyce – bis wir ganz sicher sind, dass die Beweislage gegen Noyce hieb- und stichfest ist. Sie ermitteln weiter in alle anderen Richtungen. Fangen Sie damit an, die Überwachungsvideos aus dem Casino durchzusehen. Ich erwarte morgen früh einen Bericht auf meinem Schreibtisch.«

Wutentbrannt und frustriert verlässt Fletcher das Büro mit dem Karton voller Überwachungsvideos auf dem Arm. Eigentlich sollte er im Pub sein und mit dem Team anstoßen. Das hier sollte der Glanzpunkt seiner Karriere sein. In jeder anderen Ermittlung wäre es so. Für ihn persönlich ist dieser Ausgang ein Totalschaden, und seiner Meinung nach ist das allein Smail zuzuschreiben. Fletcher wird es selbst in Ordnung bringen müssen.

Er wirft die Videos ins Auto und setzt sich hinters Steuer. Der Regen prasselt. Sein Nacken ist nass und glitschig, wo der Regen ihm unter den Kragen geronnen ist. Er kann unmöglich nach Hause zu Frau und Kind. Er würde durchdrehen. Innerhalb von Minuten hätten sie einen Streit. Abrupt dreht er den Kopf, als jemand heftig an die Scheibe klopft. Es ist Danny. Er steigt ein.

»Alles okay?«, fragt Danny. Er ist außer Atem.

»Ging schon mal besser.«

»Ich darf nicht mit dir reden, heißt es.« Beide grinsen. So weit wird es niemals kommen. »Aber es gibt da etwas, was du wissen solltest. Der diensthabende Sergeant hat mir erzählt, dass man auf der Hose von Noyce Blutspuren entdeckt hat. Kein Fleck, sondern Tropfen, wie von

einer frischen Wunde. Der Sergeant sagt, dass sie schon im Labor ist.« Danny hebt die Augenbrauen. »Das sind doch gute Nachrichten, oder? Mit Noyce liegst du ganz richtig. Das wird es beweisen. Lass dich von Smail nicht unterkriegen.« Er schlägt Fletcher die Hand auf die Schulter und drückt sie kurz, bevor er aus dem Auto steigt.

Fletcher sieht Danny nach, als der über den Parkplatz rennt und wieder im Polizeigebäude verschwindet. Die Neuigkeit von dem Blut hebt seine Stimmung. Solange allerdings kein Untersuchungsergebnis vorliegt, ist es noch kein Beweis, aber er ist optimistisch, dass es seinen Vorwurf gegen Noyce untermauern wird. Trotzdem will er nichts dem Zufall überlassen. Selbst wenn das Blut Fletchers These bestätigt, wird Smail vermutlich weiter versuchen, ihn kleinzuhalten, und sich den Ermittlungserfolg auf die eigene Fahne schreiben. Fletcher muss sich hier durchsetzen, sonst gelingt es Smail womöglich, ihn so unterzubuttern, dass er nie mehr auf die Füße kommt.

Er wägt seine Möglichkeiten ab, und eine davon scheint ihm besser geeignet als die anderen. Tatsächlich, je länger er darüber nachdenkt, desto mehr scheint sie ihm nicht nur geeignet, sondern geradezu vernünftig. Er steckt den Schlüssel in die Zündung, legt den Arm über die Rückenlehne des Beifahrersitzes, und noch bevor er ausgeparkt hat, ist sein wunderbar einfacher Plan so gut wie fertig.

Eine Stunde später schiebt Fletcher die Tür zum Coach and Horses Pub an der Cheltenham Road auf. Felix Abernathy sitzt bereits da, vor sich ein Bier und eine Pizza, die aussieht, als habe sie eine ganze Weile in der Mikrowelle verbracht.

»Felix.«

»John.« Felix erhebt sich nicht. Fletcher bestellt sich ein Bier an der Bar und setzt sich. »Alles in Ordnung?«, fragt er.

»War schon mal besser.« Felix schneidet ein Dreieck aus der Pizza, nimmt es in die Hand und stopft sich das Stück ganz in den Mund.

Fletcher senkt die Stimme. »Ich will eine Abmachung treffen.«

»O ja? Ich dachte, Sie wollten mir vielleicht sagen, dass die Videos zerstört sind.«

»Das wird schon noch passieren, aber die Lage hat sich verändert. Kann sein, dass wir beide ein Problem haben.«

»Legen Sie los.« Felix schiebt den Teller weg und kratzt sich mit der Rückseite der Fingernägel die Wange. »Ich bin ganz Ohr.«

»Mein Vorgesetzter hat ein falsches Bild von mir. Ich habe ihm den Fall fix und fertig präsentiert, aber er ist immer noch nicht zufrieden. Er zweifelt an mir.« Es schmerzt Fletcher, das zu sagen, aber Felix soll die Bedrohung ebenso erkennen, wie er es tut. »Er will, dass ich nachforsche, was Jessy Paige Sonntagabend gemacht hat, denn sie hat kein Alibi. Er wird nicht lockerlassen, und es interessiert ihn sehr, wer der Unbekannte auf den Überwachungsvideos ist. Er will, dass ich die Identifizierung vorantreibe, woran ich keine Interesse habe und Sie vermutlich auch nicht.«

»Sie haben den Mörder der Jungen?«

»Wir haben ihn gefunden, verhaftet und angeklagt.«

»Wer ist es?«

»Das bleibt unter uns? Ein Kerl namens Sidney Noyce vom Estate. Er ist zurückgeblieben. Geistig auf dem Stand eines Kindes. Er wollte immer mit den Jungen ab-

hängen, aber die haben ihn schikaniert. Er hat gestanden.«

Felix nimmt sich die Zeit, sich eine Zigarette anzuzünden, bevor er fragt: »Wie heißt der Vorgesetzte?« Keiner beherrscht das Pokerface so perfekt wie er, denkt Fletcher.

»Howard Smail. Detective Superintendent Howard Smail.«

Felix hebt ganz leicht die Augenbrauen. »Erzählen Sie mir mehr über ihn.«

Fletcher erklärt, was Smail für ein Typ ist, wie er arbeitet und dass er erst kürzlich von der Metropolitan Police in London nach Bristol gewechselt ist und in einem polizeieigenen Appartement im Wohnkomplex beim Blaise Castle wohnt, bis seine Familie nachzieht.

»Mit der Unterkunft lässt sich was machen«, sagt Felix. »Ich kenne eine junge Frau, die sich dort auskennt. Ich muss mit Jess reden. Hinter den Kulissen.«

»Sie ist in keinem guten Zustand.«

»Machen Sie sich darum keine Sorgen.«

»Können wir uns auf sie verlassen?«

»Ich sage, Sie sollen sich keine Sorgen machen.« Felix drückt seine Zigarette auf dem Pizzateller aus und steht auf.

»Gehen Sie?« Plötzlich wird Fletcher von Panik erfasst, und wie schon beim Telefonat mit Felix branden unerwartet die Emotionen in ihm hoch. Das Bedürfnis nach jemandem, der seine Gefühle nachempfindet, ist erdrückend. »Charlie Paige ist in meinen Armen gestorben«, sagt er. Er kann Felix nicht in die Augen sehen. Um zu verschleiern, dass ihm unversehens die Tränen in die Augen treten, nimmt er einen großen Schluck Bier.

»John.« Es klingt wie eine Warnung, aber Fletcher kann sich nicht bremsen.

»Er hat noch geatmet, als ich ihn gefunden habe. Oh, mein Gott! Verdammt!« Spucke tropft auf den Tisch, und er greift nach einer Serviette, um sich zu schnäuzen.

»Es ist verflucht beschissen, John, aber Sie müssen sich zusammenreißen. Kümmern Sie sich um die Überwachungsvideos, sehen Sie zu, dass ich mit Jessy reden kann, und den Rest erledige ich.«

Nachdem Felix gegangen ist, sitzt Fletcher noch eine Weile am Tisch und zupft sich feuchte Serviettenfetzen von den Fingern. Er geniert sich. Er weiß gar nicht, wie es zu diesem Ausbruch gekommen ist. Schwer atmet er aus. Es ist vorbei; jetzt muss er sich um seine Aufgaben kümmern. Er ist sich absolut sicher, dass Felix seinen Teil der Abmachung erfüllen wird, und als er den Pub verlässt, ebbt die Trauer ab, und neue Zuversicht richtet ihn auf.

Fletcher fährt am Feeder Canal entlang nach Hause. An einer einsamen Stelle hält er am Straßenrand und holt eine Rolle Klebeband aus dem Kofferraum, die er zusammen mit dem Karton voller Videobänder zu einer kleinen Fußgängerbrücke trägt. Die einzigen Beobachter sind die Tauben, die nebenan in den Fensternischen eines aufgelassenen Lagerhauses nisten. Er sucht sich ein paar Steine, legt sie zu den Videokassetten in den Karton und klebt ihn zu. Das Ganze hievt er über das Brückengeländer und sieht zu, wie es im trüben Wasser untergeht. Er weiß, dass es an dieser Stelle tief ist. Er hat einmal erlebt, wie man hier ein Auto aus dem Wasser gezogen hat; der Fahrer war nur noch ein aufgedunsenes Etwas.

Zurück am Auto holt er den Schraubenzieher aus dem Handschuhfach und schließt die Beifahrertür. Von außen schiebt er den Schraubenzieher in die Lücke zwischen Tür und Autodach und hebelt daran herum, bis ein Spalt in der Tür ist und der Metallrahmen deutlichen Schaden genommen hat. Als er sich davon überzeugt hat, dass es aussieht, als habe jemand das Auto aufgebrochen, legt er den Schraubenzieher zurück ins Handschuhfach und fährt nach Hause.

Eine halbe Stunde später ist er da. Bevor er hineingeht, sammelt er sich. Das Baby auf der Schulter, geht seine Frau im Wohnzimmer auf und ab. Im Hintergrund läuft der Fernseher.

»Tut mir leid, dass ich so spät dran bin«, sagt er. Er küsst sie flüchtig auf die Wange. Sie riecht nach Babykotze. »Ich muss nur ganz kurz telefonieren, dann nehme ich ihn dir ab, versprochen.«

Smail nimmt sofort ab. Fletcher macht es kurz, und Smail wiederholt, was er sagt, wobei er seine Wut kaum unterdrücken kann. »Sie haben am Feeder Canal angehalten?«

»Ja.«

»Um was genau nachzuprüfen?«

»Ich habe einen Mann am Kanal gesehen, der irgendwie Hilfe zu brauchen schien.«

»Und während Sie ihm geholfen haben, hat jemand Ihr Auto aufgebrochen und die Videokassetten gestohlen?«

»Und meine Brieftasche.«

»Das gibt's doch nicht.«

»Ich bin genauso ratlos wie Sie, Chef.«

»Warum sollte irgendwer eine Kiste voll Videos stehlen?«

»Die Leute stehlen alles, was ihnen unter die Finger kommt.«

»Haben Sie wenigstens das Nummernschild, nach dem wir suchen müssen?«

»Tut mir leid, nein.«

Smail seufzt, als könne Fletcher ihn unmöglich noch schlimmer enttäuschen. »Wir reden morgen früh weiter.«

Nicht, wenn ich es verhindern kann, denkt Fletcher. Er sagt: »Natürlich. Es tut mir leid, Chef.« Doch die Verbindung ist schon abgebrochen. Fletcher kehrt ins Wohnzimmer zurück und sinkt neben seiner Frau aufs Sofa. Er gähnt so sehr, dass sein Kiefer knackt.

»Langer Tag?«, fragt sie. Auch sie wirkt erschöpft.

Keine Erklärungen. »Ja, war viel los.« Er streckt die Hände nach dem Baby aus.

Sie legt es ihm in den Arm und reckt sich. »Tee?«

»Gerne, Schatz.«

»Ein Sandwich?«

»Nein, danke. Ich habe schon in der Kantine gegessen.«

Der kleine Andrew schmiegt den Kopf an Fletchers Hals und schläft im Handumdrehen ein. Unter dem warmen Gewicht seines Kindes entspannt sich Fletcher; er spürt die kleinen Atemzüge des Babys. Er wird noch abwarten, bevor er Felix anruft und ihn informiert, dass er die Videos beseitigt hat. Das gibt Felix ein bisschen mehr Zeit und Ansporn, die Dinge in die Wege zu leiten. Langsam löst sich die Anspannung. Wenn Felix seinen Teil der Abmachung erfüllt, denkt er, dann bin ich meine Sorgen los.

Es ist Zeit für die Wahrheit

Folge acht –
die verlorene Stunde:
vom Paradise zur Blackhorse Lane

»Sie wären überrascht, was man in zweiundsiebzig Minuten alles machen kann.«

Mein Name ist Cody Swift. Ich bin Filmemacher und begrüße Sie zu *Es ist Zeit für die Wahrheit,* einem Podcast von Dishlicker Productions. Das hier war die Stimme des ehemaligen Detective Superintendent Howard Smail, und er bezieht sich dabei auf die zweiundsiebzig Minuten in der Nacht der Ermordung von Scott und Charlie, für die Jessica Paige, die Mutter von Charlie Paige, kein Alibi hat.

Ich möchte Sie etwas fragen: Was, glauben Sie, kann man in zweiundsiebzig Minuten machen? Ich habe ein paar unwissenschaftliche Recherchen dazu angestellt – womit ich sagen will, ich habe ein bisschen im Internet gesurft – und habe herausgefunden, dass die Internationale Raumstation ISS etwa zweiundsiebzig Minuten braucht, um einmal unseren Planeten zu umrunden. Außerdem könnte man sich sechsunddreißigmal die empfohlenen zwei Minuten die Zähne putzen. Man könnte zwölf Zigaretten hintereinander rauchen oder sich ein ausgesprochen langes Bad in der Wanne gönnen. Das sind meine persönlichen Schätzungen. Aber ich denke, Sie verstehen, worauf ich hinauswill. Man kann eine ganze Menge machen in zweiundsiebzig Minuten. Man kann eine Beziehung beenden. Man kann einen Mord begehen.

Am Ende der letzten Podcast-Folge haben Sie einen Tonausschnitt mit Hypothesen des forensischen Psychologen Professor Christopher J. Fellowes zu Jessica Paiges Gemütszustand gehört. Wir wollten Ihnen mehr aus diesem Interview vorspielen, aber in der vergangenen Woche haben uns auf dramatische Weise die Ereignisse überholt. Sie werden im Verlauf dieser Folge mehr darüber erfahren.

Professor Fellowes ist nicht der einzige Wissenschaftler, mit dem wir in Kontakt getreten sind. Die Fakultät für Kriminologie an der University of the West of England hier in Bristol hat uns von sich aus kontaktiert und Hilfe jeglicher Art angeboten. Ich bat sie um Unterstützung, denkbare Szenarien nachzustellen, wie Jessica Paige die »verlorene Stunde« möglicherweise verbracht haben könnte.

Simon McKay, Student im dritten Jahr, erklärt uns hier, wie sie vorgegangen sind.

»Zunächst mussten wir ausschließen, dass sie sich irgendwie unberechenbar verhalten hat, also ein Szenario, bei dem Jessica Paige wahllos mit jemandem herumgefahren ist, irgendwo unerwartet ausgestiegen ist und willkürlich ein Taxi nach Hause genommen hat. Kaum jemand würde so etwas machen, selbst wenn er betrunken ist. Unsere grundsätzliche Annahme bestand also darin, dass Jessica Paige sich ›normal‹ verhalten hat. Im Grunde also etwas, das vorhersehbar ist oder für das es eine harmlose Erklärung gibt. Wir steckten die verschiedenen Routen ab, die man auf einer Fahrt vom Paradise Casino zum Glenfrome Estate nehmen kann. Um ganz sicherzugehen, benutzten wir dafür einen Stadtplan von

1996. In unterschiedlichen Teams fuhren wir die Strecken ab, wobei wir uns an die Geschwindigkeitsbegrenzung hielten. Die schnellste Route dauerte neun Minuten, die langsamste neunzehn Minuten. Wir fuhren die Strecken an einem Sonntagabend nach zehn Uhr ab, um die Verkehrsverhältnisse so genau wie möglich nachzubilden. Wir stellten Überlegungen an, inwiefern unsere Fahrten und die von Jessica Paige sich unterscheiden mochten. Am achtzehnten August 1996 könnte möglicherweise noch ein winziges bisschen Tageslicht vorhanden gewesen sein, aber sicher nicht viel, und vermutlich wäre es auch auf keiner der möglichen Fahrstrecken sichtbar gewesen. Jessica Paiges Fahrt dürfte also ziemlich sicher in völliger Dunkelheit stattgefunden haben. Es war heiß, also waren auf der Straße möglicherweise Leute unterwegs. Wir engten unsere Recherchen auf die zwei wahrscheinlichsten Fahrstrecken ein, die am schnellsten und bequemsten waren. Entlang des Weges suchten wir nach Orten, an denen Jessica und ihr erster Fahrer möglicherweise angehalten hatten und die sie in einem anderen Auto hätte verlassen können. Eine davon war eine zweispurige Schnellstraße, an der es kaum Möglichkeiten gab anzuhalten. Wenn sie nicht auf einem Parkplatz am Straßenrand den Wagen gewechselt hat, was vor dem Handyzeitalter gar nicht so einfach war – außer sie hat ein vorbeikommendes Taxi angehalten –, dann wäre das unserer Ansicht nach die weniger wahrscheinliche Route. Der andere Weg führte über die Blackhorse Lane. Ein Kollege, der Spezialist für die Geschichte von Bristol ist, erklärte uns, dass die Blackhorse Lane im Jahr 1996 nur teilweise reines Wohngebiet war und es auch einige Läden und Cafés gab, unter anderem einen beliebten Pub namens The Blue Door. Dort gab es einen Biergarten, und er hatte auch an Sonntagabenden geöffnet. Und im ersten Stock eines Ladengeschäfts auf der gegenüberliegenden Straßenseite befand sich ein Taxiunternehmen.«

Simon und ich unterhielten uns über das Worst-Case-Szenario, in dem Jessica Paige in irgendeiner Weise in die Morde an Scott und Charlie verwickelt wäre. Ich stellte ihm eine schwierige Frage.

»Wenn die schnellste Route vom Paradise Casino zum Glenfrome Estate neun Minuten dauert, glauben Sie, dass Jessica Paige genug Zeit gehabt hätte, hinzufahren, den Tod der Jungen zu beobachten oder sich daran zu beteiligen, wieder wegzufahren, sich umzuziehen, oder was auch immer nötig gewesen wäre, und dann später in einem Taxi zurückzukehren?«

»Es wäre knapp, je nachdem, wo sie ins Taxi gestiegen ist, aber durchaus denkbar.«

Maya und ich sind dieser Gruppe großartiger Studenten unendlich dankbar für ihre Nachforschungen. Wir gingen der Spur nach, die sie uns genannt hatten, mussten aber leider feststellen, dass sowohl der Pub The Blue Door als auch das Taxiunternehmen heute nicht mehr existieren. In den vergangenen zwanzig Jahren wurde ein Großteil der Häuser an der Blackhorse Lane abgerissen und neue Wohnanlagen errichtet. Trotzdem ist es eine spannende Spur, und wir wollen weiter dranbleiben und werden Ihnen berichten, was dabei herauskommt.

Vielleicht fragen Sie sich, warum wir diese Recherchen nicht selbst angestellt haben und warum diese Podcast-Folge weniger klar strukturiert wirkt als die vorangegangenen. Der Grund hierfür ist, dass Maya am letzten Mittwoch gegen zwanzig Uhr fünfundvierzig auf der Straße angegriffen wurde.

Gerade mal siebzig Meter von unserer Haustür entfernt wurde sie von einem dunkel gekleideten Mann mit Strickmütze vom Gehsteig in eine dunkle Gasse gezerrt, die in einen Garagenhof auf der anderen Straßenseite führt. Er drohte ihr mit einem sexuellen Übergriff und sagte – Zitat: »Sie haben Ihre Nase in Dinge gesteckt, die Sie nichts angehen.« Er drückte sie an die Mauer und legte ihr die behandschuhte Hand über den Mund. Dann hielt er ihr ein Messer an den Hals. Bevor es noch schlimmer kommen konnte, wurde er von einem Auto gestört, das in die Gasse einbog. Er versuchte noch, Maya außer Sichtweite zu zerren, aber es gelang ihr, sich loszureißen und nach Hause zu rennen. Er folgte ihr nicht. Maya trug einen Schnitt am Hals davon, den wir in der Notaufnahme behandeln ließen. Den Überfall haben wir der Polizei gemeldet.

Meine Schuldgefühle überwältigen mich. Das alles ist nur passiert, weil ich Maya in diesen Podcast hineingezogen habe. An dem Abend sind wir beide zutiefst erschüttert ins Bett gegangen. Ich konnte nicht einschlafen. Ich setzte mich auf und betrachtete sie. Die Schwärze im Schlafzimmer schien sie einzuhüllen. Als ich mich zu ihr legte, bemerkte ich, dass sie zitterte, und ich hielt sie fest, bis sie eingeschlafen war, aber ich wusste, dass ich selbst nicht schlafen würde. Ich dachte darüber nach, dass ich meine Zukunft aufs Spiel gesetzt hatte, um Fragen aus meiner Vergangenheit zu beantworten. Instinktiv lauschte ich jedem Klopfen, jedem Schlag in dieser Nacht. Ich hatte Angst, dass jemand bei uns einbricht und uns im Bett überfällt.

Innerlich war ich völlig aufgewühlt vor lauter Angst, dass etwas Unerwartetes passierte. Eine Erinnerung kam hoch. Eine Erinnerung, die ich einmal sehr tief vergraben hatte, kämpfte sich an die Oberfläche. Ich versuchte, sie zu verscheuchen, machte die Augen auf, fixierte die spinnwebartigen Risse im Verputz an der Decke und die ehemals prunkvolle, mittlerweile abblätternde Stuckrosette, von der unser Kronleuchter vom Flohmarkt herabhängt. Ich malte mir aus, wie die tropfenförmigen blassrosa Eiskristalle im Windhauch klirrten. Ich stellte mir Kerzen statt der Glühbirnen vor. Ich stellte mir vor, die Risse an der Decke wären die Risse in meinem Gedächtnis. Irgendwann fiel mir nichts mehr ein, woran ich denken könnte, und in diesem Augenblick fing die Erinnerung, die ich hatte unterdrücken wollen, an, sich wie eine altmodische Filmspule abzurollen. Ich betrachtete eine Szene, die ich zwanzig Jahre lang vergessen hatte.

Es ist Sonntagnachmittag, der 18. August 1996. Ich trage mein T-Shirt von der Olympiade in Atlanta, und es ist noch nicht zerrissen. Charlie, Scott und ich hängen in einer dunklen Gasse hinter einem der Wohnblöcke auf der Rückseite des Vereinsheims herum. Hier stapeln sich schwarze Müllsäcke, und aus einem quellen schmutzige Windeln. Als wir einen der Säcke herumkicken, hören wir, dass leere Flaschen drin sind. Charlie wirft einen Blick hinein. Da ist eine Flasche Napoleon Brandy. Er trinkt die letzten Tropfen und zertrümmert die Flasche. Wir machen einen Pinkelwettbewerb an die Wand des Vereinsheims, den Scott mit Abstand gewinnt. Ich bin der

Erste, der sieht, dass sich ein Müllsack bewegt, und weise die anderen darauf hin. Charlie macht einen Riesensatz. »Scheiße!«, sagt er. »Was ist das?«

Vorsichtig gehen wir hin. Als wir näher kommen, beult sich eine Ecke des Sacks heraus, als würde sich im Innern etwas hin und her winden. Schreiend rennen wir aus der Gasse. Da steht Sidney Noyce.

»Hallo, Scott«, sagt er. Von uns dreien war ihm Scott der Liebste, vermutlich weil Scott am nettesten war.

»Hi, Sid«, sagt Scott. »Möchtest du was machen?«

Wir wissen, dass er Ja sagen wird. Das tut er immer. Charlie deutet in die Gasse. »Geh mal und schau, was dort in dem Sack ist.« Sid nickt. Er ist zu dämlich, um Angst zu haben. Vom Ende der Gasse beobachten wir ihn. Zuerst stochert er gegen den Sack, und wir schrecken zusammen, als er sich wieder bewegt. Aber Sid kümmert es nicht. Er kniet sich hin und zerreißt das Plastik, und dann können wir nicht mehr erkennen, was er macht, aber dann sagt er »Hallo!«. Als er sich zu uns umdreht, hält er ein kleines Wesen im Arm und lächelt noch mehr als zuvor. Das Tier winselt.

»Was ist das?«, frage ich.

»Ein Hundebaby«, sagt Sid.

Der kleine Hund ist braun und hat einen weißen Fleck am Bauch. Die Nase ist rosa, und die Ohren schlackern. Mund und Augen sind geöffnet, und er hechelt flach und geräuschvoll.

»Sind da noch mehr?«, fragt Charlie.

»Nur der hier«, sagt Sid.

Charlie streckt die Hände nach dem Hund aus. Als Sid ihn ihm gibt, winselt der Hund wieder, und wir sehen, dass etwas nicht stimmt. Zwei seiner Beine baumeln auf unnatürliche Weise herunter.

»Die Beine sind gebrochen«, sagt Charlie. »Irgendein Arschloch hat ihn hier zum Sterben hergebracht.« Er ist aufgewühlt. Charlie liebt Hunde.

»Was sollen wir mit ihm machen?«

»Er ist am Arsch«, sagt Charlie. Er verbringt so viel Zeit an der Rennbahn, dass er meint, sich auszukennen.

»Nein!«, sagt Sid. Er will den Welpen zurücknehmen, und das Tier japst.

»Sid!«, meint Charlie. »Wir müssen ihn töten.«

»Wir sollten ihn zum Tierarzt bringen«, sage ich. Auch wenn ich nur vage Ahnungen davon habe, wie man sich um Tiere kümmert, das weiß ich immerhin.

»Was ist mit dem Geld?«, fragt Charlie. »So ein Tierarzt kostet ein Schweinegeld.« Er kniet sich hin, streichelt den Welpen und krault ihn zärtlich an den Ohren. »Wer soll das bezahlen?« Er klingt wütend, und er hat recht. Keiner unserer Eltern hat Geld für den Tierarzt. »Außerdem ist der eh am Ende«, sagt Charlie.

Wir gehen ins Vereinsheim und holen Wasser, aber der Hund ist nicht dazu zu bringen, etwas zu trinken. Charlie wird immer aufgeregter, als er zu winseln anfängt.

»Sid«, meint er. »Du musst ihn totmachen. Es ist nicht nett, wenn wir ihn am Leben lassen.«

Sid schüttelt den Kopf.

»Du musst. Du bist stärker als ich. Du kriegst das ganz schnell hin.«

»Ich will nicht.« Sid tritt einen Schritt zurück.

»Komm schon! Soll der Hund wegen dir leiden?«

»Ich weiß nicht, wie.«

»Ich halte ihn fest. Du drückst seinen Hals zu. Drück ganz fest und lass nicht los.«

»Mach schon, Sid.« Scott stößt ihm in den Rücken, und ich mache es ihm nach.

Charlie nimmt den Welpen auf den Arm, und Sid legt dem Hund seine große Hand in den Nacken. Er beginnt zuzudrücken. Charlie schreit auf, und Scott und ich zucken zurück, als der Welpe instinktiv reagiert. Einen kurzen Moment windet er sich wild hin und her und reißt den Kopf herum. Die kleinen Zähne bohren sich in die Innenseite von Charlies Arm. Er blutet. Tropfen fallen auf den Saum an Sids Hosenbein, als er neben Charlie kniet und mit der Hand noch lange, nachdem er aufgehört hat, sich zu rühren, den Hals des Welpen umklammert.

»Lass los«, sagt Charlie. »Lass jetzt los! Das reicht, Sid. Hör auf!«

Sid macht einen Schritt zurück. »Tut mir leid, Charlie.«

Charlie weint. Tränen fallen auf das Hundefell. Er streichelt ihn noch ein bisschen, und wir alle schweigen und sehen ihm zu, aber er kommt nicht darüber hinweg. Er ist so unglücklich, dass er Sid attackiert. »Hau ab!«, sagt er. »Hundemörder!« Er greift nach einer zerdrückten Aluminiumdose, die aus der Tüte gerollt ist, und wirft nach Sid. »Hau ab!«

Sid blickt mich und Scott an, aber wir halten zusammen. »Verpiss dich, Sid«, sage ich. »Du bist schuld, dass er sich aufregt. Kannst du denn nicht ein Mal was richtig machen?« Sid wirkt erschüttert. Er bückt sich, um Charlie zu trösten oder vielleicht auch um den Hund ein letztes Mal zu streicheln. »Rühr mich nicht an!«, brüllt Charlie. »Rühr mich niemals an, und auch meine Freunde nicht. Du bist dreckig. Das hat dir Spaß gemacht! Du bist ein dreckiger Hundemörder.« Jetzt heult er laut, und Scott und ich gehen zu ihm hin. Scott umarmt ihn. »Welches Arschloch tut einem Hund so was an?«, wiederholt

Charlie immer wieder. Als wir wieder aufblicken, ist Sid weg. Bevor wir später zum Spielplatz gehen und uns in die Betonröhren setzen, versuchen wir, den Welpen auf einer Wiese in der Nähe zu begraben, aber der Boden ist zu hart, also reißen wir stattdessen Stücke der Grasnarbe heraus und legen sie auf den Hund.

Wieder und wieder spult sich die Erinnerung an diese Szene in meinem Kopf ab, während ich im Dunkeln neben Maya liege. Mir wird bewusst, dass ich in den vergangenen zwanzig Jahren der einzige Mensch war, der den wahren Grund kennt, warum auf der Hose von Sidney Noyce Blut entdeckt wurde. Vielleicht bin ich deshalb so sicher, dass Owen Weston recht hat damit, dass er unschuldig war. Vielleicht will ich deshalb nach anderen Erklärungen suchen für das, was in jener Nacht passiert ist. Diese Erinnerung könnte Auswirkungen haben, über die ich nachdenken muss.

Ich möchte mich dafür entschuldigen, dass diese Podcast-Folge eine Art Monolog und innere Betrachtung geworden ist. Diese Woche ist alles sehr persönlich geworden und sehr merkwürdig.

Um nach vorn zu blicken: Maya hat sich körperlich von dem Überfall erholt, und wir fangen an, uns seelisch zu regenerieren. Wir sind uns nicht im Klaren, wie dieser Gewaltakt sich langfristig auf den Podcast auswirken wird, aber wir können Ihnen versichern, dass wir nächste Woche mit einer neuen Episode und einer weiteren wichtigen Entwicklung aufwarten werden. Wir lassen uns nicht einschüchtern, denn ohne Zweifel sagt uns dieser Überfall, dass es jemanden gibt, der etwas zu verbergen hat, und die nächste Folge wird sich mehr denn je genau damit befassen. Als Vorgeschmack hier ein Zitat von Howard Smail, dem ehemaligen Detective Superintendent.

»Eines jedenfalls weiß ich: Wir konnten nie herausfinden, wer der Freund von Jessica Paige war. Natürlich wollten wir ihn unbedingt ausfindig machen, aber nach allem, was wir wussten, war er ein absolutes Rätsel.«

An dem Abend, an dem Jessica in Marokko eintrifft, gibt es im Hotel ein Abendessen für alle Schauspieler und die Crew. Eilig nimmt man sie auf Nicks Bitte hin in die Sitzordnung auf. Sie wünschte, sie hätte davon gewusst, dann hätte sie ihre Ankunft auf später verlegt, um zu verhindern, sich in Gesellschaft exponieren zu müssen. Heutzutage meidet sie größere Zusammenkünfte.

Jess blickt den langen schmalen Tisch entlang, an dem die Schauspieler und die Crew sitzen. Über ihren Köpfen hängen Lichtgirlanden, und in regelmäßigen Abständen stehen glasierte Tajines auf dem Tisch. Feierlich nehmen die Kellner von jedem Gefäß den Deckel ab, und ein Berg dampfendes Couscous kommt zum Vorschein, auf dem zartes Fleisch, frische Kräuter und wie Vogelfutter schimmernde dunkelrote Granatapfelkerne großzügig verteilt sind.

Neben Jess sitzt eine junge Schauspielerin. Als Jess ihr Brot anbietet, bedeckt die Frau mit der Hand ihren Teller und starrt verdrossen ans andere Ende des Tisches, wo die bekannten Darsteller mit dem Regisseur und dem Produzenten sitzen. Gelächter wogt von dort über den Tisch. Ihre Kristallgläser und ihr Besteck scheinen glanzvoller zu funkeln als die aller anderen, der Dampf aus den Töpfen vor ihnen steigt dramatischer auf, und hinter ihnen drängen sich die Kellner, magisch angezogen von ihrer Macht. Für die Jungen, Ambitionierten ist der Anblick berauschend, das weiß Jess, auch wenn sie selbst mittlerweile immun ist gegen diese Form von Neid. Sie greift nach der Weinflasche und schenkt sich und der Schauspielerin nach. »Trinken Sie noch was, meine Liebe«, sagt sie. »Es wird Ihnen guttun. Erzählen Sie mir doch von sich. Ich will alles wissen.«

Diese Taktik verfehlt seine prompte Wirkung auf das fade Mädchen nicht. Sie ist nicht die Schönheit, für die sie sich hält. Ihre Gesichtszüge liebäugeln mit der Anmut, weichen aber im letzten Moment davor zurück. Die Schauspielerin schluckt den Köder, und Jess kann sich zurücklehnen und so tun, als lausche sie dem energischen Monolog. Dazu gehört eine lange Liste von Verunsicherungen hinsichtlich des Agenten, der Aussichten vorzusprechen, wenn der Dreh hier vorbei ist, und ihrer gegenwärtigen Rolle, bevor sie zu einer ermüdenden Beschreibung ihres Schauspiellehrers übergeht, der ihr Potenzial erkannte. Jess nickt, murmelt »aha« und »wow« zwischen den Bissen (das Lamm schmeckt köstlich), viel mehr erfordert das Gespräch nicht von ihr.

Jess denkt an ihren eigenen beruflichen Durchbruch, den sie Nick zu verdanken hatte. Das war ein Jahr nach Charlies Tod, ein halbes Jahr nachdem Nick sie unter seine Fittiche genommen hatte. Zu dem Zeitpunkt hatte Jess die Kontrolle vollends verloren. Charlie war, obwohl sie ihm gegenüber Verbitterung empfunden und sich zeitweise schlecht um ihn gekümmert hatte, trotz allem ein Halt im Leben gewesen. Nach seiner Ermordung glitt sie orientierungs- und schutzlos weiter als je zuvor in die Sphären anderer hinein, die sie benutzten, als wäre sie nichts Besseres als eine Stoffpuppe.

Die Schauspielerin beugt sich zu Jess, um ihr nachzuschenken. In ihren Augen flackern die Lichtgirlanden. Sie genießt es, ein Publikum zu haben, denkt Jess, und bemüht sich, besser zuzuhören. Während sie den Erzählungen der Frau lauscht, empfindet Jess nichts als Erleichterung darüber, diesem Business nicht mehr anzugehören. Trotzdem wird sie die Zeit bei *Dart Street* nie bereuen. Damals entdeckte sie ihr Talent als Schauspielerin, und sie stürzte sich in die strapaziösen Dreharbeiten, um die Existenz als Stoffpuppe auszuradieren. Sich selbst neu zu erfinden war eine heikle Angelegenheit, aber es verlieh ihr ein gewisses Maß an Selbstachtung – das erste Mal in ihrem Leben. Der Job, Nick und ihr gemeinsames Leben konnten nicht verhindern, dass sie immer wieder zurückblickt und sich von Scham und Schuldgefühlen hinunterziehen lässt, aber das alles hat ihr doch auch beigebracht, nach vorn zu sehen und sich ein anderes, besseres Leben auszumalen.

Jess sieht über den Tisch zu Nick hinüber. Er erwidert ihren Blick und zwinkert ihr zu. Sie lächelt. Niemand bemerkt es. Jess nippt am Wein. Ohne Nick wäre sie ein Nichts. Sie wäre ein schlechter Mensch. Täglich spürt sie die Angst, dass er aufhören könnte, sie zu lieben. Selbst hier an diesem girlandenverzierten Tisch überkommt sie diese Angst, und es fühlt sich an, als sei eine bittere Flüssigkeit in ihre Kiefergelenke gesickert. Sie ist froh über die Ablenkung, als die junge Schauspielerin plötzlich aufsteht und eine Fotografin anfährt, die sich am Tisch entlangarbeitet.

»Ohne meine Einwilligung bitte keine Fotos von mir«, faucht sie. »Geht das in die sozialen Medien?« Vorsicht, denkt Jess. Das nächste Mal besetzen sie dich noch als Giftschlange.

»Entschuldigen Sie mich«, murmelt Jess an niemanden speziell gewandt. »Ich muss mal für kleine Mädchen.« Sie folgt den Schildern zu den Toiletten und landet in einem schwarz-weiß gefliesten Korridor, wo eine auf- und zuklappende Schwingtür Einblick in die geschäftige Küche gibt, in der verschwitzte Männer schnell und geräuschvoll herumwerken.

Jess geht ein paar Schritte und lehnt sich an die Wand. Der Putz ist kühl an ihrem tief ausgeschnittenen Rücken. Sie schlüpft aus den schmerzhaft hochhackigen Sandalen, streckt die Zehen auf den kalten Fliesen aus und genießt das befreiende Gefühl. Aus der Handtasche angelt sie sich ihr Handy und wirft einen Blick auf das Display. Keine Nachricht von Erica. Ein Anflug von Sorge überkommt sie. Sie versucht, Erica anzurufen, aber sie geht nicht dran, also hinterlässt Jess eine kurze, fröhliche Nachricht auf der Mailbox, bei der sie sich ihre Unruhe nicht anmerken lässt. »Ruf mich doch mal an, Schatz, wenn du das hörst. Hab dich lieb!«

Sie überlegt, ob sie Ollys Mutter anrufen und fragen soll, ob alles okay ist. Eigentlich ist so was tabu, jetzt, wo die Kinder im Teenageralter sind, doch das ist Jess egal. Sie ruft an, aber der Anruf geht auf die Mailbox. Jess hinterlässt auch hier eine Nachricht, dass sie sich über eine SMS oder einen kurzen Anruf freuen würde, um zu hören, ob zu Hause alles in Ordnung ist. Erica wird toben, wenn sie das erfährt, aber das kümmert Jess nicht. Sie hat auf die denkbar schlimmste Art erfahren müssen, dass man selbst auf sein Kind aufpassen muss, weil es andere im Zweifelsfall nicht tun.

Als sie auf die Terrasse zurückkehrt, hat der Abend Fahrt aufgenommen. In einer Ecke hat sich eine Band installiert und stimmt die Instrumente. Die Leute sind vom Tisch aufgestanden und vermischen sich. Sie spürt eine Hand auf der Schulter und dreht sich um. Es ist Nick.

»Ich bin so froh, dass du da bist«, flüstert er in ihren

Nacken. »Ich habe diese Meute jetzt schon satt, dabei bin ich erst eine Woche hier.«

Ihre Gesichter sind einander so nah wie nur möglich, ohne sich zu berühren. Sie merkt, dass er ziemlich betrunken ist, aber es stört sie nicht. Sie schmiegt ihre Wange an seine. Sie erwähnt nicht, dass sie sich um Erica Sorgen macht. Er hatte eine harte Woche und hat es verdient, sich gehen zu lassen. Die Band fängt an zu spielen. Die Frontfrau ist blass mit einem dichten Lockenschopf und rosa Lippen, die aussehen, als habe sie sie wund gebissen. Sie hat eine durchaus passable Stimme. Das erste Lied ist *Make You Feel My Love* von Adele, und Nick schenkt Jess ein Lächeln, das ihr Herz ein zweites Mal an diesem Abend zum Schmelzen bringt. »Tanzen wir?«, fragt er.

Nick hält sie eng an sich gedrückt. Die nächste Nummer ist lebhafter, und seine leuchtenden Augen ermuntern sie. Sein angeheiterter Enthusiasmus ist ansteckend. Jess nickt, und er wirbelt sie wie ein Profi auf der Tanzfläche herum. Wieder kickt sie die Sandalen fort, und als sie später von der Tanzfläche gehen, sind beide erhitzt und aufgedreht von der Musik und der seltenen Gelegenheit, einen Abend unter Erwachsenen zu verbringen. Sie halten sich an den Händen, während sie Schulter an Schulter zurück auf ihr Zimmer gehen.

Als Jess im Aufzug das Handy herauszieht, geht sie fest davon aus, dass sowohl Erica als auch Ollys Mutter eine Nachricht hinterlassen haben. Bei einem von beiden liegt sie richtig. Von Erica gibt es keine Nachricht, aber Ollys Mutter hat vier Mal vergeblich versucht anzurufen und eine SMS geschickt. *Habe versucht, Sie zu erreichen. Dachte, Olly und Erica sind heute Nacht bei Ihnen, und Sie fliegen erst morgen nach Marokko?*

»Nein!«, sagt Jess. »Verdammt!« In den verspiegelten Wänden des Aufzugs sagen unendlich viele Ausgaben ihrer selbst das Gleiche, und alle haben denselben Wimperntuschefleck unter einem Auge. Jess versucht, Ollys Mutter anzurufen, aber die Verbindung ist zu schwach.

»Wir rufen sie vom Zimmer aus an«, sagt Nick. »Es wird schon alles in Ordnung sein. Keine Angst. Bestimmt ist alles gut«, aber er ist blass geworden. Als sich die Aufzugtüren öffnen, nimmt Nick sie an der Hand, und sie laufen den Korridor hinunter zu ihrem Zimmer. Er müht sich so lange mit dem Schlüssel ab, dass sie ihn Nick abnimmt und die Tür aufschließt. Jess ist schon am Handy und tippt die Nummer ein, als sie ihn sagen hört: »Was zum Teufel ist das?« Auf dem Tisch in der Ecke steht ein riesiger Obstkorb. Ein Ungetüm. Vor dem Abendessen war er noch nicht da. Nick zieht einen kleinen Umschlag zwischen einer Mango und einer Kiwi heraus, reißt ihn auf und liest laut vor, was auf der Karte steht. »SCHÖNEN URLAUB! HERZLICHE GRÜSSE VON FELIX ABERNATHY.«

Er blickt Jess an. Sie legt das Handy weg.

»Scheiße noch mal, was soll das?« Wenn Nick zu viel getrunken hat, neigt er manchmal zu Schimpfwortern.

»Es ist in Ordnung«, antwortet sie. »Beruhige dich. Ich erkläre dir alles.«

»Scheiße noch mal, der verfickte Felix Abernathy.«

Er lallt. Jetzt sieht er nicht mehr aus wie ihr tanzender Romeo. Sie muss die Situation dringend entschärfen, und außerdem muss sie schnellstens Ollys Mutter anrufen, aber bevor sie eines von beiden tun kann, muss sie die schreckliche Angst bezwingen, die ihr die Innereien auszuschaben scheint.

»Scheiß Felix Abernathy! Ich dachte, wir rufen ihn

nicht an!« Nick ist nicht so betrunken, dass er nicht eins und eins zusammenzählen könnte.

»Halt bitte für eine Minute den Mund, Nick. Sei einfach still!«

Vor Überraschung klappt er den Mund auf, und der Ausdruck in seinen Augen ist ein kleines bisschen gemein, aber Jess wendet sich ab. Mehr als alles andere muss sie in Ruhe nachdenken.

Fletcher kauft ein Billighandy mit Prepaidkarte, bevor er Cody Swift anruft, denn sein Überlebensinstinkt ist doch noch ausgeprägt genug, auch wenn er sich gleichzeitig fragt, wofür er sich überhaupt noch die Mühe macht. Wen würde es kümmern, wenn er wegen so etwas seinen Job verlöre? Ihn selbst? Er weiß nicht einmal, ob irgendwer außer Danny es überhaupt bemerken würde.

Swift meldet sich mit einem selbstbewussten »Hallo.«

»Hier spricht Detective Inspector John Fletcher.«

»Oh, tut mir leid. Auf dem Display war Ihre Nummer gar nicht zu sehen.« Fletcher kommentiert die Bemerkung nicht. Keine Erklärungen, niemals. »Was kann ich für Sie tun, Detective?«

»Dieses Gespräch ist vertraulich, verstanden?«

»Verstanden.«

»Wie Sie wissen, wurden die Ermittlungen nach der Verurteilung von Sidney Noyce eingestellt.«

»Ja.«

»Wenn ich mich nicht täusche, beschäftigen Sie sich mit alternativen Theorien, wer Ihre Freunde umgebracht haben könnte.«

»Ich schaue mir verschiedene Möglichkeiten an.«

Fletcher unterdrückt ein Schnauben. Für wen hält sich dieser Cody Swift eigentlich? »In der letzten Podcast-Folge haben Sie erwähnt, dass Sie mehr über das Taxi herausfinden wollen, das Jessy Paige an dem Abend der Morde zurück zum Glenfrome Estate brachte.«

»Mhm.«

»Sie wissen, dass wir zum Zeitpunkt der Ermittlungen nicht in der Lage waren, den Taxifahrer ausfindig zu machen, aber ich habe Informationen zu seiner Identität bekommen. Auf Ihren Podcast hin hat sich ein Mann gemeldet.«

»Oh, wow! Das ist ja unglaublich! Können Sie mir die Info geben?«

Fletcher gibt ihm die Daten, die er von Felix hat, und Swift steigt begeistert darauf ein.

»Das ist ein Riesendurchbruch für den Podcast«, sagt er. »Kann ich dazu eine Aufnahme mit Ihnen machen? Wir könnten darüber reden, welche Bedeutung das für den Fall hat.«

»Das geht nicht. Diese Info ist inoffiziell. Ich denke, es ist nicht nötig, dass Sie erklären, von wem der Hinweis stammt.«

»Wird die Polizei dem nachgehen?«

»Was uns betrifft, wurde der Fall vor zwanzig Jahren erfolgreich abgeschlossen, und ich glaube nicht, dass sich dadurch Hinweise ergeben, die das ursprüngliche Ergebnis infrage stellen. Falls Sie allerdings im Gespräch mit diesem Mann irgendetwas von Bedeutung herausfinden, freut sich die Polizei natürlich, davon zu erfahren.«

»Warum erzählen Sie mir das?«

»Ich mag Sie, Cody. Ich erinnere mich von damals an Sie, und ich bewundere Ihre jetzige Arbeit. Genau wie Sie glaube ich, dass es wichtig ist, einen Abschluss zu finden, und vermutlich brauchen Sie den mindestens so sehr wie alle anderen, die in die ganze Sache involviert waren.«

Eine oscarreife Darbietung?, fragt sich Fletcher. Mindestens ein BAFTA-Award.

»Vielen Dank!«

»Ich freu mich schon, darüber im Podcast zu hören.«

»Das werden Sie! Danke noch mal. Es ist unglaublich, dass Sie uns unterstützen.«

»Gern geschehen«, sagt Fletcher. Swifts Gutgläubigkeit überrascht ihn.

Er nimmt die malerischere Strecke nach Hause über den Portway. Rechts und links von ihm ragen die Steilwände auf, und ein großes Boot nutzt die Flut, um in die Innenstadt zu fahren. Die Hängebrücke über ihm ist hübsch beleuchtet. Fletcher fährt auf einen Parkplatz am Straßenrand und macht den Motor aus. Er nimmt die SIM-Karte aus dem Handy, von dem aus er Swift angerufen hat, und steigt aus dem Wagen. Gründlich zertrampelt er beides und kickt die kaputten Teile in den Fluss. Er fragt sich, wie viele Leute wohl über die Jahre die Wasserwege in Bristol genutzt haben, um sich unerwünschter Dinge zu entledigen – und unerwünschter Menschen. Vermutlich mehr, als man sich ausmalen will.

Als er den dunklen Strom betrachtet, wandern seine Gedanken zu Felix. Warum hat er mir die Information über den Taxifahrer zukommen lassen? Weshalb habe ich nicht nachgefragt? War ich genauso gutgläubig wie Swift? Fletcher ist ratlos, und ihm entgeht die Ironie der Tatsache nicht, dass er Danny so wütend angegriffen hat, weil er sich als Tremains Lakai diskreditiert gefühlt hat, dass er aber gleichzeitig, ohne mit der Wimper zu zucken, auf Geheiß von Felix aufkreuzt und seiner Anordnung Folge leistet. Das liegt daran, dass Felix und ich eine Abmachung haben, beruhigt er sich selbst. Wir erweisen einander Gefälligkeiten. Quid pro quo.

Trotzdem rätselt er über Felix Abernathys Motive. Wollte er Jessy Paige aus der Schusslinie bringen? Wenn ja, warum? Oder ist es denkbar, dass Felix sich selbst aus irgendeinem Grund aus der Schusslinie ziehen wollte? Hat Felix erkannt, dass Cody Swift einen Glückstreffer gelandet hat und nah daran ist, etwas aufzudecken, was Felix schaden könnte? Etwas, wovon Fletcher nichts ahnt? Vielleicht hätte Fletcher nicht so geringschätzig reagieren sollen, als Swift gesagt hat, dass er Hinweisen nachgeht.

Vom Wasser weht ein kühler Wind, und Fletcher erschaudert. Diese Gedanken sind beunruhigend. Falls sich irgendetwas davon als richtig herausstellt, dann hätte Fletcher sich in der Frage der Schuld von Noyce getäuscht, und das ist etwas, woran Fletcher gar nicht zu denken wagt.

Als Fletcher zurück ins Auto steigt, versetzt ihm der Wind des vorbeifahrenden Pendlerverkehrs einen Stoß. Sein Diensthandy klingelt. Mühsam zieht er es aus der Tasche, und es dauert ein paar Sekunden, bis ihm klar ist, dass die Anruferin Annabel Collins ist, weil sie so schnell redet.

»Könnten Sie das noch mal wiederholen, meine Liebe?«, bittet Fletcher.

»Meine Mutter hat mir etwas gegeben, und ich bin ziemlich erschrocken. Mehr kann ich Ihnen jetzt nicht sagen, weil … na ja, ich möchte es Ihnen persönlich geben.«

»Wo sind Sie?«

»Auf einem Konzert. Unsere Vorstellung beginnt in zwanzig Minuten. Ich musste hier schnell herkommen, aber ich habe es bei mir.«

»Ich komme.«

»Ich kann erst nach dem Konzert mit Ihnen sprechen.«

»Kein Problem.«

»Wir spielen in der Lord Mayor's Chapel am College.«

Schnell ruft Fletcher Danny an und hinterlässt eine Nachricht, in der er erklärt, was er vorhat. Eigentlich sollte ein zweiter Beamter dabei sein, wenn er mit Annabel Collins spricht, aber es ist spät, und er will Dannys Familienabend nicht stören und sich auch nicht damit befassen, den Streit von vorhin beizulegen. Natürlich könnte er die Sache einem anderen Detective aufs Auge drücken, aber er denkt, es könnte sich als nützlich erweisen, ein Verhältnis zu Annabel Collins aufzubauen, und ihm womöglich auch Gelegenheit geben, nach der Vaterschaft zu fragen. Außerdem ist ein Konzert immer noch besser, als nach Hause zu fahren. Fletcher reiht sich in den Verkehr ein und wendet bei der ersten Gelegenheit. Der Anruf hat ihn in Aufregung versetzt. Und etwas zu tun ist immer gut. Deswegen mach ich das hier, denkt er, und dann: Warum muss ich mir das neuerdings ständig in Erinnerung rufen?

»Das ist verdammt hoch gepokert …«, sagt Danny. Sein Knie zuckt auf und ab.

Fletcher streckt und lockert die Finger, um den Unmut zu unterdrücken, den er Danny gegenüber empfindet, und kurbelt das Fenster einen Spaltbreit auf. Die Luft im Auto ist stickig. »Keiner weiß, dass ich hier bin. Wer soll das erfahren?«, fragt er, aber es scheint Danny nicht zu beruhigen. Smail hat sowohl ihm als auch Fletcher gegenüber darauf bestanden, dass sie in diesem Fall nicht mehr als Team zusammenarbeiten.

Sie starren auf den Wohnturm, der vor ihnen aufragt und in dem die Zeugin Sonya Matthews lebt. Es ist halb zehn Uhr vormittags. Es sind kaum Leute unterwegs, obwohl das Wetter schön ist. Die Morde haben einen Angst-

schatten über die Wohnsiedlung gelegt, und noch hat sich die Nachricht von Noyce' Verhaftung nicht herumgesprochen.

»Wir müssen das nicht machen«, meint Danny. »Wenn wir auf die Ergebnisse der Blutanalyse warten, dann ist die Anklage gegen Noyce auch so wasserdicht.«

Mit dem Finger fährt sich Fletcher über das frisch rasierte Kinn und die Wangen. Sie betrachten einen vorbeigehenden Rentner, der einen Einkaufstrolley hinter sich herzieht. Nur eines der Räder dreht sich. Das andere scharrt über den Asphaltweg. In der Nähe döst eine weiße Katze auf der von der Sonne beschienenen Motorhaube eines Autos. Nirgends sind Kinder. Der Spielplatz ist wie ausgestorben.

»Ich überlasse nichts dem Zufall«, sagt Fletcher. »Du kennst meinen Grundsatz.«

»Du hättest mit mir reden sollen, bevor du die Überwachungsvideos zerstört hast.«

»Man hat mir die Videos aus dem Auto gestohlen.«

»Wirklich?«

»Ja, wirklich. Meinst du, ich lüge dich an?«

Danny schüttelt den Kopf, aber er wirkt verunsichert. Fletcher denkt, dass Danny sich immer schwertut, ihn allein nur einzuholen. Er schafft es nie, auch mal die Nase vorn zu haben.

»Aber das ist riskant. Was, wenn die Zeugin nicht mitspielt?« Fletcher steht derart unter Anspannung, dass er nah dran ist, Danny einen Fausthieb zu versetzen, damit er endlich aufhört zu jammern und sich auf die Aufgabe konzentriert. Er wird noch zur Belastung, wenn er so weitermacht.

»Sie wird mitspielen, wenn wir es richtig anstellen. Vertrau mir! Hab ich dich jemals enttäuscht? Hab ich das?

Wie? Willst du jetzt den Schwanz einziehen? Weißt du was? Sobald wir das hier hinter uns gebracht haben, lass ich dich in Ruhe, und dann kannst du Smail so viel in den Arsch kriechen, wie du willst. Ich kann schon auf mich selbst aufpassen.«

Auf Dannys Wangen glühen zwei rote Flecken. Er gibt sich geschlagen und hebt die Handflächen. Seufzend lässt er sie zurück auf die Oberschenkel fallen und sieht dann auf die Uhr. »Wo zum Henker ist sie? Vielleicht stimmt die Info gar nicht.«

Sie warten darauf, dass Sonya Matthews von der Nachtschicht heimkommt. Einem Nachbarn zufolge ist das die Uhrzeit, zu der sie ziemlich sicher auftaucht. Fletcher späht in den Seitenspiegel und sieht, wie eine Frau in Jeans und Kapuzenpullover auf das Gebäude zugeht, vor dem sie parken. »Das ist sie«, sagt er. Danny greift nach dem Türgriff, aber Fletcher legt ihm eine Hand auf den Arm, um ihn zu bremsen. »Bist du dabei?«, fragt er. Kurz starrt Danny ihn an, dann nickt er, und Fletcher nickt zurück. »Warten wir, bis sie drin ist.« Fletcher will das Gespräch so vertraulich wie möglich halten.

Nachdem Sonya Matthews im Haus verschwunden ist, gehen sie ihr ein paar Minuten – aber nicht zu lang, denn sie soll nicht womöglich schon im Bett liegen – und folgen ihr dann hinauf zu ihrer Wohnung. Sie kommt sofort an die Tür. Ihre Haut ist fahl, und sie hat dunkle Tränensäcke wie die meisten Nachtarbeiter. Sie bittet sie herein und stellt den Wasserkessel auf. Die Wohnung ähnelt den anderen, in denen sie bisher waren, abgesehen davon, dass sie an einer Seite einen kleinen Balkon besitzt. Er ist zu klein für einen Tisch, aber in die schmale Fläche zwischen Fenster und Balustrade sind zwei Klappstühle gezwängt, über denen einen schlaffe Wäscheleine hängt.

»Darf ich?« Fletcher deutet auf die Balkontür.

Sonya Matthews nickt. »Bitte, nur zu.« Ihre Stimme klingt nasal, was Fletchers Nerven noch mehr strapaziert, aber er lässt sich nichts anmerken. Er macht die Tür auf und tritt auf den Balkon. »Wo haben Sie am Sonntagabend gesessen?«

»In dem da.« Sie deutet auf den entfernter stehenden Stuhl.

»Hat er genau dort gestanden?«

Sie zuckt die Achseln. »Denk schon. Hab ihn nicht bewegt.« Sie geht zurück in die Wohnung, um sich um das heiße Wasser zu kümmern. Fletcher setzt sich auf den entsprechenden Stuhl. Vom Türrahmen aus beobachtet Danny ihn. Fletcher sieht sich um. Er kann ein langes Stück der Primrose Lane überblicken. Seiner Schätzung nach befindet er sich etwa zwölf Meter über dem Boden. Am Anfang des Weges scheinen einige Laternen zu stehen. Vorausgesetzt, die Straßenbeleuchtung hat funktioniert, musste die Zeugin am Sonntagabend einen recht guten Blick auf die Gesichter der Fußgänger gehabt haben, selbst wenn es zu der Zeit bereits dämmerte. Er geht zurück in die Wohnung. Die Tür schmatzt beim Schließen. Mit müder Geste lädt Sonya Matthews sie ein, sich hinzusetzen.

»Können Sie mir noch mal sagen, was Sie dem anderen Polizisten erzählt haben?«, fragt Fletcher.

»Ich hab die zwei Jungs gesehen, die ermordet wurden. Ich wusste nicht, wie sie heißen, aber ich hab sie hier in der Siedlung oft gesehen. Rabauken, die zwei, deshalb hab ich sie immer genau im Blick gehabt. Nicht dass sie mich noch mit einem Ei bewerfen oder so. Sie sind dicht nebeneinanderher gegangen, haben so getuschelt, als würden sie was aushecken. Die waren wie Pech und Schwefel.«

Eine Trauerwoge überrollt Fletcher. Das klingt wie eine Beschreibung von Danny und ihm selbst, als sie Kinder waren. Die Trauer wird abgelöst von heißer Wut auf Noyce und Smail. Charlie Paige und Scott Ashby muss Gerechtigkeit widerfahren, und Fletcher ist fest entschlossen, höchstpersönlich dafür Sorge zu tragen. Mühsam beherrscht er sich und fragt: »Was haben Sie danach beobachtet?«

»Das hab ich dem Polizisten alles schon erzählt.«

»Wir wollen uns nur noch mal absichern.«

»Ich hab den Mann gesehen, den sie Sid das Dorf nennen, so ein großer Kerl. Er ist nicht die hellste Kerze auf der Torte.«

»Was hat er gemacht?«

»Er ist hinter den Jungs hergegangen.«

»Wie viel später war das?«

Sie seufzt. »Nicht viel. Höchstens fünf Minuten vielleicht.«

»In welche Richtung ist Noyce gegangen?«

»In die gleiche wie die Jungs. In Richtung Tesco. Wie ich schon gesagt habe. Und dann ist er zurückgekommen.«

»Er ist zurückgekommen? Ganz sicher?«

»Natürlich bin ich sicher. Ich weiß doch, was ich gesehen hab.«

Fletchers Pager fängt an zu piepsen, aber er ignoriert ihn. Er trinkt einen Schluck von dem schwachen Tee, den sie vor ihn hingestellt hat. Sie hat die Schuhe ausgezogen und sitzt im Schneidersitz auf dem Sofa. Mit beiden Händen hält sie die Tasse umfasst und bläst sanft auf die Oberfläche des Getränks. Der Dampf verweht, löst sich auf.

Fletcher greift in seine Tasche und zieht ein Blatt he-

raus. Langsam entfaltet er es. Sonya Matthews beobachtet ihn aufmerksam. Er wirft einen Blick auf das Papier, als lese er etwas, wobei er längst weiß, was darauf steht. Es ist ein kurzes, unmissverständliches Dokument, das die diversen staatlichen Leistungen auflistet, die Sonya Matthews und ihr Lebensgefährte in den letzten zehn Jahren in betrügerischer Weise beansprucht haben, und die voraussichtliche Haftstrafe, die eine derartige Zahl von Vergehen nach sich ziehen könnte.

»Die Sache ist die«, sagt er. »Ihre Zeugenaussage ist sehr wichtig für uns, so wichtig, dass wir heute extra noch mal hergekommen sind, um ganz sicherzugehen. Wir haben einen dringend Tatverdächtigen, aber wir brauchen absolut wasserdichte Beweise, damit er auch wirklich die gerechte Strafe kriegt für seine Taten.«

»Okay.« Sie bleibt zurückhaltend. Das ist gut. Fletcher hat versucht abzuschätzen, wie schlau sie ist, und das Ganze dürfte schneller und reibungsloser über die Bühne gehen, wenn sie ein bisschen Grips in der Birne hat. Er legt das Blatt mit der Schriftseite nach oben auf den Tisch und schiebt es zu ihr hinüber. Sie sieht es an, rührt sich aber nicht. Fletcher nickt, ermutigt sie, es in die Hand zu nehmen, und sie streckt vorsichtig die Hand danach aus. Nachdem sie es gelesen hat, wandert ihr Blick von Fletcher zu Danny. Sie wirkt zu Tode erschrocken. »Was wollen Sie?«

»Es ist äußerst wichtig, dass Sie sich ganz genau erinnern, in welche Richtung Sidney Noyce die beiden Male gegangen ist, als Sie ihn gesehen haben.«

Sie schluckt. »Er ist beim ersten Mal … hinter den Jungs hergegangen?«, fragt sie.

Fletcher nickt. »Und beim zweiten Mal?«

»Ist er in die gleiche Richtung gegangen?«

Sie hat den nötigen Grips. Eine echte Erleichterung. »*Das ist interessant*«, sagt Fletcher. »*Sieht so aus, als sei Noyce einmal im Kreis gegangen, um die Jungen zu suchen.*«

»*Aber …*«, sagt sie.

Verbock das jetzt nicht, denkt er. Ich brauche das. »*Noyce ist schuldig*«, sagt er. »*So schuldig, wie man nur sein kann. Er ist krank. Pervers. Sie tun der Allgemeinheit einen Riesengefallen. Wenn die anderen Polizisten noch mal herkommen, dann sagen Sie ihnen, was Sie mir gesagt haben. Sagen Sie, dass Sie sich bei der letzten Befragung getäuscht haben, als es um die Richtung ging, in die Noyce unterwegs war. Man wird verstehen, dass Sie durcheinander waren. Vielleicht lag es ja daran, dass Sie unbedingt helfen wollten?*«

Sie nickt. Sie wirkt verunsicherter, als es Fletcher lieb ist, und er fragt sich, ob er den Teil mit dem Samariterdienst vielleicht ein bisschen überstrapaziert hat, doch dann sagt sie: »*Kann sein, dass ich gehört habe, wie Sid den Jungen hinterhergerufen hat.*«

Fletcher leckt sich über die Lippen, um ein Lächeln zu unterdrücken. »*Das ist hochinteressant. Wenn man Noyce wegsperrt, wird das anderen Kindern das Leben retten, und das wird man Ihnen zu verdanken haben. Ihnen. Verstehen Sie?*« *Sie nickt.* »*Das hier*«, *er nimmt das Blatt und hält es in die Höhe,* »*wird verschwinden.*« *Er zerknüllt es, und sie will danach greifen, aber er steckt es zurück in die Tasche. Er streckt ihr die Hand entgegen, und sie schüttelt sie zaghaft. Er nimmt ihre verschwitzten Finger zwischen beide Handflächen.*

»*Danke*«, *sagt er.* »*Und jetzt sollten Sie schlafen.*«

Eilig gehen Fletcher und Danny die Treppe hinunter. Die Schuhsohlen klappern und scharren auf dem Beton, und das Geräusch hallt im Treppenhaus wider. Draußen sagt Danny: »Bist du dir sicher, dass sie kein schlechtes Gewissen kriegt?«

»Ja, ich bin mir sicher«, erwidert er, aber das stimmt nicht, ganz sicher ist er sich nicht. Ihm ist bewusst, dass er in diesem Fall mehr und mehr Dinge im Auge behalten muss, und er spürt, dass es für ihn langsam zur Belastung wird. In beiden Schläfen hat er pochende Kopfschmerzen, und ein hohles Gefühl im Magen sagt ihm, dass er bald sein Limit erreicht hat und seine Nerven nicht mehr lange mitmachen. Aber er ist zuversichtlich. Sein Ehrgeiz ist immens, er hat sein Leben damit zugebracht, andere Menschen zu durchschauen und zu manipulieren. Immer noch besser eine Überdosis Adrenalin und die Aussicht auf Ruhm, als drei Jahrzehnte lang knietief in der Scheiße festzustecken und beruflich nicht vorwärtszukommen.

Beim Wegfahren krächzt eine Nachricht für Danny aus dem Funkgerät. Fletcher hört hin, und endlich lässt er zu, dass sich ein Lächeln auf seine Miene legt. Die Nachricht ist, dass das Blut auf der Hose von Sidney Noyce der seltenen Blutgruppe von Charlie entspricht. Das Muster der Tropfen lässt mit hoher Wahrscheinlichkeit darauf schließen, dass sie von einer Lebendwunde stammen. Es ist äußerst unwahrscheinlich, dass das Blut auf solche Weise auf die Hose gelangt ist, wenn Noyce die Jungen erst nach dem Überfall berührt hat. Die DNA-*Ergebnisse stehen noch aus, dennoch ist das Team zuversichtlich, dass es eine Übereinstimmung mit Charlie aufgrund der Seltenheit seiner Blutgruppe geben wird. Auch Danny lächelt bei dieser Neuigkeit.*

Es ist Zeit für die Wahrheit

Folge neun –
der Lover

»Jessy hatte einen Lover. Ein-, zweimal habe ich ihn kommen oder gehen sehen, aber er hat nie gegrüßt. Er kam und ging zu merkwürdigen Zeiten. Sie hat auch nie viel über ihn erzählt. ›Er hat so viel um die Ohren‹, hat sie immer gesagt. Ich glaube, hin und wieder hat er schon den Tag mit ihr und Charlie verbracht, aber nicht oft. Er war mehr ein Kavalier der Nacht, wenn Sie verstehen.«

Mein Name ist Cody Swift. Ich bin Filmemacher und begrüße Sie zu *Es ist Zeit für die Wahrheit,* einem Podcast von Dishlicker Productions. Das war die Stimme der achtzigjährigen Doris Russo. Sie wohnte im Glenfrome Estate in der Nachbarwohnung von Jessica Paige.

Wenn wir andere Leute nach dem damaligen Freund von Jessica Paige gefragt haben, ergab sich ein ganz ähnliches Bild. Am Ende der letzten Podcast Folge haben Sie gehört, wie der ehemalige Detective Superintendent Howard Small ihn als »absolutes Rätsel« bezeichnet hat. Erinnern wir uns daran, was Kirsty Brown zu sagen hatte. Wie Sie vielleicht noch wissen, war das eine andere junge Mutter im Glenfrome Estate, eine Freundin von Jessy. In der folgenden Aufnahme spricht sie über Jessy.

> *»Bei ihr ging es immer in irgendeinen Nachtclub oder zu einem schicken Essen. Sie hat damit angegeben. Manchmal wurde sie im Auto abgeholt. Aber sie hat nie richtig darüber geredet, mit wem sie sich herumtrieb. Sie sagte, sie hätte einen Freund, aber ich kann mich nicht erinnern, dass sie seinen Namen erwähnt hätte.«*

Und Folgendes sagt Annette Ashby:

> *»Wir haben Jessys Freund nie kennengelernt. Zwar wussten wir, dass es einen gab, weil Charlie dauernd aus dem Haus geschickt wurde, damit sie Zeit für sich hatten, aber mehr nicht. Theoretisch könnte es mehr als einer gewesen sein, doch das glaube ich nicht.«*

Die Sache ist die: Mir ist bewusst geworden, dass ich mindestens so viel über diesen Mann weiß – wenn nicht gar mehr – wie alle anderen, mit denen wir geredet haben. Ich denke, ich bin ihm einmal in Charlies Wohnung begegnet. Als ich kam, saß er mit übergeschlagenen langen Beinen auf dem Sofa. Von hinten fiel Licht durchs Fenster, sodass sein Gesicht im Schatten lag, aber ich weiß noch, dass er dichtes schwarzes Haar hatte und rauchte. Jessy saß auf seinem Schoß, und sie teilten sich die Zigarette. Öffentlich zur Schau getragene Vertraulichkeiten war ich nicht gewohnt, es schockierte mich. Ich wusste nicht, wohin ich schauen sollte. Jessys Freund drückte Charlie ein paar Münzen in die Hand und sagte, wir sollten rausgehen, uns eine Limo kaufen und uns eine Weile nicht mehr blicken lassen. Wir sausten los, doch da rief er uns hinterher: »Halt!« Wir blieben an der Tür stehen. »Wie sagt man da?«, fragte er. Verständnislos sah Charlie ihn an. »Danke«, sagte ich. »Wo bleiben deine Manieren, Charlie?«, sagte er. »Du solltest höflich sein, so wie dein Freund.« »Bedanke dich bei Felix«, forderte Jess ihn auf. »Danke«, sagte Charlie, und weg waren wir.

Scott und mir gegenüber erwähnte Charlie den Mann hin und wieder. Er erzählte uns von seinem schicken Auto, und dass er manchmal Süßigkeiten mitbrachte oder ein Geschenk. Charlie mochte ihn.

Ich habe Detective Inspector John Fletcher gefragt, ob die Polizei den Mann jemals ausfindig gemacht hat.

> *»Es wäre einer der wichtigsten nächsten Schritte gewesen, hätten wir die Ermittlungen in Bezug auf Jessica Paige weitergeführt, aber die wurden – zu Recht – fallen gelassen, als Sidney Noyce angeklagt wurde.«*

Maya und ich haben uns vorgenommen, ihn auf eigene Faust aufzuspüren. Vielleicht könnte er Licht ins Dunkel bringen, was die zweiundsiebzig Minuten betrifft. Möglicherweise war er der Mann, der mit Jessy Paige im Paradise Casino war. Das Problem ist: Ich erinnere mich zwar an seinen Vornamen, seinen Nachnamen aber kenne ich nicht. Maya und ich haben die Mitschriften sämtlicher Interviews durchforstet, die wir mit Leuten aus Jessys Umfeld geführt haben, um irgendwelche Hinweise auf seine Identität zu finden. Und es gab einen. Hören Sie genau hin – beinahe hätten wir selbst den Hinweis übersehen. Hier kommt die Stimme von Doris Russo, der alten Nachbarin von Jessy Paige, die oft für Charlie babygesittet hat.

»Einmal ging ich abends rüber, um auf Charlie aufzupassen, und Jessy hatte sich schick gemacht und war fertig zum Ausgehen. Sie sah hübsch aus, aber sie war unglücklich, weil ihr Freund nicht angerufen und gesagt hatte, wo sie sich treffen sollten. Also fängt sie an herumzutelefonieren und wird immer aufgeregter, bis sie ihn endlich aufstöbert. Glücklich legt sie den Hörer auf und sagt: ›Er ist im Partridges. Hab ich mir doch gedacht.‹ Und weg ist sie. Aber mir konnte sie nichts vormachen. Sie hat sich geschämt, hat ganz zittrig gelächelt. Er hat sie zum Narren gehalten.«

Ich habe mich auf die Suche nach dem Partridges gemacht. Das gibt es noch. Es ist die Cocktailbar im Keller des Leonard Lane Hotels. Ich bin noch am selben Abend hingegangen und hatte Glück. Der Mann an der Bar ist in den Fünfzigern, er sagte mir, dass er seit dreißig Jahren im Partridges arbeitet. Hören Sie das Gespräch, das wir geführt haben. Zuerst kommt meine Stimme.

»Darf ich Sie was fragen?«
»Nur zu.«
»Ich suche einen Mann, der in den 1990ern hierherkam. Möglich, dass er Stammgast war.«
»Hab in den Neunzigern eine Menge Gäste hier gehabt.«
»Er heißt Felix.«
»Okay, das macht die Sache schon einfacher.«

Er kniff die Augen zusammen und sah mich prüfend an.

»Warum interessiert Sie das?«

»Ich kannte ihn damals und möchte ihn kontaktieren.«
»Der einzige Felix, an den ich mich erinnere, war ein junger Kerl namens Felix Abernathy. Er war ein guter Kunde. Hab gehört, er hat sich einen Namen gemacht.«
»Wirklich?«

An Ort und Stelle gab ich auf dem Smartphone »Felix Abernathy« in die Suchmaschine ein, und es gab eine ganze Reihe von Treffern. Ich fand auch ein Foto, das ich dem Barkeeper zeigte.

»Ist schon lange her, aber ich denke, das ist er.«
»Erinnern Sie sich, ob er mit einer Frau namens Jessy oder Jessica hier war?«
»Kann mich an keine Jessica erinnern. aber an zwei Dinge erinnere ich mich: An Frauen hat es ihm nie gefehlt. Und er hat sich nie betrunken.«

Felix Abernathy nahm meinen Anruf entgegen. Ich war erleichtert, aber auch etwas nervös. Er ist sehr erfolgreich und steht ziemlich in der Öffentlichkeit. Er schwelgte ein bisschen in Erinnerungen an Bristol und das Glenfrome Estate. Er interessierte sich für den Podcast und sagte, dass er sich an Jessica Paige und Charlie erinnerte, nicht jedoch an mich, was keine Überraschung war. Hören Sie, was er über Sonntag, den 18. August 1996, gesagt hat.

»Ich habe Jessy an dem Abend, als die Jungen ermordet wurden, gesehen. Wir hatten vorher mal eine On-off-Beziehung gehabt, aber das war längst vorbei, war kein Problem. Zu dem Zeitpunkt waren wir

einfach Freunde. Ein Kumpel hatte mir gesagt, dass sie viel zu viel getrunken hätte und in einem fürchterlichen Zustand im Casino sei. Deshalb habe ich sie dort abgeholt. Ich wollte sie nach Hause bringen, dachte dann aber, ihr Kind sollte sie lieber nicht in diesem Zustand sehen. Also habe ich sie stattdessen zu einer Freundin gefahren, damit sie sich ausnüchtert, bevor sie nach Hause geht. Es war noch nicht besonders spät. Danach habe ich einen Freund zum Kartenspielen im Pub getroffen. Ich wollte ihr einen Gefallen tun. Später, als ich gehört habe, was passiert war, brach es mir das Herz, ehrlich. Es war eine Tragödie. Charlie war ein großartiger Junge. Ich habe ihr später noch geholfen, nachdem er tot war, als man mir erzählte, dass sie den Boden unter den Füßen verloren hatte. Ich habe den Kontakt zu ein paar Leuten vom Fernsehen hergestellt und habe mich sehr gefreut, als daraus etwas wurde.«

Felix erzählte mir, dass Jessys Freundin irgendwo in der Nähe des Estate wohnte, aber er konnte sich weder an ihren Namen noch die Straße erinnern. Der Wortlaut war: »eine Nebenstraße der Blackhorse Lane«, aber Genaueres konnte er mir nicht sagen.

Maya und ich haben darüber nachgedacht, was das bedeuten könnte. Die Blackhorse Lane ist so lang, dass es – je nachdem, wo Felix sie abgesetzt hat – durchaus denkbar wäre, dass sie sich eine Weile im Estate aufgehalten hat, dann wieder weggegangen ist und ein Taxi nach Hause genommen hat. Uns fiel das Taxiunternehmen an der Blackhorse Lane ein, das die Studentengruppe ausgekundschaftet hatte.

Natürlich freuen wir uns sehr, dass wir kundtun können, dass Felix Abernathy angibt, der Mann zu sein, der Jessy in jener Nacht im Casino abgeholt hat. Andererseits heißt das auch, dass sie zu der Zeit womöglich einen anderen Freund hatte, von dem wir nichts wissen. Denn wie wir von Felix gehört haben, endete ihre Beziehung schon vor jenem Sommer.

Es gibt immer noch so viele unbeantwortete Fragen im Zusammenhang mit den zweiundsiebzig Minuten, und es gibt nur eine Frau, die sie möglicherweise beantworten kann. Wir beschlossen, einen weiteren Kontaktversuch zu starten. Vielleicht hatten die letzten zwanzig Jahre Jessicas Gedächtnis ja auf die Sprünge geholfen? Wieder wartete ich vor dem Tierheim, in dem sie ehrenamtlich mitarbeitet, aber diesmal ließ sie sich nicht blicken. Ich ging hinein. Hier hören Sie meine Unterhaltung mit der Frau am Empfang. Bitte entschuldigen Sie die schlechte Tonqualität. Das, was Sie im Hintergrund hören, ist das Hundebellen aus den Zwingern.

»Ich suche Jessica Paige.«
»Kenn ich nicht.«
»Jessica Guttridge?«
…
»Jessica Guttridge hieß vor ihrer Hochzeit Paige.«
…
»Die ist heute nicht da.«
»Oh? Ist sie krank oder so? Ich dachte, heute ist ihr Tag.«
»Sie ist in Urlaub gefahren. Ganz kurzfristig. Manche Leute haben eben Glück.«
»Wissen Sie, für wie lange?«
»Eine Woche, glaube ich. Vielleicht aber auch zwei.«

Das sind enttäuschende Neuigkeiten, und Maya und ich haben uns Gedanken darüber gemacht, warum Jessy so plötzlich von der Bildfläche verschwunden ist. Ist es Zufall? In der nächsten Folge werden Sie mehr über Jessica erfahren.

Und ja, es wird eine nächste Folge geben. Maya und ich waren überwältigt von den Reaktionen auf die letzte Episode von *Es ist Zeit für die Wahrheit*. Die ermutigenden Botschaften, die Sie uns nach dem Überfall auf Maya geschickt haben, sind unglaublich und spornen uns an, weiterzumachen. Ihre großzügigen Spenden machen es möglich. Die wachsenden Downloadzahlen und positiven Kritiken sind regelrecht schwindelerregend. Die Social-Media-Gemeinde hat klar zum Ausdruck gebracht, dass sie mehr hören will von *Es ist Zeit für die Wahrheit*, und sie wird kriegen, was sie will.

Bevor wir uns für heute verabschieden und mit den Vorbereitungen für die nächste Folge beginnen – und das wird eine ganz große Sache, das versprechen wir –, will ich noch auf etwas anderes kommen. Vielleicht haben Sie sich gefragt, was ich mit der Erinnerung angestellt habe, die ich in der letzten Folge ausgegraben hatte. Diese Erinnerung hat eine harmlose Erklärung dafür geliefert, wie Charlies Blut auf die Hose von Sidney Noyce gekommen ist.

Ich habe Detective John Fletcher angerufen, um ihm davon zu erzählen. Seine Reaktion überraschte mich. Hören Sie einen Ausschnitt aus unserem Telefonat. Eben habe ich ihm die Ereignisse, wie ich sie in Erinnerung habe, geschildert.

»Können Sie damit etwas anfangen?«

»Grundsätzlich kann man einen Fall nur dann neu aufrollen, wenn es neue Indizien oder Informationen gibt.«

»Aber es ist der Beweis, dass ein Indiz im Prozess gegen Noyce falsch war.«

»Im Grunde ist das noch nicht einmal Angelegenheit der Polizei, weil wir den Fall nur dann wieder aufnehmen würden, wenn ein Gericht die Verurteilung von Noyce kippt. Es ist eine juristische Angelegenheit. Sie müssten einen Anwalt bitten, sich der Sache anzunehmen. Das dürfte nicht einfach werden. Und fragen Sie sich eines: Reicht die Erinnerung an ein zwanzig Jahre zurückliegendes Ereignis aus, das von einem Kind bezeugt wird, um etwas zu erreichen? Ein guter Anwalt wird Sie dasselbe fragen und Ihnen denselben Rat geben, also hören Sie auf mich und sparen Sie sich die Zeit und das Geld.«

Maya und ich nehmen uns das zu Herzen. Aber wir glauben daran, dass wir weitere Indizien finden werden, die die Unschuld von Noyce beweisen. Davon sind wir fest überzeugt. Und trotz der Drohungen sind wir entschlossen, dranzubleiben. Genau genommen überzeugen uns gerade die Einschüchterungsversuche mehr als alles andere, dass es etwas aufzudecken gibt. Warum sollte man uns sonst bedrohen? Hier kommt eine Aufnahme aus der Folge von kommender Woche. Der Mann, den Sie hören, wollte anonym bleiben.

»Ich habe mir in der Nacht gar nichts weiter gedacht – sie war nicht mein erster Fahrgast in üblem Zustand, und sie wird auch nicht der letzte sein –, und am nächsten Tag bin ich weggefahren, also habe ich die Nachrichten verpasst und auch den Polizeiaufruf. Erst als mir jemand von Ihrem Podcast erzählt hat, habe ich eins und eins zusammengezählt.«

Jess entscheidet sich für die Wahrheit. »Nick«, sagt sie. Leicht schwankend steht er auf der anderen Seite des Hotelbetts. »Bitte hör mir zu. Als du weg warst, habe ich mit Felix gesprochen, und ich erkläre dir alles ganz genau, das verspreche ich, aber jetzt in diesem Augenblick ist das Wichtigste, dass wir uns um Erica kümmern.«

Nicks Blick wandert zum Obstkorb und dann zurück zu Jess, während er ihre Worte verarbeitet. »Ruf Erica an«, sagt er. Schwer lässt er sich aufs Bett fallen. Zunächst ruft Jess die Festnetznummer zu Hause an, auch wenn Erica prinzipiell nie drangeht. Sie lässt es sieben Mal läuten, dann schaltet sich der Anrufbeantworter mit Nicks Stimme ein. Jess schüttelt den Kopf. Es ist fast Mitternacht. Wieder versucht sie es erfolglos auf Ericas Handy, dann ruft sie Ollys Mutter an. Diesmal wird abgenommen.

»Oh! Hallo!«, sagt Jess.

»Oh, Gott sei Dank!« Ollys Mutter klingt nicht weniger verzweifelt als Jess. »Sind Sie zu Hause?«

»Ich bin in Marokko. Bei meinem Mann.«

»Olly und Erica haben gesagt, dass Ihr Mann zu Hause wäre.«

»Nein, ist er nicht.«

»Es tut mir so leid. Ich hoffe, Sie denken nicht, dass Olly einen schlechten Einfluss auf Ihre Tochter hat. Ich hatte keine Ahnung, dass Sie beide nicht zu Hause sind. Es sieht ihm gar nicht ähnlich zu lügen.«

Jess bemüht sich, ruhig zu klingen. »Na ja, sie sind halt Teenager.«

»Was sollen wir machen? Ich könnte bei Ihnen vorbeifahren und nach den beiden sehen, aber ich weiß nicht, ob das wirklich nötig ist. Ich meine, was auch immer sie vorhaben, sie finden auch so einen Weg. Meinen Sie nicht auch?«

Leicht gesagt, wenn es der Sohn ist und nicht die Tochter, denkt Jess. Sie ist froh, dass Nick das Gespräch nicht mitbekommt. Er würde ausrasten.

»Eigentlich«, fängt Jess an und fragt sich, wie sie es schaffen soll, höflich zu bleiben, wenn sie am liebsten losbrüllen würde. »... wären wir Ihnen dankbar, wenn Sie kurz rüberfahren und die beiden abholen. Ich will nicht, dass Erica allein im Haus ist.«

»Sie sind siebzehn. Und außerdem ist Olly da.«

Jess schließt die Augen und kneift sich mit zwei Fingern in den Nasenrücken. Wie soll sie die Panik erklären, die in ihr bei der Vorstellung hochsteigt, dass Erica nicht unter Aufsicht eines Erwachsenen ist? Sie will sagen: Das letzte Mal, als ich eines meiner Kinder unbeaufsichtigt gelassen habe, wurde es ermordet. Aber selbst in diesem Augenblick bringt sie es nicht über sich, ihr Geheimnis preiszugeben. »Ja, aber Erica ist erst sechzehn. Wir wären wirklich froh, wenn Sie das machen. Ihr Vater ist da ein bisschen übervorsichtig. Tut mir leid.« Im Geiste fängt Jess an, ihre Adresskartei durchzublättern, in der Hoffnung, dass ihr jemand anders einfällt, den sie zu Hause vorbeischicken kann, wenn Ollys Mutter nicht mitspielt. Es muss schnell gehen. Falls Erica zu Hause ist, stöbern Cody Swift oder die Presse sie dort womöglich auf.

»In Ordnung. Ich fahre sofort los. Wie lautet die Adresse?«

»Könnten Sie bitte anrufen, sobald Sie da sind?«

»Natürlich.«

Jess gibt ihr die Adresse durch, legt auf und berichtet Nick von dem Gespräch. Er sieht auf die Uhr. »Wo wohnt sie?«

»Stoke Bishop.«

»Nachts um diese Zeit müsste sie in zwanzig Minuten da sein. Ich bring den Jungen um, wenn ich ihn in die Finger kriege.«

»In Gottes Namen«, meint Jess. »Die haben es doch wahrscheinlich schon in London gemacht. Bestimmt ist alles in Ordnung.« Das sind nicht ihre wahren Gefühle – die Angst, dass Erica etwas passiert ist oder passieren wird, überwältigt sie –, Nicks betrunkenes Gehabe aber findet sie wenig hilfreich.

Der Blick, den er ihr zuwirft, ist wütend und gekränkt. Sie fragt sich, ob seine Geduld aufgebraucht ist und er auf sie losgehen wird. Natürlich nur verbal, nie hat er auch nur den Finger gegen sie erhoben. Wag bloß nicht, etwas über meine Vergangenheit zu sagen, denkt Jess, und er tut es nicht. Nick ist kein grausamer Mensch, und auch keiner, der zu Schuldzuweisungen neigt. Stattdessen sagt er: »Warum schickt uns Felix einen Obstkorb?«

»Ich weiß es nicht.«

»Du hast ihn angerufen.«

»Ja. Ich will dich nicht anlügen. Dass du Cody Swift am Telefon bedrohst, hindert ihn nicht daran, mit dem Podcast weiterzumachen. Tut mir leid, so ist das nun mal. Für diese Sache brauchen wir Felix. Er hat die nötigen Beziehungen.«

Nick beißt sich auf die Lippen. Er ist schon fast nüchtern. »Was hat er vor?«

»Genau weiß ich es nicht, aber er hat davon gesprochen, dass er ihm die Sponsoren abspenstig machen will.« Sie will Nick so wenige Einzelheiten wie möglich geben. Er nimmt eine Mango aus dem Korb und hält sie hoch. »Das ist eine Beleidigung. Woher weiß der, wo wir sind?«

»Er hat gemeint, ich sollte für ein paar Tage wegfahren.«

»Du bist also hier, weil Felix dir das aufgetragen hat?«

»Nein. Ich bin hier, weil ich bei dir sein will. Mit dem Obstkorb will er seine Macht demonstrieren. Wir sollten uns davon nicht provozieren lassen.«

Sie packt den Korb und stellt ihn vor das Zimmer in den Flur. Dann macht sie die Tür zu, geht zu Nick und legt zärtlich und liebevoll die Arme um seine Hüfte. Er erwidert die Geste nicht, aber er weicht auch nicht zurück. Wieder sieht er auf die Uhr. »Versuch's noch mal bei Ollys Mutter.«

»Es sind doch erst ein paar Minuten vergangen.«

»Dann versuch's bei Erica.«

Das macht sie, aber niemand geht dran.

»Wenn ich den Kerl zu fassen kriege, dann dreh ich ihm den Hals um«, sagt Nick. Eine Weile warten sie schweigend. »Meint Felix, dass er den Podcast stoppen kann, wenn er ihnen den Geldhahn abdreht? Wird das ausreichen?«, fragt Nick.

Sie nickt. Sie mag das Gefühl seines Hemds an ihrer Wange. »Ich weiß nicht. Zumindest dürfte es ihnen die Sache schwerer machen, allerdings ist Cody Swift ein zäher Kerl. Im Estate hat man sich erzählt, dass ihn sein Dad grün und blau geschlagen hat.«

Nick seufzt. »Das ist derb.«

»Sein Zuhause war derb.«

Jess könnte noch mehr erzählen, aber sie will nicht an Cody Swift denken, nicht an Scott und am allerwenigsten an Charlie, denn sie muss sich ganz auf Erica konzentrieren. Mit den Fingern spielt sie am Spitzensaum ihres Kleids. Sie ist unendlich müde. Ihr Handy klingelt. Ollys Mutter ist dran.

»Ich steh hier vor dem Haus und habe geklingelt und an die Tür gehämmert, aber es meldet sich keiner. Es brennt auch kein Licht im Haus.«

»Verdammt«, sagt Jess. »Glauben Sie, die beiden sind ausgegangen?«

»Eigentlich nicht. Ich habe ein paar von Ollys Freunden angerufen, die wussten Bescheid. Die haben gesagt, dass Olly und Erica den Abend und die Nacht bei Ihnen verbringen wollten.«

Jess muss würgen. Die Übelkeit kommt ganz unvermittelt, heiß und bitter. Sie schmeckt genauso wie ihre Angst. Ihre Tochter ist verschwunden. Der Podcast reißt alte Wunden auf, die tief und hässlich sind; Felix Abernathy ist in ihr Leben zurückgekehrt, und schon jetzt verursacht er Probleme zwischen Nick und ihr und weiß weit mehr über sie und ihre Familie, als gut ist. Jess ist sich nicht sicher, wie viel sie noch ertragen kann.

»TUN SIE ETWAS!«, brüllt sie Ollys Mutter an. »Bitte!« Und dann: »Entschuldigen Sie, es tut mir so leid. Ich hätte Sie nicht anschreien dürfen. Das war unangebracht. Ich fühle mich nur so hilflos.«

Wie soll man auch erklären, dass ein verschwundenes Kind – selbst wenn es ein Teenager ist und es sich am Ende vielleicht nur um einen winzigen Augenblick handelt – sich für Jess wie der Weltuntergang anfühlt?

Kurz herrscht am anderen Ende der Leitung Stille.

»Klar. Ich rufe Sie an, wenn es was Neues gibt. Versprochen.«

Sie legt auf, bevor Jess etwas darauf erwidern kann, und Jess wird aktiv, ruft andere Leute an, verschickt E-Mails. Niemand hat Erica gesehen oder etwas von ihr gehört.

Fletcher läuft die Park Street hinunter zur Lord Mayor's Chapel. Bei dem steilen Gefälle schmerzen ihm die Knie. Am Fuße des Hügels wird der Verkehr dichter, Bremslichter leuchten auf. In den Pubs und Restaurants herrscht reger Betrieb.

Auf dem Weg hierher hat er über Peter Dale nachgedacht und sich gefragt, ob irgendwer Gerechtigkeit für ihn einfordern wird, wenn sein Tod bekannt wird. Womöglich war er ein zu schlechter Mensch, als dass jemand um ihn trauert, noch nicht einmal Familienangehörige. Vielleicht haben seine Opfer vielmehr das Gefühl, dass der Gerechtigkeit endlich Genüge getan wurde: Dales Leben im Austausch für ihren kollektiven finanziellen Ruin? Einer von ihnen könnte der Mörder sein. Möge die Entdeckung seiner Leiche einen Abschluss für die anderen bedeuten und die alte Wehklage zum Verstummen bringen, die manche von ihnen sicher auch nach all den Jahren noch anstimmen – wenn auch vielleicht nicht mehr so lautstark –, jenes Klagelied der Betroffenen, dessen Refrain stets lautet: Warum ich?

Es ist Glück, will Fletcher ihnen sagen. Reine Glückssache, ob dich und deine Familie das Unheil ereilt oder nicht. Dasselbe gilt für Polizeiermittlungen. Es ist nicht so, dass ein Polizist am Tatort aufkreuzt, einer Spur nachgeht und dann rauskriegt, wer's war. Auch wir brauchen Glück, denkt er, aber – und nun lächelt er das erste Mal an diesem Tag – es gibt Wege, die eigenen Chancen auf das Glück zu erhöhen.

Die Front der Lord Mayor's Chapel weist zur verkehrsreichen Straße gegenüber dem College Green, wo in einem wenig anmutigen Halbrund die Gebäude der Stadtverwaltung und die gedrungene Kathedrale stehen. Die Kirchenfassade wird von den modernen Bauten rechts und links eingerahmt, sticht aber dennoch aufgrund ihres Alters hervor. Der goldene Stein ist pockennarbig und fleckig von der Luftverschmutzung und wettergegerbt von den Jahreszeiten vieler Jahrhunderte, doch im unteren Bereich weist die Fassade drei elegante spitz zulaufende Bögen auf, und darüber erhebt sich ein riesiges Buntglasfenster mit filigranem gotischem Maßwerk, das mit einem Drahtnetz vor Taubendreck und Bruch geschützt wird. Auf Fletcher wirkt die Kirche wie ein Geheimnis, sie ist einer jener ruhigen, uralten Orte, die sich im Zentrum von Bristol verstecken. Genau wie der Fluss üben sie auf Fletcher einen Sog aus und lassen ihn an all die Leben denken, die sich hier über die Jahrhunderte ereignet haben, ob gut, schlecht oder grausam. Er ist Teil davon. Er hat das Gefühl, die Stadt zu verstehen, er kennt ihre Straßen und Menschen. So wie er den Großteil seines Lebens durch die Straßen dieser Stadt gewandert ist und sie ihm wie ihre Venen und Arterien erscheinen, so ist die Stadt in seinen eigenen Blutkreislauf eingesickert. Quid pro quo.

Fletcher dreht den schweren Eisenknauf an der Pforte und drückt sie auf. Das Konzert ist im Gange. Annabel Collins sitzt an einem Cembalo und sieht zart aus in ihrem schwarzen Kleid. Vor ihr sitzt ein Streichquartett. Fletcher gleitet in eine der schmalen hinteren Bänke. Es sind nur wenige Zuhörer da, die Musik aber ist erlesen, und für zwanzig Minuten verliert sich Fletcher darin.

Am Ende des Konzerts entdeckt ihn Annabel Collins

und wirft ihm während des Applauses besorgte Blicke zu. Als das Publikum sich erhebt, geht sie rasch zwischen den Kirchenbänken hindurch auf ihn zu. Sie hat eine kleine Schachtel in der Hand. Alle Farbe ist ihr aus dem Gesicht gewichen. Sie treten auf die Seite, fort von den anderen Zuhörern. Auf einem mittelalterlichen Grabstein neben ihnen sind ein paar steife Steinfiguren verewigt. Dort, wo die lebenden Hände die Skulpturen berührt haben, ist der Stein glatter. Unwillkürlich erschaudert Fletcher bei diesem Anblick.

»Neulich, als Sie wieder weg waren, war Mum nach dem Aufwachen sehr durcheinander«, flüstert Annabel. »Sie hat eine Menge Unsinn dahergeredet, dachte ich jedenfalls. Immer wieder ging es um Peter Dale. Darüber, wie sie ein Paar waren, und über ein paar Leute, denen er geschadet hat. Hat er Leute um Geld betrogen? Stimmt das?«

Fletcher nickt, und sie fährt fort, ihre Worte überschlagen sich. »Ich hab nicht viel herausgekriegt aus dem, was sie gesagt hat, sie ist immer wieder abgeschweift, aber sie sagte, dass Peter einen Bruder hatte, den er ebenfalls betrogen hat.«

Das ist Fletcher neu.

»Wissen Sie, wie der Bruder heißt?«

»Er war anscheinend ein Halbbruder, hatte einen anderen Nachnamen. Ich habe ihn vergessen. Sein Vorname ist Terry.« Der Name kommt Fletcher bekannt vor. Auf der Liste von Dales Opfern war ein Terry, aber er kann sich nicht erinnern, dass die Rede von einem Verwandtschaftsverhältnis war.

»Egal.« Annabel Collins schluckt schwer, als sie auf den eigentlichen Punkt kommt. »Mum besitzt eine Kiste mit lauter alten Sachen. Nachdem Sie da waren, war sie ganz scharf darauf, das Zeug durchzusehen, und sie holte eine alte Dose heraus, die ich noch nie gesehen hatte. Darin war diese kleine Schachtel. Sie hat sie mir gegeben. Ich denke, Sie sollten sich das ansehen.«

Sie reicht Fletcher die Schachtel. Ihre Augen sind weit aufgerissen. Fletcher hebt den Deckel ab. Verblasstes rosa Seidenpapier bedeckt den Inhalt. Mit den Fingerspitzen hebt er es an, um zu sehen, was darunter liegt, und Annabel zuckt zusammen.

»Ach du Scheiße!«, sagt Fletcher. Schnell setzt er den Deckel wieder auf die Schachtel. Eine Frau aus dem Publikum starrt herüber, aber er wirft ihr einen finsteren Blick zu, und sie wendet sich ab. »Ist es das, wonach es aussieht?«, fragt er.

»Ich weiß es nicht«, sagt Annabel Collins. »Mum hat gemeint, dass sie es von Terry hat. Sie sagte, es ist von Peter.«

Fletcher braucht eine Asservatentasche. Er hat eine im Auto. Außerdem muss das hier ins Labor. Wenn er sich nicht sehr täuscht, dann ist der Gegenstand in der Schachtel ein mumifiziertes menschliches Ohr.

Er verspricht Annabel Collins, sie anzurufen, und steckt die Schachtel in seine Tasche. Dann tritt er aus der Kirche auf die Park Street und nimmt ein paar steile Stufen hinunter in das Straßengewirr, welches das mittelalterliche Herz der Stadt war. Es ist kurz vor Mitternacht, und das Echo in den leeren Straßen verstärkt das Klappern seiner Schritte, als er über das Pflaster zu seinem Auto geht.

Um Mitternacht, nachdem Fletcher die Schachtel im Labor abgeliefert und ein paar Telefonate geführt hat, um sicherzugehen, dass der Inhalt vordringlich behandelt wird, kommt er nach Hause. Wäre es nicht schon so spät, würde er Hazel Collins sofort vernehmen, aber das wird bis zum Morgen warten müssen. Er weiß, dass er nicht in der Lage sein wird zu schlafen, aber immerhin ist keiner im Haus, der ihm Vorwürfe macht, wenn er sich die Nacht um die Ohren schlägt.

Die meisten Peter-Dale-Akten liegen noch auf dem Esstisch. Er zieht die, die er mit ins Büro genommen hat, aus seiner Aktentasche und legt sie auf einen der Stapel. Dann holt er eine Leselampe aus dem alten Kinderzimmer seines Sohnes und stellt sie auf den Esstisch, wo sie einen hellen Lichtkegel auf die Tischplatte wirft. Er kocht sich eine Kanne Kaffee und fängt an, sich durch die Unterlagen zu arbeiten. Schon einmal hat er jede einzelne Akte gelesen, aber da wusste er noch nicht, wonach er sucht. Diesmal geht es ihm um jedes Detail, das er über Peter Dales Bruder Terry herausfinden kann.

Es ist drei Uhr, als Fletcher einen Durchbruch erzielt, aber es ist nicht der, den er erwartet hat. Aus den Unterlagen erfährt er, dass Peter Dales Halbbruder Terry Taylor hieß. Er wurde um vierzigtausend Pfund betrogen, seine gesamten Ersparnisse einschließlich einer Summe, die er im Auftrag einer Stiftung seiner Kirche angelegt hatte, für die er als Schatzmeister fungierte. Er war Junggeselle und kümmerte sich um die Mutter, mit der er in einem Bungalow zusammenlebte. Eine Internetsuche fördert eine Traueranzeige zutage, nur wenige Zeilen lang, die fünf Jahre alt ist. Fletcher liest, dass er unverheiratet geblieben ist und den Großteil seines Lebens bei der Eisenbahn gearbeitet hat, aktives Mitglied seiner Kirchengemeinde und des örtlichen Bowlingclubs war und im Alter von vierundsechzig an einer nicht näher spezifizierten Krebserkrankung gestorben ist.

Aus den Akten ist nicht viel mehr über Terry zu erfahren, und Fletcher will den Schmerzen in Schultern und Nacken nachgeben und sich auf die Couch legen, als ihm etwas ins Auge fällt. Am Rand des Aussageprotokolls von Terry Taylor hat der ermittelnde Beamte einen Pfeil an den Satz gezeichnet, in dem Terry beschreibt, wie er Geld aus der Kirchenstiftung angelegt hat. Die Spitze des Pfeils zeigt auf ein Wort: »Lamplight«. Fletcher erstarrt. Er ist sich sicher, dass er von dieser Organisation gehört hat, allerdings im Zusammenhang mit einer anderen Person. Einer bedeutenden Person. So schnell er kann, tippt er den Namen der Stiftung in die Suchmaschine und erhält eine Reihe von Ergebnissen. Er klickt den ersten Eintrag an, die Website des Lamplight Trusts. Seine Hände zittern.

Über das Menü klickt er sich zu den Mitgliedern des Vorstands durch. Er überfliegt die Namen, aber der, nach dem er sucht, fehlt. Er flucht, dann fällt ihm ein, dass es sich um eine aktuelle Liste handelt, er aber nach einem Namen von früher sucht. Wie dumm von ihm. Er funktioniert nicht, weil er so müde ist. Er schenkt sich Kaffee nach, trinkt, spürt, wie sein Herzschlag sich mehr, als ihm guttut, erhöht, und setzt sich wieder hin, um auf andere Art weiterzusuchen.

Wenig später hat er gefunden, wonach er sucht. In einem Zeitungsartikel von 2003 lautet ein Satz: »Felix Abernathy, Vorstandsmitglied des Lamplight Trusts, sagte: ›Heute stehe ich hier, um meine verstorbene Mutter zu vertreten. Vor zehn Jahren hat sie mithilfe der Kirche diese Stiftung gegründet, weil sie selbst eine Zeit lang obdachlos war, als wir Kinder waren. Ich freue mich, dass ich heute die Eröffnung unseres ersten Wohnheims für Obdachlose verkünden kann.‹«

Fletcher denkt über das Gelesene nach. Die Müdigkeit ist von ihm abgefallen. Es kribbelt ihn im Nacken, und erst jetzt fällt ihm auf, dass er vergessen hat, die Vorhänge zuzuziehen. Die Straße draußen liegt dunkel und ruhig da. Er meint zu sehen, wie sich ein Fuchs zwischen zwei geparkten Autos hindurchschleicht, ist sich aber nicht sicher. Abrupt reißt er die Vorhänge zu und steht gedankenverloren mitten im Zimmer.

Von Felix Abernathy gibt es Verbindungen sowohl zu Dales Bruder als auch zu Charlie Paige, eine Koinzidenz, die Fletcher nicht ignorieren kann. Es gehört nicht allzu viel Fantasie dazu, sich auszumalen, dass Felix in alle drei Morde verwickelt ist. Inwiefern oder warum, weiß Fletcher noch nicht, aber sein Instinkt sagt ihm, dass es so ist, und er wird der Sache auf den Grund gehen; es ist ein verführerischer Gedanke, welche Macht ihm das über Felix geben wird, wenn er einen Beweis für dessen Verstrickung hat. Er fragt sich, ob Swift dieselbe Entdeckung gemacht hat. Die Vorstellung ist beunruhigend, aber es könnte erklären, warum Felix ihm aufgetragen hat, die Information über den Taxifahrer an Cody Swift weiterzugeben. Vielleicht wollte er Swift damit von einer anderen Spur ablenken. Oder fängt Fletcher an, paranoid zu werden? Doch das glaubt er nicht. Felix war schon immer allen anderen einen Schritt voraus. Jetzt aber muss Fletcher diesen Schritt voraus sein. Sein müder Kopf müht sich ab, alle unbekannten Größen und die möglichen Folgerungen aufzuschlüsseln.

Fletcher sieht auf die Uhr. Es ist vier Uhr früh. Er wird versuchen, ein, zwei Stunden zu schlafen. Am Morgen wird er zuallererst Hazel Collins aufsuchen, um mehr über Peter Dales Bruder Terry Taylor zu erfahren und über das Ohr. Er wird sie nach Felix fragen, ob sie zur

Zeit von Dales Verschwinden seinen Namen gehört hat oder Dale ihm persönlich begegnet ist. Es könnte noch engere Verbindungen geben. Fletcher wird allein hingehen müssen, denn Danny weiß nichts über Fletchers Beziehung zu Felix, und dabei soll es bleiben. Es ist John Fletchers Traum, Macht über Felix Abernathy zu haben – es ist zwanzig Jahre her, dass er das Gefühl hatte, noch irgendeinen Einfluss zu haben. Felix und er haben vor langer Zeit eine Vereinbarung getroffen, die damals fair erschien; seit Fletcher aber ausgebremst wurde, weil Tremain ihn in Verdacht hatte, Smail eine Falle gestellt zu haben, hatte Felix alle Macht auf seiner Seite. Mehr als alles andere aber muss Fletcher aufpassen, dass die Verurteilung von Noyce Bestand hat. Falls Noyce rehabilitiert wird, wird es neue Untersuchungen geben, und die werden Fletcher zu Fall bringen. Das darf nicht passieren. Jetzt nicht, nicht nach all der Zeit.

Fletcher legt sich auf die Couch und zieht eine Wolldecke über sich. Er wälzt sich herum, bis er eine bequeme Position gefunden hat, und starrt an die Decke. Die Lage ist ziemlich verworren, das stimmt schon, aber er vertraut darauf, sie zu entwirren. Das ist ihm noch immer gelungen.

»Prost, Kumpel!« Danny stößt mit seinem Bierglas an, und Fletcher merkt, wie ihm ein Schwall Bier klebrig über die Finger rinnt. Sein Rücken und seine Schulter sind vom vielen Schulterklopfen der Kollegen beinahe wund. Das Hinterzimmer im Pub ist gesteckt voll mit dem Ermittlerteam des Doppelmords; sie feiern die Nachricht, dass gegen Noyce Anklage wegen Mordes erhoben wird. Die Blutspur hat die Sache besiegelt. Sie werden ordentlich trinken, bevor sie nach Hause gehen und sich

von den vielen Überstunden, die sie gemacht haben, ausruhen. So macht man das.

Teilweise unterhalten sie sich über die Ermittlung, die meisten Kollegen aber reden über Smail.

Fletcher hat sich währenddessen vom Büro ferngehalten, aber ein Detective Constable mit abstehenden Ohren und einem losen Mundwerk setzt ihm jetzt die Einzelheiten auseinander. »Er wird beschuldigt, sich Jessica Paige gegenüber unangemessen verhalten zu haben, als er sie – allein – aufgesucht hat, und dass sie schon vorher eine Beziehung hatten. Die Vorwürfe kommen von ihr. Smail ist total ausgetickt.«

Fletcher mimt Erstaunen. »Ernsthaft?«

»Er streitet alles ab, aber anscheinend kennt sie den Türcode für die Appartements beim Blaise Castle.« Der DC *zieht die Augenbrauen hoch.*

Das ist ein hübsches Sahnehäubchen, das Felix obendrauf gesetzt hat, denkt Fletcher. Sehr hübsch. Der Vorwurf, sich unangemessen verhalten zu haben, ist nett, der Hinweis auf eine vorangegangene Beziehung aber ist ein Geniestreich, und Jessica den Code für den polizeieigenen Appartementkomplex zu geben war das i-Tüpfelchen. Felix wird ihn von einem seiner Mädchen erfahren haben, die dort schon waren. Fletcher grinst, als er daran denkt, um wie viel schuldiger es Smail aussehen lässt.

Fletcher will mehr über Smail erfahren, aber jetzt setzt Gesang ein; sie singen »For He's A Jolly Good Fellow«, und er wird herumgeschubst, weil sie ihn und seine Aufklärung feiern. Er entdeckt Danny am Rand der Menge und will ihn in die Mitte holen, sodass sie nebeneinanderstehen, denn es ist ihrer beider Sieg, doch dann steckt Fletcher im Gedränge fest und findet sich an der Bar wie-

der. Danny ist nicht mehr zu sehen. Aber Fletcher macht sich keine Sorgen, schließlich ist er nicht Dannys Babysitter. In einem Zug trinkt er den Rest seines Biers aus und knallt das leere Glas auf den Tresen. »Wer nimmt es mit mir auf?«, brüllt er. »Na los!«

Von Ollys Mutter herrscht Funkstille, und Jess meint, den Verstand zu verlieren.

Nick ist sehr schnell nüchtern geworden. Zusammen sitzen sie auf dem Bett und warten auf Nachricht von Erica. Online sucht Jess nach Flügen, die noch heute Nacht oder morgen zurück nach England gehen. Es ist das erste Mal, dass sie ernsthaft um ihre Tochter fürchtet. Es ist das erste Mal, dass sie Erica unter Aufsicht eines anderen gelassen hat, ohne ständig in Kontakt zu sein. Ihr kommt es so vor, als würde sich das Leben an ihr rächen. Sie hat das Gefühl, als wäre es ihr nur für eine begrenzte Zeit gewährt worden, eine Tochter zu haben, und es sei immer klar gewesen, dass es ein Ende haben würde. Sie hat es nicht verdient, Kinder zu haben. Das hat sie mit Charlie bewiesen, warum also sollte es mit Erica anders sein. Sie hat in einer Fantasiewelt gelebt. Sie schluchzt, und Nick hält sie im Arm, murmelt ununterbrochen Beschwichtigungen, bis die Worte Jess so bedeutungslos und unverständlich erscheinen wie eine fremde Mundart.

»Jetzt übertreib mal nicht, Schatz. Die sind bestimmt unterwegs und haben Spaß. Ich weiß doch, wie ich in dem Alter war.« Er redet und redet, bis sie es nicht mehr aushält. »Hör auf! Eine Stunde noch, dann fahre ich zum Flughafen. Und versuch nicht, mir das auszureden.«

»In Ordnung. Aber der erste Flug geht um neun Uhr, also sei vernünftig. Und ich komme mit.«

Sie streift das Kleid ab, schrubbt sich das Make-up vom Gesicht und zieht sich Jeans und T-Shirt an. Es sind keine Kleider zum Schlafen, sondern zum Reisen, Kleider, in denen sie sich – anders als in dem Kleid und den Sandalen – wie eine Mutter fühlt. Alles, was sie vorhin ausgepackt hat, packt sie zurück in den Koffer. Als sie alles erledigt hat, hält Nick sie noch ein bisschen fester. Er flüstert: »Ich habe den Podcast gehört.«

Sie weicht zurück, um sein Gesicht zu sehen. Im Dämmerlicht scheint Nick gleichzeitig da zu sein und auch nicht. Sein Atem ist noch moschusartig vom Wein, seine Stimme aber ist fest und nüchtern.

»Du hast mir nie erzählt, was du in den zweiundsiebzig Minuten gemacht hast.«

Sie hält den Atem an. »Was meinst du?« Aber sie weiß, wovon er spricht. Ein Gerichtsreporter hat damals eine Menge Aufhebens um die ungeklärten zweiundsiebzig Minuten gemacht.

»Findest du nicht, dass es langsam an der Zeit ist?«, fragt Nick.

»Ich will dich nicht verlieren.«

»Du wirst mich nicht verlieren.«

»Ich werde dich verlieren, und ich werde Erica verlieren.«

»Jess, hör zu. Egal, was da ist, du wirst uns nicht verlieren. Wir lieben dich. Wir lieben dich so sehr. Findest du nicht, dass es Zeit wird, dass du es mir erzählst?« Jess ist in der Lage, ein Ultimatum als solches zu erkennen, auch wenn Nick selbst noch gar nicht weiß, dass er ihr eines stellt. Sein verzweifelter Wunsch, dass sie ihm gegenüber aufrichtig ist, ist mit Händen zu greifen. Jetzt oder nie, denkt sie.

»Ich war im Casino«, sagt sie. »Im Paradise. Eigentlich

hätte ich gar nicht dort sein sollen, weil Felix etwas anderes für mich ausgemacht hatte.«

»Solltest du bei einem Mann sein?« Nick weiß, was Felix getan hat und auf welche Weise Jess für ihn gearbeitet hat.

Sie schüttelt den Kopf. »In einer Klinik. Ich war schwanger. Ich wusste nicht, von wem. Ich habe immer verhütet, aber irgendwas schien schiefgelaufen zu sein. Es war natürlich ein Problem, und Felix hatte organisiert, dass sich jemand darum kümmert. Er konnte das. Er kannte Leute, die für ihn zu jeder Tages- und Nachtzeit unter der Hand Dinge erledigten. Und da gab es einen Arzt, der die Klinik Sonntagabend aufmachte, um Felix einen Gefallen zu tun.«

»Wolltest du denn nicht abtreiben?«

»Einerseits schon, andererseits auch nicht. Ich hatte Angst davor, und es machte mir Angst, dass jemand die Kontrolle über mich hatte. Ich wollte das Baby nicht. Ich hatte mit Charlie genug zu kämpfen, und mir war klar, dass es eine schlechte Idee war, aber es war mir so zuwider, dass man mir sagte, ich dürfe es nicht behalten, als wäre es nicht meine Entscheidung. Also bin ich nicht in der Klinik aufgetaucht. Stattdessen habe ich mich im Paradise betrunken. Ich war derart dumm und so fertig, dass meine Antwort darauf, dass ich die Abtreibung nicht wollte, war, mich zu betrinken. So bescheuert war ich, Nick. Das war ich! Ich wollte das Baby und hätte es womöglich geschädigt. Ich hatte nichts Besseres verdient als die Abtreibung.« Sie sieht ihm in die Augen, sucht nach Verachtung in seinem Blick, entdeckt aber nur Mitleid.

»Wie ist es weitergegangen?«, fragt er.

»Jemand hat Felix gesagt, wo ich bin. Er kam, um mich

zu holen, und hat mich dann doch in die Klinik gebracht. Er war so wütend.« Sie spürt, wie Nick ihre Hand ein bisschen fester drückt.

»Warum hast du niemandem davon erzählt?«

»Weil ich Angst hatte. Sie haben mir gedroht. Der Arzt hätte außerhalb der Dienstzeiten keine Abtreibung vornehmen dürfen. Sie haben gesagt, dass mehr auf dem Spiel steht, als mein Leben überhaupt wert ist.«

Nick brummt etwas Wütendes, aber Jess versteht ihn nicht.

»Felix war so sauer, dass ich nicht in der Klinik aufgetaucht war, dass er mich dort einfach absetzte und allein ließ. Die Krankenschwester hatte Mitleid mit mir. Ihr Mann war Taxifahrer, und er fuhr mich nach Hause, während sie in der Klinik aufräumten. Alle haben gedacht, dass ich betrunken war, als ich im Estate ankam, und vielleicht war ich es auch ein bisschen, hauptsächlich aber hatte ich Schmerzen und war schwach von der OP. Sie haben sich sehr beeilt.«

»Mein armes Mädchen.« Sie sieht, wie auch Nick die Tränen kommen, und sie muss gleich noch mehr weinen.

»Erica darf das nie erfahren!«, sagt sie.

»Ich werde ihr nichts sagen, und du musst es ihr auch nicht erzählen, aber ich glaube, sie würde es verstehen oder würde es zumindest versuchen. Du solltest Erica und mir vertrauen, Jess. Ich weiß, du glaubst mir nicht, aber wir lieben dich.«

Das Display von Jessicas Handy leuchtet mit einer Textnachricht auf. Sie kommt von Ollys Mutter: »Habe sie gefunden. Es geht ihnen gut. Hole sie jetzt ab und rufe an, wenn wir zu Hause sind.« Jess hält das Handy so, dass Nick mitlesen kann.

»Es geht ihr gut«, sagt er. Er hält Jess fest, und sie lässt die Tränen laufen. Es sind Tränen der Erleichterung. Als ihre Augen getrocknet sind, liegt sie erschöpft in Nicks Armen, und ein Gedanke beginnt an ihr zu nagen. Er denkt, ich habe ihm alles erzählt, aber was, wenn er wüsste, dass ich erleichtert war über Charlies Tod? Sie wendet sich ihm zu.

»Ich liebe dich, Jessica Guttridge«, flüstert er. »Mein armes, wunderschönes Mädchen.«

Was ist, wenn er das erfährt? Sollte ich es ihm sagen?

Sie legt ihm die Hand an die Wange und sammelt sich, um die Worte zu sagen, die ihre Ehe zerstören oder aber Jess für immer von einer Last befreien könnten. Doch bevor sie dazu kommt, klingelt ihr Handy. Es liegt zwischen ihnen. Beide tasten danach, und Jess kriegt es zuerst zu fassen. Ihre Hände zittern, als sie den Anruf entgegennimmt. Ollys Mutter ist dran.

»Sie waren in einer Mitternachtsvorstellung der Rocky Horror Picture Show! Wer kommt denn auf so was? Inklusive Netzstrümpfen und so, und da rede ich nur von Olly. Sie sind jetzt bei uns zu Hause. Wir sind auf dem Weg ins Bett. Wollen Sie mit Erica sprechen?«

Jess ist derart von ihren Gefühlen überwältigt, dass sie nicht mehr sagen kann als »danke« und das Telefon an Nick weiterreicht. Er beendet das Gespräch mit Ollys Mutter und redet mit Erica. Weder Jess noch Nick ist anschließend in der Lage zu schlafen. Jess starrt die gepackte Tasche auf dem Boden an und weiß, dass sie trotz allem morgen früh zum Flughafen fahren wird.

Es ist Zeit für die Wahrheit

Folge zehn –
Ghost

»Was macht man, wenn man im Leben strauchelt und zu Boden geht? Wird man zum Schatten seiner selbst, zu einem Geist, und lässt sich davon für immer beeinträchtigen, oder macht man weiter und versucht einen Neuanfang, indem man aus den Erfahrungen, die man gemacht hat, lernt? Ein Neuanfang ist möglich. Dafür bin ich der beste Beweis. Vermutlich hatte ich ein glücklicheres Leben, als wenn ich Polizist hätte bleiben dürfen.«

Mein Name ist Cody Swift. Ich bin Filmemacher und begrüße Sie zu *Es ist Zeit für die Wahrheit,* einem Podcast von Dishlicker Productions. Das eben war die Stimme des ehemaligen Detective Superintendent Howard Smail, der darüber nachdenkt, wie sich Dinge mit der Zeit verändern können. Bevor ich aber zum heutigen Thema komme, noch eine kurze Mitteilung in eigener Sache: Diese Episode von *Es ist Zeit für die Wahrheit* kommt von mir allein. Leider hat Maya sich aus dem Podcast zurückgezogen. Sie hat nach dem Überfall versucht weiterzumachen, hat allerdings das Gefühl, dass sie Zeit für sich braucht, an einem Ort, an dem sie sich sicher fühlt und zu Kräften kommen kann. Ich respektiere diese Entscheidung. Es war ein Privileg, dass Maya an meiner Seite gearbeitet hat, aber ich will ehrlich sein: Es war auch eine Belastung für unsere berufliche und private Beziehung.

Trotz der Risiken möchte ich weitermachen. Ich habe den Eindruck, zu dicht an einer Auflösung zu sein, um aufzuhören. Wenn ich jetzt aufgebe, hinterlasse ich zu viele offene Fragen von zu vielen Menschen.

Vor ein paar Tagen habe ich einen Ausflug ins Stadtzentrum von Bristol gemacht, wo ich mich mit einem Mann verabredet hatte, der mich nach zwanzig Jahren Schweigen kontaktiert hat, weil er den Podcast gehört hatte. Er bat mich um Anonymität, Sie hören seine Stimme also ein bisschen verzerrt. Auf seine Bitte hin haben wir uns in einem Diner in der Nähe der Universität getroffen. In den Sitznischen rundherum saßen Studenten, und vielleicht hören Sie während des Gesprächs auch Geschirrklappern und dergleichen aus der Küche. Zunächst kommt meine Frage.

»Können Sie uns etwas von sich erzählen?«

»Ich bin Taxifahrer. Ich mache das seit vierzig Jahren.«

»Hier in Bristol?«

»Ja, ich komme von hier.«

»Können Sie uns sagen, warum wir hier sind?«

»Ich habe den Podcast gehört, und mir wurde klar, dass ich etwas dazu sagen kann.«

»Schießen Sie los.«

»Ich war der Fahrer, der Jessica Paige in dieser Nacht im Glenfrome Estate abgesetzt hat.«

»In der Nacht mit den Morden?«

»Ja. Aber ich wusste nicht, dass sie es war. Sonst hätte ich es der Polizei erzählt. Ich habe mir in der Nacht gar nichts weiter gedacht – sie war nicht mein erster Fahrgast in einem üblen Zustand, und sie wird auch nicht der letzte sein –, und am nächsten Tag bin ich

in Urlaub gefahren, also habe ich die Nachrichten verpasst und auch den Polizeiaufruf. Erst als mir jemand von Ihrem Podcast erzählt hat, habe ich eins und eins zusammengezählt und mir die Folge über die Blackhorse Lane angehört.«

»Wo ist sie eingestiegen?«

»Im Zentrum, in der Nähe vom Busbahnhof. Ich weiß noch, dass sie auf einer Bank saß. Ich stand an der Ampel, und sie ist ans Auto gekommen. Ich hatte das Licht an, dass ich nicht im Dienst bin, aber sie hat gebettelt und gesagt, es geht ihr nicht gut und sie muss nach Hause zu ihrem Kind.«

»Sie hatten Mitleid?«

»Ja. Außerdem hat sie mir ein paar Geldscheine gezeigt, also wusste ich immerhin, dass sie zahlen konnte.«

»Wie hat sie gewirkt?«

»Schlecht. Sie war blass und verschwitzt und hat sich am Auto abgestützt. Sie hatte Schwierigkeiten zu reden.«

»Wissen Sie noch, wie spät es war?«

»Ich würde mal sagen, gegen Viertel vor elf, so was in der Gegend. Nach fünfzehn Minuten ungefähr habe ich angehalten, weil sie sich übergeben musste, da waren wir schon fast im Estate. Ich habe schon überlegt, dass ich sie einfach da aussteigen lasse, weil wir so nah waren, aber sie hat geweint. So was tut man ja der eigenen Tochter nicht an, also habe ich ihr Zeit gelassen, bin sogar mit ausgestiegen und habe sie gefragt, ob ich sie ins Krankenhaus fahren soll. Sie sagte Nein, sie wollte nur nach Hause, und ich habe ihr noch ein paar Minuten gelassen. Dann ist sie wieder eingestiegen, und ich habe sie bis vor ihre Haus-

tür gefahren. Da waren Leute, also bin ich weggefahren und gleich nach Hause. Wir hatten am nächsten Morgen um fünf einen Flug nach Malaga, deswegen habe ich die Meldung von den Morden nicht mitgekriegt und auch nicht den Polizeiaufruf. Bis jetzt habe ich den Zusammenhang gar nicht gesehen.«

Diesen Bericht habe ich den Kriminologiestudenten vorgelegt, die für mich die verschiedenen Strecken zwischen dem Paradise Casino und dem Glenfrome Estate abgesteckt hatten. Sie haben sich das angesehen, die Route nach Rücksprache mit dem Fahrer bestimmt und Folgendes zusammengefasst. Sie hören wieder Simon McKay, den Studenten aus dem dritten Jahr.

»Wir haben uns die Strecke und den zeitlichen Ablauf angesehen und sind zu dem Schluss gekommen, dass das alles seine Richtigkeit hat. Was auch immer sie gemacht hat, Jessica Paige war in den zweiundsiebzig Minuten nicht in der Nähe des Glenfrome Estate.«

Diese Erkenntnis ist eine immense Erleichterung. Auch wenn ich mich bemüht habe, professionelle Distanz zu wahren, als es um Jessica Paige ging – es fiel mir nicht leicht. Ich habe sie viel zu sehr gemocht. Es wäre schrecklich gewesen, wenn ich herausgefunden hätte, dass sie in die Morde an Charlie und Scott verwickelt war oder sie womöglich sogar mit angesehen hatte. Ich will weiter versuchen herauszubekommen, mit wem sie zu tun hatte, aber ich werde die Sache von nun an anders angehen. In der Aufnahme, die Sie zu Beginn dieser Folge gehört haben, verwendet Howard Smail das Wort »Geist«. Das hat mich an etwas erinnert, und ich habe Smail danach gefragt.

> *»Erinnern Sie sich daran, dass DI Fletcher berichtet hat, dass Charlie im Sterben noch ein Wort gesagt hat?«*

Meine Frage rührt daher, dass ich noch weiß, wie Fletcher mich deswegen ausgequetscht hat, als er das allererste Mal mit mir redete. Als ich es kürzlich Fletcher gegenüber erwähnte, hat er es abgestritten. Smail blätterte sein Fallprotokoll durch.

> *»Das hatte ich ganz vergessen, aber es stimmt, ich habe eine Notiz dazu gemacht. Es steht auf einer Liste mit möglichen Spuren, denen man nachgehen könnte. Der Sache wurde keine besondere Bedeutung beigemessen.«*

Ich habe sogar Fletchers Partner ausfindig gemacht, den damaligen Detective Sergeant Danny Fryer, der mich 1996 befragt hat. Er durfte sich nicht offiziell äußern, weil, wie er sagte, die Polizei Wert darauf lege, dass ich einen einzigen Ansprechpartner habe, und das sei John Fletcher, aber diese Tatsache konnte er mir bestätigen. Ich habe unser Gespräch nicht aufgenommen, aber seine Antwort auf meine diesbezügliche Frage lautete in etwa: »Ich weiß noch, wie John das erzählt hat. Er war wirklich fertig, nachdem der Junge in seinen Armen gestorben war. Über so was kommst du nicht hinweg. Wir haben jedenfalls nie rausbekommen, was es zu bedeuten hatte. Haben wir Sie damals nicht danach gefragt?«

Fryers Antwort macht es noch verwunderlicher, dass Detective Inspector Fletcher behauptet, sich nicht daran zu erinnern. Wie kann man so was vergessen?

Ich habe lange darüber nachgedacht und mir überlegt, was es für Erklärungen geben könnte. Wusste Charlie, dass er im Sterben lag? Hat er gedacht, dass ihm ein Geist erschienen ist? Hat er DI Fletcher für einen Geist gehalten? Erst als ich an den Ort zurückgekehrt bin, wo meine Freunde gefunden wurden, ist mir die Antwort gekommen.

Dort ist jetzt alles anders. Das alte Stadion mit der Hunderennbahn wurde abgerissen, und an seiner Stelle steht ein riesiger IKEA. Ich stehe auf dem Parkplatz, ungefähr dort, wo die Leichen gewesen sein müssen. Ich habe zwei Blumensträuße dabei, für jeden Freund einen, lege sie an den Fuß einer Straßenlaterne und ignoriere die Möbelkäufer, die mich skeptisch beäugen. In einer Ecke auf dem Parkplatz flattert ein Absperrband um ein Loch im Boden. Von dort, wo ich bin, kann man die Türme des Glenfrome Estate sehen, ansonsten aber erkenne ich kaum etwas wieder. Nur das Vereinsheim steht noch in einer Ecke, und es sieht nicht anders aus als damals, vor all den Jahren. Ich hatte keine Ahnung, dass es die Neugestaltung des Areals überdauert hat. Ich gehe hinein, bestelle etwas zu trinken und stehe an der leeren Bar.

Der Barkeeper ist gesprächig. Ich frage, ob er sich an meinen Vater erinnert, auch wenn er ein bisschen zu jung dafür aussieht. Er verneint, vermutet aber, dass es noch Leute im Vereinsheim gibt, die sich erinnern. Er fragt mich, warum ich hier bin, und ich erzähle es ihm. Er gibt mir einen Rat.

»Wenn Sie jemanden suchen, der Ihnen was über die Hunderennbahn erzählen kann, dann ist Len der Richtige. Er war dort Aufseher. Er ist da drin beim Billardspielen.«

Mit »da drin« meint er einen Raum auf der anderen Seite der Bar, in dem sechs Billardtische stehen; an zweien spielen Männer. Len ist ein alter Herr mit weißem Haar und einem herzlichen Lachen. Wir setzen uns an den Rand, während seine Begleiter weiterspielen. Len erzählt von der Zeit, als er an der Hunderennbahn gearbeitet hat, und zeichnet ein Bild, das eine Flut von Erinnerungen wach werden lässt. Er erinnert sich an Sidney Noyce und die Morde. Hier kommt ein Ausschnitt unseres Gesprächs. Zuerst hören Sie die Stimme von Len; im Hintergrund hören Sie vielleicht auch Geräusche von den Spielen, die um uns herum stattfinden.

»Sidney Noyce war ein sanftmütiger Kerl. Keiner von uns, der an der Rennbahn mit ihm zusammengearbeitet hat, konnte sich vorstellen, dass er gewalttätig war. Mit den Hunden hat er sich gut angestellt, obwohl er nicht der Schlauste war, aber wenn es um sie ging, musste man ihm nichts zweimal sagen. Ich erinnere mich an den Morgen, als man die Leichen gefunden hat. Es war eine Affenhitze. Ich hatte Dienst.«

»Charlie war noch am Leben, als man ihn gefunden hat.«

»Das habe ich gehört. Man mag gar nicht daran denken. Die Vorstellung, dass wir den ganzen Vormittag nur ein paar Meter entfernt waren.«

»Er hat noch etwas zu dem Polizisten gesagt, der bei

ihm war. Ich versuche herauszufinden, was es bedeuten könnte.«

»Was hat er denn gesagt?«

»Ghost.«

»Ghost?«

»Ja.«

»Sie sollten mit Bill Felter reden.«

Len führt ein Telefonat und erklärt, dass er mich begleitet, weil er Bill selbst seit Jahren nicht gesehen hat. Auf der Schnellstraße fahren wir aus der Stadt Richtung Wiltshire ins Grüne. Nach fünfundzwanzig Minuten geht es von der Schnellstraße ab in die sanften Kreidehügel. Len dirigiert mich auf eine schmale Landstraße, und bald darauf biegen wir in eine von Furchen durchzogene betonierte Einfahrt ein, die zu einem kleinen Bauernhaus führt. Wir parken neben einem Maschendrahtzaun, der einen heruntergekommenen Hof umgibt. Noch bevor wir aus dem Auto steigen, hören wir Hunde bellen.

Ein Mann in einem blauen Overall kommt uns über den Hof entgegen. Eine Krähe fliegt auf, die auf einem Zaunpfahl gesessen hat, und landet auf dem Schornstein eines kleinen, lieblos wirkenden Wohnhauses aus Backstein. Der Mann schüttelt Len die Hand und stellt sich als Bill Felter vor. Kurz führt er uns über das Gelände. Ein Stall wurde zu Hundezwingern umgebaut, und Len betrachtet die Hunde kritisch, bevor er jeden einzelnen streichelt. Es tut mir weh, sie so eingepfercht zu sehen, und ihre offensichtlich schwachen Glieder und die wässrigen Augen rühren mich. Ich muss an Charlie denken. »Ich mag die weichen Ohren«, hat er mal gesagt, »so weich wie Watte.« Ich erinnere mich, wie er sich gequält hat, wenn er den Eindruck hatte, dass es einem der Hunde nicht gut ging.

Nach unserem Rundgang führt uns Bill in seine Küche, und wir reden. Er kocht uns einen starken Tee und bietet uns Kekse aus einer abgestoßenen Blechdose an. Len erzählt ihm von Charlies letztem Wort. Hier kommt die Aufnahme des darauffolgenden Gesprächs zwischen Bill und Len. Zuerst hören Sie Bill sprechen.

»Nein, wirklich? Du lieber Himmel. Ich hatte keine Ahnung.«
»Das muss doch mit einem aus deiner Truppe zu tun gehabt haben.«
»Ja, da hast du wohl recht.«
»Hattest du an dem Vormittag einen auf der Rennbahn?«
»Schon möglich, ich kann nachschauen.«
»Sag bloß, du hast noch die Rennlisten?«
»Ich hab sie alle aufgehoben. Kann ja nicht jeder so ein Gedächtnis haben wie du.«

Len kichert, als Bill aus dem Zimmer geht, um nach der Rennliste zu suchen. Er braucht nicht lange. Nach wenigen Minuten kommt er mit einer Broschüre zurück. Er hat sie umgeknickt und eine bestimmte Seite aufgeschlagen und reicht sie mir. Am oberen Rand steht als Datum Montag, der 19. August, und darunter sind die Hunde aufgelistet, die an diesem Vormittag im Rennen waren. Also genau die Hunde, die gelaufen sind, während Charlie seine letzten Atemzüge machte. Mit dem Finger fahre ich die Liste entlang nach unten. An manchen Stellen hat Bill sich Notizen zum Ergebnis gemacht. Ich weiß nicht, wonach ich suche, bis ich darauf stoße. Im Elf-Uhr-fünf-

Rennen war ein Hund mit dem Namen »Ghost Chaser«. Er hat das Rennen neun zu eins gewonnen. Len beugt sich herüber, um ebenfalls einen Blick darauf zu werfen.

»Na also. Alle Hunde aus Bills Zwinger liefen unter dem Namen Ghost. Ich wusste doch, dass es mit einem von ihnen zu tun hatte. Das leuchtet ein, oder? Verrückt, dass du das all die Jahre aufgehoben hast, Bill.«
»Wie sollte ich mich sonst erinnern?«
»Stimmt schon.«

Len ist zufrieden mit sich, und ich will ihm danken, aber ich bringe kein Wort heraus. Tränen laufen mir über das Gesicht, weil ich an nichts anderes denken kann als daran, wie Charlie über den Lautsprecher den Start des Rennens und die Hundenamen gehört hat. Man konnte es eine Meile weit hören. Er ist immer stehen geblieben und hat gelauscht, wenn wir vorbeigekommen sind und gerade ein Rennen lief. Als ich mich ein bisschen beruhigt habe, frage ich, wie Ghost Chaser ausgesehen hat. Bill antwortet, ohne zu zögern.

»Gefleckt. Linke Hinterpfote weiß. Einen Sieger vergesse ich nicht.«

Die gefleckten Hunde liebte Charlie am meisten. Die Männer verstummen. Einer von ihnen legt mir eine Hand auf die Schulter und lässt sie dort, bis ich aufhöre zu schluchzen und in der Lage bin, Len und mich zurück nach Hause zu fahren.

Ghost Chaser war der Hund, der das Rennen gewonnen hat, als Charlie starb, und Charlie wusste es. Ich möchte mir gern vorstellen, dass es ihn von der Gewalt, die ihm angetan worden war, abgelenkt hat.

Nächste Woche bin ich wieder da mit einer neuen Folge von *Es ist Zeit für die Wahrheit*. Vorab hören Sie eine Aufnahme des ehemaligen Detective Superintendent Howard Smail.

»Was sind die schlimmsten Fälle? Die, in denen es um Kinder geht. Warum? Weil es um Kinder geht. Die Mehrheit der Detectives, die ich kannte, hat schwer darum gerungen, sich in diesem Job einen emotionalen Schutzschild zuzulegen. Wir haben es auf die harte Tour gelernt, indem man uns ins kalte Wasser geworfen hat und wir nach den schlimmen Fällen selbst damit klarkommen mussten, wie wir mit unseren Erlebnissen umgehen sollten. Damals gab es kaum psychologische Unterstützung für die Polizisten. Also haben wir auf diese Weise Abwehrkräfte aufbauen müssen, quasi im Do-it-yourself-Verfahren, aber manchmal waren diese Abwehrkräfte nicht stark genug. Alle Leute, die ich kannte, hatten mal einen schlechten Tag – nur bei John Fletcher war es anders. Es war, als sei er mit einem stahlharten Herzen in den Beruf eingestiegen, und nach allem, was ich weiß, hat er sich bis heute nicht die kleinste Bruchstelle anmerken lassen. Das kann nicht gesund sein. Ich rede jetzt nicht unbedingt über John Fletcher, sondern über Menschen allgemein, aber man muss sich schon fragen: Wie viel kann ein Mensch ertragen, bevor er zerbricht?«

Mit einem Ruck schreckt Fletcher aus dem Schlaf hoch, weil es an der Haustür klingelt. Tageslicht fällt herein, was bedeutet, dass er verschlafen hat. Er hat einen bitteren Geschmack im Mund, und er ist so schläfrig, dass er nicht nachfragt, wer da ist, bevor er die Tür öffnet.

»John! Ich wollte gerade aufschließen.«

Seine Ex-Frau hat einen Schlüsselbund in der Hand. Ihr Blick wandert an Fletcher hinunter, und sie zuckt etwas zurück. Er tritt zur Seite, um sie hereinzulassen. »Was willst du?«

»Ich habe dir eine Nachricht draufgesprochen, dass ich Andrews Wanderstiefel abholen komme.« Eine Parfümwolke hüllt ihn ein, als sie an ihm vorbeieilt.

»Kann er sie nicht selber holen? Du verhätschelst ihn.«

»Fang nicht damit an.«

»Wie geht es Andrew?«, fragt er, aber sie hört ihn nicht. Sie ist in der Küchentür stehen geblieben. »John! O mein Gott. In was für einem Zustand lebst du denn nur?«

Fletcher steht hinter ihr und betrachtet das Bild mit ihren Augen: Schmutziges Geschirr und Besteck stapeln sich in der Spüle, aus dem Mülleimer quillt Abfall, auf dem Herd steht ein Topf, an dessen Boden verbrannte Bohnen kleben, und eine Pfanne, die so schwarz und verdreckt ist, dass er nicht einmal mehr erkennen kann, was er darin gebraten hat. Sämtliche Oberflächen sind fleckig und fettverschmiert. Sie dreht sich zum Wohnzimmer und zum Esszimmer um.

»Geh da nicht rein«, sagt er, aber es ist zu spät. Er setzt sich auf die Treppe, während sie das Chaos auf sich wirken lässt. Seit Wochen schläft er unter ein paar Wolldecken auf dem Sofa. Der Esstisch ist ruiniert. Auf dem Teppich ist ein dunkler Rotweinfleck.

»Das ist schlimmer als eine Studentenbude«, meint sie. »Du musst dir Hilfe holen.«

»Nimm mit, was du brauchst, und geh«, brummt er.

»Dir ist schon klar, dass wir das hier in Ordnung bringen müssen, bevor wir das Haus verkaufen, John? Und schau dir an, wie du aussiehst!« Auf ihrem Gesicht zeichnet sich deutlicher Ärger ab, und, schlimmer noch, Mitleid. Das erträgt er nicht.

»Schließ hinter dir zu«, sagt er. Er wendet sich ab und verlässt das Haus. Es kümmert ihn nicht, dass er sich seit gestern weder umgezogen noch geduscht hat – oder war es vorgestern? Er ignoriert ihre Rufe. Er muss hier weg. Er muss zu Hazel Collins.

Hazel Collins öffnet die Tür und betrachtet Fletcher.

»Sie schon wieder, Detective? Na, kommen Sie herein.«

Fletcher ist beeindruckt, dass sie sich an ihn erinnert. Darauf hätte er nicht zu hoffen gewagt. Er folgt ihr ins Wohnzimmer, und Hazel lässt sich in den hohen Lehnstuhl sinken, in dem sie schon beim letzten Mal saß. Wie zuvor setzt er sich auf den Stuhl daneben. Zwei Tassen stehen auf dem Couchtisch. Davon abgesehen wirkt der Ort still und reglos wie ein Museum.

»Möchten Sie noch einen Tee?«, fragt Hazel. »Allerdings müssten Sie ihn selbst machen. Annabel hat die Regel aufgestellt: kein Wasser kochen, wenn sie nicht im Haus ist.«

Sie meint, dass ich gar nicht weg war, denkt Fletcher. Zwecklos, ihr zu widersprechen. Er lehnt den Tee ab. »Wo ist Annabel?«, fragt er.

»Beim Proben. Sie kommt bald wieder.«

Fletcher blickt auf die Reiseuhr auf dem Kaminsims. Es ist Viertel vor zehn.

»Ich war gestern Abend bei ihrem Konzert«, sagt Fletcher.

»Bach?«

»Sie hat wunderbar gespielt.«

»Sie spielt Bach sehr schön, aber noch lieber mag sie die Romantiker. Die jungen Leute drücken eben gern ihre Gefühle aus, meinen Sie nicht?«

Fletcher blinzelt. »Wahrscheinlich. Ms. Collins, auf dem Konzert hat mir Annabel etwas gegeben. Etwas, das sie von Ihnen bekommen hat.«

»Um was geht es denn, mein Lieber?« Sonnenstrahlen fallen herein und beleuchten die in der Luft über Hazels Kopf schwebenden Staubpartikel. Sie kneift die Augen zusammen.

Nein, denkt Fletcher, gerade als er darauf antworten will. Das ist die falsche Taktik. Er muss Fakten aus ihr herausholen, bevor er sie mit dem Ohr herausfordert. Wo ist denn nur sein Urteilsvermögen abgeblieben? Er schlägt einen leichten Ton an. »Ach, da reden wir gleich noch drüber. Zuerst würde ich gern ein bisschen über Peter Dale plaudern. Sie haben gesagt, Sie beide waren ein Paar?«

»Jetzt wird's aber anzüglich!« Ihre Fingerspitzen zucken über die Brust, bis sie die Perlenkette finden.

»Haben Sie jemals Terry Taylor getroffen, den Bruder von Peter?«

»Terry war nicht sein Bruder, sondern sein Halbbruder. Sie hatten nicht den gleichen Vater.«

»Haben Sie Terry kennengelernt?«

»Ja, das habe ich. Er war ein Plagegeist, ständig hat er angerufen und nach seiner Geldanlage gefragt. Mehr als einmal ist er im Büro aufgekreuzt. Er war furchtbar kleinlich und wusste nicht, wie solche Dinge ablaufen. Er hat Peter auf die Palme gebracht.«

»Die beiden haben sich also nicht verstanden?«

»Terry ist Peter auf die Nerven gegangen.«

Ihr Blick wandert orientierungslos durch das Zimmer, und Fletcher fürchtet, dass sie sich in ihren Gedanken verliert. Sie zupft an den Perlen. »Haben wir darüber nicht schon gesprochen?«, fragt sie. »Ich bin ein bisschen durcheinander.«

Er schlägt einen anderen Kurs ein. Ihr Geist ist wirr, vielleicht funktioniert es dann mit wahllos gestellten Fragen. »Weiß Annabel, dass Peter Dale ihr Vater ist?«

Sie blinzelt. »Könnten Sie mir bitte meine Brille reichen, Detective?«

Er nimmt die Brille vom Couchtisch, und unbeholfen setzt sie sie auf. Hinter den Gläsern wirken ihre Augen erschreckend groß.

»Jetzt kann ich Sie sehen!«, sagt sie. »Das waren ja gar nicht Sie, der vorhin da war.«

»Ich versichere Ihnen, dass ich es war. Ich war zusammen mit Detective Fryer da.«

»Er ist ein schöner Mann.«

»Das stimmt. Ms. Collins, bitte konzentrieren Sie sich. Weiß Annabel, dass Peter Dale ihr Vater ist?«

»Nein.«

Fletchers Herzschlag beschleunigt sich. Er hatte also recht mit der Vaterschaft. »Und Peter? Hat er vor seinem Tod erfahren, dass Sie schwanger sind?«

»Nein. Peter hat sich für mich geschämt. Ich hätte ihm

nie erzählt, dass es sein Baby ist, weil mir klar war, dass er nichts von mir wollte. Zumindest nicht als offizielle Freundin, mit der man sich in der Öffentlichkeit zeigt. Ich war nicht mehr die Jüngste und auch keine Schönheit. Er war halt scharf, konnte die Hose nicht anbehalten, wenn wir zusammen waren. Mir war schon klar, dass ich Mittel zum Zweck war, aber ich habe nicht Nein gesagt, war ja nicht so, als hätte ich andere Angebote gekriegt.«

»Haben Sie ihn geliebt?«

»Ich wollte ein Baby. War mir egal, von wem. Peter hat seinen Zweck erfüllt. Um ehrlich zu sein, dachte ich, ich wäre zu alt, um schwanger zu werden. Dachte, ich hätte die Gelegenheit verpasst, also war es eine ganz wunderbare Überraschung, als ich es feststellte.« Ihre Finger lassen die Perlen los, und sie legt sich die Hand auf den Bauch. Das Sonnenlicht spiegelt sich nicht mehr in ihren Augen, sondern tanzt auf einer Gesichtshälfte. Ihre Haut ist faltig wie Seidenpapier, und unter dem frisierten Haar kann Fletcher die Kopfhaut erkennen, aber ihr Blick ist schärfer als zuvor. Ich frage sie jetzt einfach ganz direkt, denkt er. Der Augenblick scheint ihm günstig.

»Haben Sie Peter deswegen umgebracht? Weil Sie verhindern wollten, dass er von dem Baby erfährt? Oder wollten Sie das Geld? Sie wussten ja, wie man an das Geld kommt.«

»Ich habe Peter nicht umgebracht. Das war nicht ich.« Sie lächelt, augenscheinlich ist sie nicht zu schockieren. Fletcher nimmt es ihr nicht ab.

»Wissen Sie noch, was Sie Annabel gestern gegeben haben?«

»Ich erinnere mich nicht daran, dass ich Annabel irgendwas gegeben habe.«

»Gestern Abend hat Annabel mich angerufen. Sie war sehr aufgeregt und bat mich, dass wir uns treffen, weil sie mir etwas zeigen wollte. Haben Sie eine Ahnung, was sie mir gezeigt hat?« Auf Hazel Collins' Gesicht zeigt sich keinerlei Regung. »Sie hat mir eine Schachtel gegeben. Darin war etwas, das aussah wie ein mumifiziertes Ohr. Annabel hat gesagt, dass Sie ihr erzählt haben, es handle sich um Peters Ohr. Können Sie mir das erklären?«

Anfangs denkt Fletcher, dass Hazel Collins keucht. Das Geräusch ist eine Mischung aus Schnaufen und Husten und kommt tief aus ihrer Kehle, bevor es anschwillt, und er will schon aufstehen, als ihm klar wird, dass ihre Augen amüsiert blitzen. Sie lacht ihn aus.

»Ms. Collins!«, sagt er. »Das ist eine ernste Angelegenheit.«

»Ach, mein Lieber«, sagt sie, als sie wieder in der Lage ist zu reden. »Ist Annabel wirklich zu Ihnen gekommen, um Ihnen Peters Ohr zu geben? Sie macht immer so ein Drama aus allem!«

»Sie haben es ihr gegeben«, sagt Fletcher. »In einer Schachtel.«

»Na ja, als Sie das letzte Mal hier waren, hat mich das an Peter erinnert, also habe ich mir mal wieder den Koffer angesehen, in dem seine Sachen sind. Ich habe Annabel nie gesagt, dass es die Sachen von ihrem Vater sind. Ich hatte es immer vor, wahrscheinlich hätte ich es schon vor Jahren tun sollen, aber irgendwie kam nie der rechte Augenblick, insbesondere wegen dem, was Peter den ganzen Leuten angetan hatte. Vielleicht hätte es sie unglücklich gemacht. Sie denkt, sie ist das Ergebnis eines einmaligen Abenteuers.« Hazel Collins' Gedanken scheinen abzuschweifen.

»Das Ohr, Ms. Collins. Sie müssen mir sagen, was es

mit dem Ohr auf sich hat.« Fletchers Wangen glühen. Er muss das einfach wissen.

»Oh, mein Süßer! Na klar. Peter hat an der Uni Anthropologie studiert. Ganz besonders hat er sich für Voodoo interessiert. Er hat mir erzählt, dass er das Ohr auf einer New-Orleans-Reise gekauft hat, da war er noch Student, und es mit nach Hause geschmuggelt hat. Es ist irgendeine Voodoo-Reliquie oder so. Ich war immer der Ansicht, dass es gar nicht echt ist. Aber es ist auf jeden Fall nicht das Ohr von Peter. Es stammt nicht von seinem Kopf.« Ihre Schultern werden vom Lachen geschüttelt.

Steif und beschämt sitzt Fletcher da und denkt daran, dass das Ohr auf seine Bitte hin mit besonderer Dringlichkeit im Labor analysiert wird. Wenn es unecht ist, macht er sich zum Gespött der Kollegen, aber es ist immerhin möglich, dass sie lügt.

»Annabel hat gesagt, dass Sie das Ohr von Peters Bruder Terry haben. Wie kam es dazu?«

»Da irrt sie sich. Alle Sachen, die ich von Peter habe, habe ich selbst aus dem Büro mitgenommen. Terry wollte sie nicht, und ich wusste nicht, wem ich sie sonst hätte geben sollen. Ich dachte, vielleicht gebe ich sie eines Tages Annabel, falls ich ihr je sagen sollte, wer ihr Vater war, aber dazu ist es nie gekommen. Habe ich das schon mal gesagt? Dann tut es mir leid. Annabel meint immer, dass ich mich dauernd wiederhole. Einen Rat kann ich Ihnen geben, Detective: Im Leben entwickeln sich die Dinge nicht immer so, wie man erwartet.«

Sie gähnt. Ihr Brustkorb hebt und senkt sich. Die Rippen wirken auf Fletcher zerbrechlich wie Vogelknochen. Er unterdrückt einen Schauder. Auf ihrem Gesicht ist keinerlei Spur von Heiterkeit mehr, nur Erschöpfung.

Fletcher weiß, dass ihm die Zeit davonläuft. Er fragt: »Wissen Sie, wer Peter Dale ermordet hat?«

»Na ja, Terry.« Sie runzelt die Stirn. »Darüber haben wir doch gerade erst gesprochen. Sie haben ein schreckliches Gedächtnis. Schlimmer als ich.«

»Terry hat Peter getötet?«

»Ja, mein Lieber.«

»Terry Taylor hat seinen Bruder Peter Dale ermordet?«

»Das habe ich doch gesagt. Terry hat herausgefunden, dass Peter sich mit dem ganzen Geld aus dem Staub machen wollte. Fragen Sie nicht, woher er das wusste, aber so war es. An einem Samstag tauchte er im Büro auf. Peter hatte mich gebeten, zum Arbeiten reinzukommen, also waren wir beide da. Ich habe gehört, wie die zwei einen schlimmen Streit hatten, dann sind beide aus dem Haus gestürmt. Ich wusste nicht, was danach passiert war, aber am Montagmorgen erschien Peter nicht zur Arbeit. Dafür kam Terry. Er wollte sich Zugang zu dem Geld verschaffen. Aber er war in einem fürchterlichen Zustand.«

»Weil er seinen Bruder getötet hatte?«

»Ja. Er ist zusammengeklappt.«

»Warum haben Sie das der Polizei nicht gemeldet?«

Ein feines Lächeln umspielt ihre Mundwinkel. »Geld, Schätzchen. Der schnöde Mammon. Ich musste mich um ein Baby kümmern. Mit Terry habe ich eine Vereinbarung wegen des Geldes getroffen und am selben Tag noch bei der Polizei angerufen und gesagt, dass Peter vermisst wird. Es war ganz einfach. Jetzt ist er tot. Terry, meine ich. Ein Hirntumor. Am Ende hat er also doch noch die Quittung gekriegt.«

Fletcher ist klar, dass er die Befragung sofort abbrechen und Hazel Collins über ihre Rechte aufklären muss, aber es drängt ihn, ihr noch eine Frage zu stellen. »Sind Sie jemals einem Mann namens Felix Abernathy begegnet, als Sie bei Peter angestellt waren?«

»Nein.«

»Ganz sicher?«

»Felix wie?«

»Felix Abernathy.«

»Hat über den was in der Zeitung gestanden?«

»Möglich, aber ich will eigentlich wissen, ob Sie ihm je begegnet sind. Oder ob er mit Peter oder Terry in Verbindung stand.«

»Ist ein ziemlich ausgefallener Name. Aber ich denke nicht, dass ich ihn kenne. Jemanden, der Felix heißt, hätte ich mir gemerkt.«

Fletcher verzieht das Gesicht. Ihr Geist gleitet so mühelos zwischen Wirklichkeit und Fantasie hin und her. Seine Hoffnungen, etwas gegen Felix in die Hand zu kriegen, schwinden, aber es werden sich andere Möglichkeiten auftun, die Sache weiterzuverfolgen. Er sieht auf die Uhr, aber die Zeiger der Reiseuhr auf dem Kaminsims haben sich seit seiner Ankunft nicht bewegt. Er zieht das Handy heraus. Es ist halb elf vorbei. Seine Ex-Frau hat zweimal versucht, ihn anzurufen, und Danny hat es fünfmal versucht und außerdem eine Textnachricht geschickt.

»Entschuldigen Sie mich bitte«, sagt er.

»Aber natürlich, mein Lieber. Einen attraktiven Mann wie Sie entschuldige ich immer.«

Er stellt sich in die Sonne am Erkerfenster und betrachtet geistesabwesend einen Heißluftballon, der über die Hängebrücke schwebt. Er knetet sich die Stirn. Die Sonne wärmt ihn. Er wirft einen langen Schatten ins

Zimmer und auf Hazel Collins, deren Augenlider schwer werden. Dannys Nachricht ist kurz angebunden: Fletcher soll ihn umgehend anrufen. Er wählt Dannys Nummer, der beim ersten Klingeln abnimmt. »Wo bist du, Kumpel? Ich versuche seit Stunden, dich zu erreichen.«

Hazel Collins' Mund steht offen, und Fletcher nimmt an, dass sie schläft, aber er senkt trotzdem die Stimme. »Ich bin zu Hause. Tut mir leid. Habe mich gestern Abend nicht so gut gefühlt und heute Morgen verschlafen. Was ist los?«

»Ich war bei dir. Du bist nicht zu Hause, John. Ich habe Jean getroffen. Sie meinte, du bist heute früh einfach weggerannt. Sie macht sich Sorgen um dich.«

»Es gibt keinen Grund zur Sorge. Ich war beim Arzt. Sag mir einfach, was los ist.«

»Ich war heute Morgen noch mal bei Hazel Collins. DC Banks ist mitgekommen, weil ich nicht rausfinden konnte, wo du steckst.«

»Was?«

»Hazel Collins? Weißt du nicht mehr? Die alte Dame.«

Fletcher betrachtet die schlafende Frau vor sich. »Doch.« Während Danny weitererzählt, registriert Fletcher die leeren Teetassen auf dem Couchtisch. Es sind zwei. Er war davon ausgegangen, dass Hazel und Annabel daraus getrunken hatten, aber es müssen die von Danny und dem Detective Constable gewesen sein. Hazel hatte also recht, als sie gesagt hat, dass sie doch eben erst alles durchgesprochen hatten. Sie hat Fletcher mit Danny verwechselt.

»Jetzt ist klar, wie die Fälle zusammenhängen«, sagt Danny.

Fletcher lässt sich auf den Klavierschemel plumpsen.

»Welche Fälle?«, fragt er, dabei weiß er es. Plötzlich ist sein Mund ausgetrocknet.

»Peter Dale und der Doppelmord – Charlie Paige und Scott Ashby. Dale wurde von seinem Halbbruder Terry umgebracht, und die Jungen wurden getötet, weil sie zufällig am Tatort aufgetaucht sind.«

»Herr im Himmel«, sagt Fletcher.

»Wir müssen reden.«

»Ja«, antwortet Fletcher automatisch, auch wenn er nicht genau versteht, warum.

»Wo bist du, Mann?«

Fletcher schluckt. Er kann unmöglich zugeben, wo er ist. Es wäre sein beruflicher Selbstmord, selbst wenn er es nur Danny sagen würde. »Ich bin in der Arztpraxis. Wo sollen wir uns treffen?«

»Ich bin noch in Clifton. Ich hatte gehofft, Annabel Collins zu erwischen, wenn sie nach Hause kommt. Wo ist dein Arzt?«

Fletcher hat das Gefühl, dass jemand ihm den letzten Tritt versetzt hat, der ihn ins Grab befördert. Er macht einen Schritt vom Fenster weg und späht vorsichtig hinaus. Draußen auf dem Gehsteig geht ein Mann auf und ab und presst sich ein Handy ans Ohr. Es ist Danny. Er wird von einem jungen Mann in einem schicken Anzug begleitet. Es muss der Detective Constable sein. Sie steigen in ein Auto, das direkt gegenüber vom Hauseingang abgestellt ist. Fletcher hat keine Chance, ungesehen das Haus zu verlassen.

Er kann gar nicht überblicken, in wievielerlei Hinsicht seine Karriere eben gerade den Bach runtergegangen ist. Er dreht sich um und blickt Hazel an. Ihr Kopf ist so weit nach vorn gekippt, dass es aussieht, als sei ihr Genick gebrochen. Dass ihm nach all den Mühen ausgerechnet diese Hexe den Rest gibt, darf er nicht zulassen, denkt er.

»Ich ruf dich wieder an«, sagt er zu Danny.

Detective Chief Superintendent Tremain hat ein rotes Feuermal im Gesicht, und es überrascht Fletcher, wie gereizt es von Nahem aussieht. Er steht vor Tremains Schreibtisch. Man hat ihn ohne Erklärungen herbeizitiert, und er hat bereits zehn Minuten vor Tremains Arbeitszimmer ausharren müssen, in Gesellschaft seiner Sekretärin, die mit einer Entschlossenheit und in einer Lautstärke den Datumsstempel auf ein paar Briefe niedersausen ließ, die dazu bestimmt schien, Fletchers Kater auf ein kritisches Niveau zu heben.

Fletcher ahnt, warum er hier ist.

»Detective Inspector Fletcher«, sagt Tremain. »Es ist etwas vorgefallen, was wir unter Verschluss halten müssen.«

»Ich weiß von Detective Superintendent Smails Verfehlung.«

»Oh, Sie wissen davon, tatsächlich?«

»Falls es das ist, worauf Sie anspielen, dann ja. Ein paar Kollegen haben gestern Abend im Pub darüber geredet.« Fletcher spürt, dass es gefährlich werden könnte. Tremain hat ihn immer noch nicht aufgefordert, sich zu setzen.

»In der Öffentlichkeit werde ich Ihre Arbeit in diesem Fall würdigen. Ich werde Sie dafür loben, wie Sie den Mörder von Charlie Paige und Scott Ashby ermittelt und verhaftet haben. Wir werden der Öffentlichkeit gegenüber bekannt geben, dass Detective Superintendent Smails Verfehlung ein unglücklicher Umstand ist, mit dem wir umgehend und unmissverständlich verfah-

ren sind, und dass die Polizei derlei Verhalten nicht toleriert. Ich werde mich dort, wo es geboten ist, ordnungsgemäß entschuldigen, insbesondere bei Ms. Jessica Paige.«

Fletcher blinzelt. Er spürt, dass es ein Risiko ist, etwas zu erwidern. Ihm ist nicht klar, worauf dieses Gespräch hinausläuft, obwohl sein schwerer, verkaterter Kopf sich abmüht dahinterzukommen. Mehr als alles andere wünscht er sich, dass er diesen schrecklichen Drang loswird, sich zu übergeben, der seine Magenwände zusammenzieht. Er trägt den Anzug von gestern, auf dem Ärmelaufschlag ist ein Bierfleck. Er hat vergangene Nacht bei Danny auf dem Fußboden geschlafen. Tremain sieht von Kopf bis Fuß makellos aus. Mit vor Geringschätzung gläsernem Blick sieht er ihn an. »Unter vier Augen«, fährt er fort, »habe ich Ihnen das eine oder andere zu sagen, und ich erwarte von Ihnen, dass Sie sich daran halten.«

Tremain kommt um den Schreibtisch herum und baut sich direkt vor Fletcher auf. Fletcher schwankt ein bisschen, aber er weicht nicht zurück. Mühsam schluckt er, dick und belegt liegt seine Zunge in der ausgedörrten Mundhöhle.

»Zum Ersten«, beginnt Tremain, »hat Howard Smail mir gegenüber Bedenken geäußert, die er in Bezug auf Ihre Ermittlungsmethoden hat. Auch wenn das Ergebnis sich letztendlich als richtig erwiesen hat, sind weder Smail noch ich einverstanden mit Ihrem aggressiven Vorgehen. Ich kann das nicht genug betonen. Nein! Lassen Sie mich ausreden. Hören Sie zu!«

Tremain beugt sich noch dichter heran. Fletcher meidet den Blickkontakt, seine Augen wandern durchs Zimmer und bleiben schließlich an den Fotos an der Wand haften.

Er braucht einen Moment, bis er versteht, warum er ein paar der Gesichter auf einem der Bilder erkennt. Ist das wirklich …? Das ist unmöglich. Da gibt es ein Foto von Tremain und seiner Frau mit einem weiteren Paar. Der Mann sieht ganz aus wie Howard Smail. Fletcher wird von einer derart heftigen Panik erfasst, dass es sich anfühlt, als lege sich eine eiskalte Hand in seinen Nacken. Mit zusammengekniffenen Augen mustert er das Bild. Die Frauen sehen aus wie Schwestern, oder sind sie vielleicht Mutter und Tochter? Lieber Gott, denkt er, egal was, ich bin erledigt.

»Schauen Sie mich an!«, brüllt Tremain ihn an. Fletcher versucht es, muss dafür aber einen Schritt zurücktreten. Sein Rücken ist nur Zentimeter von der Wand entfernt. »Zum Zweiten!«, krakeelt Tremain. Fletcher blickt geradewegs in Smails Mund, in dem sich eine ganze Reihe metallisch glänzender Zahnfüllungen befindet. Blinzelnd betrachtet er sie. Wie zum Teufel ist er hierhergeraten? Womöglich steht er unter Schock, denkt er. Erbarmungslos fährt Tremain fort. »Sie und ich, wir wissen beide, dass die Anschuldigungen gegen Howard Smail falsch sind. Keine Ahnung, wie Sie das gedeichselt haben, aber ich werde Himmel und Erde in Bewegung setzen, um es rauszukriegen. Bis es so weit ist, werden Sie so genau unter Beobachtung stehen, dass Sie keinen Atemzug tun können, ohne sich vorher mit mir abzusprechen; ohne meine Einwilligung werden Sie noch nicht einmal zum Scheißen gehen! Ich lasse Sie nicht aus den Augen! Haben Sie verstanden?«

Fletchers Herz hämmert. Er nickt, doch das reicht Tremain nicht. Er legt eine Hand auf Fletchers Brust und schiebt ihn an die Wand.

»Ich habe gefragt, ob Sie mich verstanden haben?«

»Ja, Chef«, antwortet Fletcher. Nur mühsam kriegt er die Wörter heraus. Er bekommt kaum Luft.

»Howard Smail ist ein guter Mensch und ein ausgezeichneter Detective. Er ist zehnmal mehr wert als Sie. Zwanzigmal! Was ist er wert?«

»Zwanzigmal mehr als ich.«

»Machen Sie, dass Sie fortkommen.«

Es ist Zeit für die Wahrheit

Folge elf –
zur falschen Zeit am falschen Ort

»Gestern erhielten wir einen Hinweis aus der Bevölkerung zu zwei vergangenen Straftaten.
Die wesentlichste Information betrifft die Ermordung von Charlie Paige und Scott Ashby im Jahr 1996 sowie das Verschwinden des Geschäftsmannes Peter Dale im selben Jahr.
Vor Kurzem hat man die sterblichen Überreste von Peter Dale im Bristoler Stadtteil Eastville entdeckt. Bis zu diesem Fund war man davon ausgegangen, dass Peter Dale sich ins Ausland abgesetzt hatte, nachdem er im Jahr 1996 einen ausgefeilten Betrug begangen hatte.
Angesichts der neuen Erkenntnisse bittet die Polizei die Bürger, sich zu melden, falls sie einen Mann namens Terence (Terry) Taylor kannten, der im Jahr 2012 im Alter von vierundsechzig Jahren gestorben ist. Terry Taylor engagierte sich in der Kirchengemeinde von St Giles in Kingswood; Peter Dale war sein Halbbruder.«

Mein Name ist Cody Swift. Ich bin Filmemacher und begrüße Sie zur letzten Folge von *Es ist Zeit für die Wahrheit,* einem Podcast von Dishlicker Productions. Die Aufnahme eben war eine Presseerklärung der Polizeibehörde von Avon und Somerset.

Die Ereignisse scheinen den Podcast eingeholt zu haben.

Ich habe versucht, Detective Inspector John Fletcher anzurufen, um über die neuesten Entwicklungen zu reden, konnte ihn aber nicht erreichen. Ich blieb hartnäckig und wurde schließlich von Detective Inspector Danny Fryer zurückgerufen. In der folgenden Tonaufnahme hören Sie zunächst seine Stimme.

»Danke für Ihre Geduld. DI Fletcher ist derzeit im Urlaub.«
»Können Sie mir etwas zu Terence Taylor sagen und was das für die Verurteilung von Sidney Noyce bedeutet?«
»Ich darf mich zu einer laufenden Ermittlung nicht äußern.«
»Wird Terence Taylor der Morde an Charlie und Scott verdächtigt?«
»Zu den Details darf ich mich nicht äußern. Ich kann nur sagen, dass wir gestern die Ermittlungen zu den Morden an Charlie Paige und Scott Ashby wieder aufgenommen haben.«

Daraufhin rief ich Howard Smail an und fragte, ob er mir helfen könne, die Ereignisse einzuordnen. Hören Sie, was er zu sagen hatte.

»Zwischen den Zeilen kann man der Presseerklärung entnehmen, dass Terence Taylor aller drei Morde verdächtigt wird.«

Ist es vermessen zu mutmaßen, dass die Person, die mit den neuen Informationen zur Polizei gegangen ist, möglicherweise ein Hörer von *Es ist Zeit für die Wahrheit* ist? Es würde mir gefallen, wenn es so war.
Owen Weston hatte Folgendes zu sagen.

»Ich bin mir zu hundert Prozent sicher, dass das bedeutet, dass Sidney Noyce irgendwann in absehbarer Zukunft rehabilitiert wird. Sie sollten allerdings wachsam bleiben, bis die Polizei die Ermittlungen abgeschlossen hat. In erster Linie müssen Sie weiterhin Ihre persönliche Sicherheit im Auge behalten. Terence Taylor ist tot, falls er also alle drei Morde begangen hat, gibt es dort draußen jemanden, der Aktien da drin hat und dem die Sache so wichtig ist, dass es Sie bedroht.«

Verstanden.

Was also lösen diese Nachrichten bei mir aus?

Ich freue mich für Valerie, die Mutter von Sidney Noyce. Ich wünschte, man könnte die Zeit zurückdrehen, sodass ihr und Sidney dieser unendliche Kummer erspart geblieben wäre, den sie erlitten haben, weil er öffentlich für ein Verbrechen an den Pranger gestellt und verurteilt wurde, das er nicht begangen hat. Ich wünschte, er hätte sich nicht das Leben genommen. Trotzdem hoffe ich, dass Sidneys Entlastung Valerie wenigstens ein bisschen Linderung bringt. Eine minimale Linderung gemessen an dem, was sie durchmachen musste, aber immerhin das.

Außerdem quält mich eine Sache: Wenn Terence Taylor meine Freunde ermordet hat, stellt sich die Frage, wie und warum das geschehen konnte. Smail und Weston gehen beide davon aus, dass die Jungen ihn bei seiner Gewalttat gegen den Halbbruder überrascht haben. Weston hatte im Nu ein paar Fakten zu Peter Dale recherchiert. Hier sind seine Erkenntnisse.

»Zwei Tage nach der Ermordung der Jungen wurde Dale als vermisst gemeldet. Sein Halbbruder war ei-

ner derjenigen, die er finanziell ruiniert hatte. Wenn die Jungen Terence Taylor dabei ertappt haben, wie er seinen Bruder attackierte oder dessen Leiche aus dem Weg schaffte, mag das Grund genug gewesen sein, sie zu ermorden.«

Diese Vorstellung jagt mir einen Schauer über den Rücken. Wie groß ist die Wahrscheinlichkeit, dass jemand wie Charlie und Scott einem derartigen Zufall zum Opfer fallen? Wie wahrscheinlich ist es, dass sie zur falschen Zeit am falschen Ort waren?

Der forensische Psychologe Professor Christopher J. Fellowes kennt die Statistiken.

»Schaut man sich die Zahlen an, die das Statistische Landesamt zwischen 2014 und 2016 veröffentlicht hat, zeigt sich, dass in vierundsechzig Prozent der Fälle, in denen das Mordopfer unter sechzehn ist, das Opfer den Täter kannte. In den allermeisten Fällen begeht ein Elternteil oder Stiefelternteil das Verbrechen. Nur elf Prozent der Opfer dieser Altersgruppe werden von Fremden getötet. In konkrete Zahlen übersetzt sprechen wir im Verlauf der letzten Dekade also von ein bis neun Tötungsdelikten jährlich. Das ist nicht viel.«

»Es kommt also selten vor.«

»Ja. Aber es kommt vor.«

Ich habe Howard Smail gefragt, ob er im Verlauf seiner Berufstätigkeit etwas Ähnliches erlebt habe.

»Es ist der Albtraum jedes Polizisten, weil es ein Verbrechen ist, bei dem der Täter ungeschoren davon-

kommt. Er hat einen Mann getötet, oder in diesem Fall möglicherweise einen Mann und zwei Jungen. Er hat die Leichen beiseitegeschafft. Dann ist er nach Hause gegangen. Er hat keinerlei Spuren hinterlassen. Niemand hatte ihn in Verdacht. Niemand hat ihn gesehen, niemand hat Dales Leiche entdeckt, und die Polizei hat angenommen, dass Dale sich ins Ausland abgesetzt hatte. Die Ermittlungen im Fall der zwei Jungen gingen in eine völlig andere Richtung. Falls Terence Taylor tatsächlich drei Morde begangen hat, dann hatte er unvorstellbar großes Glück. In einem solchen Fall hat man in den Ermittlungen keine Chance. Um so einen Fall aufzuklären, muss jemand der Polizei einen entscheidenden Hinweis geben. Anders geht es nicht. Sonst riskiert man genau das, was hier passiert ist: ein Scheitern der Justiz und einen Mörder, der ungestraft davonkommt. Natürlich hofft man, dass es keine zwanzig Jahre dauert, bis jemand diesen Hinweis gibt. Aber lieber spät als nie.«

Deswegen ist das hier die letzte Folge von *Es ist Zeit für die Wahrheit*. Die Polizei hat eine neue Spur, und sie geht ihr nach. Für mich ist das der Zeitpunkt, mich zurückzuziehen und abzuwarten, was sie herausfindet. Ich tue das, weil ich Respekt vor der Arbeit der Polizei habe, aber auch, weil es an der Zeit ist, meiner persönlichen Sicherheit und meiner Beziehung den Vorrang einzuräumen. Der Rat, den Valerie Noyce mir gab, mein Leben in die Hand zu nehmen, ist nicht ungehört an mir abgeprallt.

Ich widme diese letzte Folge von *Es ist Zeit für die Wahrheit* meinen beiden besten Freunden, die ich immer noch jeden einzelnen Tag vermisse, und dem Gedenken an Sidney Noyce. Ruht in Frieden, Brüder.

Sidney, es tut mir leid. Es tut mir leid, wie wir dich behandelt haben, und es tut mir leid, was dir passiert ist. Wie die Leute gesagt haben, du warst ein sanfter Riese und hast nichts von alldem verdient.

Scott und Charlie, an jenem Tag, an dem ihr ermordet wurdet, habe ich mein brandneues, geliebtes Olympiade-T-Shirt kaputt gemacht, und dieses Pech hat mir das Leben gerettet. Tatsächlich war es kein Pech, sondern der größte Glücksfall meines Lebens. An dem Abend, als ihr verschwunden seid, hat mir Mum das zerrissene T-Shirt abgenommen, um es zu waschen und zu flicken, und ich habe mir wieder mein heiß geliebtes T-Shirt von Newcastle United angezogen, das mein ganzer Stolz war, bevor ich das Atlanta-T-Shirt bekommen hatte. Erinnerst du dich, wie neidisch du darauf warst, Charlie? Und Scott, weißt du noch, dass du gesagt hast, Arsenal sei der bessere Fußballverein? Als man mir gesagt hat, dass ihr tot seid, habe ich mich geweigert, das Newcastle-Trikot auszuziehen, weil es mich an uns erinnert hat. Es fühlte sich an, als wärt ihr irgendwie noch bei mir, wenn ich das T-Shirt anhatte. Meine Eltern mussten es mir praktisch vom Leib reißen, als ich rausgewachsen war, aber ich habe es aufgehoben, bis heute. Es liegt sauber und ordentlich gefaltet in einer Schublade. Vielleicht ist es ein unbeholfenes Bild für den Weg, den man nach einer Tragödie einschlägt. Aber als wir Kinder waren, hat keiner von euch je über mich geurteilt, und ich stelle mir vor, dass ihr es auch nicht getan hättet, wenn ihr die Chance gehabt hättet, erwachsen zu werden.

Ich habe euch in der Schule vermisst. Ich habe euch in den Ferien vermisst. Jedes Mal, wenn ich ein Softeis gegessen habe, habe ich euch vermisst. Ich habe euch bei der Abschlussfeier vermisst. Ich habe euch vermisst, wenn ich einen Comic gelesen habe. Ich habe euch vermisst, als ich das erste Mal in den Pub gegangen bin, als ich meine erste Reise gemacht habe, als ich auf die Uni gegangen bin, meine erste richtige Freundin hatte, als ich den ersten Job hatte, auf den ich stolz war. Jedes Mal, wenn ich ein schickes Auto sah oder ein Motorrad, das euch gefallen hätte, habe ich euch vermisst. Ich habe euch so sehr vermisst, und ich vermisse euch noch heute, und es tut mir so unendlich leid, dass man euch die Möglichkeit genommen hat aufzuwachsen.

Wie also geht es weiter? Wie mache ich weiter?

Na ja, die Sache ist die: Die Antwort steht in den Wolken.

Kopf hoch, Bristol! Hebt den Blick zum Himmel! Seht hinauf! Blickt jetzt und in den kommenden vierundzwanzig Stunden aus dem Fenster. Falls euch das nicht möglich ist, falls ihr nicht in Bristol seid oder ihr zu spät davon erfahrt, dann geht zum folgenden Hashtag. Ich halte euch auf dem Laufenden. Gebt einfach ein: #wirhabeneindate.

Wir sehen uns.

Ich kann es kaum erwarten.

#wirhabeneindate

Eilig durchquert Fletcher die Wohnung von Hazel Collins und geht zur Hintertür hinaus in den Garten. Er ist von Steinmauern umgeben. Sie sind höher als er selbst. Neben einem der Rosenbeete steht ein Schubkarren voller Mulch. Fletcher kippt ihn aus und lehnt die Karre an eine der Mauern. Er steigt darauf und müht sich ab, die Mauerkante zu fassen zu bekommen, als der Schubkarren unter ihm wackelt. Er versucht, sich nach oben zu ziehen, aber er schafft es nicht und keucht vor Anstrengung.

Nach zwei weiteren Versuchen gelingt es ihm, hinaufzuklettern. Auf der Oberfläche der Mauer sind Glasscherben in eine Betonfurche eingelassen, und Fletcher flucht, als sie ihm in die Hände schneiden. Hinter sich hört er jemanden rufen. Irgendjemand hat ihn entdeckt. Rechts unter ihm ist die Straße. Er hat Glück, denn von dort, wo Dannys Auto steht, kann man ihn nicht sehen. Noch ein Ruf, diesmal lauter. Er wankt. Er kauert sich hin und will sich über die Mauer hieven, aber die Scherben zerschneiden ihm die Hände, und er fällt hinunter.

Er spürt, wie seine Rippen brechen, als er auf dem Gehsteig aufschlägt. Er kann sich nicht bewegen. Schon das Atmen ist eine Höllenqual. Er sieht, wie jemand von der Einmündung der Straße auf ihn zukommt. Lass mich bloß in Ruhe, denkt er. Nach ein paar Sekunden gelingt es ihm, das Handy herauszuziehen. Seine Finger bluten. Er ignoriert zwei Frauen, die mit besorgter Miene über die Straße kommen, um ihm zu helfen. Er ignoriert die

Stimmen, die von der anderen Seite der Gartenmauer kommen. Er will Felix anrufen. Felix wird die Sache in Ordnung bringen. Er findet die Nummer und tippt. Während er das Handy ans Ohr presst, fällt ihm auf, dass das andere heiß und klebrig ist. Blut. Als Danny, aufgeschreckt von dem Tumult, um die Ecke kommt, presst sich Fletcher eine Hand an die Rippen und lauscht der Stimme, die ihm sagt, dass die gewählte Nummer nicht vergeben ist.

Aus dem Fenster sieht Jess zu, wie das Flugzeug durch die Wolken bricht und auf dem Flughafen in Bristol landet. Nie zuvor war sie so froh, die vertraute Landschaft zu sehen, die Felder, prall vom Regen in der Nacht, und die frisch ausgetriebenen Blätter, die die strengen winterlichen Silhouetten von Bäumen und Hecken lieblicher machen. Ein sanfter Nieselregen fällt, als sie die Gangway vom Flugzeug auf das Vorfeld hinabsteigt. Ihr Gesicht fühlt sich aufgedunsen an nach dieser Nacht voller Reue und Angst, und die feuchte Luft ist wohltuend.

Mit dem Taxi fährt sie direkt zu Ollys Haus, wo sie Erica zerknirscht wie ein gescholtenes Hündchen erwartet. Auf der Reise hat sich Jess tausend Worte zurechtgelegt, die sie ihrer Tochter sagen will: rechtschaffene, zornige Worte über Verantwortung, Grenzen und dergleichen. Sie verlieren sich in Ericas Umarmung auf der Türschwelle. »Entschuldige, Mum, es tut mir so, so leid. Ich wollte dir doch deinen Urlaub nicht verderben. Ich mache das wieder gut, versprochen.« Erica hat sogar eine Karte gemacht, wie die, die sie als kleines Mädchen mühselig für Jess gebastelt hat. »Sorry«, steht darauf. Die Buchstaben gehen in ein wunderschönes, verschnörkeltes Muster über.

Auf dem Weg zurück in die Stadt steht der Verkehr in der Warteschlange vor der Hängebrücke. Der Taxifahrer schnaubt und reckt den Hals aus dem Fenster, um zu erkennen, was der Grund für die Verzögerung ist. Nach fünfzehn Minuten stockenden Verkehrs erreichen sie endlich die Mautstelle und fahren im Schneckentempo auf die Brücke.

»Schau mal!«, sagt Erica. Der Grund für den Stau füllt den ganzen Himmel aus. Auf der ehemaligen Moorebene, wo mittlerweile die Stadt das Flussufer säumt und die Kalksteinwände der Schlucht abrupt abfallen, sehen sie eine Traube von Heißluftballons erhaben in die Höhe schweben. Es sind ungewöhnlich viele, so als seien sie einer Seifenblasenmaschine entsprungen. Alle Autofahrer bleiben stehen und gaffen. Auch auf dem Portway am Fuße der Schlucht steht der Verkehr.

»Sie sind alle gleich«, sagt Erica.

Auf jedem Ballon ist ein Windhund im Stil der alten Pferdebilder in den Kreidehügeln im Südwesten. »Wie schön«, sagt Jess mit emotionsloser Stimme, aber sie erschaudert, weil Charlie Windhunde geliebt hat. Das braucht Erica nicht zu wissen.

»›Dishlicker Channel‹«, liest Erica den Text auf einem Ballon vor, der dicht über ihnen durch die Luft schwebt. »›Wir haben ein Date!‹ Klingt ja cool.« Sie holt das Handy heraus und macht gleich mehrere Fotos. »Worum es dabei wohl geht? Das sehe ich mir gleich mal an.«

Erica tippt auf dem Smartphone herum, und Jess zuckt zusammen, als ein Radfahrer sich durch den Verkehr windet und gefährlich nah an ihr Taxi kommt. Die Ballons beunruhigen sie. Es sind so viele, und alle sind gleich. Selbst für Bristol ist das ungewöhnlich.

»Da, ich hab's gefunden!«, sagt Erica. Sie liest vor.

MIT STYLE SETZT DIE PRODUKTIONSFIRMA DISHLICKER AUS BRISTOL EIN NEUES PROJEKT IN SZENE, INDEM SIE DEN HIMMEL ÜBER BRISTOL ZWEI TAGE LANG MIT HEISSLUFTBALLONS ÜBERFLUTET.

NACH DEM PHÄNOMENALEN ERFOLG DES BRISTOLER PODCASTS ES IST ZEIT FÜR DIE WAHRHEIT STARTEN CODY SWIFT UND MAYA SUMMERS VON DISHLICKER PRODUCTIONS MIT EINEM NEUEN ONLINE-FERNSEHSENDER, DER SICH AUF REALITY-TV UND TRUE CRIME SPEZIALISIERT.

SWIFT DAZU: »WIR SIND FEUER UND FLAMME FÜR UNSEREN NEUEN FERNSEHSENDER. REALITY-FERNSEHEN IST EIN ÜBERAUS POPULÄRES GENRE, UND WIR GLAUBEN, DASS WIR ETWAS DAZU BEITRAGEN KÖNNEN. WIR BRINGEN DEN LEUTEN DIE GESCHICHTEN, DIE SIE HÖREN WOLLEN. WIR WOLLEN TIEF EINDRINGEN IN DAS WAHRHAFTIGE LEBEN, UND DISHLICKER CHANNEL SOLL DAS GESICHT DES QUALITATIV HOCHWERTIGEN, MODERNEN ONLINE-FERNSEHENS WERDEN. WIR BEI DISHLICKER WERDEN FÜR PACKENDE STORYS, FÜR EINEN HOHEN ANSPRUCH AN DIE PRODUKTION UND FÜR DEN ERSTKLASSIGEN JOURNALISMUS SORGEN, MIT DEM WIR UNS INNERHALB KÜRZESTER ZEIT BEREITS EINEN NAMEN GEMACHT HABEN.«

DER PR-GURU FELIX ABERN... ABERNATHY ...

Erica verhaspelt sich, als sie den Namen von Felix auszusprechen versucht. Sie hat den Namen noch nie gehört. Jess springt ihr nicht bei. Ihre Gedanken rasen.

... HAT GEHOLFEN, DAS PROJEKT AUS DER TAUFE ZU HEBEN. »SEIT ICH CODY SWIFT DURCH SEINEN UNGLAUBLICH ERFOLGREICHEN PODCAST BEGEGNET BIN, BETEILIGE ICH MICH DARAN. CODY SWIFT IST AUSSERORDENTLICH BEGABT. MIT BEGEISTERUNG HABE ICH DEN START DIESES AUFREGENDEN UND ERFOLG VERSPRECHENDEN NEUEN UNTERNEHMENS KONZIPIERT. WIR BEFINDEN UNS IN EINEM NEUEN FERNSEHZEITALTER, UND DISHLICKER WIRD DABEI AN VORDERSTER FRONT STEHEN.«

BRISTOL: BLICKT HEUTE UND MORGEN ZUM HIMMEL! IM REST VON ENGLAND: BLICKT IN DER KOMMENDEN WOCHE ZUM HIMMEL! DISHLICKER – DAS HAT STYLE! UND HIER EINE FRAGE AN SIE: KENNEN SIE DAS DATE?

HÖREN SIE CODY SWIFT, DEN MODERATOR DES PODCAST-EREIGNISSES ES IST ZEIT FÜR DIE WAHRHEIT: »LEUTE, HALTET DIE AUGEN OFFEN! DAS DATE IST EINE NEUE PRODUKTION, MIT DER WIR DISHLICKER CHANNEL LAUNCHEN. EINE PRODUKTION, DIE ES IST ZEIT FÜR DIE WAHRHEIT UM LÄNGEN SCHLÄGT. DAS HIER IST DIE ZUKUNFT, LEUTE. ENTSCHEIDET, OB IHR DABEI SEIN WOLLT ODER NICHT. ES GIBT NUR EINEN WEG, UM AUF DER SICHEREN SEITE ZU SEIN.
#wirhabeneindate

»Oh, mein Gott«, sagt Erica. »Wieso weiß ich nichts davon? Das klingt total cool, und die haben schon Tausende von Likes.« Sie hält das Handy hoch, um es Jess zu zeigen. Animierte Ballons mit Windhunden darauf drängen sich auf dem Display, umringen den Text und verdecken ihn, und Jess schließt die Augen, als in riesiger

Schrift vier Wörter erscheinen: »WIR HABEN EIN DATE.«

»Mum«, sagt Erica. »Mum? Was ist?«

»Tut mir leid«, sagt Jess. »Entschuldige, Schatz, ich habe es mir angeschaut. Ich fühle mich nur ein bisschen schwach. Wahrscheinlich von der Reise.«

Erica verstummt und tippt weiter auf ihrem Smartphone herum. Jess starrt aus dem Fenster auf die vorbeiziehenden Straßen und die Ballons über ihnen, und Stück für Stück wird ihr das ganze Ausmaß dessen bewusst, was Cody im Schilde führt. Genau genommen, korrigiert sie sich, was Cody und Felix im Schilde führen.

Zu Hause lässt sie das Gepäck im Flur auf den Boden fallen. Sie hält nur inne, um die Heizung einzuschalten und sich ein Glas Wasser zu holen, bevor sie sich den Podcast aufs Handy herunterlädt.

»Ich lege mich kurz hin«, sagt sie zu Erica. »Bin müde von der Reise.«

»Ich mache das Abendessen!« Erica kocht immer für die Eltern, wenn sie ein schlechtes Gewissen hat. Heute kommt es Jess gelegen. Sie schließt sich im Schlafzimmer ein und setzt sich auf das Bett. Dann steckt sie sich die Kopfhörer ins Ohr und drückt auf »Play« für die erste Podcast-Folge.

Cody Swifts Worte schwappen um sie herum und beschmutzen ihr Zuhause. Beim Zuhören fängt sie an zu weinen. Es sind heiße, brennende Tränen, die ihr still über das Gesicht laufen.

Am Ende denkt sie: Ich wurde verarscht. Wir alle wurden verarscht.

Der Podcast war nichts als ein PR-Gag von Cody Swift – unter der Regie von Felix Abernathy. Die Dreistigkeit und Grausamkeit schockieren sie.

Ein paar Folgen hört sie sich ein zweites Mal an. Als sie die letzte Episode noch einmal hört, fährt ihr Kopf hoch. Sie blinzelt, spult zurück, spielt die Episode ein weiteres Mal ab und danach noch einmal. Die Erinnerung, die in ihr wach wird, ist zunächst nur ein leises Raunen. Sie spult zu einem ganz bestimmten Satz zurück. Cody sagt:

»An dem Abend, als ihr verschwunden seid, hat mir Mum das zerrissene T-Shirt abgenommen, um es zu waschen und zu flicken, und ich habe mir wieder mein heiß geliebtes T-Shirt von Newcastle United angezogen, das mein ganzer Stolz war, bevor ich das Atlanta-T-Shirt bekommen hatte.«

Sie hört zu, und anfangs ist das Bild vor ihrem inneren Auge nur ein schwarz-weißer Blitz, der in der Dunkelheit kurz im Licht einer Straßenlaterne aufscheint, verschwommen, ein vager Sinneseindruck, der langsam immer klarere Formen annimmt. Jess, zwanzig Jahre jünger, bemüht sich, sich das Haar aus dem Gesicht zu halten, während sie sich erbricht. Der Taxifahrer hat die Scheibe heruntergekurbelt und sieht ihr resigniert zu, wie sie am Straßenrand kauert. Alles schmerzt, ihr Körper ist wie ausgehöhlt. Sie erinnert sich an das Geräusch ihres Würgens und an die Stimme des Fahrers, der sie fragt, ob es ihr gut geht. Sie hört das schnelle Keuchen von jemandem, der rennt. Ein Junge. In einem schwarz-weiß gestreiften T-Shirt. Er flitzt vorbei, nur ein Schatten im Augenwinkel, aber er ist zweifellos da.

»Nein!«, spricht sie laut in den Raum. Aber sie denkt: Ist das möglich? Natürlich ist es möglich.

Im Arbeitszimmer wühlt sie so lange in der Kommode, bis sie die alte Rolodex-Kartei findet, in die sie damals in ihrer Zeit als Schauspielerin fein säuberlich alle Kontakte eingetragen hat. Sie kramt die Erinnerung an einen Namen hervor, googelt ihn und sucht die aktuellen Kontaktdaten heraus. Dann führt sie ein Telefonat. Es dauert dreißig Minuten. Als sie aufgelegt hat, geht sie nach unten.

»Erica. Wir müssen wo hinfahren.«

Ihre Tochter steht in der Küche am Herd. »Was? Kann ich nicht hierbleiben?«

»Nein, ich will, dass du dabei bist.«

»Aber was machen wir damit? Ich habe eine Arrabiata gekocht.« Es ist das Lieblingsessen von Jess. Erica hat einen Holzlöffel in der Hand, von dem rote Sauce auf das glänzende Kochfeld tropft.

»Schalt die Platte aus und tu den Deckel drauf. Die hält sich so lange.«

»Ist alles in Ordnung, Mum?«

»Es geht mir gut. Mach dich fertig. Wir fahren in zwanzig Minuten.«

Jess geht an den Schrank und sucht ein Outfit heraus. Sie duscht sich schnell, föhnt das Haar wirkungsvoll und schminkt sich fachkundig. Sie betrachtet sich im Spiegel und macht den obersten Knopf an der Seidenbluse auf. Umwerfend, würde Nick sagen, wenn er hier wäre. Sie fühlt sich erstaunlich gelassen. Sie ist bereit anzugehen, was getan werden muss.

Haben Sie starke Schmerzen?«, fragt die Krankenschwester.

»Nein, alles okay«, antwortet Fletcher. »Wann komme ich raus?«

»Sie sind auf den Kopf gefallen, der Arzt will noch ein MRT machen.«

Sobald sie das Zimmer verlassen hat, versucht Fletcher, sich aufzusetzen und die Beine über die Bettkante zu schwingen. Es geht nicht. Er hat das Gefühl, dass ihm bei jedem Atemzug glühende Schürhaken in die Seite stechen, ganz zu schweigen von jeder Bewegung, die er macht. Als Danny zur Tür hereinkommt, hängt er schief im Bett.

»Wo hast du vor hinzugehen?«, fragt Danny. Er bleibt stehen, bis Fletcher sich wieder ins Bett zurückgelegt hat, und setzt sich dann.

»Ich hätte sie nicht allein aufsuchen dürfen«, sagt Fletcher. »Ich …«

»John. Es ist vorbei.«

»Nein, nein. Ich …«

»Hör auf, John. Hör einfach auf.«

»Sie ist eine alte Frau, ihre Aussage über Peter Dales Bruder ist doch einen Scheiß wert.«

»Die Sache ist erledigt.«

»Scheiße!«, sagt Fletcher. Es verursacht eine heftige Schmerzattacke.

»Man wird alles neu aufrollen.«

»Keiner weiß, was wir gemacht haben.«

»Ich weiß, was du gemacht hast.«

»Was?«

»Wie zum Teufel kommst du darauf, dass ich gemeinsam mit dir untergehe?«

Einen Augenblick fehlen Fletcher die Worte. »Ich passe seit vierzig beschissenen Jahren auf dich auf«, bringt er schließlich heraus.

»Ach, tatsächlich?«

»Ja.«

»Siehst du es so?«

»Jaaa.« Das Wort kommt als Keuchen heraus. Der Schmerz ist entsetzlich.

»Vielleicht hast du das ja früher mal getan. Vielleicht hast du damals auf mich aufgepasst. Aber das ist zwanzig Jahre her. Ehrlich gesagt bin ich seit zwei Jahrzehnten dabei, dich zu stützen, aber ich packe das nicht mehr. Kein einziges Mal habe ich ein Dankeschön von dir gehört, nichts hast du mir zugestanden, immer noch tust du so, als seist du der größte Schlaumeier von allen. Du nimmst mich nicht mal wahr. Ich muss zwei Familien ernähren und versuche, meine Arbeit gut zu machen, aber in all den Jahren hast du mich behandelt, als sei ich bloß der Handlanger in der beschissenen John-Fletcher-Show.«

»Danny!« Fletcher ringt um Luft, aber der Verrat ist noch nicht zu Ende. Er kann nichts tun, als hilflos zuzusehen, wie sich der Blick in Dannys Augen von wütend in kühl wandelt. Im selben Augenblick kommen Schritte vom Korridor vor der Tür. Die Tür öffnet sich, und Danny steht auf. »Sir.«

Detective Constable Tremain kommt herein, und Fletcher tastet mit den einbandagierten Fingern nach dem Bettlaken, um es über das schlaffe Krankenhaushemd zu ziehen, verzweifelt darum bemüht, die steifen grauen Haare auf der bleichen Brust und den geprellten Oberarmen zu bedecken.

»Hallo, John«, begrüßt ihn Tremain. »Das hier wollte ich mir nicht entgehen lassen. Danny, ich wäre Ihnen dankbar, wenn Sie kurz warten.«

»Sir.«

»Können Sie dafür sorgen, dass wir ungestört bleiben?«

Danny nickt und geht aus dem Zimmer. Fletcher hat das Gefühl zu ertrinken. Tremain setzt sich ans Fußende, und Fletcher stöhnt, als die Matratze nachgibt.

»Also«, fängt Tremain an. »Sie haben die Wahl. Entweder reichen Sie Ihre Kündigung ein, mit sofortiger Wirkung, und wenn die Ermittlungsbeamten zu Ihnen kommen, erzählen Sie denen haarklein, was Sie Sidney Noyce und Howard Smail angetan haben. Andernfalls bitte ich DC Fryer noch einmal herein, der im Zusammenhang mit dem Tod von Hazel Collins ein Strafverfahren gegen Sie einleiten wird.«

»Ich habe Hazel Collins nicht angerührt.«

»Ihre Tochter hat sie tot im Sessel aufgefunden, als sie heute Vormittag nach Hause kam. Glücklicherweise war das, nachdem der Rettungswagen Sie abgeholt hatte. Nur Sie, Danny, ich und ein erfreulich ehrgeiziger junger DC wissen, dass Sie allein in der Wohnung waren und die Frau bedrängt haben. Möchten Sie, dass es dabei bleibt?«

»Sie können kein Interesse daran haben, dass so etwas öffentlich wird.«

»Es werden genug unerwünschte Dinge an die Öffentlichkeit gelangen, und zwar im Zusammenhang mit zwei Ermittlungen aus der Vergangenheit. Ich denke mal, Sie wissen, wovon ich rede. Wenn man sieht, dass ich entschieden durchgreife und einen verdammt faulen Apfel aussortiere, kann es möglicherweise helfen, den Schaden zu minimieren.«

Fletcher lässt den Kopf auf das Kissen sinken. Er schließt die Augen. Nebel hüllt ihn ein.

»Man sagte mir, dass Sie wohl eine Gehirnerschütterung haben, John, aber ich gehe mal davon aus, dass das Räderwerk noch funktioniert. Denken Sie daran, was die entsprechenden richterlichen Strafen für die Vergehen wären, über die wir hier reden.«

Fletcher macht einen letzten Versuch. Wenn er untergeht, dann soll Felix mit ihm untergehen. »Felix Abernathy ist in die Morde verwickelt. Ich habe Aufzeichnungen. Ich habe alles aufgeschrieben. Letzte Nacht habe ich herausgefunden, wie alles zusammenhängt.«

Tremain lacht. »Geben Sie auf, John. Ein kleines Würstchen wie Sie wird einen Mann wie ihn niemals zu Fall bringen. Felix Abernathy war nicht mal in der Nähe, als die Morde sich ereignet haben.«

»Woher wissen Sie das?«

Tremain lächelt. »Ihre Naivität überrascht mich. Sind Sie wirklich so realitätsfern? Haben Sie geglaubt, Sie sind der Einzige, der Kontakte hat? Immer die Marionette, nie der Strippenzieher. Wie war das für Sie in den letzten zwei Jahrzehnten?«

Tremain steht auf und zupft sein Jackett zurecht. »Ihnen ist schon klar, dass ich nicht nur einen wunderbaren Kollegen, sondern auch meinen Schwager verloren habe, als Sie Smail vernichtet haben? Die Schwester meiner Frau ist daran zerbrochen.« Er beugt sich über Fletcher und tätschelt ihm kräftig die Rippen. Fletcher schreit vor Schmerzen. »Lassen Sie Danny wissen, wie Sie sich entschieden haben«, sagt Tremain und geht aus dem Zimmer.

Die endgültige Demütigung erlebt Fletcher in der Gestalt dicker, kindlicher Tränen, die ihm unaufhaltsam über die Wangen laufen. Er kann sich nicht erinnern, dass er geweint hat, seit Charlie Paige in seinen Armen gestorben ist. Orangefarbene Mohnblumen – viel zu grell – verstellen ihm den Blick. Als die Schwester zurück ins Zimmer kommt, erkennt er nur einen verschwommenen Fleck.

»Ihr Kollege meinte, dass Sie vielleicht noch ein Schmerzmittel brauchen?«, fragt sie.

Als Antwort bringt er nicht mehr heraus als ein Stöhnen, das selbst in seinen Ohren hilflos klingt.

Jess parkt den Wagen unter den Bogengängen auf dem Bahnhofsvorplatz von Temple Meads.

»Ich brauche nicht lange«, sagt sie zu Erica. »Danach fahren wir irgendwohin, wo es schön ist, weil ich mit dir reden will.«

»Wieso bist du so komisch, Mum? Was ist denn los?«

»Gib mir zwanzig Minuten, dann erkläre ich dir alles, versprochen.«

Jess steigt aus und überquert mit klappernden Absätzen den gepflasterten Vorplatz. Sie kommt an einer traditionellen Bäckerei vorbei, die ihr Geschäft im Bogengang hat. Dort wird gerade zugemacht, aber auf den Bänken davor hängen noch ein paar Hipster herum. Sie geht auf ein ehemaliges Lagerhaus zu, das zu schicken Büros umgebaut wurde. Auch wenn Jess nicht viel vom Himmel sehen kann, weil der Hof von Gebäuden umgeben ist, erhascht sie doch den Blick auf zwei vorüberschwebende Dishlicker-Ballons. Jetzt am Nachmittag sind es noch mehr Ballons geworden, und die Leute, die auf dem Bahnhofsvorplatz stehen, blicken zu ihnen hinauf. Der PR-Gag von Dishlicker hat es sogar in die überregionalen Nachrichten geschafft.

Es ist nicht schwer, das Büro von Dishlicker Productions zu finden. Das Windhund-Logo prangt auf der raumhohen Verglasung am Eingang. Jess wird von einem jungen Mann hineingelassen. Er und ein androgyn wirkender Kollege arbeiten im Erdgeschoss an einem gläsernen Tisch. Beide tragen extrem enge Röhrenjeans, und vor beiden steht ein winziger Laptop.

»Ich möchte mit Cody reden«, sagt Jess. Sie ist voller Selbstvertrauen, sie muss nichts vortäuschen. »Mein Name ist Jessica Paige. Es ist Zeit, dass ich ihm etwas sage.«

Amüsiert nimmt sie zur Kenntnis, dass Codys Assistent seine Überraschung nicht verhehlen kann, bevor er geschmeidig eine schmale metallene Wendeltreppe nach oben springt, die aussieht, als könnten sich seine Fohlenglieder darin verhaken. Sie wartet nicht erst ab, sondern folgt ihm gleich hinauf.

Cody Swift sitzt hinter einem großen Schreibtisch. Eine Wand seines Zimmers ist verglast und bietet einen Blick auf das Kopfsteinpflaster und einen Teil der beeindruckenden schmiedeeisernen viktorianischen Bahnhofsarchitektur. Es mag noch nicht ganz Felix' Klasse haben, aber es ist nicht schlecht. Cody ist am Telefon, aber er legt auf, als er sie erkennt. Während sie den Raum durchquert und auf ihn zugeht, wird sein Gesichtsausdruck wachsam, als wären sie zwei Boxer, die sich im Ring begegnen.

»Danke, Theo«, wendet Cody sich an den Adlatus, der den Wink versteht, wobei er so aussieht, als würde er ihre Unterhaltung nur zu gern mitverfolgen. »Möchten Sie sich setzen?«, fragt Cody. Er wirkt verunsichert. Laut scharrt sein Stuhl über den abgeschliffenen Betonboden, als er aufsteht und auf einen Stuhl auf der anderen Seite des Schreibtisches deutet.

»Nein, danke.« Jess fühlt sich furchtlos, aber auch beherrscht. Das Adrenalin zirkuliert durch ihren Körper.

»Was kann ich für Sie tun? Wie schön, Sie zu sehen!«

Cody bemüht sich um gute Manieren. Natürlich. Netter Versuch, denkt Jess. Ihr Gedächtnis ruft das Bild eines jüngeren Cody wach, mit Sommersprossen auf der

Nase, sonnenverbrannt und stürmisch, der im Austausch für seine Dienste als Drogenkurier im Estate Münzen von Felix entgegennimmt und um mehr feilscht.

»Schick hier«, sagt sie.

»Was dagegen, wenn ich mich hinsetze?«

»Ganz wie du willst.«

Er setzt sich zurück auf seinen Stuhl.

»Wo ist Mayas Schreibtisch?«, fragt sie.

»Was?«

»Ich dachte, du und Maya, ihr arbeitet zusammen? Ich habe mich nur gefragt, wo sie sitzt.«

»Sie arbeitet von zu Hause.« Sein Lächeln ist steif. »Außerdem hat sie aufgehört.«

»Ich habe meine Hausaufgaben gemacht«, sagt sie. »Ich habe mir dein Podcast angehört, und jetzt habe ich eine Frage an dich.«

»Bitte.«

»Newcastle United.«

»Was ist damit?«

Fast muss sie lächeln bei dieser Frage, weil sich zwischen seinen Augenbrauen eine süße kleine Falte gebildet hat, ganz so wie früher. Sie bedeutet, dass er noch nicht versteht, wohin das hier führt. Sehr gut. »Im Podcast sagst du, dass du wieder das Newcastle-Trikot angezogen hast, nachdem du dir das Atlanta-T-Shirt zerrissen hattest.«

Er scheint sich etwas zu entspannen. »Klar.«

»Welche Farbe hatte das Newcastle-Trikot?«

»Wie bitte?«

»Du hast mich schon verstanden.«

»Schwarz-weiß gestreift.«

»Also war es das T-Shirt, das du schon den ganzen Sommer über getragen hattest? Auch, als du bei mir in der Wohnung warst? Das, zu dem dir Felix immer Komplimente gemacht hat?«

»Wahrscheinlich. So genau erinnere ich mich nicht.«

»Gut, da bin ich froh. Jetzt weiß ich, dass ich mich nicht täusche.« Jess lächelt breit, und Cody – ganz der unreife Bengel, der er ist – greift den Wink auf und wird noch entspannter. »Okay, freut mich, wenn ich helfen konnte.«

Jess tritt ans Fenster und sieht hinaus. Über die Pflastersteine wandert der Schatten eines Dishlicker-Ballons. »Willst du nicht doch noch mal mit Maya Rücksprache halten? Wegen dem Shirt?«

»Nein, eigentlich nicht.« Er wirkt verunsichert.

»Sollen wir sie anrufen?«

»Ich habe doch schon gesagt, dass sie ausgestiegen ist.«

»Was hast du gesagt, wo sie arbeitet?«

»Maya arbeitet von zu Hause. Hat von zu Hause gearbeitet.«

»Sie hat von zu Hause gearbeitet, während du hier dieses wunderschöne Büro hast? Ernsthaft?«

Jess dreht sich um und setzt sich Cody gegenüber auf den Stuhl. Sie hat es nicht eilig. Mittlerweile wirkt Cody weniger nervös, dafür nah dran, sauer zu werden. »Gibt es noch etwas, das Sie sagen wollen? Der Podcast ist zwar offiziell abgeschlossen, aber wir könnten einen Nachtrag bringen. Die Geschichte aus Ihrer Perspektive? Dafür ist es nicht zu spät. Tut mir leid, wenn wir in manchen Folgen ein bisschen hart mit Ihnen ins Gericht gegangen sind, aber so hätten Sie die Gelegenheit, Ihre Sicht der Dinge mit Ihren Worten darzulegen.«

»Ich glaube, ich würde lieber mit Maya reden. Du weißt schon, von Frau zu Frau.« Sein Adamsapfel tritt scharf hervor, denkt Jess, während sie beobachtet, wie er an seinem Hals hinauf- und hinunterwandert. »Können wir sie anrufen?«, fragt sie. »Jetzt?«

»Sie ist ausgestiegen.«

»Sie wird doch nichts dagegen haben, mit mir zu telefonieren, wenn sie dir damit helfen kann? Wirklich, es wäre mir wohler, wenn ich mit ihr reden könnte.«

Codys Blick schießt zur Seite.

»Das hast du schon als Kind gemacht, wenn du gelogen hast«, sagt Jess.

»Was gemacht?«

»Es gibt keine Maya, stimmt's? Du warst schon immer ein kleiner Lügner. Ich glaube, du hast dir eine Freundin ausgedacht, auch wenn du mittlerweile eigentlich zu alt für so was sein solltest.«

Cody kneift die Augen zusammen, und Jess macht weiter. »Willst du wissen, woher ich weiß, dass du sie dir ausgedacht hast? Weil kein Mensch, der bei klarem Verstand ist, so verdorben sein kann, diesen Podcast mit dir zu machen, wenn er den wahren Grund kennt, der dahintersteckt. Du bist wirklich das Allerletzte. Du hast uns alle benutzt, um ein beschissenes Unternehmen anzuleiern. Jemand wie du kriegt keine wunderbare, loyale Freundin ab wie Maya, weil man jemanden, der so etwas macht, nur sehr, sehr schwer lieben kann.«

Cody lehnt sich nach vorn. In seinen Augen ist jetzt auch etwas Feuer. »Es stimmt. Es gibt keine Maya. Der Podcast hat einen persönlichen Touch gebraucht, um das Ganze ein bisschen bedrohlicher zu machen. Wir … ich dachte, dass es die Sache überzeugender macht. Wie sich zeigt, war es eine gute Idee, finden Sie nicht?«

»*Wir* soll wohl heißen, Felix und du? Großartig, wie du das in deinem Podcast hingedreht hast. Nie begegnet? Dass ich nicht lache. Wann immer es ging, bist du ihm nachgelaufen wie ein kleines Hündchen. Du hast Aufträge für ihn erledigt. Das weiß ich noch.«

»Felix spricht nur in den höchsten Tönen von dir.«

»Leck mich.«

»Hey! Ich wollte nur ...«

»Nein. Halt die Klappe. Es ist Zeit, dass du aufhörst mit deinem Geschwätz und zuhörst, Cody. In der Nacht, als Charlie und Scott umgebracht wurden, habe ich dich gesehen. Du hast dein Newcastle-United-Trikot angehabt. Als alle dachten, du schläfst, hast du dich aus der Wohnung geschlichen, und keiner hat gemerkt, dass du weg warst. Natürlich. Wann hättest du auch je gemacht, was man dir sagt. Was hast du gesehen?«

»Ich war zu Hause und habe geschlafen.«

»Schwachsinn. Du konntest problemlos abhauen. Dein Schlafzimmer lag gleich neben der Wohnungstür. Das habe ich nicht vergessen. Wer sollte auf dich aufpassen? Das Hippie-Mädchen von nebenan, das immer so zugedröhnt war, dass es noch nicht einmal geradeaus schauen konnte? Wetten, die war schon weggetreten, bevor deine Eltern überhaupt das Haus verlassen hatten. Die würde doch nie nach dir schauen! Und Julie und dein Dad wahrscheinlich auch nicht, wegen der Suche und der ganzen Aufregung. Was ist passiert, Cody? Warst du bei Charlie und Scott? Bist du hin und hast sie gefunden?«

Der Blick, mit dem er Jess fixiert, ist hart und soll Jess vermutlich einschüchtern, doch er tut es nicht, denn sie weiß, dass Cody Swift ein Feigling ist. »Warst du dabei, als ihr beobachtet habt, wie jemand etwas gemacht hat, was er nicht hätte tun sollen? Ja! Auch das habe ich erfahren. Ich weiß, dass der Mörder nicht der arme Sid Noyce war. Hast du gewusst, dass es Ärger geben würde? War es das? Bist du weg, bevor dich der Mann bemerkt hat, und hast meinen Jungen und Scott allein zurückgelassen? Bist du deswegen so schnell gerannt? Weil du sie da zurückgelassen hast? Und dann hast du auch noch Sid Noyce für etwas büßen lassen, das er nicht getan hatte.«

»Sie sind ja durchgeknallt«, sagt er. »Beruhigen Sie sich.«

Sie lacht. »Du scheinst zu glauben, dass ich von gestern bin. Ich sehe es doch deinen Augen an, dass ich recht habe. Wer sonst sollte in einem Newcastle-United-Trikot in der Nacht auf der Blackhorse Lane um sein Leben gerannt sein? Ich habe dich gesehen. Täusch dich nicht, ich *weiß,* dass du da warst. Ich hoffe bloß, dass du dich selbst noch erträgst.«

»Ich hoffe, *Sie* ertragen sich selbst.« Es ist eine erbärmliche Replik.

Jess starrt ihn an, und seine Wangen werden rot. »Oh, ich ertrage mich, keine Sorge«, sagt sie. »Nicht dass ich es dir zu verdanken hätte.« Sie stellt die übereinandergeschlagenen Beine wieder auf und erhebt sich vom Stuhl. Dann geht sie zur Treppe und tritt auf die erste Stufe, bevor sie sich noch einmal zu ihm umdreht. »Fast hätte ich's vergessen!«, sagt sie. »Es gibt noch etwas, was ich dir sagen wollte.«

Er sieht aus, als fletsche er die Zähne.

»Ich habe der BBC ein Interview gegeben. Ein ausgesprochen verkaufsträchtiges Interview.« Sie blickt auf ihre Armbanduhr. »Es dürfte in diesem Augenblick gesendet werden.«

Cody Swift steht auf. Sein Stuhl fällt nach hinten.

»Ich denke, in wenigen Minuten werden sich die Leute bei dir melden«, fügt Jess hinzu. »Ich habe ihnen nämlich das erzählt, worüber wir uns eben unterhalten haben. Es ist Zeit für die Wahrheit, habe ich gesagt! Es ist Zeit, dass sie erfahren, wer Cody Swift in Wahrheit ist. Du wirst in aller Munde sein, mein Lieber.«

»Du Fo…«

»Aber Cody!«, unterbricht ihn Jess. Sie legt einen Finger an die Lippen. »Deine Ausdrucksweise! Und ich dachte immer, du hättest so gute Manieren.«

Auf ihrem Gesicht zeichnet sich ein Lächeln ab, im selben Augenblick, als das Blut aus Codys Gesicht weicht.

»Haben Sie keine Angst?«, fragt Cody. »Davor, wie die Leute über Sie reden werden? Davor, was Felix unternehmen wird?«

»Nein«, antwortet sie. »Endlich nicht mehr.«

Bevor Cody auch nur ein Wort dazu einfällt, fängt sein Handy an zu brummen und zu scheppern. Über das Display laufen Nachrichten. Der Computer summt, Codys Festnetzanschluss klingelt und ebenso die Telefone an der Rezeption im Erdgeschoss. Sein Blick wandert von den Bildschirmen zum Telefon, zu Jess und wieder zurück.

»Ach, genau, richte Felix doch bitte Grüße aus«, übertönt Jess den Lärm der Telefone, und während sie die Treppe mit hocherhobenem Kopf hinuntersteigt und alle Eleganz einsetzt, die sie je vorzugeben gelernt hat, kommt ihr der Gedanke, dass sie vermutlich gerade den Auftritt ihres Lebens hatte. Draußen auf dem Kopfsteinpflaster hält sie inne, um den Trenchcoat fester um die Taille zu binden, und denkt: Das geschieht dir recht, Cody Swift, du mieser Scheißkerl.

Als sie den Parkplatz überquert, blickt Erica vom Auto zu ihr herüber. Jess lächelt, hebt eine Hand und wackelt mit den Fingern. Auch Erica lächelt und winkt zurück. Tief holt Jess Luft. Es ist Zeit, denkt sie, für ein Gespräch unter Erwachsenen.

Danksagung

Den wärmsten Dank an Helen Heller, Emma Beswetherick, Emily Krump, Liate Stehlik, Cath Burke, Jen Hart, Molly Waxman, Lauren Truskowski, Julia Elliot, Aimee Kitson, Stephanie Melrose, Thalia Proctor, die PFD Agency, Camilla Ferrier, Jemma McDonagh und das ganze Team bei der Marsh Agency. Besonderer Dank geht an Leo MacDonald, Mike Millar und alle bei HarperCollins Canada, die mich so wunderbar aufgenommen haben – ebenso wie an die VerlegerInnen, LektorInnen und ÜbersetzerInnen der internationalen Ausgaben meines Buchs.

Dank auch an die hervorragenden Vertriebsteams und BuchhändlerInnen, von denen wir komplett abhängen! An all die BloggerInnen, LeserInnen, AutorenkollegInnen und sonstigen BuchliebhaberInnen, die ich das Vergnügen hatte in den sozialen Medien kennenzulernen. Eure Unterstützung und der Austausch mit euch sind oft mein Höhepunkt des Tages.

Wie immer konnte ich mich auf meine beiden Kommissare im Ruhestand verlassen, die mich in sämtlichen Polizeidingen berieten; vielen Dank Ihnen beiden, ohne Sie wäre ich verloren.

An der Heimatfront gebührt meiner fabelhaften Schreibpartnerin Abbie Ross riesiger Dank, ebenso wie meinen Freunden und meiner Familie, die immer und in jeder erdenklichen Weise für mich da sind. Das bedeutet mir so viel.

Jules, Rose, Max und Louis: Ihr seid die Besten. Danke euch, ich liebe euch, ich könnte nicht ohne euch.

»Fans von Tana French, Ruth Ware und Gillian Flynn werden in der sich langsam auffächernden Handlung lustvoll versinken.«
BookPage

GILLY MACMILLAN

BAD FRIENDS

THRILLER

Heimlich haben sie sich nachts davongeschlichen, wie Jungs das eben manchmal tun: Abdi Mahal und Noah Sadler, die beste Freunde sind, seit der Flüchtling Abdi Noahs Schule in Bristol besucht. Doch in dieser Nacht wird Noah bewusstlos aus dem Feeder Canal gezogen, und aus dem traumatisierten Abdi ist kein Wort herauszubekommen.
Während Noah im Koma liegt und um sein Leben kämpft, soll Detective Inspector Jim Clemo möglichst taktvoll ermitteln – denn Fremdenfeindlichkeit brodelt unter der glänzenden Oberfläche der Stadt. Wie konnte es zu dieser Katastrophe kommen, die das Leben beider Freunde und ihrer Familien zu zerstören droht?

Alles scheint davon abzuhängen, dass einer der beiden Jungen endlich spricht. Doch der eine kann es nicht. Und der andere wird es nicht tun.

KNAUR